# 梵文入門與習題分析

吳汝鈞 講析
陳森田 記錄

臺灣 學生書局 印行

# 最新版序

本書《梵文入門》於 2001 年由鵝湖出版社印行，早已售罄。近日商得該社代表楊祖漢先生同意，取回版權，由臺灣學生書局出版。原書有三十課，加上一篇附錄，每課都提供一習題答案。另外又有一篇〈梵文知識與佛學研究〉。

原書很強調做習題的重要性。鑑於梵文文法的繁難性格，初學者可能無法應付這些習題，因此特別加上習題的答案，以助學者。

事緣我於 1996 年 9 月至 1998 年 3 月於香港佛教志蓮淨苑文化部開講梵文課程，其主要的講課內容，正是此一《梵文入門》。除講解文法外，重點更放在每課的習題的分析方面。這分析部分，其重要性與分量，不弱於《梵文入門》本文。我當時於香港浸會大學宗教與哲學系當教席，開講梵文課是兼職。但這不表示開講梵文課是不重要的。

我的講課的程序是：先解釋每一課的內容，然後分析習題，最後得出答案。分析或剖析習題方面，非常吃力，得先要理解相關的文法及字彙才行。我得花上一半的時間來講解和分析有關習題。這部分在彌勒版和鵝湖版都沒有印出來。現在交由臺灣學生書局印行，把這部分也刊登出來，讓學者更便於學習梵文，特別是就自學為然。這部分由陳森田君根據我在現場的講解、他所做的筆記和我在講解習題前所作出的簡要標示做出來。這部分的工作非常繁難和費時，森田君每次都有來聽講，用心理解，勤於溫習。他做得非常出色，最後更提出他自己的對習題的翻譯，與我所提供的習題答案相當一致，有時更忠實於原來的習題的意思。學者可以同時參看這兩種不同的成果，反復玩味。在這裏，我謹對於森田君的辛勞表示謝衷。另外，臺灣學生書局有關同仁在打字、排版及校對方面所表現的認真不懈的專業精神，在此也一併致謝忱。

由於習題分析對於學習梵文文法的特別的重要性，我把書名由《梵文入門》擴展為《梵文入門與習題分析》，希望讀者垂注。

是為序。

吳汝鈞

臺北南港中央研究院

2016.11.2

# 增訂版序

本書於一九八四年由友人藍吉富先生主持的彌勒出版社印行出版，到目前為止已有十多年，早已售罄。現在應讀者要求，徵得藍先生的同意，交由鵝湖出版社再版印行。今謹向藍先生的盛意表示感謝，也向友人楊祖漢先生推介之意致以謝衷。

這本《梵文入門》可能是用中文來編寫梵文文法書的首部作品了。原書有二十七課，今乘再版的機緣，增加三課，即共有三十課。這所增加的三課的習題的剖析與答案，也一併加印出來。另外又增有一附錄。這對於解說梵文的基本文法，應該很夠了。另外，在再版中，又對原書一些誤植字眼改正一過。

另外，我又加寫了一篇討論梵文知識和佛學研究的關係的文字，以引起有心對印度大乘佛學作深入研究的讀者注意。此中關係的密切，在今日看來，自然是毋庸置疑的。

# 編著者的話

一、本書計三十課，循序漸進地敘述梵文的基本文法。

二、每課包括內文、生字彙、習題（主要是翻譯）、習題答案四項。學者按步學習，基本上可以自學成功。

三、做習題是自學的重要步驟，必須每課習題都做一次。習題答案是供核對正誤用。最好是先做好習題，然後再拿答案來核對。

四、本書基本上根據 George L. Hart 的 *A Rapid Sanskrit Method* 講義與岩本裕的《梵文文法綱要》，並參考 W. D. Whitney 的 *Sanskrit Grammar* 編寫而成。內中的習題都是取自 Hart 的講義者，由編著者轉寫成羅馬體。答案也是編著者自己提供出來。

五、本書以介紹梵文的基本文法為主，對於其原來的天城體字母的寫法與正確讀音，暫不作交待，所有梵文字母與文字，都以羅馬體列出。

# 梵文知識與佛學研究

吳汝鈞

如所周知，印度大乘佛學在義理上是佔整個印度佛學的主流地位的。它的經論文獻，都是用梵文寫的。因此研究印度大乘佛學，如要站在第一線上做工夫，便得接觸梵文原典，故梵文知識是不可缺少的。有關梵文知識對研究印度大乘佛學的密切關係，我在拙著《佛學研究方法論》中很多處都曾強調過，在這裏不想多贅了。在這裏我只就個人多年來研究佛學的經驗來談一談梵文知識的重要性。

我是於一九七四年拿日本政府文部省（教育部）的獎學金到日本留學，研究佛學的，被安排在京都大學修讀梵文。在那個時候，京大被視為最嚴格的學府，在佛學研究上，特重梵文與藏文。我初見指導教授梶山雄一，他即指出梵文對研究我所喜讀的中觀學的重要性。例如要了解中期重要論師月稱（Candrakīrti）的思想，便要用梵文的資料。我又和另一指導教授服部正明談到我對世親（Vasubandhu）唯識學的批評意見，他即提醒我，我所用的是護法（Dharmapāla）對世親的詮釋，同時亦應留意安慧（Sthiramati）的註釋。但安慧的最重要的唯識論著並無漢譯，故要通安慧，還是要看他的梵文著作。太老師長尾雅人更批評我們這邊的佛學界梵文文獻學太弱，不能運用梵文原典，因此不能作第一線的研究。我於是很認真研讀梵文，那時我已二十八歲，比日本一般研究佛學的學生在修習梵文方面起步已遲了十年。

其後我於一九七七年離日赴德國，我是拿德國學術交流處的 DAAD 獎學金去的，目的是要為自己建立健全的佛學研究方法論。當時我被安排在漢堡大學（Universität Hamburg）研讀佛學，指導教授是舒密特侯遜（L.

Schmithausen）。期間我又到維也納大學（Universität Wien）附設的西藏學研究所（Institut Tibetologie）研究，見到舒坦恩卡爾納（E. Steinkellner）和維特（T. Vetter），他們都是以梵、藏文的文獻學研究起家的。在那裏研讀佛學，若沒有梵文基礎，簡直寸步難行。

一九八三年我到加拿大的麥克馬斯德大學（McMaster University）研究，寫有關智顗與中觀學的關係的博士論文，其中有三分之一是涉及中觀學文獻的，特別是龍樹（Nāgārjuna）的著作，那也需要運用梵文的資料。

之後一大段時間我在研究般若思想與中觀學，自然也離不開梵文佛典。最近幾年，我轉向唯識學，以胡塞爾（E. Husserl）的現象學為參照，弄一套唯識現象學來，又要檢閱世親和安慧的著作了。在這些著作中，有些有漢譯，有些則沒有。對於沒有漢譯的資料，自然要靠梵文原典了。即使有漢譯，也不一定全對，有時與原典意思有出入，這樣便要進行梵漢資料對照的工夫了。

我不算是專研印度佛學的。我的研究範圍，除印度佛學外，還有中國佛學、儒學、道家、京都學派哲學和德國觀念論。即使是這樣，我已需要常常接觸梵文文獻。對於那些專研印度佛學的朋友來說，梵文便顯得更重要了。

這種重要性到底到了甚麼程度呢？我只舉一些明顯的例子來說一下。龍樹的《中論》（*Madhyamakakārikā*）若據鳩摩羅什的漢譯來說，是屬於三諦系統的，這即是空諦、假諦和中諦。但若據梵文原偈，則是二諦系統，即只有空諦與假諦，或勝義諦（第一義諦）與世俗諦。中道是附屬於空的，補充空義的，不能獨立而成一中諦。另外，世親唯識的識轉變（vijñāna-pariṇāma）是極為重要的概念。它的意思，若依護法的解釋，是識變現相分和見分，由此開出世界與自我。但若依安慧的解釋，則是指識在前後兩個瞬間的變化，沒有相分與見分的提法。故安慧是一分見的學者，與護法是四分見的學者不同。這些分別在現時看來，已是佛學界的常識了。但傳統一直都是不知道的。目前國際佛學研究界幾乎已有一個共識，即是，若不通梵文文獻學，便不能成為第一流的佛教學者。光是弄漢譯的文獻是不行的。尤其是後期（陳那 Dignāga、法稱 Dharmakīrti 以後）的印度佛學文獻，有漢譯的便很少。

我是在七十年代初期才有梵文文獻學的自覺，開始研讀梵文，如上所說，起步已遲了十年。現在臺灣的年青的研究佛學的朋友有福了，在本土已有機會唸梵文，不必老遠跑到外面去。當然能到外面去還是更好。很多年青的朋友，在大學或研究院階段有機會學習梵文了。希望這本梵文文法書的增訂版，對學習梵文（不管是自學或在學院中學）的朋友來說，有些參考的價值。

# 梵文天城體字母
# The Devanāgarī Letters

## 母音 Vowels.

| Initial. | Medial. | Equivalent. |
|---|---|---|
| अ, अ | — | a |
| आ, आ | ा | ā |
| इ | ि | i |
| ई | ी | ī |
| उ | ु | u |
| ऊ | ू | ū |
| ऋ | ृ | ṛ (or ṛi) |
| ॠ | ॄ | ṝ (or ṛī) |
| ऌ | ॢ | ḷ (or ḷi) |
| ए | े | e |
| ऐ | ै | ai |
| ओ | ो | o |
| औ | ौ | au |

## 子音 Consonants.

| | Equivalent. | | | Equivalent. | |
|---|---|---|---|---|---|
| क | k | 軟口蓋音 Gutturals | प | p | 唇音 Labials |
| ख | k-h | | फ | p-h | |
| ग | g | | ब | b | |
| घ | g-h | | भ | b-h | |
| ङ | ṅ | | म | m | |
| च | c | 硬口蓋音 Palatals | य | y | 半母音 Semivowels |
| छ | c-h | | र | r | |
| ज | j | | ल | l | |
| झ, झ | or झ j-h | | व | v | |
| ञ | ñ | | | | |
| ट | ṭ | 反舌音 Cerebrals | श | ś (or ç) | 齒擦音 Spirants |
| ठ | ṭ-h | | ष | ṣ | |
| ड | ḍ | | स | s | |
| ढ | ḍ-h | | ह | h | |
| ण | ṇ | | | | |
| त | t | 齒音 Dentals | ः | ḥ | 氣音 Visarga |
| थ | t-h | | | | |
| द | d | | ं | ṃ or ṁ | 鼻音 Anusvāra |
| ध | d-h | | | | |
| न | n | | | | |

# 梵文字母

梵文字母原為天城體（Devanāgarī），這裏以羅馬字體表示如下：

## A、母音

a. 單母音：a，ā，i，ī，u，ū，ṛ，ṝ，ḷ，[ḹ]

b. 二次、三次母音：e，ai，o，au

## B、子音

a. 破裂音與鼻音：

| | 無聲無氣音 | 無聲帶氣音 | 有聲無氣音 | 有聲帶氣音 | 鼻音 |
|---|---|---|---|---|---|
| 軟口蓋音 | k | kh | g | gh | ṅ |
| 硬口蓋音 | c | ch | j | jh | ñ |
| 反舌音 | ṭ | ṭh | ḍ | ḍh | ṇ |
| 齒音 | t | th | d | dh | n |
| 唇音 | p | ph | b | bh | m |

b. 半母音：y，v，r，l

c. 齒擦音：ś，ṣ，s

d. 氣音：h，ḥ

e. 特殊鼻音：ṃ

## 附註：

i) ā，ī，ū，ṝ 為長音。

ii) ṛ，ṝ，ḷ，ḹ 讀如 ri，rī，li，lī；ḹ 極少用。

iii) ṅ，ñ，ṇ，n 讀音分別極微。

iv) ś 讀如 ch，ṣ 讀如 sh。

v) 關於 ḥ，參閱第一課；關於 ṃ，參閱第二課。

# 梵文入門與習題分析

## 目 次

# 第一課　第一種活用動詞
## （thematic verbs）

### I、連聲（saṃdhi）：

關於連聲，這裏先不作詳盡的解釋，這最好透過具體的例子來了解。在第四、五、六三課中，我們會介紹全部連聲的規律。現在只想說的是：在梵文中，一些字母須隨其前後周圍的字母的分布情況而改變。例如，當一語句的最後字母是 -s 時，須變成送氣音 ḥ（稱為 visarga）。

### II、二次母音（guṇa）與三次母音（vṛddhi）：

母音有時要轉成其自身的二次母音或三次母音。此中的變化形式如下：

| 基本母音 | a | ā | i，ī | u，ū | ṛ |
|---|---|---|---|---|---|
| 二次母音 | a | ā | e | o | ar |
| 三次母音 | ā | ā | ai | au | ār |

（另外一個母音 ḷ 的二次母音為 -al，但其變化只在一種情況中出現：kḷp / kalp-）

### III、第一種活用動詞（主動的）：

**A、數目**　梵文的動詞（名詞與形容詞亦是）的數目有三種分別：單數、雙數、眾數，分別與不同數目的主詞相應：若主詞是單數，則用單數動詞；若主詞是雙數，則用雙數動詞；若主詞是眾數，則用眾數動詞。所有動詞，其語根都用 √ 符號來表示。

**B、第一種活用與第二種活用**　梵文的動詞與名詞，分兩大類：第一種活用（thematic）與第二種活用（athematic）。第一種活用動詞的特色是，在語尾變化之前，要加上一個連接的母音（在梵文來說是 -a-）。第二種活用動詞一般來說，則沒有這個特性，但卻較為複雜，我們在後面才討論它。我們在這第一課中所討論的，是全部的第一種活用動詞。

**C、第一種活用動詞的語尾變化**

| | 單 | 雙 | 眾 |
|---|---|---|---|
| 第一身 | -āmi | -āvaḥ | -āmaḥ |
| 第二身 | -a-si | -a-thaḥ | -a-tha |
| 第三身 | -a-ti | -a-taḥ | -a-nti |

要注意的是，在第一身中，連接的母音 -a- 與語尾變化合併起來，而成 -āmi，-āvaḥ，-āmaḥ。

**D、第一種活用動詞的分類**

**第一類**　這類動詞的構成，是把動詞語根的母音二次化，然後加上語尾變化。倘若動詞語根的結尾為 i，ī 或 u，ū 則要先遵循以下變化：

i，ī → e → ai → ay；u，ū → o →au → av

此中，e，o 分別是 a、i，a、u 的結合形態，即可分別分解為 a、i，a、u；ai 中的 i，au 中的 u，要分別轉成其相應的半母音 y，v。以下列舉一些第一類的動詞語根，這些語根都要經過如上所述的變化，才能與語尾變化會合，而成為完整可在文章中出現的動詞。

| 動詞語根 | 與語尾變化會合前的狀態 |
|---|---|
| bhū（變化） | bhav- |
| nī（帶領） | nay- |
| ji（征服） | jay- |
| pat（飛，跌落） | pat- |
| ruh（爬高） | roh- |

現在試看動詞語根 bhū（變化）的變化例（主動的現在式）：

| | | |
|---|---|---|
| bhavāmi<br>我變化 | bhavāvaḥ<br>我倆變化 | bhavāmaḥ<br>我們變化 |
| bhavasi<br>你變化 | bhavathaḥ<br>你倆變化 | bhavatha<br>你們變化 |
| bhavati<br>他變化 | bhavataḥ<br>他倆變化 | bhavanti<br>他們變化 |

要注意的是，在生字彙中，通常只寫出語根、類別和其第三身單數主動式的變化形式。在每一類動詞中，都有一些顯著的例外情況。通常我們只要記取動詞的語根及其第三身單數主動式的變化形式便足夠。動詞的類別，在一般情況下，可以從其第三身單數的形式中認取。

**第四類**　這類動詞，語根不變，但要在其後加上 -y-，再加上語尾變化便成。如 paś（見）。

| | | |
|---|---|---|
| paśyāmi | paśyāvaḥ | paśyāmaḥ |
| paśyasi | paśyathaḥ | paśyatha |
| paśyati | paśyataḥ | paśyanti |

**第六類**　這類動詞是弱語根，即是，其母音不必二次化或三次化，語尾變化可直接與語根會合。如 viś（進入）。

| | | |
|---|---|---|
| viśāmi | viśāvaḥ | viśāmaḥ |
| viśasi | viśathaḥ | viśatha |
| viśati | viśataḥ | viśanti |

**第十類**　此類動詞，若其語根是輕音節（母音是短音，沒有子音跟隨，或只有一個子音跟隨），則（其母音）要二次化；若其語根是重音節（有長母音，或短母音為兩個子音跟隨），則不變化。不管語根是怎樣，都要加上 -ay-（加到已轉化了的或不必轉化的語根上去）。另外，語根的中間字 -a-，常要三次化。例如 cur（偷）的第三身單數是 corayati；pīḍ

（傷害）是 pīḍayati；（打擊）是 tāḍayati。以下試看 pīḍ 的變化例：

| | | |
|---|---|---|
| pīḍayāmi | pīḍayāvaḥ | pīḍayāmaḥ |
| pīḍayasi | pīḍayathaḥ | pīḍayatha |
| pīḍayati | pīḍayataḥ | pīḍayanti |

以上是通例。以下是一些例外情況：

a. 有些屬於上述類型的語根，變成有接尾字 -cch 出現。

gam（去；1 類） → gacchati

yam（產生，給與；1 類） → yacchati

iṣ（願望；6 類） → icchati

pracch（詢問；6 類） → pṛcchati

b. 有些語根的母音 -a- 變長。

dam（使馴服；4 類） → dāmyati

kram（步行；1 類） → krāmati

c. 有些在最後子音之前有鼻音的語根，會失去鼻音。

daṃś（咬；1 類） → daśati

rañj（變紅；4 類） → rajyati

d. 有些語根在最後的子音之前，要加上鼻音。

sic（撒，洒；6 類） → siñcati

e. 有些語根要重疊化（關於重疊化的問題，以後會解釋）。

sthā（站立；1 類） → tiṣṭhati

pā（飲；1 類） → pibati

f. 第六類的動詞，語根的結尾若是 -ṝ，則變成 -ir-。

tṝ（橫過；6 類） → tirati

## 生字彙

kutra 何處（詢問式）

√gam（gacchati） 去（1 類）

| | |
|---|---|
| ca | 與及（置於所列舉的各種東西之後，如 ABCca，即 A、B 與 C） |
| √ji（jayati） | 征服（1 類） |
| √nī（nayati） | 帶領，率領（1 類） |
| √paś（paśyati） | 見（4 類） |
| √pīḍ（pīḍayati） | 傷害（10 類） |
| √pracch（pṛcchati） | 詢問（6 類） |
| √bhū（bhavati） | 變化（1 類） |
| √viś（viśati） | 進入（6 類） |
| √sthā（tiṣṭhati） | 站立（1 類） |
| √smṛ（smarati） | 記取（1 類） |

## 把下列語句翻譯為語體文：

1. paśyāmi jayāmi ca.
2. kutra gacchasi?
3. smarataḥ.
4. nayāmaḥ.
5. tiṣṭhatha pīḍayatha ca.
6. kutra tiṣṭhanti pṛcchanti ca?
7. gacchati nayati ca.
8. jayathaḥ.
9. smarāvaḥ.
10. pṛcchāmastiṣṭhanti ca.

# 第二課　八種格

## I、連聲：

一字的最後字母若是鼻音 m，而後一字的最先字母若為子音，則 m 轉成特殊鼻音 ṃ（稱為 anusvāra），亦讀如 m。如下例：devaṃ paśyāmi（我見到一神祇）。

## II、名詞與形容詞：

梵文的名詞與形容詞，都有三性與八格之分。三性是陽性、陰性與中性；八格則是主格、對格、具格、為格、奪格、屬格、處格、呼格。八種格與三種數目（單、雙、眾）相配，可得二十四種變化，代表二十四種不同的文法功能。關於性方面，某一名詞是什麼性，與其意思並沒有必然的關係。除了一些特殊例子外，通常可由名詞的語尾分判出它是什麼性。如語尾是 -a 的是陽性，是 -am 的是中性，是 -ā，-ī 的是陰性。

## III、格：

主格——英語為 nominative，相當於一般的主詞。

對格——英語為 accusative，相當於一般的直接受詞。在梵文，亦可用到「移動到一地方」的「地方」上。例如「我到那城市」，此中，城市是對格。另外，又可用到一般時間上。例，「我住於此多年」，此中，年亦是對格。

具格——英語為 instrumental，表示某一動作的施發者或工具之意。例如「這事由我所做」和「他用筆來寫」，此中的我與筆，都是具格。

為格——英語為 dative，相當於間接受詞。如「他把書交給我」，此中的我，即是為格。或「為某人而作事」，此中的某人，亦是為格。

奪格——英語為 ablative，表示從某一地方或對象而來。例如「他從那城鎮來」，此中的城鎮，即是奪格。這又有「透過」的意思。例如「他透過實踐來學習」，此中的實踐，亦是奪格。另外，這又有比較之意。例如「他比我高」，此中的我，亦是奪格。

屬格——英語為 genitive。

處格——英語為 locative，表示一物或一事件發生的位置。如「他在城鎮裏」，此中的城鎮，即是處格。

呼格——英語為 vocative。表示呼叫之意。如「天啊，怎麼辦」中，天即是呼格。

## IV、deva（神祇）與 phalam（果實）的語尾變化：

deva 是陽性，phalam 是中性；其各自的二十四種語尾變化的形式如下：

| 格＼數 | 單 | 雙 | 眾 |
|---|---|---|---|
| 主 | devaḥ / phalam | devau / phale | devāḥ / phalāni |
| 對 | devam / phalam | devau / phale | devān / phalāni |
| 具 | devena / phalena | devābhyām / phalābhyām | devaiḥ / phalaiḥ |
| 為 | devāya / phalāya | devābhyām / phalābhyām | devebhyaḥ / phalebhyaḥ |
| 奪 | devāt / phalāt | devābhyām / phalābhyām | devebhyaḥ / phalebhyaḥ |
| 屬 | devasya / phalasya | devayoḥ / phalayoḥ | devānām / phalānām |
| 處 | deve / phale | devayoḥ / phalayoḥ | deveṣu / phaleṣu |

| | | | |
|---|---|---|---|
| 呼 | deva / phala | devau / phale | devāḥ / phalāni |

要點：

a. deva 是陽性，phalam 是中性。

b. 陽性與中性名詞的語尾變化，除了主格、對格、呼格外，其他格皆相同。

c. 陽性名詞的呼格，除單數外，其他都與主格的變化相同。

d. 中性名詞，其主格與對格的變化相同。

e. 所有名詞，在其雙數的變化中，主格與對格同；具格、為格與奪格同；屬格與處格同。

## 生字彙

| | |
|---|---|
| aśva | 馬 |
| kāka | 烏鴉 |
| kṣatriya | 剎帝利；印度的第二種階級人物，指軍人，參與政治者 |
| gaja | 象 |
| gṛham | 屋宇，家庭 |
| jalam | 水 |
| deva | 神祇 |
| nagaram | 城鎮 |
| phalam | 果實 |
| putra | 兒子 |
| mitram | 朋友 |

## 把下列語句翻譯為語體文*：

1. aśvānpīḍayati.
2. gṛhaṃ gacchāmi.
3. kākau kutra tiṣṭhataḥ?
4. kṣatriyasya putraṃ paśyatha.
5. kṣatriyasya putrasya gajau nayāmaḥ.
6. putrasya phale kutra tiṣṭhataḥ?
7. gṛhātpaśyati mitre.
8. jale gacchanti gajāḥ.

---

* 梵文語句的字的安排，沒有一定的次序；一般的寫法是主詞在先，然後是受詞，然後是動詞。副詞通常放於受詞之前，或緊隨著動詞；不過，安置在其他位置也無不可。

# 第三課　中間動詞
## （middle）

我們在第一課中所敘述的，是動詞的現在主動式的語尾變化。梵文還有另一組語尾變化形式，這即是中間式。本來，中間式表示動詞的動作與主詞的特殊關係，這些例子可以從古典梵文中的一些動詞中看到。但與此同時期，動詞語尾變化的用法也漸趨固定，規定某些動詞只能採主動式或中間式的語尾變化形式了。

通常一個動詞只能採一種語尾變化的形式，或是主動式，或是中間式。其採何種方式，可在其第三身單數的形式中看到：以 -ti 終結的是主動式，以 -te 終結的則是中間式。

以下寫出 √labh（獲得）的現在中間式的變化形式。所有第一種活用的中間動詞，都採取同一的變化形式。

| | 單 | 雙 | 眾 |
|---|---|---|---|
| 第一身 | labhe | labhāvahe | labhāmahe |
| 第二身 | labhase | labhethe | labhadhve |
| 第三身 | labhate | labhete | labhante |

**生字彙**（由此以後，所有動詞只寫出其語根及第三身單數的變化方式，不再附類別）

| | |
|---|---|
| idānīm | 現在 |
| eva | 只是（安放在所形容的詞語之後） |
| katham | 如何（詢問式） |
| √jan（jāyate） | 出生 |

| | |
|---|---|
| tatra | 那處 |
| na | 否 |
| na vā | （是）或否 |
| √man（manyate） | 思想 |
| √labh（labhate） | 獲得，獲致 |
| vā | 或（像 ca 那樣，安放在所形容的詞語之後） |
| √vṛt（vartate） | 在，有，存在（相當於英語的 be） |
| √vṛdh（vardhate） | 生長 |

## 把下列語句翻譯為語體文：

1. idānīṃ tatra gajamaśvaṃ ca paśyasi na vā?
2. gṛhe kutra vartete?
3. kathaṃ jalaṃ labhase phalāt?
4. jāyate putraḥ.
5. putraṃ mitraṃ na manyase.
6. kṣatriyau phale labhete.
7. deva kutra gacchanti gajāḥ?
8. jalameva nayāmi gṛhāt.

# 第四課　一字的最後母音的連聲

連聲是一些字母須隨其前後周圍的字母的分布情況而有所改變。這發生在單語的末尾與單語的前頭間的，為外連聲；發生在單語內部，即語根或語幹與字首，接尾詞或語尾間的，為內連聲。這裏先要敘述的，是一字的最後的母音的連聲。

a.　一字的末尾母音與後一字開首的相同母音相連，不管其中有否長音，悉變成長音。

a，ā + a，ā → ā；如 na + api → nāpi

i，ī + i，ī → ī；如 hi + iti → hīti

u，ū + u，ū → ū；如 sādhu + uktam → sādhūktam

b.　當 a，ā 與 a，ā 以外的母音相連，不管是長音抑短音，都變成該母音的二次母音。

a，ā + i，ī → e；如 ca + iha → ceha

a，ā + u，ū → o；如 ca + uktam → coktam

a，ā + ṛ，ṝ → ar；如 ca + ṛṣiḥ → carṣiḥ

c.　a，ā 與複合母音相連，則變成後者的三次母音。

a，ā + e → ai；如 ca + eti → caiti

a，ā + o → au；如 sā + oṣadhiḥ → sauṣadhiḥ

a，ā + ai → ai；如 senā + aiśvaryam → senaiśvaryam

a，ā + au → au；如 iha + aunnatyam → ihaunnatyam

d.　a，ā 以外的母音與不同母音或複合母音相連，該母音變成其相應的半母音。

i，ī + V → yV；如 yadi + api → yadyapi

u，ū + V → vV；如 bhavatu + evam → bhavatvevam

ṛ，ṝ + V → rV；如 hotṛ + oṣadhiḥ → hotroṣadhiḥ

e. e，o 加 a，e，o 不變，a 則以 ’（稱為 avagraha，天城體則寫為 S）代替。此符號在梵文中不發音。

e + a → e’；如 vane + api → vane ’pi

o + a → o’；如 so + api → so ’pi

f. e 與 o 加 a 以外的母音，e，o 由 a 取代，兩字分開。

e + V → aV；如 vane + āgaccha → vana āgaccha

o + V → aV；如 prabho + ehi → prabha ehi

g. ai 與 au 加母音，ai 變成 ā，兩字分開；au 變成 āv。

ai + V → āV；如 kasmai + api → kasmā api

au + V → āvV；如 devau + api →devāvapi

例外情況：雙數名詞的語尾若是 ī，ū 和 e，則在母音之前不變化。如 phale atra（兩個果實在這裏）。又感嘆詞的末尾母音，亦是例外。如 he aśva（噢！馬呀）。

## 生字彙

| | |
|---|---|
| api | 即使，亦，雖則（此詞置於所形容的詞語之後） |
| √kḷp（kalpate） | 適合（＋為格名詞） |
| grāma | 村 |
| nṛpa | 國王 |
| manuṣya | 人 |
| bhayam | 恐懼 |
| bhojanam | 食物 |
| mukham | 顏面，口 |
| vanam | 森林 |

## A、連聲習作：

1. senā + āgacchati
2. nadī + api
3. mahā + ṛṣiḥ
4. bhano + atra + ehi
5. kākau + iti
6. vane + api
7. vane + āgaccha
8. gacchati + iti

## B、把下列語句翻譯為語體文：

1. naiva paśyāmi devam.
2. vardhante ’śvāḥ.
3. na kalpante phalānyaśvānāṃ bhojanāya.
4. putrāstatra grāme ’pyaśvānpīḍayati manuṣyaḥ.
5. bhayātkṣatriyasya mukhaṃ paśyati nṛpaḥ.

# 第五課　-as,-ās,-s,-r 的連聲

a.　-as 若在有聲子音（有聲無氣音、有聲帶氣音、鼻音、半母音、氣音，都是有聲子音）之前，則轉成 -o。

如　devaḥ + gacchati → devo gacchati

nṛpaḥ + viśati → nṛpo viśati

b.　-as 若在 a- 之前，則 -as 轉成 -o，a 變成 ’（avagraha）。

如　devaḥ + atra → devo ’tra

c.　-as 若在 a 以外的所有母音或複合母音之前，要失去 s。

如　devaḥ + eva → deva eva

nṛpaḥ + āgaccha → nṛpa āgaccha

d.　-ās 若在母音、複合母音和有聲子音之前，要失去最後的 s；若在母音前，更保留休止位（兩字分開，中間的空位即是休止位）。

如　devāḥ + viśanti → devā viśanti

devāḥ + api → devā api

nṛpāḥ + hi → nṛpā hi

e.　-s 和 -r 若在 k-，kh-，p-，ph-，ś-，ṣ-，s- 之前，和在一語句的最後位置，要變成 -ḥ。

如　devaḥ + kutra → devaḥ kutra

punar + kutra → punaḥ kutra

nṛpaḥ + smarati → nṛpaḥ smarati

f.　-s，-r 若在 c-，ch-，ṭ-，ṭh-，t-，th- 數子音之前，則轉成與該子音同類的音。如在 c-，ch- 前，轉成 -ś；在 ṭ-，ṭh- 前，轉成 -ṣ；在 t-，th- 前，轉成 -s。

如　nṛpaḥ + carati → nṛpaś carati

nṛpaḥ + tiṣṭhati → nṛpas tiṣṭhati

punar + tiṣṭhati → punas tiṣṭhati

g.　除了在 a，ā 之後以外，-s 若在所有母音、複合母音和有聲子音之前，都要變成 -r。

如　putrayoḥ + hi → putrayor hi

gaccheḥ + api → gaccher api

h.　一字的最後字母 -r（不管其本來是 -r 或由 -s 變來），若與後一字的最初字母 r- 相接，則會消失；若在 -r 前的母音非長音，則要變長音。

如　nṛpatiḥ + ramate → nṛpatī ramate

putrayoḥ + rathaḥ → putrayo rathaḥ

punar + rāmaḥ → punā rāmaḥ

## 生字彙

| | |
|---|---|
| atra | 這裏 |
| ā- √gam（āgacchati） | 來（這是 gam 加上字首 ā 而成，差不多所有動詞語根都可加上字首） |
| punar | 再次 |
| √vad（vadati） | 說（不管是說有關某一對象，或是對某人說話，都是對格） |
| saha | 伴隨（置於所形容的詞語之後。後者取具格；但非工具意，而是伴隨意。例如，kākena saha，「與烏鴉一齊」之意） |

## A、連聲習作：

1. nṛpaḥ + vadati
2. nṛpāḥ + vadanti
3. nṛpayoḥ + eva
4. nṛpāḥ + eva

5. āgaccheḥ + iti + atra
6. nṛpaḥ + ca
7. kākaḥ + atra
8. kākāḥ + atra
9. kākau + atra +eva
10. manuṣyāḥ + smaranti
11. vā + api
12. phale（雙數）+ atra
13. vardhate + api
14. punar + tiṣṭhataḥ
15. vadantu + api
16. devaiḥ + āgaccha
17. tatra + eva + upaviśa
18. tatra + ṛṣiḥ + vasati

## B、把下列語句翻譯為語體文：

1. kṣatriyasyāśvasya bhojanaṃ kutra?
2. atra kṣatriyā gṛhebhya āgacchanti.
3. kāko ’śvaśca tatra vane vartete.
4. kṣatriya idānīṃ grāmamāgacchati.
5. gajasya mukhaṃ na paśyatyaśvaḥ.
6. nṛpasya nagarebhya āgacchantyaśvaḥ.
7. na labhate ’tra kṣatriyo jalam.
8. punarapi nagaraṃ viśataḥ.
9. nṛpo mitrasya nagaraṃ kṣatriyaṃ pṛcchati.
10. nagara āgacchato gajāvatra.
11. tatraiva gṛhe vartate ’śvasya bhojanam.
12. kṣatriyaiḥ sahāgacchati nṛpaḥ.

# 第六課　連聲（繼續）

## I、最後字母 -n 的連聲：

a. -n 若在 j-，ś- 之前，則要變成 -ñ。若在 ś- 之前，則 -n 變成 -ñ，ś- 亦要變成 ch-。

如　devān + jayati → devāñ jayati

sarvān + śūdrān → sarvāñ chūdrān

b. -n 在 l- 之前，則要變成鼻音化的 -l。

如　tān + lokān → tāṃl lokān

c. -n 若在無聲硬口蓋音（c-，ch-）和無聲齒音（t-，th-）之前，則在 -n 之後，要加上與該硬口蓋音或齒音相應的齒擦音（ś，s），-n 之 n 亦要變成 anusvāra(ṃ)。

如　devān + ca → devāṃś ca

nṛpān + tatra → nṛpāṃs tatra

d. -n 中的 n 若其前是短母音，而後面跟著的字的首字母是母音，則 n 要重覆。

如　tiṣṭhan + atra → tiṣṭhann atra

tasmin + api → tasminn api

## II、最後字母 -t 的連聲：

a. 在有聲之音（母音、複合母音、有聲子音、h-）之前，-t 變成 -d。如後一字之首字母為 h-，則 h- 變成 dh-。

如　etat + hi → etad dhi

avadat + eva → avadad eva

但若後一字的首字母為 l-，j-，和鼻音，則不依此規條，而另有變化，見下。附記：-p，-k 之後若為有聲之音，則分別轉成 -b，-g；但此種情況很少見；因以 -p，-k 結尾的梵字不多。

b. 在 l- 之前，-t 變成 -l。

如 mukhāt + labhate → mukhāl labhate

c. 在 j- 之前，-t 變成 -j。

如 gṛhāt + jalam → gṛhāj jalam

d. 在鼻音之前，-t 變成 -n。

如 gṛhāt + nayati → gṛhān nayati

e. 若在 c-，ch-，ś- 之前，-t 變成 -c。若後一字是 ś-，則 ś- 變成 ch-。

如 vṛkṣāt + chāyā → vṛkṣāc chāyā

tasmāt + ca → tasmāc ca

nṛpāt + śamaḥ → nṛpāc chamaḥ

## III、其他：

a. -n- 的舌音化（內連聲） 在一字中，若 -n- 前面有 ṛ，ṝ，r，ṣ，其後馬上有母音或 n，m，y，v 跟著，而先行的字母與 -n- 之間又沒有除 y 以外的硬口蓋音、反舌音、齒音介入，則 -n- 變成 -ṇ-。

如 karman + ā → karmaṇā

kartṝ + nām → kartṝṇām

b. -s- 的舌音化（內連聲） 在一字中，若在 -s- 之前有 k，r，l，a 或 ā 以外的母音，其後又有 t，th，n，m，y，v 和 ṛ 以外的母音跟著，而先行的字母與 -s- 之間又沒有 h，ṃ 介入，則 -s- 變成 -ṣ-。

如 agni + su → agniṣu

vak + si → vakṣi

c. 一般來說，若在母音之後，ch- 變成 cch-。

如 sā + chāyā → sā cchāyā

## 生字彙

| | |
|---|---|
| ā- √nī（ānayati） | 攜帶（這由 nī 加上字首 ā 而成） |
| tu | 但是（放在所指涉的詞語之後） |
| ratha | 戰車 |
| ratnam | 珠寶 |
| loka | 世界，人類 |
| śūdra | 首陀，印度四種階級之最下者 |

## A、連聲習作：

1. krama（寫出其具格單數形式）
2. śūdra（屬格眾數）
3. ratha（屬格眾數）
4. putrayoḥ + rathaḥ
5. nṛpān + ca
6. nṛpān + tu
7. vadan + loke
8. devāt + lokaḥ + eva
9. patiḥ + ratnam
10. bhavet + api
11. ratnam（屬格眾數）
12. manuṣya（具格單數）
13. kutaḥ + api
14. nayet + jalam
15. gṛhāt + śūdraḥ
16. tat + jñātvā
17. phalāt + ca
18. bhaveyuḥ + ratnāni

19. devān + jayati
20. mukhāt + hi

## B、把下列語句翻譯為語體文：

1. nṛpasya ratnāni śūdrasya gṛhe vartante.
2. nṛpāṃstatraiva jayati.
3. atrāgacchanti śūdrānāṃ rathāḥ.
4. aśvāṃl labhete nṛpau.
5. kṣatriyāṃstatra paśyāmi devāṃstu na paśyāmi.
6. punā ratnāni labhante.
7. nṛpasya nagarājjalamatra nayāmaḥ.
8. atra loke manuṣyāḥ kutra vartante?
9. gajāñchūdrā ānayanti.
10. grāma ānayati śūdro ’śvam.
11. tatra kākā eva, gajānaśvāṃśca na paśyāmaḥ.
12. tiṣṭhanti ratheṣu kṣatriyā gajāñjayanti ca.

# 第七課　agni,kīrti,senā 的語尾變化

agni（火）是陽性，kīrti（光榮，名聲）是陰性，senā（軍隊）是陰性。一般來說，多數以 -i 結尾的名詞都是陽性。在後面的生字彙中，沒有標明而以 -i 結尾的名詞，都是陽性；特別標明「陰」字樣的，則為陰性。

在以 -i 結尾的名詞中，陽性與陰性的語尾變化，只有具格單數與對格眾數不同，其他皆相同。現分別以 agni 與 kīrti 為例，標示其語尾變化形式如下：

| | 單 | 雙 | 眾 |
|---|---|---|---|
| 主 | agniḥ / kīrtiḥ | agnī / kīrtī | agnayaḥ / kīrtayaḥ |
| 對 | agnim / kīrtim | agnī / kīrtī | agnīn / kīrtīḥ |
| 具 | agninā / kīrtyā | agnibhyām / kīrtibhyām | agnibhiḥ / kīrtibhiḥ |
| 為 | agnaye / kīrtaye | agnibhyām / kīrtibhyām | agnibhyaḥ / kīrtibhyaḥ |
| 奪 | agneḥ / kīrteḥ | agnibhyām / kīrtibhyām | agnibhyaḥ / kīrtibhyaḥ |
| 屬 | agneḥ / kīrteḥ | agnyoḥ / kīrtyoḥ | agnīnām / kīrtīnām |
| 處 | agnau / kīrtau | agnyoḥ / kīrtyoḥ | agniṣu / kīrtiṣu |
| 呼 | agne / kīrte | | |

以 senā 為代表的陰性 -ā 語尾名詞的語尾變化形式如下：留意其中的 senāyai（為格單數）與 senāyāḥ（奪格單數，屬格單數），當位於一個首字母為母音的字之前時，要變成 senāyā。

| | 單 | 雙 | 眾 |
|---|---|---|---|
| 主 | senā | sene | senāḥ |
| 對 | senām | sene | senāḥ |
| 具 | senayā | senābhyām | senābhiḥ |
| 為 | senāyai | senābhyām | senābhyaḥ |
| 奪 | senāyāḥ | senābhyām | senābhyaḥ |
| 屬 | senāyāḥ | senayoḥ | senānām |
| 處 | senāyām | senayoḥ | senāsu |
| 呼 | sene | | |

## 生字彙

| | |
|---|---|
| agni | 火 |
| atithi | 賓客，客人 |
| ari | 敵人 |
| kathā | 故事 |
| kavi | 詩人 |
| kīrti（陰） | 光榮，名聲 |
| chāyā | 影 |
| brāhmaṇa | 婆羅門 |
| bhūmi（陰） | 地，土地 |
| senā | 軍隊 |

## 把下列語句翻譯為語體文：

1. tatra gajaiḥ sahāgacchati nṛpasya senā.

2. tatra cchāyāyāṃ tiṣṭhati brāhmaṇaḥ kathāṃ vadati ca.
3. kīrtyaiva devānāṃ lokaṃ labhante kṣatriyāḥ.
4. grāmaṃ viśati kṣatriyo ’riṃ paśyati ca.
5. atredānīṃ phale labhete mitre.
6. senayā kīrtyā ca saha nṛpo nagaraṃ viśati.
7. atra kathāyāṃ kṣatriyo nṛpo vā bhūmiṃ jayati?
8. na devā bhūmau tiṣṭhanti.
9. punarapi rathe tiṣṭhataḥ kṣatriyāvarīñjayataśca.
10. brāhmaṇo gṛhādvanaṃ gacchati.
11. vane ’pyatithayo jalaṃ bhojanaṃ ca labhante.
12. nṛpasyārīṇāṃ bhayānnagara eva tiṣṭhanti kavayaḥ.

# 第八課　半過去主動式動詞
# （imperfect active）

## I、半過去主動式動詞：

這種動詞表示過去進行或過去習慣的動作。在形式方面，其語幹與現在式者相同；但要在語幹前加一增大意義的字首 a，然後在語幹後加上半過去主動式動詞的語尾變化。要注意的是，a 是放在動詞語幹前，但若該動詞本來有其字首的話，則 a 應放在字首與語幹之間。以下看半過去主動式動詞的語尾變化（以 √bhū 為例）：

| | 單 | 雙 | 眾 |
|---|---|---|---|
| 第一身 | abhavam | abhavāva | abhavāma |
| 第二身 | abhavaḥ | abhavatam | abhavata |
| 第三身 | abhavat | abhavatām | abhavan |

當 a 加上具有字首的動詞中時，要依循連聲的規則。例如 ā-√gam 是「來」，āgacchati 是「他來」，過去式的表示法，則是 ā（字首）+ a（增大意義的字首）+ gacchat，而得 āgacchat，表示「他來」的過去式。ā + a + nayat 而成 ānayat，是「他帶來」的過去式。ni-√vas 是「居住」之意，「他居住」的過去式則是 ni + a + vasat，而成 nyavasat；upa-√viś 是「坐」之意，「他坐」的過去式則是 upa + a + viśat，而成 upāviśat。

## II、一些疑問詞：

kutra，何處；katham，如何；kadā，何時；若加上 cit，則成不定詞。

如：

| | |
|---|---|
| kutra cit | 在某處 |
| kathaṃ cit | 以某種方法 |
| kadā cit | 有時 |

若在疑問詞後加上 api，亦可成一不定詞；但這通常都與否定詞連在一起，而成完全否定之意。如：

| | |
|---|---|
| na kutrāpi | 無處 |
| na kathamapi | 絕不 |
| na kadāpi | 永不，從不 |

api 可以 cana 來代替，而有同樣的意思，但語氣則稍弱。如 na kutra cana，na kathaṃ cana，na kadā cana。

## 生字彙

| | |
|---|---|
| api | 即使，還，亦，雖然；參看上面第 II 點 |
| upa-√viś（upaviśati） | 坐下 |
| kadā | 何時（疑問詞） |
| cana | 參考上面第 II 點 |
| cit | 參考上面第 II 點 |
| √naś（naśyati） | 死亡，消失，失敗 |
| ni-√vas（nivasati） | 居住，居留 |
| √muc（muñcati） | 釋放 |
| √yam（yacchati） | 生產，給與 |
| √vas（vasati） | 居住，居留 |
| √vah（vahati） | 拉，拖 |
| √śaṃs（śaṃsati） | 稱讚 |

## 把下列語句翻譯為語體文：

1. na kutrāpi nyavasannarayo nṛpasya.
2. aribhyaḥ kṣatriyānamuñcannṛpaḥ.
3. mitre rathaṃ kutrāvahatam?
4. na kadā canāśaṃsannṛpasyārīnkaviḥ.
5. kadā cidvane ’vasacchūdra idānīṃ tu nagare brāhmaṇaiḥ saha vasati.
6. kavīnāṃ kathāḥ kīrtaye kalpante.
7. bhayādupāviśannarayo ’śvāngajānrathāṃścāmuñcan.
8. vanasya cchāyāyāmatiṣṭhatkṣatriyo ’rīṇāṃ senāmapīḍayacca.
9. grāmādgṛhaṃ kavaye jalamānayadbrāhmaṇaḥ.
10. nṛpo brāhmaṇebhyaḥ kavibhyaśca ratnāni yacchati.
11. na kadāpi manuṣyairvadanti devāḥ.
12. kathaṃ cicchūdrayoraśvau rathaṃ nagaramavahatām.

# 第九課　半過去中間式動詞（imperfect middle）；iti 的用法

## I、半過去中間式動詞：

在現在式中採中間式的動詞，在半過去式中亦採中間式。這半過去中間式動詞亦以現在式的語幹為基礎而成就，亦要加上增大意義的字首 a。以下看半過去中間式動詞的語尾變化（以 √labh 為例）：

| | 單 | 雙 | 眾 |
|---|---|---|---|
| 第一身 | alabhe | alabhāvahi | alabhāmahi |
| 第二身 | alabhathāḥ | alabhethām | alabhadhvam |
| 第三身 | alabhata | alabhetām | alabhanta |

## II、iti 的用法：

梵文的對話，以 iti 來表示。通常把 iti 放在所說的話後面，動詞、主詞和受詞則又放在更後面。梵文中並無間接敘述式，所有的敘述式都是直接的。即是，像「他說他有病」這種方式是沒有的；所有敘述式都取他說，「我有病」的形式。

例如，像中文「他說婆羅門來了」的意思，在梵文來說，則要這樣表示：

婆羅門來了 iti 他說

brāhmaṇa āgacchadityavadat

另外，iti 還可表示某人所想所知的東西，表示原因或意圖。例如「他沒有來，因為婆羅門在那裏」，在梵文的表示方式，可利用 iti：

婆羅門在那裏 iti 他沒有來

## 生字彙

| | |
|---|---|
| ācārya | 老師，教師 |
| iti | 參考上面第 II 點 |
| pustakam | 書 |
| yuddham | 戰爭，爭鬥 |
| vṛkṣa | 樹 |
| śiṣya | 學生 |
| sadā | 時常 |
| √sev（sevate） | 服侍，讚美 |
| hi | 為了（連接詞） |

## 把下列語句翻譯為語體文：

1. śiṣya hi sadācāryānsevanta iti brāhmaṇo 'vadat.
2. nṛpasya kavayaḥ kīrteḥ phalamalabhanta.
3. devānāṃ loke vṛkṣeṣu phalāni sadā vartante manuṣyānāṃ loke tu kadā cideva.
4. yuddhe 'rī anaśyatām.
5. vanāddhyāgacchadgajo nagaramaviśacca.
6. kutrārayo 'śvānrathāṃścālabhantetyapṛcchannṛpaḥ kṣatriyān.
7. vṛkṣasya cchāyāyāṃ mitre ācāryamapaśyatāṃ tatrāgacchatāṃ pustakānyalabhetāṃ ca.
8. nṛpasya grāme 'jāyata śūdrairyuddham.
9. śūdrātputro 'jāyatetyavadadbrāhmaṇaḥ.
10. yuddhe kathaṃ jayāmīti nṛpa ācāryamapṛcchat.

11. kavīnāṃ mukheṣvajāyanta nṛpasya kīrteḥ kathāḥ.
12. senayāpi nājayannṛpo ’rīnāṃ nagaramityavadacchiṣyānācāryaḥ.

# 第十課　nadī 與 pad 的語尾變化

## I、

超過一個音節而以 -ī 結尾的名詞和形容詞的語尾變化，可以 nadī（河流）為代表，表示如下。所有這些字都是陰性。

| | 單 | 雙 | 眾 |
|---|---|---|---|
| 主 | nadī | nadyau | nadyaḥ |
| 對 | nadīm | nadyau | nadīḥ |
| 具 | nadyā | nadībhyām | nadībhiḥ |
| 為 | nadyai | nadībhyām | nadībhyaḥ |
| 奪 | nadyāḥ | nadībhyām | nadībhyaḥ |
| 屬 | nadyāḥ | nadyoḥ | nadīnām |
| 處 | nadyām | nadyoḥ | nadīṣu |
| 呼 | nadi | | |

## II、子音語幹——pad：

梵文中有很多名詞與形容詞的結尾字母是子音。這種語幹有時有強語幹與弱語幹之分。就陽性與陰性的字來說，在語尾變化表中依水平線的方向數下來，最先的五個格是強語幹，其他的則是弱語幹。這五個格即是：單數主對格、雙數主對格、眾數主格。在中性的語幹來說，則只有眾數主對格是強的，其他都是弱的。有些語尾變化的開首字母是子音，這即是雙數具、為、奪格的 bhyām，眾數具格的 bhiḥ，眾數為、奪格的 bhyaḥ，與眾數處格的 su。當它們加到語幹上時，悉依連聲規則。這些語尾猶如獨立的字，故稱為 pāda（字）語尾。

在梵文，一個鼻音以外的有聲子音（ḥ 不計），不能作為一字的結尾而存在；因而 pad（腳，陽性）的主格單數要寫成 pāt。以下是 pad 的語尾變化。

| | 單 | 雙 | 眾 |
|---|---|---|---|
| 主 | pāt | pādau | pādaḥ |
| 對 | pādam | pādau | padaḥ |
| 具 | padā | padbhyām | padbhiḥ |
| 為 | pade | padbhyām | padbhyaḥ |
| 奪 | padaḥ | padbhyām | padbhyaḥ |
| 屬 | padaḥ | padoḥ | padām |
| 處 | padi | padoḥ | patsu |
| 呼 | | | |

在古典梵文中，子音語幹，除了以 -an，-ṛ，-ant 結尾的外，很少有強弱之分。pad 是一個少見的例子。

## III、容許的最後子音：

子音語幹的主格單數形式，其結尾的子音，有時要依規則變成另外的子音。另外，這種變化要在加入 pāda 語尾前進行（雖然在 pad 中看不到），和在其他處進行。所謂最後子音，是在連聲進行前（和在加入 pāda 語尾前），一字中能容許存在的最後的子音。這些最後子音限制得很嚴格。像以下的字母，便不能作最後子音：

齒擦音（ś，ṣ，s）；半母音（y，v，r，l）；有聲無氣音（g，j，ḍ，d，b）；硬口蓋音（c，ch，j，jh，ñ），包括 h 在內的帶氣音（kh，ch，ṭh，th，ph，gh，jh，ḍh，dh，bh，h）。

不能作為最後子音的是這樣多，我們倒不如記取那些可以作為最後子音的。它們包括（括號內的子音很少出現）：

-k　　（-ṅ）

-ṭ　　（-ṇ）

-t　　-n

-p　　-m　　（-l）　ḥ

除了這些外，沒有其他可被容許的最後子音了。不被容許的子音，要轉成被容許的子音。其轉變的規則如下：

-c → -k　　如 vāc → vāk

-j → -k 或 -ṭ　　如 vaṇij → vaṇik；virāj → virāṭ

-ś → -k 或 -ṭ　　如 diś → dik；viś → viṭ

-ṣ → -ṭ　　如 prāvṛṣ → prāvṛṭ

-ḥ → -k 或 -ṭ　　如 -duḥ → -dhuk；havyavāḥ → havyavāṭ

-k 與 -ṭ 的連聲規則如下：

在鼻音之前，-ṭ → -ṇ

如　virāṭ + na → virāṇ na

-k → -ñ

如　vāk + me → vāñ me

在有聲音之前，-ṭ → -ḍ

如　havyavāṭ + āgacchati → havyavāḍ āgacchati

-k → -g

如　vaṇik + dadāti →vaṇig dadāti

在 h- 之前，-ṭ → -ḍ，h- → dh-

如　prāvṛṭ + hi →prāvṛḍ ḍhi

-k → -g，h → gh-

如　vaṇik + hi →vaṇig ghi

## 生字彙

tvac（陰；主格單數：tvak）　　皮

devī　　女神祇

| | |
|---|---|
| nadī | 河 |
| patnī | 妻子 |
| pad（陽；主格單數：pāt） | 腳，足 |
| vaṇij（陽；主格單數：vaṇik） | 商人 |
| vāc（陰；主格單數：vāk） | 說話，言說 |
| vāpī | 水槽，人工池 |
| √spṛś（spṛśati） | 觸摸 |

## 把下列語句翻譯為語體文：

1. vāpyā jalaṃ patnyai brāhmaṇa ānayati.
2. devyā vācaṃ sadā manuṣyāḥ sevanta iti śiṣyo ’vadat.
3. yuddhe nṛpasya tvacamapi nāspṛśannarayaḥ.
4. vaṇigbhiḥ saha nṛpo ratnānyapaśyat.
5. devānāṃ loke gaṅgāyā jalaṃ devasya pādau spṛśatītyavadacchūdraṃ brāhmaṇaḥ.
6. na kadāpi śiṣya ācāryasya patnyā mukhamapaśyatpādāveva tu.
7. śivasya patnīmumeti vadanti.
8. na devānāṃ pādo bhūmiṃ kadāpi spṛśanti.
9. atra vṛkṣānāṃ chāyāsu vaṇija upāviśanbrāhmaṇebhyaśca pustakānyayacchan.
10. sadaiva hi vardhante kavīnāṃ kīrtaya iti devīmavadacchivaḥ.
11. śiṣyaḥ pustakaṃ padāspṛśaditi śūdra ācāryamavadat.
12. atra phalānyaśvānāṃ bhojanāyaiva kalpanta ityamanyata vaṇik.

# 第十一課　rājan 與 dātṛ 的語尾變化

## I、rājan 與 nāman 的語尾變化：

這類名詞，通常是陽性或中性。rājan 是陽性，國王之意；nāman 是中性，名稱之意。彼等的語尾變化形式，可表示如下：

| | 單 | 雙 | 眾 |
|---|---|---|---|
| 主 | rājā / nāma | rājānau / nāmnī | rājānaḥ / nāmāni |
| 對 | rājānam / nāma | rājānau / nāmnī | rājānaḥ / nāmāni |
| 具 | rājñā / nāmnā | rājabhyām / nāmabhyām | rājabhiḥ / nāmabhiḥ |
| 為 | rājñe / nāmne | rājabhyām / nāmabhyām | rājabhyaḥ / nāmabhyaḥ |
| 奪 | rājñaḥ / nāmnaḥ | rājabhyām / nāmabhyām | rājabhyaḥ / nāmabhyaḥ |
| 屬 | rājñaḥ / nāmnaḥ | rājñoḥ / nāmnoḥ | rājñām / nāmnām |
| 處 | rājñi / nāmni | rājñoḥ / nāmnoḥ | rājasu / nāmasu |
| 呼 | rājan / nāman | | |

nāman 的語尾變化，在主格、對格的單、雙、眾數方面，都與 rājan 的不同，其他的都相同。陽性名詞，由水平線方向數下來，最先的五個是強的（如上一課所述）；中性名詞則只有眾數主、對格是強的。在 rājan 的語

尾變化方面，在弱的情況來說（除了具有 pāda 語尾者），直接跟隨著 -j- 的 -n- 要變成硬口蓋音，即變成 -ñ-（n 在 j 後，便要變成 ñ，這是一條規則）。在 nāman 方面，-n- 不必硬口蓋音化，因 -n- 跟在 -m- 後，而 -mn- 的結合，在梵文中是容許的。但在 ātman（陽性；我）來說，在其弱語形式而無 pāda 語尾的情況來說，其具格單數本來是 ātmnā，為格單數本來是 ātmne，但因 -tmn- 的結合，在梵文中不能出現，故要分別改為 ātmanā，ātmane，即在 -tm- 與 -n- 間加入 a。

## II、dātṛ 的語尾變化：

-tṛ 是一種接尾詞，用來形成作者，相當於中文的「者」（如施者，受者）。一般來說，我們可把 -tṛ 加到動詞語根的二次化的結果上去，以形成語幹（如由 √kṛ，做，而得 kartṛ，作者）。所有以 -tṛ 而成的名詞，都是陽性，但有一些例外，如 mātṛ，母親，便是陰性；因母親本來是陰性者。現在以 dātṛ（施予者）為代表，看此類名詞的語尾變化形式。

| | 單 | 雙 | 眾 |
|---|---|---|---|
| 主 | dātā | dātārau | dātāraḥ |
| 對 | dātāram | dātārau | dātṝn |
| 具 | dātrā | dātṛbhyām | dātṛbhiḥ |
| 為 | dātre | dātṛbhyām | dātṛbhyaḥ |
| 奪 | dātuḥ | dātṛbhyām | dātṛbhyaḥ |
| 屬 | dātuḥ | dātroḥ | dātṝnām |
| 處 | dātari | dātroḥ | dātṛsu |
| 呼 | dātar | | |

要注意的是，以 -ṛ 結尾的陰性名詞語幹的語尾變化，除對格多數為 -ṝḥ 外，其他皆與陽性者同。另外，像 pitṛ（父親），mātṛ 與其他表示關係的字（svasṛ，姊妹，除外），在其強語形式方面，是依 -ar- 變化，不是 -ār-。如 pitṛ 例：

| | | | |
|---|---|---|---|
| 主 | pitā | pitarau | pitaraḥ |
| 對 | pitaram | pitarau | 如 dātṛ |
| 其他的變化形式，如 dātṛ | | | |

## 生字彙

| | |
|---|---|
| dātṛ | 施予者 |
| dharma | 法，正義，公正，道德，宗教或道德上殊勝之點 |
| nāman（中） | 名 |
| √paṭh（paṭhati） | 讀，朗誦 |
| pitṛ | 父；父母（雙數） |
| bhrātṛ | 兄弟 |
| mātṛ（陰） | 母 |
| mṛga | 鹿，野獸 |
| rājan | 國王 |
| svasṛ（陰） | 姊妹 |

## 把下列語句翻譯為語體文：

1. rājñaḥ pitaraṃ rathe ’paśyankavayaḥ.
2. aśvānāṃ dātṝṇāṃ nāmānyapṛcchadrājā.
3. vane rājāno mṛgānapīḍayanniti brāhmaṇā avadan.
4. idānīṃ bhrātrā patnyā ca saha vanaṃ viśāmītyavadadrāmaḥ.
5. tatra bhrātroḥ putrānāṃ yuddhe dharmo ’pyanaśyat.
6. dātṝnsadā sevante devā iti pustake brāhmaṇo ’paṭhat.
7. rājño bhrātuḥ putrā vṛkṣasya cchāyāyāmupāviśanmṛgasya kathāmapaṭhaṃśca.
8. dharmasyārayo ’naśyanyuddha iti rājñaḥ kavayo ’vadan.
9. mātā putraṃ nagaramānayattatra ca nyavasat.

10. kavīnāṃ pustakeṣu putrāḥ sadā pitarau sevante manuṣyāṇāṃ loke tu kadā cidevetyācāryaḥ śiṣyānavadat.
11. rājannaraya idānīmāgacchantītyavadadbrāhmaṇaḥ.
12. lokasya pitarāvumā śivaśceti kālidāsasya pustake śiṣyo ’paṭhat.

# 第十二課　aham,tvam,sa 的語尾變化

aham，tvam，sa 分別是第一身、第二身、第三身的代名詞。aham 是我，tvam 是你，sa 是他。aham 與 tvam 的語尾變化形式，在三個性別中都是一樣，但，sa 則在不同的性別，有不同的變化。以下一一列出這三者的語尾變化形式。留意有時有兩個形式在同一情況中出現，這表示這兩者都可兼用。不過，這裏有些規定，即是，寫在後面的形式（mā，me，nau，naḥ；tvā，te，vām，vaḥ）不能放在一語句的最前端，也不能放在 ca，eva，vā 等字之後。

| | 單 | 雙 | 眾 |
|---|---|---|---|
| 主 | aham | āvām | vayam |
| 對 | mām / mā | āvām / nau | asmān / naḥ |
| 具 | mayā | āvābhyām | asmābhiḥ |
| 為 | mahyam / me | āvābhyām / nau | asmabhyam / naḥ |
| 奪 | mat | āvābhyām | asmat |
| 屬 | mama / me | āvayoḥ / nau | asmākam / naḥ |
| 處 | mayi | āvayoḥ | asmāsu |

| | 單 | 雙 | 眾 |
|---|---|---|---|
| 主 | tvam | yuvām | yūyam |
| 對 | tvām / tvā | yuvām / vām | yuṣmān / vaḥ |
| 具 | tvayā | yuvābhyām | yuṣmābhiḥ |
| 為 | tubhyam / te | yuvābhyām / vām | yuṣmabhyam / vaḥ |
| 奪 | tvat | yuvābhyām | yuṣmat |

| | | | |
|---|---|---|---|
| 屬 | tava / te | yuvayoḥ / vām | yuṣmākam / vaḥ |
| 處 | tvayi | yuvayoḥ | yuṣmāsu |

| | 單 | 雙 | 眾 |
|---|---|---|---|
| 主 | saḥ<br>sā | tau<br>te | te<br>tāḥ |
| 對 | tam<br>tām | tau<br>te | tān<br>tāḥ |
| 具 | tena<br>tayā | tābhyām<br>tābhyām | taiḥ<br>tābhiḥ |
| 為 | tasmai<br>tasyai | tābhyām<br>tābhyām | tebhyaḥ<br>tābhyaḥ |
| 奪 | tasmāt<br>tasyāḥ | tābhyām<br>tābhyām | tebhyaḥ<br>tābhyaḥ |
| 屬 | tasya<br>tasyāḥ | tayoḥ<br>tayoḥ | teṣām<br>tāsām |
| 處 | tasmin<br>tasyām | tayoḥ<br>tayoḥ | teṣu<br>tāsu |

以上是 sa 的語尾變化；先者是陽性，後者是陰性。

sa 的中性的語尾變化，除主、對格外，其餘都與陽性者同。現列出其主、對格的語尾變化如下：

| | 單 | 雙 | 眾 |
|---|---|---|---|
| 主 | tat | te | tāni |
| 對 | tat | te | tāni |

要注意的是，主格陽性單數的 saḥ，在子音前，要失去 -s，而成 sa。故 sa gacchati 是他去（現在式）；so 'gacchat 是他去（半過去式）。又第三身的代名詞自可作代名詞用（如他，她，它，他們），亦可用作形容詞，例如「這個」之意。如 tat phalam 指這個果實；sa śiṣyaḥ 指這個學生。

## 生字彙

| | |
|---|---|
| aham | 我 |
| iva | 像，如同（位於所指涉的字以後） |
| giri | 山 |
| tasmāt | 所以，由此（這是 sa 的奪格單數形式） |
| tvam | 你 |
| √pat（patati） | 跌落，飛翔 |
| √pā（pibati） | 飲（由重疊現在式的語幹而形成） |
| sa | 他，她，它，他們 |

## 把下列語句翻譯為語體文：

1. sa rājārīnajayatte ca tasmādgirerapatannanaśyaṃśca.
2. sa manuṣyo gaṅgāyā jalamapibaddevānāṃ lokamalabhata ca.
3. rājñaḥ sakāśādbrāhmaṇa āgacchatputrāya ca pustakānyayacchat.
4. ahaṃ hi rājā, mama sakāśe brāhmaṇā api tiṣṭhantītyavadattavāririti brāhmaṇo rājānamavadat.
5. nāham tava patnīti damayantī taṃ śūdraṃ bhayādavadat.
6. tvadbhayānmanuṣyā yuddhe na naśyanti gṛheṣu tu tiṣṭhantyevetyapaṭhadrājñaḥ sakāśe kaviḥ.
7. vṛkṣe phalānīva tasya pituḥ putrā avardhanta.
8. rājñaḥ patnīva śūdrasya patnyapyagnāvanaśyat.
9. mātuste sakāśādahaṃ tatphalamānayāmīti mama patnīmavadatsa kaviḥ.
10. tavārīṇāṃ kīrtayasteṣāṃ kavīnāṃ mukheṣveva vartante.
11. gajasya cchāyāmapaśyadrājā giriḥ patatītyamanyata ca.
12. na kadāpi śūdrānāṃ sakāśe jalaṃ pibāmīti brāhmaṇastānvaṇijo ’vadat.

# 第十三課　ayam,asau：關係詞

I、

ayam 和 asau 都是關係代名詞。ayam 是「這個」；asau 則是「那個」，表示較疏遠的關係或距離。它們常用於表示指示之意，如「這是我的房子」一類。有時也可作形容詞用，如「這個人」。ayam 與 asau 的語尾變化表示如下，上邊的是陽性，下邊的是陰性。

| | 單 | 雙 | 眾 |
|---|---|---|---|
| 主 | ayam<br>iyam | imau<br>ime | ime<br>imāḥ |
| 對 | imam<br>imām | imau<br>ime | imān<br>imāḥ |
| 具 | anena<br>anayā | ābhyām<br>ābhyām | ebhiḥ<br>ābhiḥ |
| 為 | asmai<br>asyai | ābhyām<br>ābhyām | ebhyaḥ<br>ābhyaḥ |
| 奪 | asmāt<br>asyāḥ | ābhyām<br>ābhyām | ebhyaḥ<br>ābhyaḥ |
| 屬 | asya<br>asyāḥ | anayoḥ<br>anayoḥ | eṣām<br>āsām |
| 處 | asmin<br>asyām | anayoḥ<br>anayoḥ | eṣu<br>āsu |

| | 單 | 雙 | 眾 |
|---|---|---|---|
| 主 | asau<br>asau | amū<br>amū | amī<br>amūḥ |
| 對 | amum<br>amūm | amū<br>amū | amūn<br>amūḥ |
| 具 | amunā<br>amuyā | amūbhyām<br>amūbhyām | amībhiḥ<br>amūbhiḥ |
| 為 | amuṣmai<br>amuṣyai | amūbhyām<br>amūbhyām | amībhyaḥ<br>amūbhyaḥ |
| 奪 | amuṣmāt<br>amuṣyāḥ | amūbhyām<br>amūbhyām | amībhyaḥ<br>amūbhyaḥ |
| 屬 | amuṣya<br>amuṣyāḥ | amuyoḥ<br>amuyoḥ | amīṣām<br>amūṣām |
| 處 | amuṣmin<br>amuṣyām | amuyoḥ<br>amuyoḥ | amīṣu<br>amūṣu |

ayam 與 asau 的中性，只在主、對格方面有不同，其他均與陽性者同。現只列出兩者在主、對格的語尾變化形式：

| | 單 | 雙 | 眾 | 單 | 雙 | 眾 |
|---|---|---|---|---|---|---|
| 主 | idam | ime | imāni | adaḥ | amū | amūni |
| 對 | idam | ime | imāni | adaḥ | amū | amūni |

II、

第十二課列出 sa 的語尾變化。其實還有很多字的語尾變化與 sa 相似，茲列述如下：

A、語尾變化與 sa 完全相同的字有：

eṣa（陽），eṣā（陰），etat（中）；其意是「這個」。

B、以下的字與 sa 的語尾變化大體相同，只是在其主格陽性單數中，在子音前不必消去 -s。

1.其中性主、對格與 sa 同者有：ya（該個），anya（其他）。
2.其中性主、對格都以 -am 結尾的有：sarva，viśva；都是「全部」意。
3.其中性主、對格有特殊形式的有 ka（誰）；這是疑問詞，其中性主、對格的形式是 kim。

## III、梵文中的關係詞：

梵文中有關係詞，如「該人」，「該物」，「該處」之類。不過，此中有一特點：每一關係詞必須附有相關關係詞。例如關係詞「該處」，其相關關係詞即是「那處」。譬如，要表示「我在那國王住的地方見到他」（我在那處見到他，該處是國王所居）的意思，在梵文則要用「該處是國王所居，那處我見到他」的方式，即：yatra rājā vasati tatra tam apaśyam。下面我們列出一些常見的梵文關係詞與其相應的相關關係詞：

| 關　係　詞 | 相　關　關　係　詞 |
|---|---|
| yadi（如果） | tadā（便；或作 tarhi，tataḥ） |
| yadyapi（即使，縱使） | tathāpi（仍然） |
| yadā（當，如果） | tadā（便） |
| yatra（該處） | tatra（那處） |
| ya（該人） | sa（那人；或作 ayam，asau） |
| yathā（由於） | tathā（因此，所以） |

要注意的是，在梵文，關係詞所領引的附屬語句，必須放在相關關係詞所在的主句的前面。相關關係詞所指涉的前述詞，可以放在關係詞之後，或放在相關關係詞之後。例如，要表示「那個來的男孩子是一個婆羅門」（那個男孩子是一個婆羅門，該人來了）的意思，在梵文可寫如「該人男孩子來了，他是一個婆羅門」的方式，或寫如「該人來了，他男孩子是一個婆羅門」的方式。即：yo bāla āgacchati, sa brāhmaṇaḥ，或 ya āgacchati, sa bālo brāhmaṇaḥ。bālo 即男孩子之意。關係詞的格，要看它在附屬語句中所擔任的工作而定；相關關係詞的格，也要看它在主句中所擔

任的工作而定。故兩者不必有同格性質。例如，要表示「我看見打了勝仗的國王」（我看見國王，該人打了勝仗）的意思，可取「該人國王打了勝仗，他我看見」的方式，或「該人打了勝仗，他國王我看見」的方式。此中，「該人」是「打了勝仗」的主語，故一定是主格，但「他」則是「看見」的直接受語，故是對格。至於前述詞國王，其格的性質則要看它的位置而定：若是前一情況，則是主格；若是後一情況，則是對格。故總括地言，可寫成：

yo jayati taṃ rājānaṃ paśyāmi，

也可寫成：

yo rājā jayati taṃ paśyāmi。

又，倘若前述詞的第三身代名詞，則只用相關關係詞便足夠了。如「那來的是我的父親」（他是我的父親，該人來了）寫成「該人來了，他是我的父親」便可；即：ya āgacchati sa mama pitā。

以下多舉一些此類語句的例子，俾能熟習：

1. 中文：國王看到我站於其上的山（國王看到山，我站於該山上）。
   梵文：yasmingirau tiṣṭhāmi taṃ nṛpaḥ paśyati.
   或：yasmiṃstiṣṭhāmi taṃ giriṃ nṛpaḥ paśyati.
2. 中文：我曾給予一戰車的詩人來了（詩人來了，我曾給予一戰車予該人）。
   梵文：yasmai kavaye rathamayacchaṃ sa āgacchat.
   或：yasmai rathamayacchaṃ sa kavirāgacchat.
3. 中文：他把馬匹帶到我所自來的村中（他把馬匹帶到村中，我由該處來）。
   梵文：yasmādgrāmādāgacchaṃ tamaśvamānayat
   （或 tatrāśvamānayat）.
   或：yasmādāgacchaṃ taṃ grāmamaśvamānayat
   （或 tatra grāmamaśvamānayat）.
4. 中文：我看到我們藉之而戰勝的馬（我看到馬，我們憑該馬而戰勝）。

梵文：yenāśvena jayāmastamapaśyam.

或：yena jayāmastamaśvamapaśyam.

5. 中文：我看到我們以其馬而戰勝的剎帝利（我看到剎帝利，我們藉該人的馬而戰勝）。

梵文：yasyāśvena jayāmastaṃ kṣatriyamapaśyam.

或：yasya kṣatriyasyāśvena jayāmastamapaśyam.

關係詞和它的相關關係詞有時可以重複，這則表示極不肯定之意，如「無論誰人」，「無論何物」，「無論何處」之意。如：

yatra yatrāgacchat tatra vanāny eva.

即是「無論他行到何處，都只是森林」之意。又：

yad yad alabhata tat taj jalam iva.

即是「無論他得到甚麼，都像水一樣」之意。有時，會有這樣一種情況出現：只有關係詞，沒有相關關係詞，這大抵是由於韻律的關係。若但用 ya 而不加上相關關係詞，則 ya 所領引的附屬語句，變成有一普遍的意思了。例如：

atra kṣatriyā ye ca brāhmaṇā vasanti.

其意變成「剎帝利與只要是婆羅門，都住在這裏」，或是「剎帝利與所有的婆羅門，都住在這裏」。又，若關係詞與疑問詞在一起同時出現，而疑問詞又為 api，cit，cana 一類的字伴隨時，則所成的意思便極其不肯定。如 yatra kutrāpi 是「任何地方」，yaḥ ko 'pi 是「任何人」，yat kiṃ cit 是「任何東西」之意。在這種情況下，ya 不須領引一附屬語句，亦不需要前述詞。

## 生字彙

| | |
|---|---|
| anya | 其他（語尾變化與 sa 同，參看上面第 II 點） |
| ayam | 這個 |
| asau | 那個 |

| | |
|---|---|
| ka | 誰（疑問詞） |
| tathā | 如此，這樣（tathāpi 是「仍然」之意，是 yadyapi，yadāpi 的相關關係詞） |
| tadā | 這樣便（yadi，yadā 的相關關係詞） |
| ya | 該人（關係詞） |
| yatra | 該處（關係詞） |
| yadā | 當，由於（yadāpi 是即使之意） |
| yadi | 如果（yadyapi 是即使，縱使之意） |
| sarva | 每一，每個；全部（語尾變化與 sa 同，參看上面第 II 點。此詞若是單數，則是每一之意，若是眾數，則是全部之意） |

## 把下列語句翻譯為語體文：

1. yo vaṇigvāpyā jalaṃ pibati sa mama patnyā bhrātā.
2. yānānayanrājño 'śvāstai rathairyuddhe 'jayankṣatriyāḥ.
3. yāni yāni devasya nāmāni tāni sarvāṇyapaṭhadbrāhmaṇaḥ.
4. yadyapi sarve kṣatriyā anaśyaṃstasminyuddhe tathāpyajayāmetyamanyata rājā.
5. ye rājāno dharmaṃ na sevante te sarve 'sminyuddhe 'naśyanniti kaviravadat.
6. ayaṃ me grāma idaṃ ca me gṛhamityavadadatithiṃ śūdraḥ.
7. ye loke kīrtimalabhanta ye ca kavīnāṃ vākṣvaviśaṃste sarve 'naśyanna cāsmiṃl loka idānīṃ vartante.
8. yebhyo yebhyo giribhyo nadyaḥ patanti tāṃstānmṛgāḥ sevante.
9. yadā yadācāryaḥ śiṣyāṇāṃ sakāśe tiṣṭhati tadā te 'pi tiṣṭhantītyapaśyadvaṇijaḥ putraḥ.
10. yeṣāṃ manuṣyāṇāṃ putrā jāyante teṣāṃ dharmo 'pi vardhate.
11. yebhyaḥ kavibhyaḥ sa gajānaśvāṃśca yacchati te sarve taṃ rājānaṃ

śaṃsanti.

12. yatra yatra rāmasya pādau bhūmimaspṛśatāṃ tatra tatredānīmamuṃ devaṃ sevante manuṣyāḥ.

# 第十四課　願望主動式動詞（optative active）；以 -u 結尾的名詞

## I、願望主動式動詞：

像現在式與半過去式動詞那樣，願望式動詞由現在式動詞的語幹構成，也有主動式與中間式之分。這種動詞，主要用來表示願望（如「希望他能長壽」），要求（如「希望你能來」），渴望（如「人們應該依循正義而行動」），和可能發生的事（如「他會來」）。這種願望式動詞，亦可表示一些格言，如「人類應愛自然」。以下表示願望主動式動詞的語尾變化形式（以 √bhū 為例）：

| | 單 | 雙 | 眾 |
|---|---|---|---|
| 第一身 | bhaveyam | bhaveva | bhavema |
| 第二身 | bhaveḥ | bhavetam | bhaveta |
| 第三身 | bhavet | bhavetām | bhaveyuḥ |

## II、以 -u 結尾的名詞的語尾變化：

這可以陽性的（敵人）為例表示：

| | 單 | 雙 | 眾 |
|---|---|---|---|
| 主 | śatruḥ | śatrū | śatravaḥ |
| 對 | śatrum | śatrū | śatrūn |
| 具 | śatruṇā | śatrubhyām | śatrubhiḥ |

| | | | |
|---|---|---|---|
| 為 | śatrave | śatrubhyām | śatrubhyaḥ |
| 奪 | śatroḥ | śatrubhyām | śatrubhyaḥ |
| 屬 | śatroḥ | śatrvoḥ | śatrūṇām |
| 處 | śatrau | śatrvoḥ | śatruṣu |
| 呼 | śatro | | |

śatru 是陽性。dhenu 是陰性，母牛之意，其語尾變化大抵與 śatru 同，只是其具格單數為 dhenvā，其對格眾數為 dhenūḥ。以下再舉中性的 madhu（蜜）的語尾變化：

| | 單 | 雙 | 眾 |
|---|---|---|---|
| 主 | madhu | madhunī | madhūni |
| 對 | madhu | madhunī | madhūni |
| 具 | madhuna | madhubhyām | madhubhiḥ |
| 為 | madhune | madhubhyām | madhubhyaḥ |
| 奪 | madhunaḥ | madhubhyām | madhubhyaḥ |
| 屬 | madhunaḥ | madhunoḥ | madhūnām |
| 處 | madhuni | madhunoḥ | madhuṣu |
| 呼 | madho | | |

## 生字彙

| | |
|---|---|
| ṛṣi | 聖者 |
| eka | 一（語尾變化如 sa；其中性單數主、對格為 ekam） |
| kopa | 怒 |
| dhanam | 錢，財富 |
| tīram | 岸，岸邊 |
| dhenu（陰） | 母牛 |
| madhu（中） | 蜜 |

| | |
|---|---|
| śatru（陽） | 敵人 |
| samudra | 海洋 |
| sūrya | 太陽 |

## 把下列語句翻譯為語體文：

1. kopādṛṣirgrāmādagacchadasmingrāme sarve naśyeyurityavadacca.
2. yadi devānāṃ madhu pibeyurmanuṣyāstadā te ’pi na naśyeyuḥ.
3. ya ācāryasya sakāśa upaviśeyuste na kimapi vadeyuḥ.
4. śatrūṇāṃ kopāddevā api yuddhe ’patan.
5. yadi mama dhanāni sarvāṇi śatravo labhante tadāhaṃ naśyeyamityavadannṛpaḥ.
6. yadyaddhi bhavenmanuṣyastadeva bhavati.
7. yadā nadyāstīre dhenūrapaśyadvaṇiktadā kathaṃ tā grāmamānayeyamityamanyata saḥ.
8. yadi na kasminnapi manuṣye kopo viśettadāsmiṃl loke yuddhāni na bhaveyuḥ.
9. ye ’tra brāhmaṇānām pustakāni paṭheyuste sarve mama nagaramāgaccheyurityavadannṛpaḥ.
10. yadā samudrasya tīre ’tiṣṭhajjalamapaśyacca tadā devānāṃ loke ’viśamityamanyata vaṇik.
11. yadā brāhmaṇāḥ sūryādanyeṣāṃ devānāṃ nāmānyapaṭhaṃstāndevānaśaṃsaṃśca tadā sūrya eko ’smākaṃ devo ye ’nyeṣāṃ devānāṃ nāmāni paṭheyuste nāsminnagare nivaseyurityavadadrājā.
12. na punaḥ kadāpi sūryaṃ paśyetsa mama śatruriti kopādavadatkṣatriyaḥ.

# 第十五課　願望中間式動詞（optative middle）；以-s 結尾的名詞

I、

願望中間式動詞的語尾變化，可以 √labh 為例，表示如下：

| | 單 | 雙 | 眾 |
|---|---|---|---|
| 第一身 | labheya | labhevahi | labhemahi |
| 第二身 | labhethāḥ | labheyāthām | labhedhvam |
| 第三身 | labheta | labheyātām | labheran |

## II、以 -s 結尾的名詞：

有很多梵文名詞，其結尾是 -as，-is，或 -us；像 pad 那樣，它們都取子音的語尾變化。這些名詞，沒有強與弱的形態之分。在這些名詞中，大部分是中性，其語尾變化，與 pad 在主格與對格方面都不同。如以 manas（心）為例，其單數主、對格的結尾是 -as，雙數主、對格是 -ī，眾數主對格則其最後的母音要變長，再加上 -ṃsi。以 -is，-us 結尾的名詞，很多時其 -s 要反舌音化，這則要從連聲的規則而定。以下列舉 manas（心）、havis（供奉）與 dhanus（弓）的語尾變化，俾供參考。三者都是中性。

| | 單 | 雙 | 眾 |
|---|---|---|---|
| 主 | manaḥ / haviḥ / dhanuḥ | manasī / haviṣī / dhanuṣī | manāṃsi / havīṃṣi / dhanūṃṣi |

| | | | |
|---|---|---|---|
| 對 | manaḥ / haviḥ / dhanuḥ | manasī / haviṣī / dhanuṣī | manāṃsi / havīṃṣi / dhanūṃṣi |
| 具 | manasā / haviṣā / dhanuṣā | manobhyām / havirbhyām / dhanurbhyām | manobhiḥ / havirbhiḥ / dhanurbhiḥ |
| 為、奪、屬格者與 pad 同 | | | |
| 處 | manasi / haviṣi / dhanuṣi | manasoḥ / haviṣoḥ / dhanuṣoḥ | manaḥsu / haviḥṣu / dhanuḥṣu |

要注意的是，pāda 語尾應當作新字加上，要依循連聲規則。故 manas 的具格多數是 manobhiḥ，而 havis 的具格多數則是 havirbhiḥ。

以 -s 結尾的陽性與陰性名詞並不多（複合字除外），其語尾變化與 pad 同。例外的是以 -as 結尾的名詞。這類名詞有些不規則，其主格單數以 -ās 結尾，呼格單數則以 -as 結尾。如 sumanas（有教養者，善心者）的語尾變化如下，其為陽性或陰性，視其前述詞之為陽性或陰性而定。

| | 單 | 雙 | 眾 |
|---|---|---|---|
| 主 | sumanāḥ | sumanasau | sumanasaḥ |
| 對 | sumanasam | sumanasau | sumanasaḥ |
| 其他格與 pad 的變化同 | | | |

## III、關於形容詞：

梵文的形容詞亦可作名詞用。如 sādhu，可解為「好」，亦可解為「好人」。大多數梵文形容詞的語尾變化，陽性隨 deva，中性隨 phalam，陰性隨 senā。其中有少數則隨 deva，phalam 與 nadī 而變化。亦有一些形容詞其陽性隨 śatru，中性隨 madhu，陰性隨 nadī 而變化。

## 生字彙

| | |
|---|---|
| artha | 意義；財富；目標 |
| arthe | 為了（放在所指涉的字的屬格形式之後） |
| kanyā | 女孩，女兒；未婚的女孩；處女 |
| √krīḍ（krīḍati） | 玩，遊戲 |
| cakṣus（中） | 眼 |
| √cur（corayati） | 盜取 |
| √dah（dahati） | 燒；使痛苦 |
| dhanus（中） | 弓（武器） |
| payas（中） | 奶 |
| prajā | 子民；子孫；動物 |
| bahu（陰：bahvī） | 多 |

## 把下列語句翻譯為語體文：

1. yasmāttvaṃ rathāṅgajāṃśca labhethāḥ sa rājedānīmatra tiṣṭhatīti kaviḥ kavimavadat.
2. ye rājāno na me prajā vardheranna ca dharmo vardheteti manyeraṃste sarva idānīmeva naśyeyurityamanyata brāhmaṇaḥ.
3. mama kanyā na kadāpi madanyānmanuṣyānapaśyannityavadannṛpaḥ.
4. yadā yadā devānāṃ cakṣūṃṣi damayantyāmapataṃstadā tadā tatraivātiṣṭhaṃstāni.
5. ye dhanaṃ me corayeyuste sarve mama sakāśe gajānāṃ padbhirnaśyeyuriti rājāvadat.
6. yasmingirau sa rājā jale patnībhiḥ saha krīḍati tatra na ko 'pyāgacchet.
7. vanaṃ dahatītyapaśyadbrāhmaṇo ye ca mṛgāstatra nyavasaṃstānsarvāṃstasmādvanādānayat.
8. asya pustakasyārthaḥ ka ityācāryaṃ śiṣyo 'pṛcchat.

9. mama kanyā sadā madhunā saha payo ’pibadidānīm tu tena kṣatriyeṇaikā vane gacchati yajjalaṃ mṛgāstatra pibanti tajjalaṃ sāpi pibatīti mātāmanyata.
10. yadekaṃ mitraṃ tena dhanuṣaiva sahāsmākaṃ giriṃ sa āgacchatīti kanyāmanyata.
11. yeṣāmarthe vaṇijo ’do vanamagacchaṃste gajā sarve ’gnāvanaśyan.
12. sā kanyāgniriva māṃ dahatītyavadanmitraṃ sa kṣatriyaḥ.

# 第十六課　命令主動式動詞（imperative active）；格限定複合詞

## I、命令主動式動詞：

這種動詞的語尾變化，像現在式、半過去式和願望式那樣，加到動詞的現在式的語幹上去。這是表示命令的語氣。在第二身，這可翻譯成像「來呀！」那樣；在第三身，則如「讓他／她……」那樣；在第一身，則如「讓我……」，「待我……」那樣。以下以 √bhū 為例，列出這種動詞的語尾變化：

| | 單 | 雙 | 眾 |
|---|---|---|---|
| 第一身 | bhavāni | bhavāva | bhavāma |
| 第二身 | bhava | bhavatam | bhavata |
| 第三身 | bhavatu | bhavatām | bhavantu |

## II、格限定複合詞：

梵文的複合詞有四種：格限定複合詞（tatpuruṣa）、並列複合詞（dvandva）、不變化複合詞（avyayībhāva）、所屬複合詞（babhuvrīhi）。在這課中，我們將解釋格限定複合詞。

一般來說，所有複合詞都由同一方式組成：以名詞和形容詞的語幹形式拼合起來，再運用連聲規則便成。語尾變化只發生在最後一組成分子上。普通在字彙表中所列出的形式，即是語幹式，如 deva，pad，śatru， agni，kartṛ，manas。以 -am 和 -an 結尾的名詞則例外，它們的語幹形式都以 -a 結尾；另外，以 -in 結尾的字，其語幹形式以 -i 結尾；以 -ant 結尾的字，其語幹形式以 -at 結尾。代名詞的語幹形式則表示如下：

| 代名詞 | 語幹形式 |
| --- | --- |
| aham（我） | mat |
| vayam（我們） | asmat |
| tvam（你） | tvat |
| yūyam（你們） | yuṣmat |
| sa（他、她、它、他們） | tat（可用於 sa 的三種性與三種數目） |

這裏有一個特別的規則：當格限定複合詞的最後一分子，是以 -an 結尾的字時，則其語尾變化與 deva 或 phalam 同，若是陽性則隨 deva，中性則隨 phalam。如 kavirāja，即「詩人之王」之意。

格限定複合詞的特色是，其第一分子與第二分子有某種情況的語格的關係：第二分子為第一分子的格所限，因而決定整個複合詞的意思。第一分子可以作單數解，也可以作多數解，視其脈絡而定。以下列舉一些格限定複合詞，俾供參考：（以下所標出的格，即是第一分子的格，以此限定第二分子。）

主格　rājarṣi；rājan + ṛṣi；作為國王的聖者，即聖王。
　　　nīlotpala；nīla（藍）+ utpala（荷蓮）；藍色的荷蓮。

對格　dhanadātṛ；dhanam + dātṛ；錢的施與者（dātṛ 由 √dā 而來，√dā 即施予，有一直接對象，這即是錢）。

具格　agnipāka；agni + pāka（煮）；以火來煮（火是具格）。

為格　prajāhita；prajā + hita（好）；對子孫來說是好。

奪格　gajabhayam；gaja + bhayam；對於象的恐懼。

屬格　nadītīram；nadī + tīram；河岸。

處格　girinadī；giri + nadī；在山上的河。

要注意的是，第一分子對第二分子的關係，和第一分子的數目，在複合詞中都沒有標示出來，這完全要看複合詞的脈絡而定。又，在格限定複合詞中，通常將其中為主格關係的部分抽出，成為一特別類別，稱同格限定複合詞（karmadhāraya）。故 rājarṣi 與 nīlotpala 都是同格限定複合詞。

代名詞亦可作為格限定複合詞的第一分子。以下是一些例子：maddhanam（我的錢），tattīram（那岸），tvaccakṣus（你的眼睛），asmacchatru（我們的敵人）。

在語句中的複合詞，只當作一個字來用，其語尾變化只發生在最後一分子方面。如 nadītīre 意即：在河岸上。又複合詞可包括兩個以上的分子。在這種情況，我們要將複合詞逐步分析。首先應把複合詞的最後一分子與其他部分分開；然後再把其他部分中的最後一分子分開，如是分開下去，便能對複合詞作完全的分析。如 nadītīragrāma；應分開為 nadītīra + grāma，這即是一處格的格限定複合詞，表示「在河岸上的村落」之意。餘下的 nadītīra，則顯然是一屬格的限定複合詞，表示「河岸」之意。

## 生字彙

| | |
|---|---|
| eṣa | 這（語尾變化與 sa 同；陰性主格是 eṣa，中性主、對格是 etat） |
| tathāpi | 仍然，縱然（由 tathā + api 而來） |
| √dhāv（dhāvati） | 走 |
| bāla | 男孩；愚人 |
| bālā | 女孩 |
| rājyam | 王國 |
| vīra | 戰士，勇士 |
| hṛdayam | 心臟；心 |

## 把下列語句翻譯為語體文：

1. na rājarājo ’pīdaṃ nagaraṃ jayet.
2. sa gacchatu, maddhṛdaye sadā tiṣṭhatyeva.

3. ye 'nyarājyāni gaccheyustebhyaścārthānānayeyurna teṣāṃ patnyo mitrāṇi vetyavadatsā bālā.
4. jayāni bahūnāṃ caiteṣāṃ rājyānāmeko rājā bhavānītyavadadrājā.
5. tvadarthe 'hamāgaccham tvadarthe 'haṃ yuddhe 'jayamidānīṃ tu gacchetyeva vadasītyavadadvīro rājānam.
6. asminyuddhe mamārayo jayantu, mama vīrā naśyantu, yadbhavettatsarvaṃ bhavatu, tathāpi mama rājyādvanaṃ na gacchāmīti nṛpo 'vadat.
7. vīrānāṃ cakṣūṃṣi corayateti kanyā mātāvadat.
8. yatra kutrāpi dhāvantvete vanagajāstathāpi kathamapi rājanagaramekamānayāmītyamanyata śūdraḥ.
9. yuddhabhūmāvapatadvīraḥ, tamapaśyadrājā devānāṃ lokaṃ gacchatviti cāvadat.
10. nadījalasakāśe'tiṣṭhaṃstā bālā akrīdaṃśca.
11. asmākaṃ hṛdayeṣu sadā vasati sa rājetyavadaṃstasya patnyaḥ.
12. śatrurājyanagareṣvidānīmagnimeva paśyāma iti kavayo'vadan.

# 第十七課　命令中間式動詞（imperative middle）；並列複合詞

## I、命令中間式動詞：

這種動詞的語尾變化，可以 √labh 表示如下：

| | 單 | 雙 | 眾 |
|---|---|---|---|
| 第一身 | labhai | labhāvahai | labhāmahai |
| 第二身 | labhasva | labhethām | labhadhvam |
| 第三身 | labhatām | labhetām | labhantām |

## II、並列複合詞：

這種複合詞的形態，基本上是把所有的組成分子都列舉出來，而成一個連續的系列，翻譯時，把組成分子的名稱都列舉出來便可。這種複合詞分兩種：更互並列複合詞（itaretara dvandva）與合成並列複合詞（samāhāra dvandva）。

**A、更互並列複合詞**：這種複合詞的語尾的表示方式，視其組成分子的數目不同而有不同；若有兩個組成分子，則最後一分子取雙數語尾；若有兩個以上的組成分子，則最後一分子取眾數語尾。複合詞的性別，通常是與最後的組成分子同。這種複合詞可舉例如下：

rāmakṛṣṇau　　Rāma 和 Kṛṣṇa
aśvakākagajāḥ　　馬、烏雅和象

要注意的是，包含兩個組成分子的更互並列複合詞，可以是雙數（表示兩個東西），也可以是眾數（表示兩個以上的東西）。如 rāmakṛṣṇau 表示 Rāma 和 Kṛṣṇa 兩個有情，是雙數，devamanuṣyāḥ 則表示神祇們和人們，是眾數。若要表示一個神祇和一個人，則作 devamanuṣyau。若果有三個或以上的組成分子，則自是眾數。

**B、合成並列複合詞：**這類複合詞常作單數中性看；組成的東西，一般被視為合成一個單一體。例如：

> pāṇipādam，由 pāṇi（手）、pāda（腳）而來，被當作一個單一體看。āhāranidrābhayam，由 āhāra（食物）、nidrā（睡眠）、bhayam（恐懼）而來，表示食物、睡眠與恐懼成一單一體，即「動物生活」。

## 生字彙

| | |
|---|---|
| udyānam | 花園 |
| kāla | 時間 |
| dhūma | 煙 |
| puṣpam | 花 |
| viṣam | 毒藥 |
| siṃha | 獅子 |
| svarga | 天，天堂 |
| hasta | 手，象鼻 |

## 把下列語句翻譯為語體文：

1. ye rājāno manmitrāṇi teṣāṃ kīrtirvardhatāmityavadannṛpaḥ.
2. yatra yatra dhūmastatra tatrāgnirityavadacchiṣyamācāryaḥ.
3. asminpayasi viṣaṃ bhavedityamanyata rājā na ca tadapibat.
4. asminvane siṃhagajā vasantīti sa vaṇigamanyata bhayena ca tadaviśat.

5. nagarodyāneṣu rājabālā akrīḍannudyānavṛkṣānāṃ puṣpāṇi gṛhamānayaṃśca.
6. tatra vane sūryo gajahastānapi pīḍayati, ye naśyeyusta eva tadviśeyuriti vaṇijamavadatpatnī.
7. ye svargaṃ gaccheyuste sarve 'smiṃl loke kīrtiṃ labhantām.
8. yeṣāṃ gajānāṃ hastaiḥ siṃhā anaśyaṃste sarve 'gnāvadhāvannanaśyaṃśca.
9. yaḥ siṃho vanarājastena saha kākagajau nyavasatām.
10. samudratīre 'paśyatkṣatriyo devalokavṛkṣapuṣpāṇi kimetadityamanyata ca.
11. na bālo 'pi tathā manyeteti kopācchiṣyamavadadācāryaḥ.
12. sarvakāleṣu tava rājye puṣpāṇi vṛkṣeṣu vartantāmityavadadṛṣiḥ.

# 第十八課　所屬複合詞

## I、以 -i 結尾的中性名詞：

這種名詞的語尾變化並不常見，但很多時在所屬複合詞中出現。下面以 dadhi（中性；凝乳之意）表示這類名詞的語尾變化：

| | 單 | 雙 | 眾 |
|---|---|---|---|
| 主 | dadhi | dadhinī | dadhīni |
| 對 | dadhi | dadhinī | dadhīni |
| 具 | dadhinā | dadhibhyām | dadhibhiḥ |
| 為 | dadhine | dadhibhyām | dadhibhyaḥ |
| 奪 | dadhinaḥ | dadhibhyām | dadhibhyaḥ |
| 屬 | dadhinaḥ | dadhinoḥ | dadhīnām |
| 處 | dadhini | dadhinoḥ | dadhiṣu |
| 呼 | dadhe | | |

## II、以 -ū 結尾的陰性名詞：

這種名詞的語尾變化，以 vadhū（陰性；妻子之意）表示如下：

| | 單 | 雙 | 眾 |
|---|---|---|---|
| 主 | vadhūḥ | vadhvau | vadhvaḥ |
| 對 | vadhūm | vadhvau | vadhūḥ |
| 具 | vadhvā | vadhūbhyām | vadhūbhiḥ |
| 為 | vadhvai | vadhūbhyām | vadhūbhyaḥ |

| | | | |
|---|---|---|---|
| 奪 | vadhvāḥ | vadhūbhyām | vadhūbhyaḥ |
| 屬 | vadhvāḥ | vadhvoḥ | vadhūnām |
| 處 | vadhvām | vadhvoḥ | vadhūṣu |

## III、所屬複合詞：

**A**、梵語有四種複合詞。在這四種複合詞中，其語法上的支配點（在語法上起主要作用的點）的分布都不同。如格限定複合詞，其語法支配點在第二個組成分子。如 rājakopa，意即國王的憤怒，此中，kopa 在語法上起支配的作用。在並列複合詞，其語法支配點平均地分布在各個組成分子上。如 devagandharvamanuṣyāḥ，意即神祇、乾闥婆（天上的樂師）、人，三者在語法上有同等的重要性。第三類複合詞是比較次要的不變化複合詞，這種複合詞作副詞用，無語尾變化。如 upakumbham，由字首 upa（意即附近）與 kumbha（意即壺）組成，表示「在壺中」之意。又如 antargiri，由 antar（內面之意）與 giri 組成，表示「在山中」之意。這種複合詞，其語法支配點在前面的組成分子，就前兩例來說，即 upa 在與 antar。

**B**、第四種複合詞是相當重要的所屬複合詞。但語法支配點卻不在這種複合詞之中，而在其外的前述詞，這前述詞可能有標明出來，也可能隱含著。例如 dhanurhasta，這由 dhanus 與 hasta 組成，直接的意思是「弓手」，實際上這複合詞的意思是「手中有弓的人」。此中的前述詞的「人」，在句子中或有出現，或是隱含著。要注意的是，所屬複合詞必須在性、格、數方面與前述詞相應。在上一例子中，若前述詞是中性主格單數，則當為 dhanurhastam，與 phalam 取同一語尾變化形式。若是陰性主格單數，則為 dhanurhastā，若前述詞是 tasyai（為了她），則當轉為 dhanurhastāyai（為了手上有弓的她）。要注意的是，這所屬複合詞的性、格、數，只由前述詞決定，完全與這複合詞的最後一個組成分子的性、格、數無關。複合詞內的組成分子是單數是眾數，對複合詞的數亦無影響。如 vīramitro rājā，可指「其朋友是一戰士的國王」，也可指「其朋友們是戰士的國王」，無論是哪種解釋，vīramitraḥ 必須要是單數，以與 rājā 相應。以下是一些所屬複合詞的例子（以「其」、「彼」表前述詞）：

vīramitra，其朋友是戰士

hatagaja，象因彼而被殺（hata）

dattadhana，錢給予（datta）彼

putradhana，對彼來說，錢即是兒子

dhanurhasta，其手中有弓

putrakāma，其願望（kāma）是兒子

puṣpatīra，其岸有花

一般來說，所屬複合詞的解釋，以合乎普通情理為準。

**C**、當所屬複合詞的第一個組成分子是一字首，則這複合詞便不能以上述方式來分析了。這些字首通常是 a-，nis-，sa-，saha-，su-，dus- 等。首先要把此中的一些連聲規則說一下。a- 若在開始字母為母音的組成分子之前，則要轉成 an-；nis-，dus- 的 -s 在齒擦音之前要轉成 -ḥ，在母音、半母音和有聲子音之前要轉成 -r，在 k-，kh-，p-，ph- 之前要轉成 -ṣ。以下解釋一下在所屬複合詞中這些字首的意思。

a-，an- 表示否定之意。如 aputra，即是「沒有兒子」之意。若字首在同格限定複合詞中，則表示「不」或「非」之意。如 adharma 即是非法。

dus- 是「不好的」之意，與 su- 的意思相反。如 duṣkarman，指「具有壞的行為（karman）」。

nis- 指「在外」，「空卻」，「缺乏」。如 niṣpuṣpam udyānam 指「沒有花的花園」。

sa- 和 saha- 都是「伴隨」，「擁有」之意。如 savīro rājā 與 sahavīro rājā 都是「有戰士伴隨著的國王」之意。

su- 是「好的」之意，與 dus- 的意思相反。如 sukarman，指「具有好的行為（karman）」。

**D**、由於所屬複合詞與前述詞在性上相同，故我們要弄清楚每一所屬複合詞的每一種性所取的語尾變化形式。陽性與中性的情況比較簡單，但

陰性則極其複雜。以下是一些通則。

a. 其最後一字以 -a，-am，-ā 結尾的所屬複合詞，其陽性、中性、陰性相應地以 -a，-am，-ā（或 -ī）結尾，這自然是取 deva，phalam，senā（或 nadī）的語尾變化形式。

b. 其最後一字以 -i 結尾的所屬複合詞，其陽性、中性、陰性都取 -i 的語尾變化形式（有些陰性取 -ī 形式）。

c. 其最後一字以 -u 結尾的所屬複合詞，其陽性、中性、陰性都取 -u 的語尾變化形式（有些陰性取 -ū 形式）。

d. 以子音結尾的所屬複合詞取該子音的陽性、中性、陰性的語尾變化形式。

e. 其最後一字以 -ī，-ṛ，-ū 結尾的所屬複合詞，其陽性、中性、陰性分別取 -ka，-kam，-kā 語尾。這些語尾都加到最後一字的語幹上去。如由 patnī 而得 sapatnīka；由 dātṛ 而得 sadātṛka；由 vadhū 而得 savadhūka。

f. 其最後一字以 -an 結尾的所屬複合詞，或是加 -ka，-kam，-kā 到最後一字的語幹上去，或是陽性隨 rājan，中性隨 nāman，陰性隨 nadī（語尾為 nī）的語尾變化形式。故 sarājan 的陽性、中性、陰性可是 sarājaka，sarājakam，sarājakā 或是 sarājan，sarājan，sarājñī。

g. 另外一種辦法是，不管所屬複合詞的最後的組成分子屬哪一種語尾變化形式，都可在其最後的組成分子的語幹上加上 -ka，-kam，-kā，以分別得陽性、中性、陰性的所屬複合詞。

h. 以下是一些所屬複合詞的例子：

dīrghakeśa，由 dīrgha（長）與 keśa（髮，毛）組成，表示「其髮長」之意。陰性則為 dīrghakeśā。

mahābāhu，由 mahā（大）與 bāhu（臂）組成，表示「具有粗大的臂」之意。

anyarūpa，由 anya 與 rūpa（形相）組成，表示「具有其他形相」之意。

sumanas，由 su- 與 manas（心）組成，表示「具有好的心意」之意。

aprajā，由 a- 與 prajā 組成，意即「沒有孩子」。

cāracakṣus，由 cāra（偵探）與 cakṣus 組成，「具有偵探的眼睛」之意。

rāmanāman，或 rāmanāmaka，由 rāma 與 nāman 組成，「其名是 Rāma」之意。

**E**、大部分的所屬複合詞都可以作格限定複合詞看，在這種情況，當然其意思也變了。就上面舉的例子看，若當作格限定複合詞，則其意思改變如下：dīrghakeśa 指「長髮」；mahābāhu 指「大手臂」；anyarūpa 指「另外的形相」；sumanas 指「善心」；aprajā 如當作格限定複合詞來看，並無意義；cāracakṣus 指「偵探的眼睛」；rāmanāman 指「Rāma 的名稱」。格限定複合詞的性，由其最後一組成分子決定；所屬複合詞的性，則由其前述詞決定。如 rāmanāman，若指「Rāma 的名稱」，則必然是中性；若指「那個稱為 Rāma 的人」，則必然是陽性。

**F**、對於特別長的複合詞的處理：對於特別長的複合詞的分析，通常的方法是從後面看，把最後的組成分子分離開來，視整個複合詞是由此一最後組成分子與其他部分合成，然後再以同樣方法，分析此「其他部分」，如是下去，至此「其他部分」被完全化解為止。例如 sarvabhūmirājarājakīrticchāyā 一複合詞，其處理步驟可如下：

a. 將之視為格限定複合詞，分解為 sarvabhūmirājarājakīrti 與 chāyā，其限定是屬格的限定，故其意即是「一切＝大地＝王＝王＝光榮的影子」。

b. 將 sarvabhūmirājarājakīrti 復視為屬格的格限定複合詞，分解為 sarvabhūmirājarāja 與 kīrti，其意即是「一切＝大地＝王＝王的光榮」。

c. 將 rājarāja 視為屬格的格限定複合詞，分開為 rāja 與 rāja，解為「王中之王」。

d. sarvabhūmirājarāja 又是屬格的格限定複合詞，意即「一切大地的王中之王」。

e.　sarvabhūmi 是同格限定複合詞，為「一切大地」之意。故整個複合詞的意思是：「一切大地中的王中之王的光榮的影子」。倘若此長複合詞作所屬複合詞看，則其意當變為「其影子是一切大地中的王中之王的光榮」。

## 生字彙

| | |
|---|---|
| a-，an- | 在所屬複合詞中，這字首表示「否定」，「沒有」的狀態；在同格限定複合詞，則是「非」之意。參考課文 III C 點 |
| jīvitam | 生命 |
| duhkham | 煩惱，苦惱，痛苦 |
| dus- | 在所屬複合詞中，這是「具有不好的」之意；若在同格限定複合詞，則是「壞的」，「不好的」之意。參考課文 III C 點 |
| nis- | 在所屬複合詞中，這是「在外」，「空卻」，「缺乏」之意。參考課文 III C 點 |
| sa-，saha- | 在所屬複合詞中，這是「伴隨」，「擁有」，「缺乏」之意。參考課文 III C 點 |
| su- | 在所屬複合詞中，這是「具有好的」之意。參考課文 III C 點 |
| sukham | 快樂，舒適 |

## A、翻譯下列複合詞（先作格限定複合詞看，再作所屬複合詞看）：

| | |
|---|---|
| 1. madhuvāk | 2. puṣpatīra |
| 3. jalahasta | 4. sarvarājyanṛpa |
| 5. adharma | 6. duṣkīrti |
| 7. vīramitra | 8. dharmapatnīka |
| 9. kathākīrti | 10. atithikīrti |
| 11. nadīmātṛka | 12. sūryacakṣus |

13. sagajāśvanagara
14. ratnadhana
15. sūryamitranāman
16. pitrācārya
17. śatrukopa
18. śūdrācārya

## B、把下列語句翻譯為語體文：

1. dhanurhasto vīro rājasakāśamāgacchannirduḥkho bhavetyavadacca.
2. ye manuṣyā aputrāsteṣāṃ jīvitaṃ duḥkhameva.
3. yasmāttvadrājye 'dharma eva vardhate tasmāttannirbrāhmaṇamiti brāhmaṇo 'vadat.（yasmāt - tasmāt 的結構是由於～所以之意）
4. kadā loko 'yaṃ niryuddho bhavedityamanyata sa vīraḥ.
5. ayaṃ lokaḥ sarājyanagaragrāmo mamaiva bhavatvityavadadrājā.
6. yadyasūryo bhavedayaṃ loko yadyapyabrāhmaṇo bhavelloko yadyapi vā nirjalā bhavedbhūmistathāpi tvamevāsya lokasya rājetyapaṭhatkaviḥ.
7. sapuṣpavṛkṣodyāneṣvakrīḍatsabhrātṛpatnīko rājarājanāma nṛpaḥ.
8. na kutrāpi niragnibrāhmaṇagṛhaṃ mama rājye bhavedityamanyata rājā.（agni 即聖火，為婆羅門所應具備者）
9. nirdhūmamagnimapaśyacchiṣyaḥ kimetadityamanyata ca.
10. sa vīro rājamitraḥ.
11. sa vīro rājamitram.

# 第十九課　第二種活用動詞（athematic verbs）：第二類

## I、第二種活用動詞：

在第一課，我們敘述了各類的第一種活用動詞（第一、四、六、十類）的現在式語幹的形成法，以下三課，我們將處理第二種活用動詞。這種動詞的特色是一般來說在語尾變化之前不必加上連接母音 -a-。

要注意的是，第二種活用動詞的語幹有強弱之分。以下範圍者是強語幹：

a.　現在主動式第一、二、三身單數。

b.　半過去主動式第一、二、三身單數。

c.　命令主動式第三身單數。

d.　命令主動、中間式第一身單、雙、眾數（這極其少見）。

其他的形式，都是弱語幹。

## II、第二類動詞：

這類動詞的語尾變化直接加在動詞的語根上。這動詞語根，在強形式方面，要二次化。這種動詞的運用，通常來說，單數、眾數較頻出現，雙數則不常見。

現在主動式：以 √i（去）為例，表示其語尾變化如下：

| | 單 | 雙 | 眾 |
|---|---|---|---|
| 第一身 | emi | ivaḥ | imaḥ |

| | | | |
|---|---|---|---|
| 第二身 | eṣi | ithaḥ | itha |
| 第三身 | eti | itaḥ | yanti |

在第三身眾數方面，i- 變成半母音 y-，因其後的語尾變化是 -anti。

現在中間式：以 √ās（坐）為例，表示其語尾變化如下：

| | 單 | 雙 | 眾 |
|---|---|---|---|
| 第一身 | āse | āsvahe | āsmahe |
| 第二身 | āsse | āsāthe | āddhve |
| 第三身 | āste | āsāte | āsate |

在半過去式方面，像第一種活用動詞一樣，要加上連接母音 -a-。由於很多第二種活用動詞的語根都以母音表示，故連接母音加到其上時，如 i-，u-，ṛ-，這些母音要三次化（注意不是二次化），即轉成 ai-，au-，ār-。這規則對於第一種與第二種活用動詞來說，都同樣合用。

半過去主動式：以 √i 為例表示其語尾變化如下：

| | 單 | 雙 | 眾 |
|---|---|---|---|
| 第一身 | āyam | aiva | aima |
| 第二身 | aiḥ | aitam | aita |
| 第三身 | ait | aitām | āyan |

半過去中間式：以 √ās 為例表示其語尾變化如下：

| | 單 | 雙 | 眾 |
|---|---|---|---|
| 第一身 | āsi | āsvahi | āsmahi |
| 第二身 | āsthāḥ | āsāthām | āddhvam |
| 第三身 | āsta | āsātām | āsata |

若動詞語根以子音結尾，則半過去主動式的第二身、第三身單數的語尾變化甚為奇特。現以 √dviṣ（憎恨）為例表示其語尾變化如下：

| | 單 | 雙 | 眾 |
|---|---|---|---|
| 第一身 | adveṣam | adviṣva | adviṣma |
| 第二身 | adveṭ | adviṣṭam | adviṣṭa |
| 第三身 | adveṭ | adviṣṭām | adviṣan |

注意第二、三身單數的形式是 adveṣ 加上 -s，-t。由於兩個子音不能同時停在一個字的末尾，故最後的子音要去掉，-ṣ 轉成 -ṭ。（參看第十課 III 點。這些規則亦合用於名詞方面）

願望式動詞的特點是，所有這第二種活用動詞的願望式，其主動式取 -yā-，中間式則取 -ī-。所有願望式都是弱語幹。

願望主動式：以 √i 為例表示其語尾變化如下：

| | 單 | 雙 | 眾 |
|---|---|---|---|
| 第一身 | iyām | iyāva | iyāma |
| 第二身 | iyāḥ | iyātam | iyāta |
| 第三身 | iyāt | iyātām | iyuḥ |

注意 -yā- 中的 -ā- 若遇母音，則會消失。故此中的第三身眾數是 iyuḥ。

願望中間式：以 √ās 為例表示其語尾變化如下：

| | 單 | 雙 | 眾 |
|---|---|---|---|
| 第一身 | āsīya | āsīvahi | āsīmahi |
| 第二身 | āsīthāḥ | āsīyāthām | āsīdhvam |
| 第三身 | āsīta | āsīyātām | āsīran |

命令式方面，所有命令式第一身，無論是主動式抑中間式，都是強語幹；第三身單數主動式亦是強語幹。第一身的情況極其少見。要注意的是，在第二身單數主動式方面，倘若語根以母音結尾，則語尾變化是 -hi；若語根以子音結尾，則語尾變化是 -dhi。

命令主動式：以 √i 為例表示其語尾變化如下：

| | 單 | 雙 | 眾 |
|---|---|---|---|
| 第一身 | ayāni | ayāva | ayāma |
| 第二身 | ihi | itam | ita |
| 第三身 | etu | itām | yantu |

注意 √duh（擠乳）的第三身單數主動式是 dugdhi。在子音前，-h 變成 -k，-k 再變成 -g（參看第十課 III 點）。

命令中間式：以 √ās 為例表示其語尾變化如下：

| | 單 | 雙 | 眾 |
|---|---|---|---|
| 第一身 | āsai | āsāvahai | āsāmahai |
| 第二身 | āssva | āsāthām | āddhvam |
| 第三身 | āstām | āsātām | āsatām |

III、

屬於這第二類動詞的，有 √as（是，存在），極其重要。這動詞是主動式，其強語幹是 as-，弱語幹是 s-。以下列出其現在式、半過去式、願望式與命令式的語尾變化：

現在式：

| | 單 | 雙 | 眾 |
|---|---|---|---|
| 第一身 | asmi | svaḥ | smaḥ |
| 第二身 | asi | sthaḥ | stha |
| 第三身 | asti | staḥ | santi |

半過去式：

| | 單 | 雙 | 眾 |
|---|---|---|---|
| 第一身 | āsam | āsva | āsma |
| 第二身 | āsīḥ | āstam | āsta |
| 第三身 | āsīt | āstām | āsan |

√as 的半過去式，其第二身、第三身單數的形式為不規則，其中的 -i- 放在語尾變化之前。

願望式：

| | 單 | 雙 | 眾 |
|---|---|---|---|
| 第一身 | syām | syāva | syāma |
| 第二身 | syāḥ | syātam | syāta |
| 第三身 | syāt | syātām | syuḥ |

命令式：

| | 單 | 雙 | 眾 |
|---|---|---|---|
| 第三身 | astu | stām | santu |
| 第一身、第二身太少出現不錄 | | | |

另外一主動式動詞是 √han（殺，擊打）。以下是其現在式與半過去式的語尾變化：

現在式：

| | 單 | 雙 | 眾 |
|---|---|---|---|
| 第一身 | hanmi | hanvaḥ | hanmaḥ |
| 第二身 | haṃsi | hathaḥ | hatha |
| 第三身 | hanti | hataḥ | ghnanti |

半過去式：

| | 單 | 雙 | 眾 |
|---|---|---|---|
| 第一身 | ahanam | ahanva | ahanma |
| 第二身 | ahan | ahatam | ahata |
| 第三身 | ahan | ahatām | aghnan |

## 生字彙

| | |
|---|---|
| √as（asti） | 是，存在 |
| √ās（āste） | 坐；止息；居留 |
| √i（eti） | 去 |
| √e（aiti） | 來（由 ā 和 i 而得） |
| kasmāt | 為甚麼 |
| kiṃ tu | 無論如何 |
| bandhu | 朋友；親友 |
| mārga | 路，途徑 |
| √han（hanti） | 殺，擊打 |

## 把下列語句翻譯為語體文：

1. ahaṃ rājāsmi tvaṃ ca mama bandhurasi, tasmādyo yuddhe tvāṃ hanyātsa māmapi rājānaṃ hantītyavadadrājā.
2. ye brāhmaṇamitrāstānrājño na ko 'pi hanyādityavadadbrāhmaṇaḥ.
3. mama sakāśādihi, yāni tava mitrāṇīdānīṃ mṛgamaghnaṃstānyatrānayeti kopenāvadadṛṣiḥ.
4. na dharmaṃ hantu manuṣyaḥ, yadyapi pitaraṃ hanyānmātaraṃ vā na dharmaṃ hantviti paraśurāmo 'manyata.
5. asminrājya āsīdrājā kadā citsa ca sahavīro 'rīnahanyuddhe sadā ca kavibhyo dhanamayacchaccetyavadankavayaḥ.
6. anena mārgeṇāyaṃste devā dharmārīnhanma ityavadaṃśca.
7. amārge vane 'tiṣṭhatsa kutredānīmemītyamanyata ca.
8. sa gajamukho devo 'traidye māṃ sevante tebhyo 'haṃ kīrtiṃ yacchāmītyavadacca.
9. yadāhaṃ gṛha āsaṃ tvaṃ kutrāsīrityapṛcchatsabhayāṃ patnīṃ vīraḥ.
10. āsta sa rājārisakāśe yūyaṃ kasmādatraitetyapṛcchacca.

11. mannagare vanagajā āyantu krīḍantu ca vāpītīra āsatāṃ cetyavadadrājā.
12. ye svargalokamiyuste na kimapi hanyuḥ.

# 第二十課　第二種活用動詞：第五、七、八、九類

在古典梵語，屬於這幾類的動詞並不多，但若真屬於這幾類的，則是相當常見。這些動詞通常都有強語幹與弱語幹的分別。

## I、第七類：

這種動詞在強與弱的形式中，都要加上一鼻音的字腰（插在中間的部分）。在強形式方面，其字腰是 -na-，在弱形式方面，則是 -n-。這字腰直接放在語根的最後的子音之前。如 √yuj（接合），其強形式是 yunaj-，其弱形式是 yuñj-。又如 √rudh（阻隔，遮蔽），其強形式是 ruṇadh-，其弱形式是 rundh-。以下以同樣的 √yuj 表示這類動詞的主動式與中間式在現在、半過去、願望、命令式方面的語尾變化形式（在古典梵語，通常一個動詞只能取主動式或中間式的一種語尾變化形式）。要注意的是，子音語幹若其最後一字母為 -j，則在以子音為首的語尾變化前，要變成 -k，-n 若在 j- 之前，要變成 -ñ，若在 k- 之前，要變成 ṅ。

現在式：

| 主　動　式 | | | |
|---|---|---|---|
| | 單 | 雙 | 眾 |
| 第一身 | yunajmi | yuñjvaḥ | yuñjmaḥ |
| 第二身 | yunakṣi | yuṅkthaḥ | yuṅktha |
| 第三身 | yunakti | yuṅktaḥ | yuñjanti |

| 中間式 | | | |
|---|---|---|---|
| | 單 | 雙 | 眾 |
| 第一身 | yuñje | yuñjvahe | yuñjmahe |
| 第二身 | yuṅkṣe | yuñjāthe | yuṅgdhve |
| 第三身 | yuṅkte | yuñjāte | yuñjate |

半過去式：

| 主動式 | | | |
|---|---|---|---|
| | 單 | 雙 | 眾 |
| 第一身 | ayunajam | ayuñjva | ayuñjma |
| 第二身 | ayunak | ayuṅktam | ayuṅkta |
| 第三身 | ayunak | ayuṅktām | ayuñjan |
| 中間式 | | | |
| | 單 | 雙 | 眾 |
| 第一身 | ayuñji | ayuñjvahi | ayuñjmahi |
| 第二身 | ayuṅkthāḥ | ayuñjāthām | ayuṅgdhvam |
| 第三身 | ayuṅkta | ayuñjātām | ayuñjata |

願望式：

| 主動式 | | | |
|---|---|---|---|
| | 單 | 雙 | 眾 |
| 第一身 | yuñjyām | yuñjyāva | yuñjyāma |
| 中間式 | | | |
| | 單 | 雙 | 眾 |
| 第一身 | yuñjīya | yuñjīvahi | yuñjīmahi |
| 第二身、第三身之語尾變化參看第十九課第 II 點，願望主動式、中間式部分 | | | |

命令式：

| 主　動　式 | | | |
|---|---|---|---|
| | 單 | 雙 | 眾 |
| 第一身 | yunajāni | yunajāva | yunajāma |
| 第二身 | yuṅgdhi | yuṅktam | yuṅkta |
| 第三身 | yunaktu | yuṅktām | yuñjantu |
| 中　間　式 | | | |
| | 單 | 雙 | 眾 |
| 第一身 | yunajai | yunajāvahai | yunajāmahai |
| 第二身 | yuṅkṣva | yuñjāthām | yuṅgdhvam |
| 第三身 | yuṅktām | yuñjātām | yuñjatām |

## II、第五類與第八類：

在第五類，在語根後要加 -no-，以做成強語幹；或要加 -nu-，以形成弱語幹。故 √su（壓）的強語幹是 suno-，弱語幹是 sunu-。在第八類，則要加 -o- 或 -u-，以形成強語幹或弱語幹。除了 √kṛ（做）外，這一類動詞的語根都以 -n- 結尾，故其語幹與第五類者同。如 √tan（伸張），其強語幹是 tano-，弱語幹是 tanu-。要注意 √śru（聽）一字，其強、弱語幹由 śṛ 而成，而不由 śru 而成；即是，其強語幹是 śṛṇo-，弱語幹是 śṛṇu-。以下即以 √śru 表示各種的語尾變化：（√āp 獲得，屬第五類，因語根以子音結尾，故在現在、半過去、命令、主動式第三身眾數的語尾變化有不同，亦附之。）

現在式：

| 主　動　式 | | | |
|---|---|---|---|
| | 單 | 雙 | 眾 |
| 第一身 | śṛṇomi | śṛṇuvaḥ | śṛṇumaḥ |

| | | | |
|---|---|---|---|
| 第二身 | śṛṇoṣi | śṛṇuthaḥ | śṛṇutha |
| 第三身 | śṛṇoti | śṛṇutaḥ | śṛṇvanti |
| | | | (āpnuvanti) |
| 中　間　式 | | | |
| | 單 | 雙 | 眾 |
| 第一身 | śṛṇve | śṛṇuvahe | śṛṇumahe |
| 第二身 | śṛṇuṣe | śṛṇvathe | śṛṇudhve |
| 第三身 | śṛṇute | śṛṇvāte | śṛṇvate |

半過去式：

| 主　動　式 | | | |
|---|---|---|---|
| | 單 | 雙 | 眾 |
| 第一身 | aśṛṇavam | aśṛṇuva | aśṛṇuma |
| 第二身 | aśṛṇoḥ | aśṛṇutam | aśṛṇuta |
| 第三身 | aśṛṇot | aśṛṇutām | aśṛṇvan |
| | | | (āpnuvan) |
| 中　間　式 | | | |
| | 單 | 雙 | 眾 |
| 第一身 | aśṛṇvi | aśṛṇuvahi | aśṛṇumahi |
| 第二身 | aśṛṇuthāḥ | aśṛṇvāthām | aśṛṇudhvam |
| 第三身 | aśṛṇuta | aśṛṇvātām | aśṛṇvata |

願望式：

| 主　動　式 | | | |
|---|---|---|---|
| | 單 | 雙 | 眾 |
| 第一身 | śṛṇuyām | śṛṇuyāva | śṛṇuyāma |

| 中　間　式 | | | |
|---|---|---|---|
| | 單 | 雙 | 眾 |
| 第一身 | śṛṇvīya | śṛṇvīvahi | śṛṇvīmahi |
| 第二身、第三身之語尾變化參看第十九課第 II 點，願望主動式、中間式部分 | | | |

命令式：（這類動詞其命令主動式第二身單數的語尾變化為 -nu 和 -u）

| 主　動　式 | | | |
|---|---|---|---|
| | 單 | 雙 | 眾 |
| 第一身 | śṛṇavāni | śṛṇavāva | śṛṇavāma |
| 第二身 | śṛṇu | śṛṇutam | śṛṇuta |
| 第三身 | śṛṇotu | śṛṇutām | śṛṇvantu |
| | | | （āpnuvantu） |
| 中　間　式 | | | |
| | 單 | 雙 | 眾 |
| 第一身 | śṛṇavai | śṛṇavāvahai | śṛṇavāmahai |
| 第二身 | śṛṇuṣva | śṛṇvāthām | śṛṇudhvam |
| 第三身 | śṛṇutām | śṛṇvātām | śṛṇvatām |

## III、第九類：

這類動詞要加 -nā- 到語根中，而成強語幹；加 -nī- 而成弱語幹。若語尾變化的開首字為母音，則 -nī- 的 -ī- 要消失。如 √krī（買），其強語幹是 krīṇā-，弱語幹是 krīṇī-。以下即以 √krī 表示其各種語尾變化：

現在式：

| 主　動　式 | | | |
|---|---|---|---|
| | 單 | 雙 | 眾 |
| 第一身 | krīṇāmi | krīṇīvaḥ | krīṇīmaḥ |

| | | | |
|---|---|---|---|
| 第二身 | krīṇāsi | krīṇīthaḥ | krīṇītha |
| 第三身 | krīṇāti | krīṇītaḥ | krīṇanti |
| 中　間　式 | | | |
| | 單 | 雙 | 眾 |
| 第一身 | krīṇe | krīṇīvahe | krīṇīmahe |
| 第二身 | krīṇīṣe | krīṇāthe | krīṇīdhve |
| 第三身 | krīṇīte | krīṇāte | krīṇate |

半過去式：

| 主　動　式 | | | |
|---|---|---|---|
| | 單 | 雙 | 眾 |
| 第一身 | akrīṇām | akrīṇīva | akrīṇīma |
| 第二身 | akrīṇāh | akrīṇītam | akrīṇīta |
| 第三身 | akrīṇāt | akrīṇītām | akrīṇan |
| 中　間　式 | | | |
| | 單 | 雙 | 眾 |
| 第一身 | akrīṇi | akrīṇīvahi | akrīṇīmahi |
| 第二身 | akrīṇīthāḥ | akrīṇāthām | akrīṇīdhvam |
| 第三身 | akrīṇīta | akrīṇātām | akrīṇata |

願望式：

| 主　動　式 | | | |
|---|---|---|---|
| | 單 | 雙 | 眾 |
| 第一身 | krīṇīyām | krīṇīyāva | krīṇīyāma |
| 中　間　式 | | | |
| | 單 | 雙 | 眾 |
| 第一身 | krīṇīya | krīṇīvahi | krīṇīmahi |

| 第二身、第三身之語尾變化參看第十九課第 II 點，願望主動式、中間式部分 |
|---|

命令式：（主動式第二身單數之語尾變化，若語根以母音結尾，則取-hi，若以子音結尾，則取 -āna。如 √grah（掌握），其強語幹是 gṛhṇā-，弱語幹是 gṛhṇī-，其命令主動式第二身單數是 gṛhāṇa）

| 主　動　式 | | | |
|---|---|---|---|
| | 單 | 雙 | 眾 |
| 第一身 | krīṇāni | krīṇāva | krīṇāma |
| 第二身 | krīṇīhi | krīṇītam | krīṇīta |
| 第三身 | krīṇātu | krīṇītām | krīṇantu |
| 中　間　式 | | | |
| | 單 | 雙 | 眾 |
| 第一身 | krīṇai | krīṇāvahai | krīṇāmahai |
| 第二身 | krīṇīṣva | krīṇāthām | krīṇīdhvam |
| 第三身 | krīṇītām | krīṇātām | krīṇatām |

IV、

√kṛ 這是「做」之意，是極其常見的動詞，屬於第八類。其強語幹是 karo-，弱語幹是 kuru-。在第一身雙數與眾數的語尾變化的 -v- 和 -m- 之前，其弱語幹的最後的 -u- 要消失掉；另外，在願望主動式的 -yā- 之前，-u- 亦要消失掉。即是說，在半母音與鼻音之前，-u- 要消失掉。以下以 √kṛ 表示其各種語尾變化：

現在式：

| 主　動　式 | | | |
|---|---|---|---|
| | 單 | 雙 | 眾 |
| 第一身 | karomi | kurvaḥ | kurmaḥ |

| | | | |
|---|---|---|---|
| 第二身 | karoṣi | kuruthaḥ | kurutha |
| 第三身 | karoti | kurutaḥ | kurvanti |
| 中間式 | | | |
| | 單 | 雙 | 眾 |
| 第一身 | kurve | kurvahe | kurmahe |
| 第二身 | kuruṣe | kurvāthe | kurudhve |
| 第三身 | kurute | kurvāte | kurvate |

半過去式：

| 主動式 | | | |
|---|---|---|---|
| | 單 | 雙 | 眾 |
| 第一身 | akaravam | akurva | akurma |
| 第二身 | akaroḥ | akurutam | akuruta |
| 第三身 | akarot | akurutām | akurvan |
| 中間式 | | | |
| | 單 | 雙 | 眾 |
| 第一身 | akurvi | akurvahi | akurmahi |
| 第二身 | akuruthāḥ | akurvāthām | akurudhvam |
| 第三身 | akuruta | akurvātām | akurvata |

願望式：

| 主動式 | | | |
|---|---|---|---|
| | 單 | 雙 | 眾 |
| 第一身 | kuryām | kuryāva | kuryāma |
| 中間式 | | | |
| | 單 | 雙 | 眾 |
| 第一身 | kurvīya | kurvīvahi | kurvīmahi |

| |
|---|
| 第二身、第三身之語尾變化參看第十九課第 II 點，願望主動式、中間式部分 |

命令式：

| 主動式 | | | |
|---|---|---|---|
| | 單 | 雙 | 眾 |
| 第一身 | karavāṇi | karavāva | karavāma |
| 第二身 | kuru | kurutam | kuruta |
| 第三身 | karotu | kurutām | kurvantu |
| 中間式 | | | |
| | 單 | 雙 | 眾 |
| 第一身 | karavai | karavāvahai | karavāmahai |
| 第二身 | kuruṣva | kurvāthām | kurudhvam |
| 第三身 | kurutām | kurvātām | kurvatām |

## 生字彙

| | |
|---|---|
| √āp（āpnoti） | 獲得（5 類） |
| √kṛ（karoti） | 做（8 類） |
| √krī（krīṇāti） | 買（9 類） |
| √grah（gṛhṇāti） | 掌握；抓住（9 類） |
| √tyaj（tyajati） | 放棄 |
| vi-√krī（vikrīṇāti） | 賣（9 類） |
| √śru（śṛṇoti） | 聽（5 類） |

## 把下列語句翻譯為語體文：

1. yaḥ svargamāpnuyātsa kathamāsīta kiṃ vadetkiṃ śṛnuyātkiṃ kuryācca?

2. yo vaṇiganyarājye pustakānyakrīṇātsa idānīṃ tānyeva pustakānyasmadrājye vikrīṇāti.
3. yasmādeva tvaṃ mama bandhurasi tasmādevaitanmadhu tubhyaṃ vikrīṇāmi.
4. ya ācāryavācaḥ śṛṇvanti te sadāsmiṃl loke sukhamevāpnuvanti.
5. ye yuddhavīrā dhanurhastā matsakāśamadhāvaṃstaiḥ saha yuddhamakaravaṃ tānajayaṃ cetyavadadvīraḥ.
6. tava gṛhaṃ vikrīṇīhi mayā saha vanamehi ceti rājānamṛṣiravadat.
7. idaṃ pustakaṃ gṛhāṇetyavadacchiṣyamācāryaḥ.
8. sūryo māṃ dahatu mama śatravaḥ sarve maddhanaṃ gṛhṇantvanyarājā atrāsatām, ahamidaṃ rājyaṃ na tyajāmīti rājāvadat.
9. yadā tasminnagara āsaṃ tadā tvadrājyaṃ senāmānayettannagararāja ityaśṛṇavam.
10. yā yuddhakāle puṣpāṇi vyakrīṇāttayā saha girinadyāmakrīḍadvaṇik.
11. na śūdraḥ ko ’pi madvācaḥ śṛṇotvityavadadbrāhmaṇaḥ.
12. ayaṃ loko brāhmaṇamukho rājacakṣuścetyavadadṛṣiḥ.

# 第二十一課　第二種活用動詞：第三類：動詞的重疊

## I、重疊及其規則：

第三類動詞，在形成其現在式、半過去式及完成式的語幹之前，其語根要進行重疊程序。所謂重疊，是在加上通常的語尾變化前，語根要重寫一次。在重寫時，倘若語根以子音結尾，則在重寫的音節（即第一音節）中，子音可略去。另外還有一些規則，規定重寫的程序。在重疊的第二音節，語根不變化。這些規則可表示如下：

a. 重寫的音節的子音，通常是語根的第一個子音。如 prach → paprach；śri →śiśri；budh → bubudh。

b. 在重寫中，送氣音以不送氣音來代替。如 dhā → dadhā；bhṛ → bibhṛ。

c. 在重寫中，軟口蓋音或 h 以硬口蓋音來代替。代替的硬口蓋音是有聲，抑是無聲，視被代替的軟口蓋音是有聲抑是無聲而定（在梵語中，h 被認為是有聲的）。如 kṛ → cakṛ；khid → cikhid；grabh → jagrabh；hṛ → jahṛ。

d. 若語根以齒擦音開始，跟著的是非鼻音的子音，則重寫的音節，以該子音為開始，若 b、c 的規則可用，仍用上去。如 sthā → tasthā；skand → caskand；skhal →caskhal；ścut → cuścut；spṛdh → paspṛdh；sphuṭ →pusphuṭ。但若語根以齒擦音開始，跟著的是鼻音或半母音，則用 a 規則。如 snā → sasnā；smṛ → sasmṛ；śru → śuśru；śliṣ → śiśliṣ。

e.　在重寫中，長母音變成短母音。如 dā → dadā；bhī → bibhī。

f.　母音 ṛ 不能在重寫的音節中出現。在第三類現在式、半過去式等中，它由 -i- 代替；在完成式中，由 -a- 代替。如第三類現在式 bhṛ → bibhṛ；pṛc → pipṛc；完成式 kṛ → cakṛ；kṛṣ → cakṛṣ。

## II、第三類動詞：

這類動詞，在其重疊形式的第二音節中，其強形式包括一個二次化了的母音，弱形式則有一個非二次化的母音。如 hu（祭祀）→ juho（強），juhu（弱）；bhṛ（負荷，具足）→ bibhar（強），bibhṛ（弱）。

這類動詞的特色是，其現在、命令主動式的第三身眾數語尾變化形式，並沒有 -n-（注意：所有的第二種活用動詞，其現在、半過去、命令中間式的第三身眾數語尾變化形式，都沒有 -n-）。在半過去主動式第三身眾數，其語尾變化形式取 -uh，而不取 -an，而在這語尾變化前，最後的母音要二次化。以下以 √bhṛ 為例表示這類動詞的主動式與中間式的語尾變化形式：

現在式：

| 主動式 | | | |
|---|---|---|---|
| | 單 | 雙 | 眾 |
| 第一身 | bibharmi | bibhṛvaḥ | bibhṛmaḥ |
| 第二身 | bibharṣi | bibhṛthaḥ | bibhṛtha |
| 第三身 | bibharti | bibhṛtaḥ | bibhrati |
| 中間式 | | | |
| | 單 | 雙 | 眾 |
| 第一身 | bibhre | bibhṛvahe | bibhṛmahe |
| 第二身 | bibhṛṣe | bibhrāthe | bibhṛdhve |
| 第三身 | bibhṛte | bibhrāte | bibhrate |

半過去式：

| 主　動　式 | | | |
|---|---|---|---|
| | 單 | 雙 | 眾 |
| 第一身 | abibharam | abibhṛva | abibhṛma |
| 第二身 | abibhar | abibhṛtam | abibhṛta |
| 第三身 | abibhar | abibhṛtām | abibharuḥ |
| 中　間　式 | | | |
| | 單 | 雙 | 眾 |
| 第一身 | abibhri | abibhṛvahi | abibhṛmahi |
| 第二身 | abibhṛthāḥ | abibhrāthām | abibhṛdhvam |
| 第三身 | abibhṛta | abibhrātām | abibhrata |

願望式：

| 主　動　式 | | | |
|---|---|---|---|
| | 單 | 雙 | 眾 |
| 第一身 | bibhṛyām | bibhṛyāva | bibhṛyāma |
| 中　間　式 | | | |
| | 單 | 雙 | 眾 |
| 第一身 | bibhrīya | bibhrīvahi | bibhrīmahi |
| 第二身、第三身之語尾變化參看第十九課第 II 點，願望主動式、中間式部分 | | | |

命令式：（此中的主動式第二身單數形式的語尾是 -dhi，這是 √bhṛ 的不規則情況；通常應是 -hi）

| 主　動　式 | | | |
|---|---|---|---|
| | 單 | 雙 | 眾 |
| 第一身 | bibharāṇi | bibharāva | bibharāma |
| 第二身 | bibhṛdhi | bibhṛtam | bibhṛta |

| | | | |
|---|---|---|---|
| 第三身 | bibhartu | bibhṛtām | bibhratu |
| 中　間　式 | | | |
| | 單 | 雙 | 眾 |
| 第一身 | bibharvai | bibharāvahai | bibharāmahai |
| 第二身 | bibhṛṣva | bibhrāthām | bibhṛdhvam |
| 第三身 | bibhṛtām | bibhrātām | bibhratām |

III、

第三類動詞中最常見者，是 √dā（給予）與 √dhā（放置）。這兩個動詞在其弱形式中，失去語幹的第二音節的母音，而成 dad 與 dadh。其命令主動式第二身單數形式，依次是 dehi 與 dhehi。當遇上以 t，th，s 為始的語尾時，dad 的末尾的 d 與 dadh 的 dh 要轉為 t。又在遇到以 t，th，dh 和 s 為始的語尾時，dadh 的送氣音 h 要換放在前面的音節中。以下表示 √dhā 的語尾變化形式：

現在式：

| 主　動　式 | | | |
|---|---|---|---|
| | 單 | 雙 | 眾 |
| 第一身 | dadhāmi | dadhvaḥ | dadhmaḥ |
| 第二身 | dadhāsi | dhatthaḥ | dhattha |
| 第三身 | dadhāti | dhattaḥ | dadhati |
| 中　間　式 | | | |
| | 單 | 雙 | 眾 |
| 第一身 | dadhe | dadhvahe | dadhmahe |
| 第二身 | dhatse | dadhāthe | dhaddhve |
| 第三身 | dhatte | dadhāte | dadhate |

半過去式：

| 主　　動　　式 | | | |
|---|---|---|---|
| | 單 | 雙 | 眾 |
| 第一身 | adadhām | adadhva | adadhma |
| 第二身 | adadhāḥ | adhattam | adhatta |
| 第三身 | adadhāt | adhattām | adadhuḥ |
| 中　　間　　式 | | | |
| | 單 | 雙 | 眾 |
| 第一身 | adadhi | adadhvahi | adadhmahi |
| 第二身 | adhatthāḥ | adadhāthām | adhaddhvam |
| 第三身 | adhatta | adadhātām | adadhata |

願望式：

| 主　　動　　式 | | | |
|---|---|---|---|
| | 單 | 雙 | 眾 |
| 第一身 | dadhyām | dadhyāva | dadhyāma |
| 中　　間　　式 | | | |
| | 單 | 雙 | 眾 |
| 第一身 | dadhīya | dadhīvahi | dadhīmahi |
| 第二身、第三身之語尾變化參看第十九課第 II 點，願望主動式、中間式部分 | | | |

命令式：

| 主　　動　　式 | | | |
|---|---|---|---|
| | 單 | 雙 | 眾 |
| 第一身 | dadhāni | dadhāva | dadhāma |
| 第二身 | dhehi | dhattam | dhatta |
| 第三身 | dadhātu | dhattām | dadhatu |

| 中　間　式 | | | |
|---|---|---|---|
| | 單 | 雙 | 眾 |
| 第一身 | dadhai | dadhāvahai | dadhāmahai |
| 第二身 | dhatsva | dadhāthām | dhaddhvam |
| 第三身 | dhattām | dadhātām | dadhatām |

## 生字彙

| | |
|---|---|
| √jñā（jānāti） | 知（9 類；強形式為 jānā-，弱形式為 jānī-） |
| √dā（dadāti） | 給予（3 類；遠較 √yam 為常見） |
| √brū（bravīti） | 說（2 類；強：bravī-；弱：brū-；主動式第三身眾數現在式：bruvanti，半過去式：abruvan，命令式：bruvantu） |
| √bhṛ（bibharti） | 負荷；擁有（3 類） |
| vi-√dhā（vidadhāti, vidhatte） | 任命，規定；完成，導致（3 類；可取主動式或中間式；由 vi 與 dhā 而成） |
| √hā（jahāti） | 離開，遺棄，放棄（3 類；強：jahā-；弱：jahī-，在以母音為始的語尾變化之前則為 jah-） |

## 把下列語句翻譯為語體文：

1. rājakopātsarve kṣatriyāḥ sapatnīkā nagaramajahuḥ.
2. yebhyo vīrebhyastvaṃ gajānaśvāṃśca nādadāste kathaṃ yuddhaṃ kuryuḥ?
3. māṃ jahīhi, na hi kadāpi macchatravo matsakāśa āsīran.
4. yajjalamasau kanyā hastayorabibhastadbhūmāvapatat.
5. yadā sa nṛpo 'smatsenāmajayattadā tava nagaraṃ tava dhanāni sarvāṇi ca dehi ma ityabravīdasmadrājānam.
6. sa brāhmaṇaḥ sarvadevanāmāni na jānāti kiṃ tu jānantīme vaṇijaḥ.
7. yadyadvidadhāti devastattanmanuṣyāṇāṃ loke bhavati.

8. sarve matprajā ratnāni me dadatviti vyadhatta rājā.
9. ye madrājye sukhajīvitamāpnuyuste yadyadaśṛṇvanyadyadvā jānanti tatsarvaṃ mama vīrānbruvantu.
10. brūhi rājan, kiṃ kuryāvāvāmityabrūtāṃ kṣatriyau.
11. svarge sadā vṛkṣāḥ puṣpaphalāni bibhratītyabravītkaviḥ.
12. yadyetatpustakasyārthaṃ jānīyāstadācāryasakāśamihi taṃ pṛccha ca.

# 第二十二課　以 -in,-vant,-mant 結尾的所屬詞；現在主動式分詞（present active participle）

## I、所屬詞：

在梵文中，有很多所屬詞，這是由接尾詞加到名詞中而成。當一個適當的接尾詞加到名詞 A 上，便成為所屬詞，意思是「具有 A」。這其實是一種形容詞。例如，dhanavant（dhana-vant）是所屬詞，直接的意思是「具有錢」，翻譯起來，即是「富有的」，是形容詞。但這又可作名詞用，表示「一個富有的人」。

**A、以 -vant，-mant 結尾的所屬詞**：接尾詞 -vant 差不多可以加到所有的名詞上去，而成所屬詞；接尾詞 -mant 則沒有這樣普遍，特別是很少加到 a- 系統的語幹（即是採取 deva，phalam，senā 的語尾變化形式的字）上。當 -mant 與 -vant 加到名詞上時，這名詞取語幹形式。以下以 dhanavant 為例，表示這種所屬詞的語尾變化形式。

陽性：

| | 單 | 雙 | 眾 |
|---|---|---|---|
| 主 | dhanavān | dhanavantau | dhanavantaḥ |
| 對 | dhanavantam | dhanavantau | dhanavataḥ |
| 具 | dhanavatā | dhanavadbhyām | dhanavadbhiḥ |
| 其他的變化，一如 pad 那樣 | | | |

中性：

| | 單 | 雙 | 眾 |
|---|---|---|---|
| 主 | dhanavat | dhanavatī | dhanavanti |
| 對 | dhanavat | dhanavatī | dhanavanti |
| 其他的變化，一如 pad 那樣 | | | |

陰性：

| | 單 | 雙 | 眾 |
|---|---|---|---|
| 主 | dhanavatī | dhanavatyau | dhanavatyaḥ |
| 其他的變化，一如 nadī 那樣 | | | |

此中要注意之點是，強形式是 -ant 形態，弱形式是 -at 形態，而陽性主格單數則是 -ān，陰性主格單數則是 -atī。以 -mant 結尾的字，其變化與 -vant 同，只是以 -m- 代 -v- 而已。

**B、以 -in 結尾的所屬詞**：大多數以 -a，-am 或 -ā 結尾的名詞，其成為所屬詞的過程，是把 -a，-am，-ā 移去，然後加 -in。以下以 sukhin（快樂，sukha 加 -in）為例，表示這類所屬詞的語尾變化形式：

陽性：

| | 單 | 雙 | 眾 |
|---|---|---|---|
| 主 | sukhī | sukhinau | sukhinaḥ |
| 對 | sukhinam | sukhinau | sukhinaḥ |
| 具 | sukhinā | sukhibhyām | sukhibhiḥ |
| 其他的變化，一如 pad 那樣 | | | |

中性：

| | 單 | 雙 | 眾 |
|---|---|---|---|
| 主 | sukhi | sukhinī | sukhīni |
| 對 | sukhi | sukhinī | sukhīni |
| 其他的變化，一如陽性那樣 | | | |

陰性：

| | 單 | 雙 | 眾 |
|---|---|---|---|
| 主 | sukhinī | sukhinyau | sukhinyaḥ |
| 其他的變化，一如 nadī 那樣 | | | |

注意：在這種所屬詞中，強與弱的語尾，都加到 -in 上去，pāda 語尾則加到 -i 上去。

## II、現在主動式分詞的形式：

把現在主動式的動詞的第三身眾數形式的最後的 -i 移去，即成現在主動式分詞。故這種現在主動式分詞，只能由主動式的動詞形成。除了第三類以外，所有現在主動式分詞都以 -ant 結尾，其語尾變化形式，悉依以 -vant 與 -mant 結尾的所屬詞那樣。唯一例外的是其陽性主格單數形式，其結尾是 -an，而不是 -ān。即是說，弱語尾和 pāda 語尾都加到 -at 上去，強語尾則加到 -ant 上去。

以上是陽性與中性的現在主動式分詞的構成。陰性的現在主動式分詞，其構造方式則如下。在第一種活用動詞（第一、四、六、十類）方面，在陽性分詞的強語幹末加 -ī，即成陰性分詞；即其字尾為 -antī。在第二種活用動詞（第二、三、五、七、九類）方面，在陽性分詞的弱語幹末加 -ī，即成陰性分詞；即其字尾為 -atī。（此中有些特別情形：在第六類動詞，陰性分詞亦可以 -ī 加到陽性分詞的弱語幹末而成；在第二類動詞，若其語根以 -ā 結尾，陰性分詞亦可以 -ī 加到陽性分詞的強語幹末而成。）

以下列出一些現在主動式分詞：

| 類別 | 動詞語根 | 陽性、中性分詞 | 陰性分詞 |
|---|---|---|---|
| 1 | bhū | bhavant | bhavantī |
| 1 | sthā | tiṣṭhant | tiṣṭhantī |

| | | | |
|---|---|---|---|
| 4 | paś | paśyant | paśyantī |
| 6 | viś | viśant | viśantī<br>（viśatī） |
| 6 | pracch | pṛcchant | pṛcchantī<br>（pṛcchatī） |
| 10 | cur | corayant | corayantī |
| 2 | han | ghnant | ghnatī |
| 2 | as | sant | satī |
| 2 | snā（沐浴） | snānt | snātī<br>（snāntī） |
| 3 | dhā | dadhat | dadhatī |
| 3 | dā | dadat | dadatī |
| 3 | bhṛ | bibhrat | bibhratī |
| 5 | śru | śṛṇvant | śṛṇvatī |
| 7 | yuj | yuñjant | yuñjatī |
| 8 | kṛ | kurvant | kurvatī |
| 9 | krī | krīṇant | krīṇatī |

以下以 √vad 為例表示現在主動式分詞的語尾變化形式（由第三類動詞而來者是例外，參看下面）。

陽性：

| | 單 | 雙 | 眾 |
|---|---|---|---|
| 主 | vadan | vadantau | vadantaḥ |
| 對 | vadantam | vadantau | vadataḥ |
| 具 | vadatā | vadadbhyām | vadadbhiḥ |
| 其他的語尾變化與 pad 的同，加到 vadat- 上去 | | | |

中性：

| | 單 | 雙 | 眾 |
|---|---|---|---|
| 主 | vadat | vadantī | vadanti |
| 對 | vadat | vadantī | vadanti |
| 其他的語尾變化與 pad 的同，加到 vadat- 上去 | | | |

注意：在現在主動式分詞中，其中性雙數主、對格的形式，與其陰性單數主格的形式相同。中性雙數主、對格形式中的 -n-，有時可消去，這要看陰性單數主格的形式而定，即是，如後者保持 -n-，前者亦保持 -n-，如後者消去 -n-，前者亦消去 -n-。

陰性：

| | 單 | 雙 | 眾 |
|---|---|---|---|
| 主 | vadantī | vadantyau | vadantyaḥ |
| 其他的變化，一如 nadī 那樣 | | | |

以下看由第三類動詞所成的現在主動式分詞。這種分詞以 -at 結尾，而不以 -ant 結尾。因這分詞由這類動詞的現在主動式第三身眾數形式而成，這形式以 -ati 結尾，而不以 -anti 結尾。第三類動詞的強形式與弱形式都是 -at-。以下以 √dā 為例表示這種分詞的語尾變化形式：

陽性：

| | 單 | 雙 | 眾 |
|---|---|---|---|
| 主 | dadat | dadatau | dadataḥ |
| 對 | dadatam | dadatau | dadataḥ |
| 具 | dadatā | dadadbhyām | dadadbhiḥ |
| 其他的語尾變化與 pad 同，加到 dadat- 上去 | | | |

中性：

| | 單 | 雙 | 眾 |
|---|---|---|---|
| 主 | dadat | dadatī | dadati |

| | | | |
|---|---|---|---|
| 對 | dadat | dadatī | dadati |
| 其他的語尾變化與 pad 同，加到 dadat- 上去 | | | |

陰性：

| | 單 | 雙 | 眾 |
|---|---|---|---|
| 主 | dadatī | dadatyau | dadatyaḥ |
| 其他的變化與 nadī 者同 | | | |

## III、現在主動式分詞的用法：

這種分詞表示動作的進行狀態。在梵文中，這分詞所帶引的字，通常都安放在這分詞的前面，而分詞的前述詞，則放在分詞的後面，緊跟著它。如「正在走進市鎮的人」，梵文的表示方式為 nagaraṃ dhāvan manuṣyaḥ（在詩頌中，並不一定遵守這個次序），這種分詞通常可作形容詞看，但在沒有前述詞時，亦可作名詞看。如 dhāvan 可解作「正在走動的（人）」。

當某一動作與動詞所表示的動作同時表現時，便用這種分詞來表示這某一動作。如「這樣說著，他便進入市鎮」，梵文為「iti bruvan sa nagara āgacchat」；「當她攜帶著水時，他把珠寶交給她」，梵文為「jalaṃ bibhratyai tasyai sa ratnāny adadāt」。這種分詞又可作以下的用法：

表示動作的因由。如「他在戰爭中死了，進入天堂」，梵文為「yuddhe naśyan sa svargaṃ gacchati」。

表示一般的事實。如「在戰爭中死亡的人會到天堂去」，梵文為「yuddhe naśyanto（manuṣyāḥ）svargaṃ gacchanti」（此中的 manuṣyāḥ 亦可略去）。

字首 a-（若在母音前則為 an-）可加到現在主動式分詞上去，表示否定之意。如「國王站著，沒有進入戰鬥中」，梵文為「yuddham aviśan rājā tiṣṭhaty eva」。

## 生字彙

| | |
|---|---|
| √jīv（jīvati） | 生活 |
| pati | 主人；丈夫 |
| bhavant | 你（敬稱；其動詞為第三身；其語尾變化形式，一如 dhanavant；陰性形式為 bhavatī） |
| mahant | 大（複合詞語幹為 mahā-；陽性主格單數為 mahān；強語幹為 mahānt-，弱語幹為 mahat-；陰性為 mahatī） |
| snānam | 沐浴（名詞） |
| snānaṃ kṛ | 沐浴 |

## 把下列語句翻譯為語體文：

1. pustakaṃ paṭhataḥ śiṣyānaśṛṇavam.
2. yasminvīre kopena dahato rājñaścakṣuṣī apatatāṃ sa bhayāttasya nṛpasya pādāvaspṛśat.
3. sāśvānpīḍayato vaṇijaḥ kopenāpaśyadyadi mama patiratra syāttadā bhavanto na tathā kuryurityabravīcca.
4. keyamāgacchantīti pṛcchantīṃ patnīṃ mama svasetyavadatsa manuṣyaḥ.
5. upaviśatu bhavān, idaṃ jalamidaṃ bhojanaṃ cetyabravīdāgacchantamatithiṃ vaṇik.
6. udyāne krīḍantīṃ bālāmapaśyadvīraḥ kiṃ karoti setyamanyata ca.
7. ayaṃ brāhmaṇo vedaṃ paṭhannapi na śūdraṃ gaccheti vadati.
8. keyaṃ jalaṃ haste bibhratītyapṛcchadvaṇik.
9. ayaṃ rājā sarvaṃ dhanaṃ brāhmaṇebhyo dadadapi na kīrtiṃ labhate.
10. ye kavibhyo ’nyebhyo dhanaṃ dadataḥ śaṃsanti na teṣāṃ kīrtirvardhata iti kavirabravīt.

11. ko ’yaṃ vṛkṣacchāyāyāṃ tiṣṭhanniti pṛcchantaṃ rājānaṃ mama bhrātetyavadadvīraḥ.
12. yasya devasya nāma paṭhankavirāgacchattaṃ vayamapi śaṃsema.

# 第二十三課　現在中間式分詞（present middle participle）；處格與屬格獨立結構

## I、現在中間式分詞：

第一種活用動詞（第一、四、六和十類），其現在中間式的第三身眾數形式，減去 -nte，而加上 -māna，即可成現在中間式分詞。第二種活用動詞（第二、三、五、七、八和九類），其現在中間式的第三身眾數形式，減去 -ate，加上 -āna，也可成現在中間式分詞。這些分詞的語尾變化，陽性與 deva 同，中性與 phalam 同，陰性與 senā 同。它們只能由取中間式的動詞形成。以下看一些由第一種活用動詞而來的現在中間式分詞：

| | 陽性 | 中性 | 陰性 |
|---|---|---|---|
| √labh | labhamāna | labhamānam | labhamānā |
| √man | manyamāna | manyamānam | manyamānā |
| √vṛt | vartamāna | vartamānam | vartamānā |

再看一些由第二種活用動詞而來的現在中間式分詞：

| | 陽性 | 中性 | 陰性 |
|---|---|---|---|
| √vidhā | vidadhāna | vidadhānam | vidadhānā |
| √yuj | yuñjāna | yuñjānam | yuñjānā |

注意：√ās 的現在中間式分詞是不規則的，其陽性、中性、陰性形式依次為 āsīna，āsīnam，āsīnā。

現在中間式分詞的用法，與現在主動式分詞的用法同。如「這樣想著，他進入市鎮」，寫成梵文則如「iti manyamānaḥ sa nagara āgacchat」。

## III、處格獨立結構（locative absolute）與屬格獨立結構（genitive absolute）：

當片語（phrase）中的分詞與一主詞相應合，而這主詞又不是語句中的動詞的主詞時，這片語便可說是一獨立結構。「風向順時，船便開行」一句中，「風向順時」一片語，便是獨立結構。在梵語中，有兩種類形的獨立結構。其一是處格獨立結構；這類結構比較多見，此中的主詞與分詞，都是處格。另一是屬格獨立結構；這比較少見。其中的主詞與分詞，都是屬格。要注意的是，在這兩種結構中，分詞和它的主詞都要在格、數與性方面相應合。特別要注意的是，獨立結構必需要在片語的主詞不同於主語的主詞的情況下，才能出現，否則便不能出現。例如，「小李，當吃完飯後，便回家」一句，若譯成梵語，便不能用獨立結構。因片語「吃完飯後」與主語「便回家」的主詞都是小李。但若在「小李，當他的弟弟吃完飯後，便回家」的情形，則片語「當他的弟弟吃完飯後」便可以獨立結構式來譯成梵語，因此中的片語與主語都有不同的主詞。

獨立結構的所涉，是有關主語動詞的時間方面。即是說，獨立結構所述的動作，其時間性通常是已知的；而主語動詞的動作的時間，則是未知，而要以獨立結構為參考。如「當他是國王時，誰會征服大地呢」一語便是。此語譯成梵語如「kas tasmin rājñi sati bhūmiṃ jayet」。此中的 sant（sati）是 √as（存在，是）的現在主動式分詞；這 √as 的分詞在梵語中可以略去，因而上句可寫成「kas tasmin rājñi bhūmiṃ jayet」。又「當我是國王時，他怎能打仗呢」一語，寫成梵語為「mayi rājñi sati sa kathaṃ yuddhaṃ kuryāt」，或除去分詞 sati，寫成「mayi rājñi sa kathaṃ yuddhaṃ kuryāt」。

上面說，處格獨立結構比較多出現，屬格獨立結構則較為少見。但後者可特別用來表示輕視或忽視之意。語句如「雖然國王在場（看著），敵人竟也殺了戰士」，寫成梵語如「paśyato rājñaḥ śatrur vīramahan」，表示國王被輕視之意。

要形成一獨立結構，通常是把片語的主詞寫成處格或屬格，然後加上在格、數、性都與主詞相應合的分詞。通常分詞位於獨立結構的最後位置；但有時主詞也可緊位於分詞的後面。另外，獨立結構除可由現在主動式和現在中間式的分詞形成外，亦可由過去主動式和過去被動式的分詞形成；後二者將在第二十六課中介紹。

## 生字彙

| | |
|---|---|
| √kamp（kampate） | 戰慄，動搖 |
| mā | 否（與命令式同用；na 不能用在命令式前面，但可用在願望式前面，以形成一否定的命令，但這不如 mā 與命令式同用有力） |
| sant | 善的，高貴的（這是 √as 的現在主動式分詞形式，除是一分詞外，還有善之意） |

## 把下列語句翻譯為語體文：

1. sarvaratnāni labhamāno ’pi sa vaṇigduḥkhamevāpnoti.
2. tasyāṃ mama patnyāṃ satyāmahaṃ kathamanyayā saha vāpyāṃ krīḍeyam?
3. tasya kīrtimato rājño dharmaṃ vidadhānasyāpi sarvāḥ prajā duḥkhinya evābhavan.
4. gacchantastiṣṭhanto bhojanaṃ kurvanta āsīnā vā sadā viṣṇunāmānaṃ devaṃ smarantu dharmavanto manuṣyāḥ.
5. tasminrājñi dharmaṃ pīḍayati bhavānkathaṃ tatraivāsīno na kimapi karoti?
6. bhavati rājñi vayaṃ kathaṃ jīvemeti bhayātkampamāno vaṇigavadat.
7. mayi snānaṃ kurvatyāṃ tvaṃ kasmādatrāgaccha iti bruvāṇāṃ

rājapatnīmahaṃ kiṃ vadeyam?

8. yadyapi rājasakāśe ’bruvansa mṛtyumāpnuyāttathāpi na kimapi vadati sa vīraḥ.
9. matsakāśe mā sa kṣatriya aitvityavadacchūdrarājaḥ.
10. patau mṛtyuṃ labhamāne sā satyapyagnimaviśat.
11. mṛtyuṃ vidadhānaṃ nṛpaṃ śatruḥ kampamānaḥ sarvaṃ vadāmītyavadat.
12. dharmavadrājarājye santaḥ sukhena jīvantyasantastu duḥkhenaiva.

# 第二十四課　被動式動詞（passive）

## I、被動式動詞的形成：

一般來說，動詞的語根加上接尾詞 -ya-，再加上中間式的語尾變化，即成被動式。如 √nī，其現在式第三身單數的被動式為 nīyate；√labh 則是 labhyate；√bhū 則是 bhūyate。被動式只能取中間式的語尾變化，到目前為止所接觸過的動詞形式，如現在式、半過去式、願望式和命令式，都可有被動式。上面說，通常是以動詞的語根加上 -ya-，而成被動式的語幹；但有些語根在加上 -ya- 之前，要進行某些變化，其變化規則如下：

a. 語根最後字母若為 -i，-u，要變成長音。如 √ji → jīyate；√śru → śrūyate。

b. 語根最後字母若為 -ā，要轉成 -ī；同樣，若是 -e，-ai，-o，-au，都要轉成 -ī。如 √sthā → sthīyate；√dā → dīyate；√dhā → dhīyate；√mā（測量）→ mīyate；√gai（唱歌）→ gīyate；√pā → pīyate；√hā → hīyate；√so（完成）→ sīyate。但亦有些例外，不必轉變。如 √jñā → jñāyate；√dhyai（熟慮）→ dhyāyate。

c. 有些動詞語根，其 y，r，v 要轉成相應的母音 i，ṛ，u。在這種轉變中，在原來語根跟隨著 y，r，v 的母音要消失掉。如 √vas → uṣyate；√grah → gṛhyate；√vac（說）→ ucyate；√vad → udyate（此種形式較少見）；√pracch → pṛcchyate；√vah → uhyate；√yaj →ijyate；√hve（叫）→ hūyate（依 a 規則，u 變成

長音）；√vap（播種）→ upyate。

d. 有些語根的鼻音要去掉。如 √śaṃs → śasyate。

e. 以 -ṛ 結尾的動詞語根，其 -ṛ 要變成 -ri。如 √kṛ → kriyate。這有例外情形，如其 -ṛ 前面有相連的子音，則 -ṛ 要轉成二次化，如 √smṛ → smaryate。

f. 以 -ṝ 結尾的動詞語根，其 -ṝ 要轉成 -īr；若其前有唇音，則要轉成 -ūr。如 √tṝ（橫過）→ tīryate；√kṝ（分散）→ kīryate；√pṝ（充塞）→ pūryate。

g. 第十類動詞保留其現在式語幹的二次或三次的變化，但在構成被動式之前，其現在式語幹的 -ay- 要去掉。如 √cur（其現在主動式第三身單數形式是 corayati），其被動式是 coryate；如 √taḍ（其現在主動式第三身單數形式是 tāḍayati），其被動式是 tāḍyate。

以上是現在被動式動詞語幹的形成。這語幹加上 -māna，即成現在被動式的分詞。以下列舉一些動詞的現在被動式第三身單數及其分詞形式：

| 動詞語根 | 現在式 第三身單數 | 現在被動式 第三身單數 | 現在被動式分詞 |
|---|---|---|---|
| adhī | adhīte | adhīyate | adhīyamāna |
| as | asti | 無 | |
| āp | āpnoti | āpyate | āpyamāna |
| ās | āste | āsyate | 〔āsyamāna〕 |
| i | eti | 無 | |
| kṛ | karoti | kriyate | kriyamāṇa |
| kḷp | kalpate | kḷpyate | kḷpyamāna |
| krī | krīṇāti | krīyate | krīyamāṇa |
| krīḍ | krīḍati | krīḍyate | 〔krīḍyamāna〕 |
| gam | gacchati | gamyate | gamyamāna |

| | | | |
|---|---|---|---|
| grah | gṛhṇāti | gṛhyate | gṛhyamāṇa |
| cur | corayati | coryate | coryamāṇa |
| jan | jāyate | 無 | |
| ji | jayati | jīyate | jīyamāna |
| jīv | jīvati | jīvyate | 〔jīvyamāna〕 |
| jñā | jānāti | jñāyate | jñāyamāna |
| tyaj | tyajati | tyajyate | tyajyamāna |
| dah | dahati | dahyate | dahyamāna |
| dā | dadāti | dīyate | dīyamāna |
| dhāv | dhāvati | dhāvyate | 〔dhāvyamāna〕 |
| naś | naśyati | naśyate | 〔naśyamāna〕 |
| nī | nayati | nīyate | nīyamāna |
| paṭh | paṭhati | paṭhyate | paṭhyamāna |
| paś | paśyati | dṛśayte | dṛśyamāna |
| pā | pibati | pīyate | pīyamāna |
| pīḍ | pīḍayati | pīḍayte | pīḍyamāna |
| pracch | pṛcchati | pṛcchyate | pṛcchyamāna |
| brū | bravīti | 無 | |
| bhū | bhavati | bhūyate | 〔bhūyamāna〕 |
| bhṛ | bibharti | bhriyate | bhriyamāṇa |
| man | manyate | manyate | manyamāna |
| muc | muñcati | mucyate | mucyamāna |
| yam | yacchati | yamyate | yamyamāna |
| labh | labhate | labhyate | labhyamāna |
| likh | likhati | likhyate | likhyamāna |
| vac | vakti | ucyate | ucyamāna |
| vad | vadati | udyate | udyamāna |
| vas | vasati | uṣyate | uṣyamāṇa |

| | | | |
|---|---|---|---|
| vah | vahati | uhyate | uhyamāna |
| vid | vidyate | vidyate | |
| vidhā | vidadhāti / vidhatte | vidhīyate | vidhīyamāna |
| viś | viśati | viśyate | viśyamāna |
| vṛt | vartate | vṛtyate | 〔vṛtyamāna〕 |
| vṛdh | vardhate | vṛdhytae | 〔vṛdhyamāna〕 |
| śaṃs | śaṃsati | śasyate | śasyamāna |
| śru | śṛṇoti | śrūyate | śrūyamāna |
| sev | sevate | sevyate | sevyamāna |
| sthā | tiṣṭhati | sthīyate | sthīyamāna |
| spṛś | spṛśati | spṛśyate | spṛśyamāna |
| smṛ | smarati | smriyate | smriyamāna |
| han | hanti | hanyate | hanyamāna |
| hā | jahāti | hīyate | hīyamāna |

（括號中的，是不及物動詞所成的分詞）

此中有些要注意之點：

a. 解為見的動詞，用以形成其現在式語幹的語根，是 paś；但用以形成其被動式語幹（及其他的語幹）的語根，則是 dṛś。

b. 解為說的動詞，用以形成其現在式語幹的語根，通常是 vad；但用以形成其被動式語幹的語根，則是 vac。

c. 動詞語根 brū 只能構成現在式語幹，不能構成被動式或其他的語幹。

## II、被動式動詞的用法：

被動式動詞有兩種用法。

**A**、這種用法像英語中的及物動詞（transitive verb）的被動式的用法。在這種用法中，及物動詞是被動式，在主動式時是主格的名詞，要轉成具格，而在主動式時是對格的名詞，則轉成主格。其他的詞語，例如為格者，則不變化。例如，「國王殺掉戰士」是主動式，「戰士被國王殺掉」則是被動式；這兩語句當轉為梵語，要分別寫成：

rājā kṣatriyaṃ hanti 及 kṣatriyo rājñā hanyate.

另一個例子是「他見到我」（主動式）和「我被他見到」（被動式）；轉成梵語則如：

sa māṃ paśyati 及 ahaṃ tena dṛśye.

半過去式的例子如「他背棄了你」和「你已被他背棄」，寫成梵語如：

sa tvāmajahāt 及 tvaṃ tenāhīyathāh.

要注意的是，當被動式中有「說」一動詞時，例如「甲把某事說給乙聽（告訴乙）」，若寫成梵語，則乙用主格，某事仍是對格。如「沒有甚麼告訴他」，寫成被動式的梵語，當如「他沒有被告訴甚麼」樣，即 sa na kimapyucyate。

**B**、另外一種用法是無人稱的構造。在這種用法中的動詞，通常是不及物動詞（intransitive verb），亦常預認一第三身單數的主格。例如，「我站在屋中」是主動式，梵語為 ahaṃ gṛhe tiṣṭhāmi，若寫成被動式，當如 gṛhe mayā sthīyate，這在中文是無法表達的，勉強要寫，則如「（它）被我站在屋中」，此中的第三身單數的「它」，是主格，通常略去不寫。以下列出一些這種用法的例子：

| 中文主動式 | 梵語主動式 | 梵語被動式 |
|---|---|---|
| 我到森林去 | ahaṃ vanaṃ gacchāṃi | vanaṃ mayā gamyate |
| 這樣他便飲（半過去式） | tadā so ’pibat | tadā tenāpīyata |
| 讓他到市鎮去 | sa nagaraṃ gacchatu | tena nagaraṃ gamyatām |
| 請坐下吧 | upaviśatu bhavān | upaviśyatām bhavatā |

要注意的是，當用 √bhū 以形成被動式時，此 √bhū 的謂語可如一般情況，為對格，亦可作具格出現。如「他們應成為我們的朋友」，可寫成梵

語 te ’smākaṃ mitrāṇi bhavantu，被動式可寫成 tair asmākaṃ mitrāṇi bhūyatām，又可寫成 tair asmākaṃ mitrair bhūyatām。

至於現在被動式分詞，通常是由及物動詞而成，是「正在被……」之意。如 hanyamāna 解「正在被殺」。這種分詞的語尾變化，陽性、中性、陰性分別依 deva，phalam 與 senā 那樣。

## 生字彙

| | |
|---|---|
| adhi-√i（adhī；adhīt） | 讀 |
| kāma | 欲望，性慾 |
| √dṛś | 見（現在主動式語幹用 paś 構成，其他形式語幹則用 dṛś 構成；其現在被動式為 dṛśyate） |
| √likh（likhati） | 寫 |
| √vac（vakti） | 說（2 類；常用為現在被動式，即 ucyate） |
| √vid（vidyate） | 有；存在 |
| śabda | 聲音；字 |

## 把下列語句翻譯為語體文：

1. bhojanaṃ dīyatāṃ mamātithibhya ityaucyata vaṇijā.
2. yasya dhanaṃ na vidyate tena kathamasmiṃl loke jīvyate?
3. yanmayālikhyata tatpustakamidānīṃ sarvaśiṣyairadhīyata ityabravīdācāryaḥ.
4. yasyāṃ vāpyāmahaṃ tayā bālayākrīḍaṃ yasyāṃ vāpyāṃ ca mama kāmo ’vardhata tasyāmidānīmarirājagajaiḥ sthīyate.
5. tena putrakāmena mahādevo ’sevyata.
6. āgamyatāṃ bhavadbhiriti dhanavatā śūdreṇocyate.
7. yadyapyahanyathāstathāpi tvayaivājīyata yuddha iti kavirabravīt.
8. yatra yatra patī rāmo vidyeta tatra tatra sītāyāścakṣusī apatatāṃ na tu

tayā sukhamalabhyata.

9. puṣpamārgeṣu nagareṣu gamyatāṃ tvayā, yāni yāni sukhāni vidyante tāni sarvāṇi labhyantāṃ tvayā, tathāpyasmiñjīvite na ko 'pi duḥkhaṃ nāpnoti.
10. tvamadīyathāstasmai vīrāya mayā, na kadāpi punarāgamyatāmatretyucyate sakopena pitrā.
11. śabdaḥ śrūyate rajñā yuddhaṃ kutreti tenocyate ca.
12. pitā mātā vā hanyeta mayā tathāpi mā dharmo hīyatāmityamanyata vīraḥ.

# 第二十五課　役使形動詞
# （causative）

## I、役使形動詞的形成：

役使形主動式動詞的形成，是把 -ay- 加到語根上，而語根有時要依規則而變化。多數的動詞，不管是主動式的或中間式的，其役使形都是主動式，故都取如 √bhū 的語尾變化。有些役使形可以是中間式的。被動式役使形動詞，常是中間式，取如 √labh 的語尾變化。以下列出動詞語根在加上 -ay- 成為役使式之前的變化規則：

**A**、語根最後的字母若是母音，要變成三次化。如 √kṛ → kārayati；√bhū → bhāvayati。

**B**、語根的最初字母或中間字母若是 i，u，ṛ，ḷ，要二次化；但若 i，u，ṛ，ḷ 後面跟著有雙重子音，則不變化。又語根的最初字母或中間字母若是 ī，ū，ṝ 則不變化。如 √dṛś → darśayati；√vṛdh → vardhayati；√jīv → jīvayati；√cint（思想）→ cintayati。

**C**、語根的最初字母或中間字母若是 a，又若此 a 是在輕音節（即沒有雙重子音跟隨）的位置中，則 a 通常要變長音。如 √paṭh → pāṭhayati。但有些例外，如 √gam → gamayati；√yam → yamayati；√jan → janayati。

**D**、多數以 -ā 結尾的語根，在加上 -ay- 而成役使形前，要加上 -p-。如 √dā → dāpayati；√sthā → sthāpayati；√jñā → jñāpayati；√vidhā → vidhāpayati。但 √pā 卻是例外，→ pāyayati。另外，有些以 -i 結尾的語根，亦依此規則而變化，如 √ji → jāpayati（ji 亦要變成 jā）。

**E**、若語根的諸種形式中有鼻音，在役使形中，鼻音保留。如 √śaṃs

→ śaṃsayati；√yuj → yuñjayati（強形式是 yunaj-）。

**F**、此中有兩個例外，不依從上面的規則：√adhī → adhyāpayati；√han → ghātayati。

至於役使形的被動式的形成，是把役使形語幹的 -ay- 抽去，然後加上被動式的 -y-，再加上被動式的語尾變化便成。如動詞語根 jñā，其役使形是 jñāpayati，役使形被動式則是 jñāpyate。由役使形亦可形成現在式分詞，只要根據以往所習得的方法便可。如 √jñā 的役使形的主動現在式分詞是 jñāpayant，其意是正在役使去知；役使形的被動現在式分詞則是 jñāpyamāna，其意是正在被役使去知。以下列舉一些動詞的役使形主動現在式第三身單數與役使形被動現在式第三身單數形式：

| 動詞語根 | 現在式<br>第三身單數 | 役使形主動現在式<br>第三身單數 | 役使形被動現在式<br>第三身單數 |
|---|---|---|---|
| adhī | adhīte | adhyāpayati | adhyāpyate |
| as | asti | 無 | |
| āp | āpnoti | āpayati | āpyate |
| ās | āste | āsayati | āsyate |
| i | eti | 無 | |
| kṛ | karoti | kārayati | kāryate |
| kṛṣ | karṣati | karṣayati | karṣyate |
| kḷp | kalpate | kalpayati | kalpyate |
| krī | krīṇāti | krāpayati | krāpyate |
| krīḍ | krīḍati | krīḍayati | krīḍyate |
| gam | gacchati | gamayati | gamyate |
| grah | gṛhṇāti | grāhayati | grāhyate |
| cur | corayati | corayati | coryate |
| jan | jāyate | janayati | janyate |
| ji | jayati | jāpayati | jāpyate |

| | | | |
|---|---|---|---|
| jīv | jīvati | jīvayati | jīvyate |
| jñā | jānāti | jñāpayati | jñāpyate |
| tyaj | tyajati | tyājayati | tyājyate |
| dah | dahati | dāhayati | dāhyate |
| dā | dadāti | dāpayati | dāpyate |
| dhāv | dhāvati | dhāvayati | dhāvyate |
| naś | naśyati | nāśayati | nāśyate |
| nī | nayati | nāyayati | nāyyate |
| paṭh | paṭhati | pāṭhayati | pāṭhyate |
| paś | paśyati | darśayati | darśyate |
| pā | pibati | pāyayati | pāyyate |
| pīḍ | pīḍayati | pīḍayati | pīḍyate |
| pracch | pṛcchati | pracchayati | pracchyate |
| brū | bravīti | 無 | |
| bhū | bhavati | bhāvayati | bhāvyate |
| bhṛ | bibharti | bhārayati | bhāryate |
| man | manyate | mānayati | mānyate |
| muc | muñcati | muñcayati | muñcyate |
| mṛ | mriyate | mārayati | māryate |
| yam | yacchati | yamayati | yamyate |
| labh | labhate | lambhayati | lambhyate |
| likh | likhati | lekhayati | lekhyate |
| vac | vakti | vācayati | vācyate |
| vad | vadati | vādayati | vādyate |
| vas | vasati | vāsayati | vāsyate |
| vah | vahati | vāhayati | vāhyate |
| vid | vidyate | 無 | |
| vidhā | vidahdhāti / vidhatte | vidhāpayati | vidhāpyate |

| | | | |
|---|---|---|---|
| viś | viśati | veśayati | veśyate |
| vṛt | vartate | vartayati | vartyate |
| vṛdh | vardhate | vardhayati | vardhyate |
| śaṃs | śaṃsati | śaṃsayati | śaṃsyate |
| śru | śṛṇoti | śrāvayati | śrāvyate |
| sev | sevate | sevayati | sevyate |
| sthā | tiṣṭhati | sthāpayati | sthāpyate |
| spṛś | spṛśati | sparśayati | sparśyate |
| smṛ | smarati | smārayati | smāryate |
| han | hanti | ghātayati | ghātyate |
| has | hasati | hāsayati | hāsyate |
| hā | jahāti | hāpayati | hāpyate |

## II、役使形動詞的用法：

役使形動詞表示某人或某物役使他人或他物去做該動詞語根所表示的動作。此種動詞的用法有兩種：非被動式役使形與被動式役使形。以下分述之。

**A**、非被動式役使形：這種役使形又分兩種，其一是被役使者是具格結構，另一是被役使者是對格結構。

a.　被役使者是具格結構的役使形：所有及物動詞（除了在以下 b 項所述者之外），其相關的被役使者都取具格結構，而役使動作所作用的對象則是對格。如 A 役使 B 去打擊 C，此中，A 是主格，B 是具格，C 是對格，其意即：A 役使 C 為 B 所打擊。以下舉一些例子看看。

原　句：rāmaḥ patnīṃ tyajati（拉麻遺棄妻子）

役使形：sa rāmena patnīṃ tyājayati（他使拉麻遺棄妻子）

原　句：vīro 'rim hanti（戰士殺死敵人）

役使形：rājā vīreṇārimṃ ghātayati（國王使戰士殺死敵人）

原　句：śūdro brāhmaṇaṃ spṛśati（首陀觸摸婆羅門）

役使形：rājā śūdreṇa brāhmaṇaṃ sparśayati（國王使首陀觸摸婆羅門）

b. 被役使者是對格結構的役使形：所有不及物動詞，都取這種結構。另外，表示以下動作的動詞，也取這種結構，這些動作是：運動，知識，資料報告和吃東西；這種動詞如 √gam，√paṭh，√adhī，√vad，√vac，√paś，√jñā，√pā。試看以下一些例子：

原　句：śatravaḥ svargam agacchan（敵人們到天上去）

役使形：śatrūn svargam agamayat（他使敵人們到天上去）

原　句：sve vedārtham aviduḥ（他自己知道吠陀的意義）

役使形：svān vedārtham avedayat（他使自己知道吠陀的意義）

原　句：devā amṛtam āśnan（神祇們飲花蜜）

役使形：devān amṛtam āśayat（他使神祇們飲花蜜）

這裏有些例外。有些動詞，本來依 b 規則，其相關的被役使者是要取對格結構的，但卻取具格結構。這些動詞如 √nī，√vah（拖曳），√bhakṣ（吃），√svād（吃），√ghrā（嗅），√smṛ（除非解為「追悔地思想」，否則取具格的相關被役使者）。有兩個動詞，其相關被役使者可是對格，也可是具格，這即是 √kṛ 和 √hṛ（取，拿）。

另外，梵語「rāmo govindaṃ gamayati」即「拉麻促使歌文達離去」之意。但若要表示重疊的促使關係，如「毘瑟紐密特羅促使拉麻促使歌文達離去」，在梵語，要先將此句寫成「毘瑟紐密特羅通過拉麻促使歌文達離去」，即「viṣṇumitro rāmeṇa govindaṃ gamayati」。此中的通過某人的「某人」用具格。

**B**、被動式役使法：在這種用法中，不管動詞是屬於具格結構或對格結構，被役使者都是主格；而在原句為直接對象的，則仍是對格。以下試看一些例子：

原　句：rāmo grāmaṃ gacchati（拉麻到村中去）

役使形：rāmo grāmaṃ gamyate（拉麻被役使到村中去）

原　句：śūdraḥ kaṭaṃ karoti（首陀做了一張蓆）

役使形：śūdraḥ kaṭaṃ kāryate（首陀被役使做一張蓆）

在這種結構中，役使別人去作某些行為的，是具格，如「śūdro rājñā kaṭaṃ kāryate」（首陀被國王役使去做一張蓆）。

若動詞表示知識、吃一類的意思，則被役使要做的東西是主格，而被役使者則是對格；或前者是對格，後者是主格。如「國王被役使去認識他的責任」，寫成梵語，可如「rājā dharmaṃ jñāpyate」，或如「dharmo rājānaṃ jñāpyate」。又「那男孩被役使去吃食物」，寫成梵語，可如「bālo bhojanaṃ bhojyate」，或如「bhojanaṃ bālaṃ bhojyate」。

要注意第十類動詞的主動現在式與其役使形有相同的形式。如「corayati」可解為「他盜竊」或「他役使去盜竊」。而很多動詞在被動式方面，其役使形與現在式也相同，如「gamyate」可解為「他被役使離去」，也可解為「它走了，完了」（無人稱構造）。在這種情況下，該字當作何解，要視脈絡而定。

## 生字彙

| | |
|---|---|
| √kṛṣ（karṣati） | 犁田；拉，拖 |
| kṣetram | 田 |
| √dṛś（役使形：darśayati） | 顯示，表露（間接對象用對格或為格） |
| bāṇa | 箭，矢 |
| mantrin | 使臣 |
| √mṛ（mriyate） | 死 |
| mṛtyu | 死（陽性） |
| śastram | 武器 |
| √has（hasati） | 笑 |

## 把下列語句翻譯為語體文：

1. yena śatruṇāmāryanta te vīrāḥ sa idānīṃ yuddhabhūmiṃ viśati.
2. sa ācāryaḥ śiṣyāndharmapustakānyadhyāpayaddharmakathāstānaśrāvayacca.
3. yāni śastrāṇi sa rājā śūdrairakārayattairvīrā yuddhe 'mārayañchatrūn.
4. tava kāmaṃ darśaya ma iti grāmabālābravīdvīram.
5. ye gajānvanādagamayaṃstānvaṇijaḥ siṃhā agṛhṇannamārayaṃśca.
6. ye 'sminrājye mama prajābhiḥ kṣetrāṇi karṣayeyuste mama sakāśa āyantvityaucyata rājadevanāmnā nṛpeṇa.
7. sa vīraḥ śūdrairdhanurbāṇāvānāyayadarīnahaṃśca.
8. arirājabhī rathānkarṣayato rājñaḥ kīrtiraśasyata prajābhiḥ.
9. ye manuṣyā asmiṃl loke jāyante te sarve mriyante, na ko 'pi jīvanmṛtyuṃ na gacchatītyabravīdṛṣiḥ.
10. yo vaṇigrathānaśvāṃśca mantriṇānāyyata sa idānīṃ nagaraṃ viśatītyavadadvīraṃ rājā.
11. ācāryeṇa pustakaṃ pāṭhyamānaṃ śiṣyaṃ na ko 'pi kimapi brūyāt.
12. rājānaṃ mantriṇaśca hāsayankavirdhanavānabhavat.

# 第二十六課　過去被動式分詞（past passive participle）；過去主動式分詞（past active participle）

## I、連聲規則：

以下兩個連聲規則，特別適用於過去被動式分詞及其引申字的形成方面。

**A**、一個有聲送氣音加一個無聲不送氣音或無聲送氣音，變成一個有聲不送氣音加一個有聲送氣音。如 budh + ta → buddha；labh + ta → labdha；doh + ti → dogdhi。這個規則可解釋 √duh（擠乳，2 類）的語尾變化：

| | 單 | 雙 | 眾 |
|---|---|---|---|
| 第一身 | dohmi | duhvaḥ | duhmaḥ |
| 第二身 | dhokṣi | dugdhaḥ | dugdha |
| 第三身 | dogdhi | dugdhaḥ | duhanti |

**B**、齒音 t 當跟著 ṣ 時，要變成反舌音 ṭ。如 tuṣ + ta → tuṣṭa。

## II、過去被動式分詞的形式：

這種形式，基本上是把 -ta，-ita，或 -na 加到未強化的語根中而成；每一動詞只能取此三種語尾中的一種。

**A、加 -ta 的動詞**：很多動詞，都可把 -ta 直接加到語根上，而成過去被動式分詞。在這種情況，若動詞語根的最後字母是子音，則此子音要依如下規則變化：

c → k　　如　√sic（變濕）→ sikta
ch → ṣ　　如　√pracch → pṛṣṭa
j → k 或 ṣ　　如　√tyaj → tyakta
　　　　√sṛj（創造）→ sṛṣṭa
ś → ṣ　　如　√naś → naṣṭa；√dṛś → dṛṣṭa
ṣ 不變　　如　√tuṣ（欣喜）→ tuṣṭa

至於 h，則可變成 gh，或與 t 而成 ḍh。在後一種情況，其前面的母音要變長音。如 √duh → dugdha；√dah → dagdha；√lih（舐）→ līḍha。

在一般情況來說，與 -ta 相結合的語根，正是與被動式的字腰 -ya- 相結合的語根。如：

a.　倒數第二位的鼻音要去掉，
　如　√śaṃs → śasta
b.　半母音變成相應的母音，
　如　√vac → ukta　　√vah → ūḍha
　　√pracch → pṛṣṭa
c.　最後的 -ā，-ai 等要弱化為 -ī，
　如　√pā → pīta　　√gai → gīta

但亦有一些是例外，與被動式的情況不同。如：

a.　最後的字母 -ā 要弱化為 -i，
　如　√sthā → sthita　　√dhā → hita
b.　√dā → datta
c.　-am 弱化為 -a，
　如　√gam → gata　　√yam → yata
　　√ram（遊戲）→ rata　　√nam（鞠躬）→ nata
d.　-an 弱化為 -a，
　如　√man → mata　　√han → hata

e.　以 -am 結尾的語根，其過去被動式分詞卻是 -ānta，

如　√kṣam（倦怠）→ kṣānta

f.　√jan → jāta

**B、加 ita 的動詞：**所有由加上 -aya- 而形成其現在式語幹的動詞，若其語幹除去 -aya-，改加 -ita，即成過去被動式分詞。如由 √cur 可得 corita，由 √pīḍ 可得 pīḍita，這種形成方式，包括所有第十類動詞和所有役使形動詞在內。如 √mṛ 的役使形是 mārayati，其過去被動式分詞是 mārita。

另外還有許多動詞，其過去被動式分詞都是 -ita 形式。如 √pat → patita；√vas → uṣita；√likh → likhita；√vad → udita。√grah 的過去被動式分詞是 gṛhīta。那些語根以 -kh，-ṭ，-ṭh，-ḍ，-th，-ph 結尾的動詞，都可加上 -ita，而成過去被動式分詞。

**C、加 -na 的動詞：**以下動詞加上 -na，即成其過去被動式分詞：

a.　動詞語根以 -ā，-i，-ī，-u，-ū，-ai 結尾者。

如　√hā → hīnā

√mlai（枯萎）→ mlāna

√kṣi（破壞）→ kṣīṇa

√lū（割截）→ lūna

b.　其語根以 -ṝ 結尾的動詞，可把 -na 加到其被動式語幹上，即成過去被動式分詞。

如　√kṝ → kīrṇa　　√tṝ → tīrṇa

√pṝ → pūrṇa

c.　有少數以 -j 結尾的動詞語根，其 -j 在 n- 之前，要變成 -g。

如　√bhaj（分與）→ bhagna

√bhuj（彎曲）→ bhugna

√majj（下沉）→ magna

√lag（連繫）可逕加上 -na，而成 lagna。

d.　有些以 -d 結尾的動詞語根，其 -d 在 n- 之前，要變成 -n。

如　√sad（安置）→ sanna

√bhid（割截）→ bhinna

至於過去被動式分詞的語尾變化，則常隨 deva，phalam，senā 般變化。

## III、過去被動式分詞的應用：

這相當於中文的「為……所」的結構，如「為張三所接受」，「為李四所破壞」。這可用作簡單的形容詞，如「rājñā dattaṃ dhanam」可解作「國王所給予的錢」，其中的 dattam，與 dhanam 相應，即有形容詞的作用。這又可用於複合詞中，意思不變，如「rājadattaṃ dhanam」。

過去被動式分詞常被作有限式動詞（finite verb）用，此中有兩種形式：

**A**、過去被動式分詞性、數、格與主詞相應，描述主詞。如「vīro rājñā hataḥ」（或加上繫詞如「vīro rājñā hata āsīt」，這較少用），其意是「戰士為國王所殺」。

**B**、非人格的；過去被動式分詞必須為中性單數主格。如「iti tenoktam」（或「iti tenoktam āsīt」，較少用），其意是「如是為他所說」。

一般來說，過去被動式分詞是被動意思，必須翻譯成被動式。但表運動或動作的動詞，如 √sthā，√ās，√vas，√jan，和大部分不及物動詞，和一些目前尚未碰到的動詞（如 √śliṣ（擁抱），√śī（臥），√ruh（爬），√jṝ（變老）），其分詞可有主動意思。如「sa tatra gataḥ」即是「他到那裏去」之意，「sā tatrāsitā」即「她坐在那裏」之意，「putro jātaḥ」即「兒子出生了」。要注意的是，若分詞是作動詞用，其性、數、格必須與主詞相應。另外，有些有主動意思的分詞可作名詞用，如「vṛddha」可解為「老人」，「mṛta」可解為「死人」。

以 -ta 結尾的過去被動式分詞，有時可作中性的抽象名詞用，其語尾變化則如 phalam。如「jīvitam」是「生命」，「hasitam」是「笑」。

過去被動式分詞當用作所屬複合詞的一分子時，設為 a 動作，而另一分子設為 b，則複合詞可有「b 為其施予 a 的動作」之意。如「hatagaja」，其意是「象為其所殺」。倘若分詞有主動的意思，則複合詞通常可解作「其 b 是 a」。如「vṛddhaputra」可解作「其兒子在成長」。

## IV、過去主動式分詞等的形成及應用：

過去被動式分詞加上 -vant，即成過去主動式分詞：其語尾變化形式一如 dhanavant。同樣，過去被動式分詞役使形亦可加上 -vant，而成過去主動式分詞役使形。如 √smṛ 的過去主動式分詞是 smṛtavant，即「他～一個記憶的人」之意；其過去主動式分詞役使形是 smāritavant，即「他～一個役使去記憶的人」之意。

過去主動式分詞的最常用法，是用作一過去主動意的有限式動詞；如「sa tad uktavān」即是「他說那事」之意。倘若動詞的過去被動式分詞具有主動意味的話，則過去主動式分詞與過去被動式分詞可交互而用；如「sā tatra sthitavatī」（過去主動式分詞）與「sā tatra sthitā」（過去被動式分詞）都是「她站在那裏」之意。另外，過去主動式分詞亦可作形容詞用，它也常用作名詞；如「kṛtavān」可解為「做的」或「做的人」。

## V、

以下列出一些動詞的過去被動式分詞、過去被動式分詞役使形及過去主動式分詞形式：

| 動詞語根 | 過去被動式分詞 | 過去被動式分詞役使形 | 過去主動式分詞 |
|---|---|---|---|
| adhī | adhīta | adhyāpita | adhītavant |
| as | 無 | | |
| āp | āpta | āpita | āptavant |
| ās | āsita | āsita | āsitavant |
| i | ita | 無 | itavant |

| | | | |
|---|---|---|---|
| kṛ | kṛta | kārita | kṛtavant |
| kṛṣ | kṛṣṭa | karṣita | kṛṣṭavant |
| kḷp | kḷpta | kalpita | kḷptavant |
| krī | krīta | krāpita | krītavant |
| krīḍ | krīḍita | krīḍita | krīḍitavant |
| gam | gata | gamita | gatavant |
| grah | gṛhīta | grāhita | gṛhītavant |
| cur | corita | corita | coritavant |
| jan | jāta | janita | 〔jātavant〕 |
| ji | jita | jāpita | jitavant |
| jīv | jīvita | jīvita | jīvitavant |
| jñā | jñāta | jñāpta（不規則） | jñātavant |
| tyaj | tyakta | tyājita | tyaktavant |
| dah | dagdha | dāhita | dagdhavant |
| dā | datta | dāpita | dattavant |
| dhāv | dhāvita | dhāvita | dhāvitavant |
| naś | naṣṭa | nāśita | naṣṭavant |
| nī | nīta | nāyita | nītavant |
| paṭh | paṭhita | pāṭhita | paṭhitavant |
| paś | dṛṣṭa | darśita | dṛṣṭavant |
| pā | pīta | pāyita | pītavant |
| pīḍ | pīḍita | pīḍita | pīḍitavant |
| pracch | pṛṣṭa | pracchita | pṛṣṭavant |
| brū | 無 | | |
| bhū | bhūta | bhāvita | 〔bhūtavant〕 |
| bhṛ | bhṛta | bhārita | bhṛtavant |
| man | mata | mānita | matavant |
| muc | mukta | muñcita | muktavant |

| | | | |
|---|---|---|---|
| mṛ | mṛta | mārita | mṛtavant |
| yam | yata | yamita | yatavant |
| labh | labdha | lambhita | labdhavant |
| likh | likhita | lekhita | likhitavant |
| vac | ukta | vācita | uktavant |
| vad | udita | vādita | uditavant |
| vas | uṣita | vāsita | uṣitavant |
| vah | ūḍha | vāhita | ūḍhavant |
| vid | 無 | | |
| vidhā | vihita | vidhāpita | vihitavant |
| viś | viṣṭa | veśita | viṣṭavant |
| vṛt | vṛtta | vartita | 〔vṛttavant〕 |
| vṛdh | vṛddha | vardhita | 〔vṛddhavant〕 |
| śaṃs | śasta | śaṃsita | śastavant |
| śru | śruta | śrāvita | śrutavant |
| sev | sevita | sevita | sevitavant |
| sthā | sthita | sthāpita | sthitavant |
| spṛś | spṛṣṭa | sparśita | spṛṣṭavant |
| smṛ | smṛta | smārita | smṛtavant |
| han | hata | ghātita | hatavant |
| has | hasita | hāsita | hasitavant |
| hā | hīna | hāpita | hīnavant |

## VI、關於一些字彙的解釋：

**A**、√vad 與 √vac 都是「說」之意。√vac 通常是用在被動式方面。這兩個動詞都有兩種對象：所說的事與所對而說的人；這兩種對象都取受格。在被動式方面，所說的事仍是受格，所對而說的人則變成主格。在翻譯這兩動詞的被動式應用時，可把所說的事，通過具格來表示，而用「以」。如「sa uktaḥ」可譯成「他被（人）告訴」；「sa tāṃ vācam uktaḥ」可譯成「他被（人）以那些話告訴」。

**B**、sva 是第三身的反身所屬代名詞，與其他字結合的形式是 sva-。它的語尾變化方式與 sa 同，但其主格陽性單數形式在子音前面，不必失去最後的 -s；它的主、對格中性單數形式是 svam。它的用法，如「sa svaṃ dhanaṃ kavaye 'dadāt」，可解作「他把他自己的錢給予詩人」。通常來說，這樣的用法的代名詞可以略去；但它的出現，可有加重語氣之意。

**C**、以下的字，當作為複合詞的一部分而在最後位置時，有特別的意思：

-maya（陰性為 -mayī）；「包括」、「充滿」之意。如「jalamayo lokaḥ」即「充溢著水的世界」之意。

-prāya（陰性為 -prāyī）；「幾乎」、「差不多」之意。如「mṛtaprāya」即「差不多死掉」之意。

-mātra；「唯」、「只有」之意。如「dhanamātreṇa」是「只以金錢」之意。（當其前面的部分是一過去被動式分詞時，-mātra 則有「正當」、「……時，即……」的時間意義。如「sa hatamātro 'patat」，意即「當他被殺，即倒下」。在這種情況，-mātra 要與其所指涉的名詞或代名詞在性、數、格方面相應。這種形式又常在處格獨立結構中出現，如「teṣv āgatamātreṣu rājā dhanam adadāt」，即「當他們來到，國王即交出金錢」之意。）

## 生字彙

| | |
|---|---|
| ātman | 我，自己（陽性） |
| kuṭumba | 家庭 |
| -prāya | 參考課文 VI 節 |
| bhṛtya | 僕人 |
| -maya | 參考課文 VI 節 |

| | |
|---|---|
| -mātra | 參考課文 VI 節 |
| sarpa | 蛇 |
| sva | 參考課文 VI 節 |

## 把下列語句翻譯為語體文：

1. sa vīraḥ sasarpamṛgaṃ vanaṃ gatastatra ca bahūnsarpānhatavānityaśṛṇodrājā.
2. yadyapi na sā patnī kadāpi kuṭumbapatinā kopena hatā tathāpi sā yadā tamāgacchantamaśṛṇodbhayānnatmānaṃ darśitavatī.
3. sītayā vṛkṣamayaṃ vanaṃ dṛṣṭamatra rāmaḥ kutra syāditi mataṃ ca.
4. svabhṛtyasevitaḥ kaviḥ kimanyaddadāni ta ityukto rājñā.
5. sa vīro mṛtaprāyo 'pi śatravaḥ kutreti pṛṣṭavān.
6. gatamātre patau bhṛtyā gṛhaṃ tyaktavanto vāpyāṃ krīḍitavantaśca.
7. sa siṃho māritagajo 'pi sabhayo manuṣyasakāśāddhāvitaḥ.
8. asminvane kākamātrā nyuṣitā ityuktavatyṛṣau te vaṇijo bhayaṃ tyaktavantastadviṣṭāśca.
9. ye rājāno dattaratnāsteṣāṃ sakāśe yūyaṃ gacchata tāñchaṃsata ca.
10. tasminrājñi tā vāca ukte kavinā kṣatriyāstaṃ kaviṃ gṛhītavantaḥ.
11. vṛddhacchāyeṣu vṛkṣeṣu sā vaṇikpatnī patimāgacchantaṃ na dṛṣṭavatī duḥkhaṃ gatā ca.
12. te 'rirājā ānīyamānā naṣṭaprāyā vayamityavadan.

# 第二十七課　接續形動詞
# （continuative）

## I、動詞的字首：

有些動詞，其語根要加上字首；例如 āgam 中的 ā-，即是。動詞字首通常會改變動詞的意思，甚至到一難以想像的程度。不過，有些動詞字首並不大影響動詞語根的意思。有些動詞的語根可加上超過一個的動詞字首，如 upāgam，即包括 upa- 與 ā- 兩個字首，其語根是 gam。以下是一些重要的動詞字首及其基本的意思：

ait：橫向，超向，經過，越向。

adhi：在其上，越過。

anu：在其後，沿著，向著，仿傚。

antar：在其中，在其內。

apa：向開，向前，離去。

abhi：對向，相對。

ava：向下，離去。

ā：對向，向著。

ud：向上。

upa：對向，向著。

ni：向下，在其內。

nis：向外，向前。

parā：向一個距離，向開，向前。

pari：環繞。

pra：向前，向上。

prati：對向，回向。

vi：除其外，向開，向外。

sam：沿著，與……共。

## II、接續式動詞的形成：

分語根不連著與連著動詞字首者兩種。

**A**、語根不連著動詞字首的動詞，其過去被動式分詞消去最後的 -a，而加上 -vā，即成接續式。但若其過去被動式分詞以 -na 結尾，則可在其略有修改的語根上加 -tvā，而成接續式。這語根的修改規則如下：

a.　以 -ā，-i，-ī，-u，-ū，-ai 結尾的語根，可分別直接加 -tvā 於 -ā，-i，-ī，-u，-ū，-ai 之上，而成接續式。

b.　以 -ṝ 結尾的語根，可把 -tvā 加於 -īr 或 -ūr 之上，而成接續式。這情況如同加 -na 至以 -ṝ 結尾的語根而形成過去被動式分詞那樣。

c.　以 -j 結尾的語根，可加 -itvā 於其上，而成接續式。

d.　以 -d 結尾的語根，把 -d 轉成 -t，再加上 -tvā，即成接續式。

役使形與第十類動詞則是例外。它們的沒有動詞字首相連的接續式的形成，要在其現在式語幹加上 -i-，然後再加上 -tvā；這些接續式的結尾為 -ayitvā，而不是 -itvā。

**B**、語根連著動詞字首的動詞，則可把 -ya 加到語根上，而成接續式。倘若語根結尾的字母是短母音，則要先加 -t-，然後再加上 -ya，而成接續式。注意 adhi-√i（adhī）的接續式是 adhītya，因其語根 i，亦可算是以短母音結尾，故要加上 -t-，然後再加 -ya。倘若語根在形成其被動式語幹時，其半母音要轉成相應的母音，或要失去鼻音，則在加上 -ya 而形成接續式時，其語根亦要經過同樣的變化。如 √vac → pucya（p 表字首）；√śaṃs → pśasya。以下是形成接續式的另外一些規則：

a.　以 -ṝ 結尾的語根，可把 -ya 加到 -īr 或 -ūr 上。

b.　以 -an 結尾的語根，可把 -ya 加到 -at 上，如 √man → pmatya。

c.　以 -am 結尾的語根，可把 -ya 加到 -am 上或 -at 上，如 upa-√gam → upagamya，upagatya。

至於役使形與第十類動詞，其有動詞字首的接續式的形成，是在其現在式的語根上除去 -aya-，而加上 -ya。但若役使形動詞的語根是具有 -a- 的輕音節，而這 -a- 在役使形中又不變長音的話，則要在其現在式上除去 -aya-，而加上 -ayya，才能形成接續式；如 upa-√gam → upagamayya。

以下列出一些動詞的過去被動式分詞、接續式、接續式役使形、有動詞字首接續式、有動詞字首接續式役使形的形式。注意在最後兩種中，p 代表字首。

| 動詞語根 | 過去被動式分詞 | 接續式 | 接續式役使形 | 有動詞字首接續式 | 有動詞字首接續式役使形 |
|---|---|---|---|---|---|
| adhī | adhīta | 無 | 無 | adhītya | adhyāpya |
| as | 無 | 無 | 無 | 無 | 無 |
| āp | āpta | āptvā | āpayitvā | pāpya | pāpya |
| ās | āsita | āsitvā | āsayitvā | pāsya | pāsya |
| āhve | āhūta | 無 | 無 | āhūya | āhvāpya |
| i | ita | itvā | 無 | pitya | 無 |
| upagam | upagata | 無 | 無 | upagamya, upagatya | upagamayya |
| kṛ | kṛta | kṛtvā | kārayitvā | pkṛtya | pkārya |
| kṛṣ | kṛṣṭa | kṛṣṭvā | karṣayitvā | pkṛṣya | pkarṣya |
| kḷp | kḷpta | kḷptvā | kalpayitvā | pkḷpya | pkalpya |
| krī | krīta | krītvā | krāpayitvā | pkrīya | pkrāpya |
| krīḍ | krīḍita | krīḍitvā | krīḍayitvā | pkrīḍya | pkrīḍya |
| gam | gata | gatvā | gamitvā | pgamya, pgatya | pgamayya |
| grah | gṛhīta | gṛhītvā | grāhayitvā | pgṛhya | pgrāhya |
| cur | corita | corayitvā | corayitvā | pcorya | pcorya |
| jan | jāta | 無 | janayitvā | 無 | pjanayya |
| ji | jita | jitvā | jāpayitvā | pjitya | pjāpya |
| jīv | jīvita | jīvitvā | jīvayitvā | pjīvya | pjīvya |
| jñā | jñāta | jñātvā | jñāpayitvā | pjñāya | pjñāpya |

| | | | | | |
|---|---|---|---|---|---|
| tyaj | tyakta | tyaktvā | tyājayitvā | ptyajya | ptyājya |
| dah | dagdha | daghdhvā | dāhayitvā | pdahya | pdāhya |
| dā | datta | dattvā | dāpayitvā | pdāya | pdāpya |
| dhāv | dhāvita | dhāvitvā | dhāvayitvā | pdhāvya | pdhāvya |
| naś | naṣṭa | naṣṭvā | naśayitvā | pnaśya | pnāśya |
| nigrah | nigṛhīta | 無 | 無 | pgṛhya | pgrāhya |
| nirdiś | nirdiṣṭa | 無 | 無 | nirdiśya | nirdeśya |
| nī | nīta | nītvā | nāyayitvā | pnīya | pnāyya |
| paṭh | paṭhita | paṭhitvā | pāṭhayitvā | ppaṭhya | ppāṭhya |
| paś | dṛṣṭa | dṛṣṭvā | darśayitvā | pdṛśya | pdarśya |
| pā | pīta | pītvā | pāyayitvā | ppāya | ppāyya |
| pīḍ | pīḍita | pīḍayitvā | pīḍayitvā | ppīḍya | ppīḍya |
| pracch | pṛṣṭa | pṛṣṭvā | pracchayitvā | ppracchya | ppracchya |
| pratīkṣ | pratīkṣita | 無 | 無 | pratīkṣya | pratīkṣya |
| prayuj | prayukta | 無 | 無 | prayujya | prayojya |
| brū | 無 | 無 | 無 | 無 | 無 |
| bhū | bhūta | bhūtvā | bhāvayitvā | pbhūya | pbhāvya |
| bhṛ | bhṛta | bhṛtvā | bhārayitvā | pbhṛtya | pbhārya |
| man | mata | matvā | mānayitvā | pmatya | pmānya |
| muc | mukta | muktvā | muñcayitvā | pmucya | pmuñcya |
| mṛ | mṛta | mṛtvā | mārayitvā | pmṛtya | pmārya |

| | | | | | |
|---|---|---|---|---|---|
| yam | yata | yatvā | yamayitvā | pyamya, pyatya | pyamayya |
| labh | labdha | labdhvā | lambhayitvā | plabhya | plambhya |
| likh | likhita | likhitvā | lekhayitvā | plikhya | plekhya |
| vac | ukta | uktvā | vācayitvā | pucya | pvācya |
| vad | udita | uditvā | vādayitvā | pudya | pvādya |
| vas | uṣita | uṣitvā | vāsayitvā | puṣya | pvāsya |
| vah | ūḍha | ūḍhvā | vāhayitvā | puhya | pvāhya |
| vid | 無 | 無 | 無 | 無 | 無 |
| vidhā | vihita | 無 | 無 | vidhāya | vidhāpya |
| viś | viṣṭa | viṣṭvā | veśayitvā | pviśya | pveśya |
| vṛt | vṛtta | vṛttvā | vartayitvā | pvṛtya | pvartya |
| vṛdh | vṛddha | vṛddhvā | vardhayitvā | pvṛdhya | pvardhya |
| śaṃs | śasta | śastvā | śaṃsayitvā | pśasya | pśaṃsya |
| śru | śruta | śrutvā | śrāvayitvā | pśrutya | pśrāvya |
| sev | sevita | sevitvā | sevayitvā | psevya | psevya |
| sthā | sthita | sthitvā | sthāpayitvā | psthāya | psthāpya |
| spṛś | spṛṣṭa | spṛṣṭvā | sparśayitvā | pspṛśya | psparśya |
| smṛ | smṛta | smṛtvā | smārayitvā | psmṛtya | psmārya |
| han | hata | hatvā | ghātayitvā | phatya | pghātya |
| has | hasita | hasitvā | hāsayitvā | phasya | phāsya |
| hā | hīna | hātvā | hāpayitvā | phāya | phāpya |

## III、接續式動詞的用法：

這種形式表示一動作，這動作在時間上發生在主要動詞所表示的動作之先。我們也可以用一系列的接續式，但在它們後面，必須要有主要動詞；而在前面的接續式，其所表示的動作，必須是在時間上先於在其後面的接續式所表示的動作。如在「她起床，洗臉，刷牙，之後便上學去」句中，起、洗、刷的動作都可用接續式，上學則是主要動詞。接續式不能位於主要動詞之後；而那些與接續式相連繫的字（例如直接受詞），通常來說，必須放在接續式的前面。而主要動詞的主詞，必須同時是接續式的主詞；它可位於第一個接續式的前面，或位於最後的接續式與主要動詞之間。

翻譯接續式，最好用「當」、「之後」字眼，或用一連串的獨立語句表示。如上例「她起床，洗臉，刷牙，……」。最要注意的是，接續式（一個或一系列）的主詞，必須同時亦是主要動詞的主詞，否則便不能用接續式。（唯一例外是被動式的情況，見下面。）倘若主詞不同，則要用獨立結構。如「他殺了敵人後，我便來了」語句，轉成梵文，不能用接續式，因「殺」與「來」的主詞不同；但若「我殺了敵人後，便來了」語句，翻成梵文，便可用接續式，因「殺」與「來」的主詞都是我。這可翻譯為「śatruṃ hatvāham āgaccham」。又接續式只能有主動意思，不能有被動意思。

若主要動詞是被動式，則接續式的主詞應是主要動詞所表示的動作的發者，而不是文法上的主詞；這動作的發者通常是具格。如「當國王殺了戰士後，象便被他釋放了」句，譯成梵文為「vīraṃ hatvā rājñā gajo muktaḥ」，此中的接續式的主詞，即是主要語句中的具格的 rājñā。在有些情況，主要動詞是被動式，而接續式的主詞也略去，則讀者必須要能自己提供回來，如「śiṣyān āhūya, idaṃ pustakaṃ paṭhyatām」，其意是「當喚來了學生們後，讓這書為（你）所讀」。（為了清楚顯示起見，āhūya 與 idam 之間未有連聲。）

字首 a 或 an 可以加到接續式的前面，表示否定之意。如「na tavārim ahatvā tasya rājyaṃ labhyethāḥ」即「你若不殺掉你的敵人，便不能得到他的王國」之意。注意 a 或 an 不能算是動詞字首，故 √han 的否定的接續式是 ahatvā，而不是 ahatya。若動詞語根本來有動詞字首，如 pra-√yuj，則其否定接續式是 aprayujya。

**生字彙**（在動詞語根之後，並附上其現在式第三身單數、現在式第三身單數役使形與過去被動式分詞諸形式）

| | |
|---|---|
| ā-√hve（āhvayati，āhvāpayati，āhūyate，āhūta） | 叫，喚 |
| upa-√gam（upagacchati，upagamayati，upagata） | 去，接近 |
| ni-√grah（nigṛhṇāti，nigrāhayati，nigṛhīta） | 征服，控制（9 類） |
| nir-√diś（nirdiśati，nirdeśayati，nirdiṣṭa） | 指出，表示 |
| pakṣin | 鳥（pakṣa 是翼） |
| prati-√īkṣ（pratīkṣate，pratīkṣayati，pratīkṣita） | 期望，期待 |
| pra-√yuj（prayuṅkte，prayojayati，prayukta） | 運用（7 類） |

## 把下列語句翻譯為語體文：

1. bhojanaṃ kṛtvodyāne krīḍitvā svasāramāhūyāsmadgṛhamehi.
2. sa vīro ’rīnnirdiśya ye ye śastrahastā āgacchanti tānsarvānhanmīti rājānamuktvā yuddhaṃ viṣṭaḥ.
3. sa vaṇigbhṛtyaiḥ snānaṃ kārayitvā devasakāśa idānīmitetyabravīt.
4. sa rājārīnnigṛhya punastānsvarājyeṣvasthāpayat.
5. yaḥ śastrāṇi prayuṅkte sa śastraireva mriyate.
6. na yuddhamagatvā kenāpi kīrtirlabhyeta.
7. tasminvaṇiji rājānamupagacchati kavayo yaddadāti sa tatkathaṃ vayamāpnuyāmetyamanyanta.
8. mantriṇa ānīya rājñā dharmo vidhīyate.

9. bāṇadhanūṃṣi prayuñjānānarīnghātayitvā rājñājīyata yuddhe.
10. tayā damayantyā patiṃ tyaktvā vanaṃ gatvā tatroṣitvāgacchato mṛgasya śabdo ’śrūyata.
11. arigṛhītadhenūrmuktvā sa vīro rājasakāśa āgataḥ kimanyatkaravāṇīt-yuktavāṃśca.
12. kāmena dahyamānānāgatāndṛṣṭvā ke devāḥ ke ca manuṣyā iti damayantī nājānāt.

# 第二十八課　不定式（infinitive）；簡單未來式（simple future）

這兩種形式都是基於一個動詞語根而形成，這動詞語根需要二次化。像多數語根的二次化那樣，母音若是放在最後位置，便要二次化；或者母音若是在輕音節（短音和只有一個子音追隨），便要二次化。倘若母音不是放在最後位置，又或在重音節中，便不必變化。

## I、不定式：

**A、不定式的形式：**在強語幹後面加上 -tum。在這課後面的表中，我們會列出到目前為止的所有動詞的不定式。在一些情況，在語幹的末尾與 -tum 之間會加入連結母音 -i-。

**B、不定式的用法：**梵文不定式的嚴格涵義，是動機或動作的意向。但也有一些情況，不定式可連著形容詞和名詞來用，如「適合去做」（fit to do）、「能夠去做」（able to do）、「適時去做」（time to do）。與不定式連著來用的最普泛的字可列舉如下：

a、意思為「希望」或「願望」的動詞（不定式的當事人和動詞的當事人必須相同）。例如「我希望去」，梵文是「ahaṃ gantum icchāmi.」但梵文中不能說「我希望你去」，因雙方的當事人不同。

b、意思是能夠、知道、開始、始發、承受、樂於等的動詞。例如「sa rājānaṃ hantuṃ śaknoti」（他能夠殺掉國王）；「bhojanaṃ bhoktuṃ vidyate」（這裏有食物可食）。

c、意思是足夠、強壯、能夠的形容詞，和意思是能力、權力或技能的名詞。例如「tatra gantuṃ balaṃ na vidyate tasya」（他沒有能力到那裏去）。

d、意思是時間的字。如「idānīm avasara ātmānaṃ darśayitum」（現在是時候去展示你自己了）。

e、意思是時間的字。如「bhavān āgantum arhati」（你應該來）。

梵文不定式沒有被動式。同樣的不定式，可以是主動意思，亦可以是被動意思。不過，當不定式被翻譯為主動的意思時，語句的主要動詞，即與不定式相連用的動詞，必須是主動式；而當不定式被翻譯為被動的意思時，主要動詞則必須是被動式。如：

aham taṃ hantuṃ śaknomi，我能殺掉他。

sa mayā hantuṃ śakyate，他能被我殺掉。

無人稱的構造亦可以被動式加上不定式來表達。如 sa pustakaṃ paṭhitum icchati，其意為「他希望閱讀那書」。可寫成被動式如 tena pustakaṃ paṭhitum iṣyate，但這不易翻譯，可勉強翻譯成「（它）被希望被他所閱讀那書」。

至於役使形的不定式，只要把 -itum 加到結尾是 -ay 的役使形語幹上便行。例如，dā（給予）的不定式是 dātum，役使形不定式則是 dāpayitum（把 -itum 加到役使形語幹 dāpay- 之上）。它的使用，也是直截了當的，如：

sa kavibhiḥ kathāḥ kārayati，他役使詩人們泡製故事。

sa kavibhiḥ kathāḥ kārayitum icchati，他希望役使詩人們泡製故事。

## II、簡單未來式：

**A、簡單未來式的形式：**在強化的動詞語根上加上 -sy- 或 -iṣy，便成簡單未來式。在後面的表中，會列出到目前學習過的動詞的簡單未來式。這些動詞有主動式，也有中間式。以下列出 bhū 與 labh 兩動詞的簡單未來式（bhū 是主動式，labh 是中間式）：

主動式：

| | 單 | 雙 | 眾 |
|---|---|---|---|
| 第一身 | bhaviṣyāmi | bhaviṣyāvaḥ | bhaviṣyāmaḥ |
| 第二身 | bhaviṣyasi | bhaviṣyathaḥ | bhaviṣyatha |
| 第三身 | bhaviṣyati | bhaviṣyataḥ | bhaviṣyanti |

中間式：

| | 單 | 雙 | 眾 |
|---|---|---|---|
| 第一身 | labhiṣye | labhiṣyāvahe | labhiṣyāmahe |
| 第二身 | labhiṣyase | labhiṣyethe | labhiṣyadhve |
| 第三身 | labhiṣyate | labhiṣyete | labhiṣyante |

要注意的是，所有未來式的語根，即使是其現在式是第二種活用的，都取第一種活用的語尾變化。故 dā（第二種活用第三類）的未來式語尾變化為 dāsyāmi, dāsyasi，餘類推。

至於未來役使形的形成，則可把 -iṣy- 加到結尾為 -ay 的役使形語幹上，再加上第一種活用的語尾變化便行。如 dāpayiṣyāmi，其意是「我會役使去給予」。

有一點很重要的是：簡單未來被動式在寫法上與簡單未來中間式是一樣的。因此，labhiṣyate 可解為「會得到」，亦可解為「會被得到」。

關於分詞（participle）方面，像簡單未來式取現在式的語尾變化那樣，它亦如現在式那樣構成分詞，只是它不由現在式的語幹構成，而由未來式的語幹構成。因此，bhaviṣyant 便有「會變成」（which will be）的意思，labhiṣyamāṇa 便有「會得到」（which will obtain）的意思。又由於上一段所說，簡單未來被動式在寫法上與簡單未來中間式是一樣的，故 labhiṣyamāṇa 又可解為「會被得到」（which will be obtained）。

再舉多一些例子：

karişyati 是「他會做」，

karişyate 是「他會被做」，

karişyantī 是「會做」（who will do，陰性），
karişyamāṇa 是「會被做」（which will be done），
kārayişyati 是「他會役使去做」，
kārayişyate 是「他會被役使去做」，
kārayişyan 是「會役使去做」（who will cause to do，陽性），
kārayişyamāṇa 是「會被役使去做」（who will be caused to do，陽性）。

**B、簡單未來式的用法**：這種時式是用來表顯不確定的未來時間，今天的未來時間，最近和未來的連續性時間。這種時間通常是與目下較為接近的，而不是遙遠的。當要表示一切近的未來時間要發生的或當日便會發生的事，便可用現在式或簡單未來式，如 adya nagaraṃ 或 adya nagaraṃ gamişyāmi，都是「今日我會去那城鎮」的意思。

下面列出一些動詞的不定式和簡單未來式（第三身單數）：

| 動詞語根 | 不定式 | 簡單未來式 |
|---|---|---|
| adhī | adhyetum | adhyeşyate |
| as | 無 | 無 |
| āp | āptum | āpsyati |
| ās | āsitum | āsisyate |
| āhve | āhvayitum | āhvayişyati |
| i | etum | eşyati |
| iş | eşṭum | eşişyati |
| upagam | upagantum | upagamişyati |
| kṛ | kartum | karişyati |
| kṛş | kraşṭum | karkşyati |
| kḷp | kalpitum | kalpişyate |
| krī | kretum | kreşyati |
| krīḍ | krīḍitum | krīḍişyati |

| | | |
|---|---|---|
| gam | gantum | gamiṣyati |
| grah | grahītum | grahīṣyati |
| cur | corayitum | corayiṣyati |
| jan | janitum | janiṣyate |
| ji | jetum | jeṣyati |
| jīv | jīvitum | jīviṣyati |
| jñā | jñātum | jñāṣyati |
| tyaj | tyaktum | tyakṣyati |
| dah | dagdhum | dhakṣyati |
| dā | dātum | dāṣyati |
| dhāv | dhāvitum | dhāviṣyati |
| naś | naṣṭum | naśiṣyati / naṅkṣyati |
| nigrah | nigrahītum | nigrahīṣyati |
| nirdiś | nirdeṣṭum | nirdekṣyati |
| nī | netum | neṣyati |
| paṭh | paṭhitum | paṭhiṣyati |
| paś | draṣṭum | drakṣyati |
| pā | pātum | pāṣyati |
| pīḍ | pīḍitum | pīḍiṣyati |
| pracch | praṣṭum | prakṣyati |
| pratīkṣ | pratīkṣitum | pratīkṣiṣyati |
| prayuj | prayoktum | prayokṣye |
| brū | 無 | 無 |
| bhū | bhavitum | bhaviṣyati |
| bhṛ | bhartum | bhariṣyati |
| man | mantum | maṃsyati |
| muc | moktum | mokṣyati |

| | | |
|---|---|---|
| mṛ | martum | mariṣyate |
| yam | yantum | yaṃsyati |
| labh | labdhum | lapsyate |
| likh | likhitum / lekhitum | lekhiṣyati |
| vac | vaktum | vakṣyati |
| vad | vaditum | vadiṣyati |
| vas | vastum | vatsyati |
| vah | voḍhum | vakṣyati |
| vid | 無 | 無 |
| vidhā | vidhātum | vidhāsyati / te |
| viś | veṣṭum | vekṣyate |
| vṛt | vartitum | vartiṣyate |
| vṛdh | vardhitum | vardhiṣyate |
| śaṃs | śaṃsitum | śaṃsiṣyati |
| śak | 無 | śakṣyati |
| śru | śrotum | śroṣyati |
| sev | sevitum | seviṣyate |
| sthā | sthātum | sthāsyati |
| spṛś | spraṣṭum | sprakṣyati |
| smṛ | smartum | smariṣyati |
| han | hantum | haniṣyati |
| has | hasitum | hasiṣyati |
| hā | hātum | hāsyati |

## 生字彙

| | |
|---|---|
| adya | 今日 |
| arh（arhati） | 應該（跟隨著的是不定式） |

| | |
|---|---|
| iṣ（icchati, eṣayati, iṣyate） | 希望，願望（跟隨著的是不定式） |
| daridra | 貧窮，困乏 |
| dūta | 使者，間諜 |
| balam | 力量，體力 |
| śak（śaknoti, śākayati, śakyate） | 能夠（跟隨著的是不定式） |
| svalpa | 少量 |

## 把下列語句翻譯為語體文：

1. idānīṃ te dūtā māmāhvayiṣyantīti manyamāno rājā nagaramaviśat.
2. tvadasyāṃ patnyāṃ janiṣyamānaḥ putrastvām hanteti kṣatriyamṛṣiravadat.
3. mantribhirjanānāhvāpayitumicchāmītyṛṣirabravīt.
4. kena śatruṇā madrājya āgantumiṣyate.
5. sarva ime vaṇijo dhanaṃ dātumśaknuvanti.
6. na macchatrubhirmayā saha yuddhaṃ kartuṃ śakyate.
7. na tathā vidhātumarhati bhavāniti mantriṇamuktvā daridrāḥ prajā nādadanvihitaṃ dhanam.
8. svalpamapi kopasya manuṣyaṃ hantuṃ śaknoti.
9. tena rājñātra senayā saha gamiṣyata iti dūtenārirāja uktaḥ.
10. atra sadā dharmavatyaḥ prajā bhavitāra iti dṛṣṭamṛṣiṇā.
11. anyānnigrahītuṃ balaṃ prayuñjānā namkṣyanti.
12. iyaṃ kathocyamānā sarvaṃ duḥkhaṃ nāśayiṣyati.

# 第二十九課　完成式（perfect）；紆說完成式（perfect periphrastic）；完成分詞（perfect participle）

## I、簡單完成式（simple perfect）的形成：

在第二十一課中，我們學習過動詞的重疊。如第三類動詞的現在式，動詞的語根要重疊，才能加上語尾變化。簡單完成式的動詞語根亦要重疊，才能加上語尾變化。倘若動詞語根在最後有子音，則在重疊的音節（即第一音節）中，子音會失去。另外亦有一些規則，規範語根在這重疊的音節中的變化，如在第二十一課中所見到的那樣。下面我們把這些規則重複一次。至於在第二音節，語根則不變化。

a、一般來說，在重疊音節中的子音亦即是語根的第一子音。例如 prach → paprach；śri → śiśri；budh → bubudh。

b、在重寫中，送氣音以不送氣音來代替。如 dhā → dadhā；bhṛ → babhṛ（完成式語幹，參看下面 f.）。

c、軟口蓋音或 h 以硬口蓋音來代替。代替的硬口蓋音是有聲，抑是無聲，視被代替的軟口蓋音是有聲抑是無聲而定（在梵語中，h 被認為是有聲的）。如 kṛ → cakṛ；khid → cikhid；grabh → jagrabh；hṛ → jahṛ。

d、若語根以齒擦音開始，跟著的是非鼻音的子音，則重寫的音節，以該子音開始，若 b、c 的規則可用，則仍用上去。如 sthā → tasthā；skand → caskand；skhal → caskhal；ścut → cuścut；spṛś → paspṛś；sphuṭ → pusphuṭ。但若語根以齒擦音開始，跟著的是鼻音或半母音，則用 a 規則。如 smṛ → sasmṛ；snā → sasnā；śru → śuśru；śliṣ → śiśliṣ。

e、在重寫中，長母音變成短母音。如 dā → dadā；bhī → bibhī。

f、母音 ṛ 不能在重寫的音節中出現。在第三類的現在式（經重寫而形成現在式語幹的那一類）中，它由 -i- 代替。在完成式中，則由 -a- 代替。如 bhṛ → babhṛ（完成式）；pṛc → papṛc；kṛ → cakṛ；kṛṣ → cakṛṣ。

這些規則都是在第二十一課中提到的。但完成式則更有如下規則。

g、一個語根，倘若其首字母為 a-，跟著又是單一而最後的子音，則要重複這 a-，而這 a- 又要重疊，如 as → ās。

h、有些語根需要進行簡化程序，如由 ra 轉成 ṛ，由 va 轉成 u，由 ya 轉成 i。這稱為 saṃprasāraṇa。例如 grah，其強形式（單數第一、二、三身）為 jagrah-，jagrāh-；弱形式（單數第一、二、三身外的其他形式）為 jagṛh-。又例如 svap，睡眠之意，其強完成式語幹為 suṣvap-，suṣvāp-，弱完成式語幹則為 suṣup-。

i、若一個語根，在其最後一個單一的子音之前有 i- 或 u-，則 i- 或 u- 要重寫，而且轉成長音 ī- 或 ū-。但若在強形式，則不如此變化。在強形式，則有 saṃprāsaraṇa 的變化，而 i- 或 u- 往往是 saṃprāsaraṇa 的結果。或者語根音節（重疊的第二音節）要二次化，而它的重疊音節（第一音節）則不強化，而由它的半母音跟隨，即放在二次化的語根之前。例如 iṣ，其強完成式語幹是 iyeṣ-，弱完成式語幹則是 īṣ-。至於 vac，則有 saṃprāsaraṇa 發生，其強完成式語幹是 uvac-，uvāc-，弱完成式語幹則是 ūc-。

j、語根若是以母音開始，而這母音若本來是長音，或由於位置的關係（直接有兩個子音跟隨），而作長音看，這樣的語根，並不能成為簡單完成式，只能成為紆說完成式。但 āp- 是一個例外，它的簡單完成式，不管是強的抑是弱的，都是 āp-。

最後，有關強形式與弱形式方面，在完成式來說，其單數第一、第二、第三身是強形式，其他的則是弱形式。關於形式的強化規則如下：

a、最後的母音，在第一身單數主動式來說，要二次化或三次化；在第二身單數主動式來說，要二次化；在第三身單數主動式來說，要三次化。如 kṛ，其第一身單數主動式是 cakara 或 cakāra，第二身單數主動是 cakartha，第三身單數主動式是 cakāra。但 bhū 是例外，它的完成式，不管是強的抑是弱的，都由語幹 babhūv- 構成。

b、中間字母 -a- 在單一的最後子音之前，在第一、二身單數主動式的情況，可以三次化，也可以不變化。但若在第三身單數主動式的情況，則通常會三次化。

c、語根若在單一的最後子音之前有中間字母 -a-，和以一個單一的子音開始，而這子音又在重疊中不變地被重寫過來，則在其完成式的弱形式中，會使它們的語根與重疊濃縮為一個音節，以 -e- 作為它的母音。例如 pat，跌落之意，其弱形式的完成式語幹為 pet-。但其強形式的完成式語幹則為 papat-，papāt-。

d、語根 vid，知了之意，其完成式的強語幹為 ved-，弱語幹則為 vid-。

所有這些規則都是頗為複雜的。後面會列出到目前為止所學過的動詞的第三身單數（強形式）和第三身眾數的形式。

以下我們看完成式的語尾變化：

主動式：

| | 單 | 雙 | 眾 |
|---|---|---|---|
| 第一身 | a | va | ma |
| 第二身 | tha | athuḥ | a |
| 第三身 | a | atuḥ | uḥ |

中間式：

| | 單 | 雙 | 眾 |
|---|---|---|---|
| 第一身 | e | vahe | mahe |
| 第二身 | se | āthe | dhve |
| 第三身 | e | āte | re |

完成式的語幹，倘若以子音結尾，則在以子音開始的語尾變化之前，要加上連結母音 -i-。

另外，有一條規則：就結尾為 -ā，-ai，-o 和 -au 的動詞語幹（如 dā，sthā，pā）來說，其第一身與第三身單數主動式的結尾都是 -au。如 tasthau，是「我站著」、「他站著」之意。（此條規則來得牽強，難以理解。）

以下列出 kṛ 一動詞語根的主動式與中間式的完成式的語尾變化。但在古典梵語來說，kṛ 是只取主動式的。

主動式：

| | 單 | 雙 | 眾 |
|---|---|---|---|
| 第一身 | cakara / cakāra | cakṛva | cakṛma |
| 第二身 | cakartha | cakrathuḥ | cakra |
| 第三身 | cakāra | cakratuḥ | cakruḥ |

中間式：

| | 單 | 雙 | 眾 |
|---|---|---|---|
| 第一身 | cakre | cakṛvahe | cakṛmahe |
| 第二身 | cakṛṣe | cakrāthe | cakṛdhve |
| 第三身 | cakre | cakrāte | cakrire |

在這些格式中，只有第三身的格式是常用的，故需要熟記。

## II、紆說完成式的形成：

所有那些以長母音開始或以短母音開始而直接跟著的有兩個子音的動詞，其簡單完成式都以紆說完成式表示出來。另外，役使形的簡單完成式，亦取紆說完成式的形式。另外那些動詞，倘若它們的現在式語幹是通過加上 -y 或 -ay 而形成的（如第十類動詞，和出自名詞或形容詞的字，所謂「denominative」，英文如 eye，看見；梵文如 senāyate，像軍隊那樣去做），其簡單完成式都以紆說完成式來表示。又另外，表示願望的（desiderative, intensative）動詞，其簡單完成式亦以紆說完成式來表示。

要注意的是，一個動詞語幹，通常只形成簡單完成式或紆說完成式，不能同時形成兩者。大多數動詞在它們的初基的動詞語幹方面，用簡單完成式；在它們的役使語幹方面，用紆說完成式。

紆說完成式的形成，是把 -ām 加到現在式語幹上。同時，倘若是主動式的，則加上 kṛ 或 as 的完成式；倘若是中間式的，則加上 kṛ 的完成式，或加上 āsa。當然，所加上去的 kṛ 等的形式，要與動詞的模式（主動式或中間式）、人稱和數目相應。倘若要形成一個役使完成式，則必須用役使現在式語幹。

因此，就 kṛ 來說，它的役使現在式語幹是 kāray-，「他役使（過去）去做」要寫成 kārayāmāsa 或 kārayāṃ cakāra。又如 cur，它的第三身單數主動完成式是 corayāmāsa，或 corayāṃ cakāra。至於 ās，它的第三身單數完成式是 āsāṃ cakre。這 ās 由於以長母音開始，故必須取紆說完成式。在後面的表中，我們會列出所有動詞的第三身單數完成式役使形（這種形式必要是紆說完成式）。

## III、完成式的用法：

在古典梵文，半過去式、完成式和不定過去式（aorist）可以交替使用，以敘述過去的事。不過，巴尼尼（Pāniṇi）提出這樣的不同：半過去式指述那些過去直到現在為止的做過的動作。完成式則指述那些過去直到現在為止的做過的動作，但這些動作未被說者所證驗。不定過去式則指述那些未能十分確定其發生時間的動作。因此，就第一身而言，說者都證驗過那些動作，即沒有動作是說者所未證驗的，故完成式不可能用在第一身方面。

還有一點需要注意，像未來式那樣，完成被動式與完成中間式在寫法上是相同的。這在簡單完成式與紆說完成式來說都是如此。

## IV、完成式分詞（perfect participle）

a、首先說完成主動式分詞。這種分詞的形成，是把 -vāṃs 加到完成式語幹的弱形式方面去。在意義上，這完成主動式分詞與過去主動式分詞是一樣的。但前者遠比後者為少見。倘若那些語幹是取紆說完成式的，則不能形成完成式分詞。就完成式分詞的形式來說，在弱形式，-vāṃs 變成 -us；在 pāda 語尾之前，-vāṃs 變成 -vat；又在陽性主格單數，-vāṃs 變成 -vān；在陰性主格單數，則變成 -uṣī。以下列出 vidvāṃs（知道的人，someone who knew）的語尾變化形式：

陽性：

| | 單 | 雙 | 眾 |
|---|---|---|---|
| 主格 | vidvān | vidvāṃsau | vidvāṃsaḥ |
| 對格 | vidvāṃsam | vidvāṃsau | viduṣaḥ |
| 具格 | viduṣā | vidvadbhyām | vidvadbhiḥ |
| 其他如 pad 的語尾變化 | | | |

中性：

| | 單 | 雙 | 眾 |
|---|---|---|---|
| 主格 | vidvat | viduṣī | vidvāṃsi |
| 對格 | 同上 | 同上 | 同上 |
| 其他如陽性 | | | |

陰性：

| | 單 | 雙 | 眾 |
|---|---|---|---|
| 主格 | viduṣī | viduṣyau | viduṣyaḥ |
| 其他如 nadī | | | |

b、完成中間式分詞。這種分詞在古典梵語中幾乎不會碰到，故從略。

以下列出到目前為止學到的動詞第三身單數和眾數的完成式，和第三身單數役使形完成式：

| 語根 | 第三身單數<br>完成式 | 第三身眾數<br>完成式 | 第三身單數<br>役使形完成式 |
|---|---|---|---|
| adhī | adhīye | adhīyire | adhyāpayām āsa |
| as | āsa | āsuḥ | 無 |
| avagam | avajagāma | avajagmuḥ | avagamayām āsa |
| ajñā | 無 | 無 | ajñāpayām āsa |
| ānī | āninīya | āninyuḥ | ānāyayām āsa |
| āp | āpa | āpuḥ | āpayām āsa |
| ās | āsāṃ cakre | āsāṃ cakrire | āsayām āsa |
| āhve | ājuhāva | ājuhuvuḥ | āhvāpayām āsa |
| i | iyāya | iyuḥ | āpayām āsa |
| iṣ | iyeṣa | iṣuḥ | eṣayām āsa |
| upagam | upajagāma | upajagmuḥ | upagamayām āsa |
| kṛ | cakāra | cakruḥ | kārayām āsa |
| kṛṣ | cakarṣa | cakṛṣuḥ | karṣayām āsa |
| kḷp | cakḷpe | cakḷpire | kalpayām āsa |
| krī | cikrāya | cikriyuḥ | krāpayām āsa |
| krīḍ | cikrīḍa | cikrīḍuḥ | krīḍayām āsa |
| gam | jagāma | jagmuḥ | gamayām āsa |
| grah | jagrāha | jagṛhuḥ | grāhayām āsa |
| cur | corayām āsa | corayām āsuḥ | corayām āsa |
| jan | jajñe | jajñire | janayām āsa |
| ji | jigāya | jigyuḥ | jāpayām āsa |
| jīv | jijīva | jijīvuḥ | jīvayām āsa |
| jñā | jajñau | jajñuḥ | jñāpayām āsa |

| | | | |
|---|---|---|---|
| tyaj | tatyāja | tatyajuḥ | tyājayām āsa |
| dah | dadāha | dehuḥ | dāhayām āsa |
| dā | dadau | daduḥ | dāpayām āsa |
| dhāv | dadhāva | dadhāvuḥ | dhāvayām āsa |
| naś | nanāśa | neśuḥ | naśayām āsa |
| nigrah | nijagrāha | nijagṛhuḥ | nigrāhayām āsa |
| nirdiś | nirdideśa | nirdidiśuḥ | nirdeśayām āsa |
| nī | nināya | ninyuḥ | nāyayām āsa |
| paṭh | papāṭha | papaṭhuḥ | pāṭhayām āsa |
| paś | dadarśa | dadṛśuḥ | darśayām āsa |
| pā | papau | papuḥ | pāyayām āsa |
| pīḍ | pipīḍa | pipīḍuḥ | pīḍayām āsa |
| pracch | papraccha | papracchuḥ | prachayām āsa |
| pratīkṣ | pratīkṣāṃ cakre | pratīkṣāṃ cakrire | pratīkṣayām āsa |
| prayuj | prayuyuje | prayuyujire | prayojayām āsa |
| brū | 無 | 無 | 無 |
| bhū | babhūva | babhūvuḥ | bhāvayām āsa |
| bhṛ | babhāra | babhruḥ | bhārayām āsa |
| man | mene | menire | mānayām āsa |
| muc | mumoca | mumocuḥ | mocayām āsa |
| mṛ | mamāra[1] | mamruḥ[1] | mārayām āsa |
| yaj | īje | ījire | yājayām āsa |
| yam | yayāma | yemuḥ | yāyayām āsa |
| labh | lebhe | lebhire | lambhayām āsa |
| likh | lilekha | lilikhuḥ | lekhayām āsa |

[1] 語根 mṛ 在現在式中都取中間式，但在完成式則取主動式。

| | | | |
|---|---|---|---|
| vac | uvāca | ūcuḥ | vācayām āsa |
| vad | uvāda | ūduḥ | vādayām āsa |
| vas | uvāsa | ūṣuḥ | vāsayām āsa |
| vah | uvāha | ūhuḥ | vāhayām āsa |
| vid，存在 | 無 | 無 | 無 |
| vid，知道 | veda | viduḥ | vedayām āsa |
| vidhā | vidadhau / vidadhe | vidadhuḥ / vidadhire | vidhāpayām āsa |
| viś | viveśa | viviśuḥ | veśayām āsa |
| vṛt | vavṛte | vavṛtire | vartayām āsa |
| vṛdh | vavṛdhe | vavṛdhire | vardhayām āsa |
| śaṃs | śaśaṃsa | śaśaṃsuḥ | śaṃsayām āsa |
| śak | śaśāka | śekuḥ | śākayām āsa |
| śru | śuśrāva | śuśruvuḥ | śrāvayām āsa |
| sev | siṣeve | siṣevire | sevayām āsa |
| sthā | tasthau | tasthuḥ | sthāpayām āsa |
| spṛś | pasparśa | paspṛśuḥ | sparśayām āsa |
| smṛ | sasmāra | sasmaruḥ | smārayām āsa |
| han | jaghāna | jaghnuḥ | ghātayām āsa |
| has | jahāsa | jahasuḥ | hāsayām āsa |
| hā | jahau | jahuḥ | hāpayām āsa |

## 生字彙

anta　結尾

avagam（avagamayati, avagamyate, avagata）　理解，了解

ājñā（只限於役使形 ājñapayati, ajñāpyate, ājñapta）　命令

| | |
|---|---|
| ānī（ānayati, ānāyayati, ānīyate, ānīta） | 帶來，引致 |
| jñānam | 知識 |
| brahman | 陽性：梵天 Brahmā 之神；中性：梵 Brahma 之原理（要注意陽性、中性的主格單數的不同。） |
| yaj（yajate, yājayati, ijyate, iṣṭa） | 犧牲。犧牲而致祭的神是對格，被犧牲的東西則是具格。 |
| vid（vetti, vedayati, vidyate, vidita） | （第二類）知道。最常見於完成式中（veda / viduh）。 |
| vidvāṃs | 具有知識、智慧的人（vid 的完成主動分詞） |
| havis | 祭品（中性）。通常指在祭祀中被灑到火中去的奶油。 |

## 把下列語句翻譯為語體文：

1. yaṃ mantriṇaṃ rājājñāpayāmāsa sa evāgatyāmuṃ brāhmaṇamāhvāpayāṃ cakāra.
2. brahmṇaivāyaṃ lokaścakre punaśca kariṣyate.
3. sa brāhmano' gnimīje haviṣā.
4. ayaṃ vidvāngṛhamāgatyāpaṭhantaṃ putraṃ dṛṣṭvā tasmai pustakaṃ dadau paṭhyatāṃ tvayetyuvāca ca.
5. yasya jñānasya nānto vidyate sa eva brahma veda.
6. brāhmaṇaḥ patnī ca nṛpasya pādau paspṛśaturāvayoriṣṭaṃ dīyatāṃ bhavatetyūcatuśca.
7. brahmāṇamiṣṭvā sarvakāmaiḥ sa ṛṣiryadyadiyeṣa tattadāpa.
8. yeṣāṃ viduṣāṃ jñānaṃ vidyate teṣāṃ mṛtyurnaitsakāśam.
9. tena rājñā svamantriṇa ānītya kiṃ sa mama śatruḥ kuryāditi pṛṣṭam.
10. yasya senā balavatyāsa sa eva mṛtamariṃ yuddhe dadarśa.

11. sa pitā bālairmitrāṇyānāyayāmāsa.
12. so' jñānī nṛpaḥ pustakaṃ paṭhitvā na mayā kiṃ canāvagatamiti mantriṇamuvāca.

# 第三十課　三種動名詞形
# （gerundive）

梵文的動名詞形是一個形容詞，其意是「將會被……」，或英文的「to be – ed」。

## I、動名詞形的形成：

動名詞形有三種語尾，其一是 -ya，一是 -tavya，一是 -anīya。所有動名詞形的語尾變化，陽性依 deva 式，中性依 phalam 式，陰性依 senā 式。

1.首先看語尾是 -ya 的動名詞形的形式。

a、在 -ya 這一字尾之前，動詞語根的最後的 -ā 要變成 -e-，如 dā → deya。

b、-ā 以外的其他最後母音，可以不變，可以二次化，可以三次化，或有其他的變化，視乎是哪一個動詞而定。二次化或三次化之後，得出的 -e 或 -ai，在 -ya 之前，有時會依次變成 -ay 或 -āy。得出的 -o 或 -au 在 -ya 之前，時常會依次變成 -av 或 -āv。倘若動詞語根以一個短母音結尾，而又沒有二次化或三次化的話，則在 -ya 之前，常會加入 -t-。

如　ji → jeya, jayya

　　śru → śrutya, śravya, śrāvya

　　kṛ → kṛtya, kārya

　　bhū → bhavya, bhāvya

c、就某些動詞來說，中間字 -a- 有時不變，有時則變長音。

如　sad（沈降）→ sadya

vac → vācya

d、在輕音節中的先行字和中間字 i、u 和 ṛ，有時不變化，有時則二次化。如：

guh（隱藏）→ guhya

vid（知道）→ vedya

e、役使形，第十類動詞的 -ya 動名詞形的形成，是在其現在式語幹中減去 -ay。如：

cur → corya

dā 的役使形動名詞形則為 dāpya。

2.跟著看語尾是 -tavya 的動名詞形的形成。在動詞的不定式中除去 -tum，加上 -tavya，便成動名詞形。

3.最後看語尾是 -anīya 的動名詞的形成。一般來說，在加上這語尾之前，語根的母音需要二次化。至於役使形、第十類動詞的情況，則要在其現在式語幹上移去 -ay，再加上 -anīya 便成。

## II、動名詞形的用法：

動名詞形通常可翻譯為「將會被——」，「被」字後表示某種動作，這動作由動詞語根表示出來。例如 vācyam, vaktavyam, vacanīyam，都表示「會被說出來」之意，也有「應該被說出來」之意。sa hantavyaḥ 表示「他將會被殺掉」，或「他應被殺掉」之意。這「將會被——」實有形容詞的意義，形容將會發生的那個動作也。

動名詞形當然有被動的意味。如 tena tatra gantavyam，可直接譯為「（它）會被他到那裏去」，其意即是「他要到那裏去」，或「他應該到那裏去」。

很明顯，動名詞形通常是用來表示某種動作在未來是難以避免的，或必會發生的。如 tenāpi śabdaḥ kartavyaḥ 有「聲音會被他發出來」之意，或「他肯定會發出聲音」之意。

最後，bhū 的動名詞形在被動式的語句中，可有主動的意味，如 tena

balavatā bhavitavyam，是被動的寫法，就文法上的意義是「（它）會被他變得強壯」，其意實是「他肯定會變得強壯」。

以下列出到目前為止學過的動詞的動名詞形：

| 語根 | -ya 的動名詞形 | -tavya 的動名詞形 | -anīya 的動名詞形 |
|---|---|---|---|
| adhī | adhyeya | adhyetavya | 無 |
| arh | 無 | 無 | arhaṇīya |
| avagam | avagamya | avagantavya | avagamanīya |
| as | 無 | 無 | 無 |
| ājñā(caus.) | ājñāpya | ājñāpitavya | ājñāpanīya |
| ānī | āneya, ānayya | ānetavya | 無 |
| āp | āpya | āptavya | 無 |
| ās | 無 | āsitavya | 無 |
| āhve | āhavya | āhvayitavya | 無 |
| i | eya | etavya | 無 |
| iṣ | eṣya | eṣṭavya | eṣaṇīya |
| upagam | upagamya | upagantavya | upagamanīya |
| kṛ | kārya | kartavya | karaṇīya |
| kṛṣ | 無 | kraṣṭavya | karṣaṇīya |
| kḷp | kalpya | kalpitavya | kalpanīya |
| krī | kravya | kretavya | 無 |
| krīḍ | 無 | krīḍitavya | 無 |
| gam | gamya | gantavya | gamanīya |
| grah | grāhya | grahītavya | grahaṇīya |
| cur | corya | corayitavya | coraṇīya |
| jan | janya | janayitavya | 無 |
| ji | jeya | jetavya | 無 |

| | | | |
|---|---|---|---|
| jīv | jīvya | jīvitavya | jīvanīya |
| jñā | jñeya | jñātavya | 無 |
| tyaj | tyajya / tyājya | tyaktavya | 無 |
| dah | dāhya | dagdhavya | 無 |
| dā | deya | dātavya | 無 |
| dhāv | 無 | dhāvitavya | dhāvanīya |
| naś | 無 | naṣṭavya | 無 |
| nigrah | nigrāhya | nigrahītavya | nigrahaṇīya |
| nirdiś | nideśya | nirdeṣṭavya | 無 |
| nī | neya | netavya | 無 |
| paṭh | pāṭhya | paṭhitavya | paṭhanīya |
| paś | dṛśya | draṣṭavya | darśanīya |
| pā | peya | pātavya | pānīya |
| pīḍ | pīḍya | pīḍitavya | pīḍanīya |
| pracch | pṛcchya | praṣṭavya | 無 |
| pratīkṣ | pratīkṣya | pratīkṣitavya | pratīkṣaṇīya |
| prayuj | prayojya | prayoktavya | prayojanīya |
| brū | 無 | 無 | 無 |
| bhū | bhāvya | bhavitavya | 無 |
| bhṛ | bhṛtya / bhārya | bhartavya | bharaṇīya |
| man | mantavya | 無 | 無 |
| muc | mocya | moktavya | mocanīya |
| mṛ | 無 | martavya | 無 |
| yaj | yājya | yaṣṭavya | yājanīya |
| yam | yamya | yantavya | 無 |
| labh | labhya | labdhavya | 無 |
| likh | likhya / lekhya | likhitavya | lekhanīya |

| | | | |
|---|---|---|---|
| vac | vācya | vaktavya | vacanīya |
| vad | vādya | vaditavya | 無 |
| vas | vāsya | vastavya | 無 |
| vah | vāhya | voḍhavya | vāhanīya |
| vid, 存在 | 無 | 無 | 無 |
| vid, 知道 | vedya | veditavya | vedanīya |
| vidhā | vidheya | vidhātavya | 無 |
| viś | veśya | veṣṭavya | 無 |
| vṛt | 無 | vartitavya | vartanīya |
| vṛdh | 無 | vardihitavya | vardhanīya |
| śaṃs | śaṃsya | 無 | śaṃsanīya |
| śak | śakya | 無 | 無 |
| śru | śravya / śrāvya | śrotavya | śravaṇīya |
| sev | sevya | sevitavya | sevanīya |
| sthā | stheya | sthātavya | 無 |
| spṛś | spṛśya | spraṣṭavya | sparśanīya |
| smṛ | smarya | smartavya | smaraṇīya |
| han | 無 | hantavya | 無 |
| has | hāsya | hasitavya | hasanīya |
| hā | heya | hātavya | 無 |

要注意一點，那些沒有 -ya、-tavya 或 -anīya 的動名詞形的動詞，通常也會有以 -ya、-tavya 或 -anīya 結尾的役使形。例如，vidhā 沒有以 -anīya 結尾的動名詞形，但能形成役使形 vidhāpanīya，表示「被役使去規限」、「被役使去任命」的意思，或者有「被役使去被規限」、「被役使去被任命」的被動意思。又如 śaṃs 沒有以 -tavya 結尾的動名詞形，但能形成役使形 śaṃsayitavya，表示「被役使去稱讚」，或「被役使去被稱讚」的意思。這裏的役使形，其不定意味可有被動的意思。

另外一點要特別注意的，是 śak 的動名詞形，即 śakya 的用法，這 śakya 已失去它原有的動名詞形的意味，而只表示 śak 的被動的意味。例如 so 'rir hantuṃ śakyaḥ，表示「那個敵人會被殺死」的意思。idaṃ pustakaṃ tvayā paṭhituṃ śakyam 則表示「這本書會被你所閱讀」的意思。此中的「會」，是能力的意味。又有時 śakyam 的主格，會取中性，以「它」來表示。如 tatra gantum śakyam，表示「（它）會被去到那裏」，即是「可以到那裏去」。這種構造，可以譯成英語的「it is possible」形式，再加上不定式。

## 生字彙

| | |
|---|---|
| kāraṇam | 原因，理由 |
| kāryam | 結果，事件，事情，責任（kṛ 的一種動名詞形） |
| bhāryā | 妻子（bhṛ 的動名詞形，表示「會被支持」之意） |
| bhṛtya | 僕人（bhṛ 的動名詞形，表示「要被支持」之意） |
| mālā | 花環 |
| svabhāva | 自然，自性，內部、內在性向 |

## 把下列語句翻譯為語體文：

1. na tvayā jalaṃ labdhavyam, tayā bhṛtyayā labhiṣyate.
2. na kadāpyariḥ sannapi dūto hantavyaḥ.
3. na kadā cana svabhāvena saha yuddhaṃ kartuṃ śakyam.
4. tvayā sādhavo 'śvā ānāyayitavyā iti mantrī rājñoktaḥ.
5. kathamanayā tava bhāryayā na śrutā bhaveyustvatpaṭhitā vedavāca iti brāhmaṇamapṛcchadrājā.
6. asmiml loke duḥkhameva draṣṭavyaṃ sarvābhirjīvantībhiḥ prajābhiriti mahāntaṃ śabdamakaronmṛtapatnīko vaṇik.
7. tannagaraṃ gatvā bhavatā sa rājā draṣṭavyaḥ kasmādete na muktā iti

praṣṭavyaśca.

8. tvayaiva prajānāṃ sukhasya kāraṇena bhavitavyamityavadadrājānaṃ mantrī.
9. sarvāṇi kāryāṇi kāraṇavanti na ca kiṃ cidakāraṇakaṃ jāyate.
10. iyaṃ mālā tvayā grahaṇīyeti yo vīro bahūnarīnhanyātsa vaktavyaḥ.
11. keyaṃ śiṣyebhyaḥ pustakāni darśitavatīti pṛṣṭa ācāryo mama bhāryetyabravīt.
12. sarvabhṛtyā āhūya kṣetraṃ karṣayateti vaktavyāḥ.

# 附錄：不定過去式（aorist）、願望動詞（desiderative）、名變動詞（denominative）

## I、不定過去式（aorist）：

在理論上來說，不定過去式在古典梵語中用來指謂不確定的過去的時間。不過，在實際上，它與完成式和半過去式可交換代替使用。它的一種特別的用法，是與 mā 相連，而造成否定的命令式。在這種情況，其前面的增大字，通常為 a-，可省去。除了這個情況是例外之外，通常不定過去式是要加上增大字的。

**A、簡單不定過去式**：這分兩種，即是語根不定過去式（root aorist）與 a- 不定過去式（a-aorist）。其形成都是以未強化的語幹為基礎。

1.語根不定過去式：這種不定過去式的形式，只要把增大字加在動詞語根前面，再加上半過去式的第二種活用（athematic）動詞的語尾變化便可。通常只形成主動式；至於中間式，則是用 s- 不定過去式（s-aorist）形或 iṣ- 不定過去式（iṣ-aorist）形。例如，bhū 的語根不定過去式的語尾變化如下：

| | 單 | 雙 | 眾 |
|---|---|---|---|
| 第一身 | abhūvam | abhūva | abhūma |
| 第二身 | abhūḥ | abhūtam | abhūta |
| 第三身 | abhūt | abhūtām | abhūvan |

2. a- 不定過去式：這種形式的形成，只要把增大字 a- 加在動詞語根的前面，再加上半過去式的第一種活用（thematic）動詞的語尾變化便可。主動式與中間式都有，但後者較為少見。例如 gam 的 a- 不定過去式的語

尾變化如下：

| | 單 | 雙 | 眾 |
|---|---|---|---|
| 第一身 | agamam | agamāva | agamāma |
| 第二身 | agamaḥ | agamatam | agamata |
| 第三身 | agamat | agamatām | agaman |

中間式的形成也是一樣，只要把增大字 a- 加在動詞語幹之前，再在後面加上半過去式的第一種活用中間式的動詞語尾變化便可。

**B、齒擦音不定過去式：**這又分兩大類，一類是依第二種活用半過去式的語尾變化，另一類則是依第一種活用半過去式的語尾變化。屬於第一類的有 s-、iṣ- 和 siṣ- 的不定過去式；屬於第二類的則有 sa- 不定過去式。其中最普遍的齒擦音不定過去式，有 -s 不定過去式和 iṣ- 不定過去式。第一類的或第二種活用的齒擦音不定過去式，在它的語尾變化方面，有很多特徵。這即是，它的主動式單數第二身和第三身，分別以 -īḥ 和 -īt 結尾，它的主動式眾數第三身，則以 -uḥ 結尾。在其他情況，則悉依第二種活用半過去式的語尾變化。

以下依次列出 s-、iṣ-、siṣ- 和 sa- 不定過去式的語尾變化。

1. s- 不定過去式：其形成是把 s- 加到強化的和已加上增大字的語根上。如語根有最後母音，則在主動式方面，此最後母音要三次化；在中間式方面，最後母音要二次化。倘若語根有中間母音，則在主動式方面，此中間母音要三次化；在中間式方面，則不變化。以下試以 nī 為例，展示其主動式與中間式的變化情況：

主動式：

| | 單 | 雙 | 眾 |
|---|---|---|---|
| 第一身 | anaiṣam | anaiṣva | anaiṣma |
| 第二身 | anaiṣīḥ | anaiṣṭam | anaiṣṭa |
| 第三身 | anaiṣīt | anaiṣṭām | anaiṣuḥ |

中間式：

| | 單 | 雙 | 眾 |
|---|---|---|---|
| 第一身 | aneṣi | aneṣvahi | aneṣmahi |
| 第二身 | aneṣṭhāḥ | aneṣāthām | aneḍhvam |
| 第三身 | aneṣṭa | aneṣātām | aneṣata |

2. iṣ- 不定過去式：其形式是將 iṣ- 加到已強化和加上增大字的語根上。在主動式，語根的最後母音要三次化；在中間式，則語根的最後母音要二次化。倘若語根有中間母音，則不管是主動式抑中間式，中間母音都要二次化；但若中間母音為 -a-，則在主動式和中間式中，中間母音都不變化（有時在主動式方面 -a- 會變成長音）。以下列出 budh（覺醒）在主動式與中間式中的 iṣ 不定過去式的語尾變化：

主動式：

| | 單 | 雙 | 眾 |
|---|---|---|---|
| 第一身 | abodhiṣam | abodhiṣva | abodhiṣma |
| 第二身 | abodhīḥ | abodhiṣṭam | abodhiṣṭa |
| 第三身 | abodhīt | abodhiṣṭām | abodhiṣuḥ |

中間式：

| | 單 | 雙 | 眾 |
|---|---|---|---|
| 第一身 | abodhiṣi | abodhiṣvahi | abodhiṣmahi |
| 第二身 | abodhiṣṭhāḥ | abodhiṣāthām | abodhiḍhvam |
| 第三身 | abodhiṣṭa | abodhiṣātām | abodhiṣata |

3. siṣ- 不定過去式：這種不定過去式很少見，它主要是由以 -ā 結尾的動詞語根和由 nam（彎腰禮拜），yam（接觸），和 ram（滿足）等動詞語根形式，只有主動式。它的語尾變化，像 iṣ- 不定過去式那樣。以下以 yā（去）表示出來：

主動式：

| | 單 | 雙 | 眾 |
|---|---|---|---|
| 第一身 | ayāsiṣam | ayāsiṣva | ayāsiṣma |
| 第二身 | ayāsīḥ | ayāsiṣṭam | ayāsiṣṭa |
| 第三身 | ayāsīt | ayāsiṣṭām | ayāsiṣuḥ |

4. sa- 不定過去式：這種不定過去式取第一種活用半過去式的語尾變化。構成此種形式的動詞語根，需要以 -ś，-ṣ 和 ḥ 結尾，而其齒擦音需變成 -kṣ-。又這些動詞語根需有 i，u 或 ṛ 作為其母音。以下試以 diś（指出，指向）表示 sa- 不定過去式的語尾變化。

主動式：

| | 單 | 雙 | 眾 |
|---|---|---|---|
| 第一身 | adikṣam | adikṣāva | adikṣāma |
| 第二身 | adikṣaḥ | adikṣatam | adikṣata |
| 第三身 | adikṣat | adikṣatām | adikṣan |

至於中間式，其語尾變化則同於第一種活用半過去式中間式的語尾變化。

**C、重疊不定過去式**：這種不定過去式在古典梵語中不大普遍，它的語尾變化是加在有增大字 -ay 的動詞語幹上的，這即是役使形、第十類和名變動詞（denominative）的動詞語幹。換句話說，一個重疊不定過去式，倘若它不是由第十類動詞或由名變動詞形成，則是役使形動詞。一般來說，這種重疊不定過去式的形成，是使重疊的語幹增大，再加上第一種活用半過去式的語尾變化。以下試以 jan 為例，表示重疊不定過去式的變化。這 jan 重疊不定過去式有役使的意味，表示被役使出生之意。

主動式：

| | 單 | 雙 | 眾 |
|---|---|---|---|
| 第一身 | ajījanam | ajījanāva | ajījanāma |
| 第二身 | ajījanaḥ | ajījanatam | ajījanata |
| 第三身 | ajījanat | ajījanatām | ajījanan |

至於中間式的形成，則隨第一種活用半過去中間式的語尾變化形式。

**D、不定過去式的用法：**不定過去式的用法，一般來說，與半過去式與完成式一樣，用來敘述過去的事情。唯一一個例外，是用來表示否定的命令式，在這種情況，會沒有增大字，另外與 mā 連用，表示 na 的否定意思。如 mā yāsīḥ，表示「不要去」，tan mā bhūt，表示「讓它不要變」。

**E、關於不定過去式的被動第三身單數的特殊情況：**在理論上，s-，iṣ- 和 sa- 的不定過去式的中間式是作不定過去式的被動式用的，但這在古典梵語中非常少見。不過有一種形式相當普遍，這便是不定過去式的被動第三身單數。這種形式的形成，是把 -i 加到已增大的和強化了的動詞語根上。這是固定了的，沒有語尾變化。在一般情況，在 -i 之前，最後母音需要三次化，中間母音則需要二次化。例如 anāyi 由 nī 而來，表示「被帶領」之意；avāci 由 vac 而來，表示「被告訴」之意；adāyi 由 dā 而來，表示「被給予」之意。

## II、願望動詞（desiderative）：

這種動詞形式是要表示希望做出某種動作。例如 cikīrṣati 由 kṛ 而來，其意是「他希望去做」；jijīviṣāmi 由 jīv 而來，表示「我要活下去」。這種動詞語幹的形成，是把語根重疊，然後加上 -s 或 -iṣ，這樣的語幹形成後，便可像一個正常的第一種活用動詞語幹，取第一種活用現在式、半過去式、願望式（optative）和命令式的語尾變化，形成現在式分詞，或形成役使形語幹、被動式語幹、未來式語幹，或紆說完成式（periphrastic perfect），像任何其他動詞語幹一樣，取第一種活用的語尾變化。

這種願望動詞的重疊規則相當複雜，特別是在母音方面。一般來說，倘若動詞語根有 ā，ī 或 ṝ，則會重疊成 -i-；倘若有 ū，則會重疊成 -u-。如 yā（去），其重疊式為 yiyāsati；nī，其重疊式為 ninīṣati；bhū，其重疊式為 bubhūṣati。有些願望動詞有簡約的重疊式，如 āp → īpsati，dā → ditsati。至於子音的重疊，則依據一般的規則。

這種願望式除了可形成現在式、半過去式等外，還可形成被動式（如

īpsyate，「願望被取得」）、役使形（如 īpsayati，「他役使去願望去取得」），和未來式，包括簡單未來式（īpsiṣyati）與紆說未來式（īpsitāsmi）。它又可形成紆說完成式（īpsaṃ cakāra），以 -ita 形成過去被動式分詞（īpsita）和以 -itavant 形成過去主動式分詞（īpsitavant）。其現在主動式分詞是 īpsant，現在中間式分詞則是 īpsamāna。它又像其他的動詞，可形成未來主動式分詞 īpsiṣyant 和未來中間式分詞 īpsiṣyamāna。

## III、名變動詞（denominative）：

這種形式在古典梵文中相當普遍，它是由名詞而來的動詞。倘若我們稱那個名詞是 A，則所形成的名變動詞的意思是：像 A 那樣、如 A 那樣去做、扮演 A 的角色、如 A 那樣看待、使成為 A、使用 A、希望得 A。

在形成方面，把 -y- 加到名詞語幹上，即成名變動詞。所得的動詞形式，需要作為一個第一種活用動詞進行語尾變化。例如由 amitram（敵人）可得 amitray，這是語幹，意思是像敵人那樣去做。amitrayati 則指「他像敵人那樣去做」之意。有時有些語幹需要改變，例如最後的 -a，在 y 之前，有時需變成 -ā 或 -ī。最後的 -ā，通常是不變的。又，名變動詞的語幹，很少有最後的 -i，-ī，-u，-ū 的，若有的話，-i 會變成 -ī，-u 會變成 -ū。或在很罕見的情況下，-i，-u 會變成 -a。而在 -y- 之前的最後的 -ṛ，則會變成 -rī。

在 -y- 之前，多數子音語幹是不變的，但 -an 有時會變成 -a-，-ā-或 -ī-，而 -in 則有時會變成 -ī-。

在古典梵語，任何名詞或形容詞可與 kṛ 或 bhū 中的一者形成複合動詞。在這種情況，名詞或形容詞語幹的 -a 或 -i 會變成 -ī。設名詞或形容詞為 A，則與 kṛ 結合，其意為「做出 A」；與 bhū 結合，則其意為「變成 A」。例如 stambhībhū，其意是「變成一根柱（stambha）」；surabhīkṛ，其意是「使成香（surabhi）」；ātmīkṛ，其意是「做成自己（ātma）」。

# 習題答案

## 第一課

1. 我見到和勝利了。
2. 你到哪裏去？
3. 他倆記取。
4. 我們率領。
5. 你們站立和傷害。
6. 他們站在哪裏？在哪裏詢問？
7. 他去和率領。
8. 你倆勝利了。
9. 我倆記取。
10. 我們詢問，他們站立。

## 第二課

1. 他傷害那些馬。
2. 我到家裏去。
3. 那兩只烏鴉在哪裏呢？（√sthā 可解作存在）
4. 你們見到剎帝利的兒子。
5. 我們帶領著剎帝利兒子的兩頭象。
6. 兒子的兩個生果在哪裏呢？
7. 他由屋中看見兩個朋友。
8. 那些象行到有水的地方去。（jale 本意為在水中，此處可解作有水的地方）

## 第三課

1. 你現在在那處是否見到一頭象和一匹馬呢？
2. 那兩幢房屋在哪裏呢？
3. 你如何從果實中得到水呢？
4. 一個兒子誕生了。
5. 你不把兒子視為朋友。（此句直接的意思是：你不這樣想：兒子即是朋友。此中，na 應與動詞 manyase 連著來解）
6. 兩個剎帝利獲得兩個果實。
7. 神祇啊！那些象到哪裏去啦？
8. 我從家裏只帶來了水。

## 第四課

A、1. senāgacchati　　2. nadyapi

3. maharṣiḥ　　4. bhano ’traihi

5. kākāviti　　6. vane ’pi

7. vana āgaccha　　8. gacchatīti

B、1. 我從未見過神祇。（naiva → na eva，永不，相當於英語的 never）

2. 那些馬（或馬群）成長起來。

3. 果實（眾數）不適宜作馬（眾數）的食物。

4. 兒子們啊，那人也在那村中傷害馬群哩。

5. 國王恐懼地見到剎帝利的顏容。（bhayāt 是奪格，此處可作副詞用）

## 第五課

A、1. nṛpo vadati
2. nṛpā vadanti
3. nṛpayoreva
4. nṛpā eva
5. āgaccherityatra
6. nṛpaśca
7. kāko ’tra
8. kākā atra
9. kākāvatraiva
10. manuṣyāḥ smaranti
11. vāpi
12. phale atra
13. vardhate ’pi
14. punastiṣṭhataḥ
15. vadantvapi
16. devairāgaccha
17. tatraivopaviśa
18. tatrarṣirvasati

B、1. 剎帝利的馬的食物在哪裏？
2. 那些剎帝利從家裏來到這裏。
3. 在那個森林中，有一只烏鴉和一匹馬。
4. 一個剎帝利現在到村中來了。
5. 馬見不到象的顏面。
6. 那些馬從國王的城鎮到來。
7. 剎帝利在這裏得不到水。
8. 那兩個人又再次入鎮。
9. 國王向剎帝利詢問有關友人的市鎮的事。
10. 兩頭象到這市鎮來。（nagara 由 nagare 而來，雖是處格，可作對格解）
11. 只有這家有馬的食物。
12. 國王與那些剎帝利同來。

## 第六課

A、1. kramеṇa
2. śūdrāṇām
3. rathānām
4. putrayo rathaḥ
5. nṛpāṃś ca
6. nṛpāṃs tu
7. vadaṃl loke
8. devāl loka eva
9. patī ratnam
10. bhaved api
11. ratnānām
12. manuṣyeṇa
13. kuto 'pi
14. nayej jalam
15. gṛhāc chūdraḥ
16. taj jñātvā
17. phalāc ca
18. bhaveyū ratnāni
19. devāñ jayati
20. mukhād dhi

B、1. 國王的寶石在首陀的家裏。
2. 他確實在那裏贏了那些國王。
3. 首陀們的戰車到這裏來了。
4. 那兩個國王得到那些馬。
5. 我見到那些剎帝利，但見不到那些神祇哩。
6. 他們又再次得到寶石了。
7. 我們把水從國王的城鎮帶到這裏。
8. 在這個世界中，人們在哪裏呢？
9. 首陀們率領那些象到來。
10. 首陀把馬帶到村中來。
11. 那裏只有一些烏鴉，我們見不到象和馬。
12. 那些剎帝利站在戰車上，戰勝了象群。

## 第七課

1. 國王的軍隊聯同象群到那裏來了。
2. 婆羅門站在那陰影中閱讀故事（書）。
3. 剎帝利們光榮地獲致神祇們的世界。（此中，kīrtyaiva 拆分成 kīrtyā 與 eva；kīrtyā 是具格，可解作光榮地，作副詞用；eva 跟在它後面，表示加強語氣之意）
4. 剎帝利進入村中，看見敵人。
5. 兩個朋友現在在這裏得到兩個果實。
6. 國王光榮地與軍隊進入市鎮。（senayā 是具格，與 saha 一齊解，參看第五課生字彙）
7. 根據這個故事（直接的意思是在這個故事中，kathāyām 是處格），剎帝利與國王誰贏得土地呢？
8. 神祇們不站立在地上。
9. 兩個剎地利又再站立在戰車上，戰勝敵人。
10. 婆羅門由家裏向森林行去。
11. 客人們也在森林中得到水和食物。
12. 詩人們懷著對國王的敵人們的恐懼心住於市鎮中。

## 第八課

1. 國王的敵人們無處可居。
2. 國王把剎帝利們從敵人們（手中）釋放過來。
3. 兩位朋友，你們把戰車拖到哪裏呢？
4. 詩人從未稱讚過國王的敵人們。
5. 首陀有時住在森林裏；不過，現在他和婆羅門們住在市鎮中。
6. 詩人們的故事，值得（給予）榮耀。（此中 √kḷp 是值得之意，其所指涉的 kīrtaye，是為格）
7. 敵人們恐懼地坐下，釋放了馬群、象群和諸戰車。
8. 剎帝利站立在樹林的影子上，殺傷了敵人們的軍隊。
9. 婆羅們替詩人把水從村裏帶來家中。
10. 國王把寶石送給婆羅門們和詩人們。
11. 神祇們從不與人們交談。
12. 兩個首陀的兩匹馬總算把戰車拖到市鎮中來。

## 第九課

1. 婆羅門說：「因為學生們時常服侍老師們哩。」
2. 國王的詩人們光榮地得到果實。
3. 在神祇們的世界裏，樹上常有果實；但在人們的世界裏，樹上只有時有果實而已。
4. 兩個敵人在戰鬥中落敗。
5. 一頭象從森林出來，進入市鎮。（vanāddhyāgacchadgajo 當分解為 vanāt hi āgacchat gajaḥ）
6. 國王問剎帝利們：「敵人在哪處得到諸馬匹和諸戰車呢？」
7. 兩個朋友在樹蔭下看見老師，便行過去，取得書本。
8. 爭鬥在國王的村莊中因首陀們而生起。
9. 婆羅門說：「首陀生了兒子哩。」（後句直譯是，兒子依首陀而誕生）
10. 國王問老師：「我怎樣在戰爭中贏取（勝利）呢？」
11. 國王的光榮的故事，生自詩人們的口中。
12. 老師對學生們說：「國王即使用軍隊也不能贏得敵人們的市鎮。」

## 第十課

1. 婆羅門替妻子把水從槽中帶來。
2. 學生說：「人們時常遵從女神祇的話語。」
3. 敵人們在爭鬥中連國王的皮毛也摸不到。
4. 國王與商人們一齊見到寶石。
5. 婆羅門對首陀說：「在神祇們的世界中，恆河的水連接到神祇的兩足。」
6. 學生從未見到老師的妻子的顏面，只見到（她的）兩足。
7. （他們）說：「濕婆的妻子是烏麻。」
8. 神祇們的腳，從來不接觸地面。
9. 商人們坐在這樹的陰影中，把書交給那些婆羅門。
10. 濕婆對女神祇說：「詩人們的名聲，總是在增長。」
11. 首陀對老師說：「學生以腳來接觸書本哩。」
12. 商人想：這裏的果實適宜作諸馬的食物。

## 第十一課

1. 詩人們在戰車中看見國王的父親。
2. 國王詢問有關施與諸馬匹的人們的姓名。
3. 婆羅門們說：「國王們在森林中傷害了鹿群。」
4. 拉麻說：「我現在和兄弟、妻子一同進入森林。」
5. 在兄弟兩人的兒子們的那個爭鬥中，即使正義亦無可言。
6. 婆羅門朗誦書中所說：「神祇們時常服侍諸施予者。」
7. 國王的兄弟的兒子們坐在樹蔭下，誦讀有關鹿的故事（書）。
8. 詩人們對國王們說：「正義的敵人們在戰爭中死了。」
9. 母親把兒子帶進市鎮，在那裏居住下來。
10. 老師對學生們說：「在詩人們的書本中，兒子們時常侍奉父母；但在人們的世界中，只是有時而已。」
11. 婆羅門說：「國王啊，敵人們現在來了。」
12. 學生朗誦卡里達沙的書中（所說）：「世界的父母是烏麻和濕婆。」

## 第十二課

1. 那個國王戰勝敵人們，他們從那山跌落下來，死了。
2. 那人飲了恆河的水，獲得神祇們的世界。
3. 婆羅門由國王處來，把書本送給兒子。
4. 婆羅門對國王說：「你的敵人說：『因為我是國王，（故）連婆羅門們也站在我的身邊哩。』」
5. 達瑪曳蒂恐懼地對那個首陀說：「我不是你的妻子。」
6. 詩人在國王面前朗誦說：「人們對你害怕，在戰爭中沒有死去，卻留在家中。」
7. 那個父親的兒子們成長了，如同果實在樹上成長那樣。
8. 首陀的妻子在火災中也死了，如同國王的妻子那樣。
9. 那詩人對我的妻子說：「我把這果實從你的母親處帶來了。」
10. 你的敵人們的榮耀，只在那些詩人們的口中（出現）。
11. 國王看見象的影子，想著：山要飛去了。
12. 婆羅門對那些商人說：「我從未在首陀面前飲水哩。」

## 第十三課

1. 飲水槽的水的商人，是我妻子的兄弟。
2. 剎帝利們在戰爭中憑藉國王的諸馬匹所運來的諸戰車，得以獲勝。（tai rathair 中的 tai，本來為 taiḥ，依連聲規則失去 ḥ；參看第五課 h）
3. 凡是神祇的名字，婆羅門都讀出來。
4. 國王想，即使所有剎帝利在這戰爭中死了，我們仍得勝。
5. 詩人說：「不順從正義的國王們都在這戰爭中落敗。」
6. 首陀對客人說：「這是我的村，這是我的家。」
7. 在世界中得到好名聲和能進入詩人們的故事中（案即成為詩人故事中的題材）的人，全都消失掉，現在在這個世界中，並不存在。（這裏的主句是 te sarve ...... vartante，在這主句中，有兩節意思，在 anaśyan 與 na 間應稍停，anaśyan 連前，na 連後）
8. 只要是有河流流出的山，鹿都在其中聚集起來。（sevante 本是供奉之意，此處直譯是對山供奉，即聚集之意）
9. 商人的兒子觀察到，每當老師在學生們面前站立，學生們也站立起來。
10. 對於生兒子的人們來說，正義亦跟著生長。（此中的 teṣām 是屬格，本是「他們的……」之意，這裏可作「對於他們來說……」解）
11. 所有的詩人——國王把象群和諸馬匹送給他們——都讚美國王。
12. 凡是拉麻的雙足所接觸過的土地，人們現在都供奉該地的神祇。

## 第十四課

1. 聖者憤怒地由村落離去，說：「讓一切都在這村中消滅了吧！」
2. 如果人們飲了神祇們的蜜糖，他們便不會死了。
3. 坐在老師周圍的人們，不應談論任何東西。（ya 與 sakāśa 本應為 ye 與 sakāśe，因連聲關係而變成 ya 與 sakāśa）
4. 神祇們亦懷著對敵人們的憤怒，在戰爭中倒下了。
5. 國王說：「倘若敵人們得到我的全部財產，我便要死了。」
6. 人變成他所要變成的任何東西。（先把 yadyaddhi 分開為 yat yat hi）
7. 當商人在河岸看見母牛群時，他想，我應如何把牠們引領到村中去呢？
8. 倘若憤怒不進入任何人中（意即任何人都無憤怒）的話，戰爭便會在這個世界中消失了。
9. 國王說：「在這裏閱讀婆羅門們的書本的所有的人，都到我的市鎮中來吧。」
10. 當商人立在海岸邊和看到水時，他想：我進入了神祇們的世界中去。
11. 國王說：「倘若婆羅門們唱誦除太陽外的其他神祇們的名字，而讚美這些神祇，則（由於）唯有太陽是我們的神祇，（故）唱誦其他神祇們的名字的人，不能住在這個市鎮中。」（此題雖長，結構並不複雜。在 devo 與 ye 處當有一停頓）
12. 剎帝利憤怒地說：「我的那個敵人今後不能再見到太陽了。」

## 第十五課

1. 一個詩人對另一詩人說：「國王——你可由他那裏取得戰車和馬匹——現在在這裏。」
2. 婆羅門想：那些想自己的子孫與正義不會增長的國王們，全都立刻死去吧。（me prajā 指婆羅門的子孫，prajā 本是 prajāḥ，眾數）
3. 國王說：「我的女兒們除了我外沒有見過其他的人。」（mat anyān manuṣyān 指我之外的其他人；mat 是奪格）
4. 每當神祇們的眼睛（案即眼光）落到達瑪曳蒂身上，它們（指眼睛）便會停留在那裏。（這指為達瑪曳蒂的美麗容貌所吸引）
5. 國王說：「那些要偷我的財產的人將在我的跟前死於大象的腳下。」
6. 沒有人會到那個國王與妻子們戲水的山來。
7. 婆羅門看見森林起火，他便把那全部住在那裏的鹿帶出森林。
8. 學生問老師：「這本書的目標（案即意義）是甚麼呢？」
9. 母親想：我的女兒常以蜜糖混和奶來飲，但現在她獨自和那個剎帝利跑到森林中，也飲那鹿飲過的水了。
10. 女孩想：他帶著那張弓——他唯一的朋友——到我們的山來。（ekam 形容 mitram，可譯作「唯一的」；在 dhanuṣā 後的 eva，表示特加重視之意，我們譯為「那張」）
11. 那些象——商人們為了它們而到那森林中去——全都在火中死了。（yeṣāmarthe 即為了那些象的緣故，artha 通常是用處格）
12. 那剎帝利對朋友說：「那女孩像火一樣使我痛苦。」

## 第十六課

1. 即使是王中之王也不能贏得這個城鎮。
2. 讓他去吧，他常在我心中。
3. 那個女孩說：「那些要到別的王國去和要由其中取得財富的人，將得不到妻子或朋友。」（na teṣāṃ patnyo mitrāṇi vā 直接的意思是無他們的妻子或朋友，稍轉一下，即得上面的意思）
4. 國王說：「讓我勝利，作這眾多的王國的唯一的國王吧。」
5. 戰士對國王說：「我為了你而來，為了你而在戰爭中獲勝，但你現在卻說：『你去吧。』」
6. 國王說：「讓我的敵人們在這戰爭中獲勝吧，讓我的戰士們死了吧，讓每一個人要變成甚麼便變成甚麼吧，即使是這樣，我也不離開我的王國到森林去。」
7. 母親對女兒們說：「偷去戰士們的眼睛吧。」
8. 首陀想，讓這些森林的象跑到任何地方去吧，即使是這樣，我也有辦法把（牠們）帶到國王的市鎮去。
9. 戰士在戰爭的大地上倒下，國王看見他，說：「讓他到神祇們的世界中去吧。」
10. 那些女孩站在河水附近遊戲。
11. 國王的妻子們說：「他時常活在我們心中。」
12. 詩人們說：「我們現在在敵人的王國的諸城鎮中看到火。」

## 第十七課

1. 國王說：「讓國王們——我的朋友——的榮耀增長吧。」
2. 老師對學生說：「那裏有煙，那裏（即）有火。」
3. 國王想奶中可能有毒，因而沒有飲。
4. 那商人想，那些獅子與象住在這森林中；他恐懼地進去。
5. 國王的兒子們在市鎮的諸花園中玩，他們把諸花園中的樹的花帶回家。
6. 商人的妻子對他說：「在那森林中，太陽連象鼻也傷害到，只有那些想死的人才會進去。」
7. 讓所有那些想到天堂去的人都在這個世界中獲得榮耀。
8. 所有那些象——諸獅子即被牠們的鼻所弄死——都走入火中死了。
9. 烏鴉、象跟森林之王的獅子住在一起。（vanarājas 是一格限定複合詞，與以 -a 結尾的陽性名詞取相同的語尾變化）
10. 剎帝利在海岸上看見生長在神祇的世界中的樹木的花，他想，這是甚麼呢？
11. 老師憤怒地對學生說：「即使小孩也不會這樣想。」
12. 聖者說：「讓你的王國的樹上常有花朵吧。」

## 第十八課

A、1. 格：蜜糖言說（格是格限定複合詞）
所：其言說是蜜糖（所是所屬複合詞）
2. 格：花岸
所：其岸有花
3. 格：在水中的手
所：其手有水
4. 格：一切王國之王
所：其王是一切王國之王
5. 格：非法；法的反對面
所：沒有法；在法之外
6. 格：壞的名聲
所：具有壞的名聲
7. 格：英雄的朋友（這是同格限定複合詞）
所：其朋友是英雄，戰士
8. 格：不能作格限定複合詞解
所：其妻具有法
9. 格：在故事中的榮耀
所：其榮耀是故事式的（非現實的）
10. 格：客人的名聲
所：其名聲是為了客人者
11. 格：不能作格限定複合詞解
所：其母親是河流
12. 格：太陽的眼睛
所：其眼睛是太陽
13. 格：不能作格限定複合詞解
所：其城鎮中有象和馬

14. 格：寶石財富（同格限定複合詞）
    所：對彼來說金錢即是珠寶
15. 格：太陽的朋友的名字
    所：其名字是「太陽的朋友」
16. 格：父師（同格限定複合詞）
    所：對彼來說老師即是父親
17. 格：敵人的憤怒
    所：對彼來說憤怒即是敵人
18. 格：首陀老師（同格限定複合詞）
    所：其老師是首陀

B、1. 手中有弓的戰士來到國王身邊，說：「不要苦惱了。」
2. 沒有孩子的人，其生活一定是苦惱。
3. 婆羅門說：「在你的王國中由於只有非法增長，所以這（王國）沒有婆羅門。」
4. 戰士想，這世界何時會沒有戰爭呢？
5. 國王說：「讓這個其中有王國、城鎮、村落的世界是我的。」
6. 詩人朗誦說：「如果這世界變成沒有太陽，如果世界變成沒有婆羅門，或竟大地變成沒有水，即使是如此，也只有你是這世界之王。」
7. 其名字是王中之王的國王，與兄弟妻子們在生長著有花的樹的諸園中遊戲。
8. 國王想，讓我的王國的任何角落，都沒有不具有聖火的婆羅門家庭吧。
9. 學生見到無煙的火，想：這是甚麼東西呢？
10. 這是一個「其朋友是國王」的戰士（rājamitraḥ 是所屬複合詞）
11. 這戰士是國王的朋友。（rājamitram 是格限定複合詞）

## 第十九課

1. 國王說：「我是國王，你是我的親友；因此，要在戰爭中殺你的人，也要殺我這個國王了。」
2. 婆羅門說：「沒有人會抗拒國王們——他們的朋友是諸婆羅門。」
3. 聖者憤怒地說：「從我這裏走開吧！把你的朋友們——剛殺害了鹿的人——帶到這裏來！」（把最長的字分開為 mṛgam aghnan tāni atra ānaya iti；tava mitrāṇi 是前述詞）
4. 巴勒蘇拉麻想：讓人不要殺正義吧。即使（他）要殺父或殺母，也不要殺正義呀。
5. 詩人們說：「在某一時期，在這個王國有一個國王，他和戰士們在戰爭中殺了敵人們，同時他又時常把錢財送給詩人們。」（此中由 sadā 以後有兩個 ca，後面的 ca 是連接詞；前面的 ca 則表示同一時期之意）
6. 那些神祇由這途徑行，祂們說：「我們要殺掉與正義作對的敵人們。」
7. 他站在沒有路的森林中，想：我現在到何處去呢？
8. 那個具有象的容貌的神祇到這裏來，說：「我要把榮耀施與供奉我的人。」（'traidye 分解為 atra ait ye，ait 是 √e 的第三身單數半過去式的形式）
9. 戰士質問他的驚恐的妻子：「當我在家裏時，你在哪裏？」
10. 他坐在國王的敵人們的旁邊，問道：「你們為甚麼到這裏來？」（最後一長字分解為 kasmāt atra aita iti ......，aita 是 √e 的半過去式第二身眾數形式）
11. 國王說：「讓森林的象到我的市鎮中來，讓牠們遊戲，讓牠們坐在水槽岸邊。」（āyantu 是 √e 的命令式第三身眾數形式）
12. 那些要到天堂世界的（人），不會傷害任何東西。

## 第二十課

1. 想要獲致天堂境界的人怎樣坐，說些甚麼，聽些甚麼，和做些甚麼呢？
2. 那個在另一個王國買書的商人現在在我們的王國中售賣那些書。
3. 由於你是我的親友，所以我把這些蜜糖賣給你。（把最長的字分解為 tasmāt eva etat madhu，etat 是 eṣa 的中性對格單數形式，解為這）
4. 那些聽到老師的話語的人常在這個世界中得到快樂。
5. 戰士說：「我與那些在戰場中的戰士——他們手持弓矢，走近我——交戰，我贏了他們。」
6. 聖者對國王說：「賣了你的屋宇，隨我到森林來吧。」（ehi 是 √e，來，的命令主動式第二身單數形式；mayā 是 aham 的具格單數形式）
7. 老師對學生說：「抓住這本書呀！」（gṛhāṇa 為 √grah 的命令主動式第二身單數形式，參看本課第 III 點命令式）
8. 國王說：「讓太陽燒我吧，讓所有我的敵人攫取我的財產吧，讓其他的國王們坐在這裏吧，我不會放棄這個王國。」
9. 我聽到：「當我在那城鎮時，那城鎮的國王想把軍隊帶到你的王國來。」（tannagararāja 是一格限定複合詞，其最後一組成分子 rājan 以 -an 結尾，故語尾變化與 deva 同。參看第十六課第 II 點）
10. 商人和她——在戰時賣花的——在山中的河流中遊戲。
11. 婆羅門說：「不要讓任何首陀聽到我的說話。」
12. 聖者說：「這是一個以婆羅門們為口與以國王們為眼的世界。」

## 第二十一課

1. 所有的剎帝利懷著對國王的憤怒，和妻子們離開城鎮。
2. 那些戰士——你不把象群和馬群給他們——會怎樣製造戰爭呢？
3. 離開我吧，因我的敵人們永不會留在我身邊。
4. 那個女孩手中盛著的水掉到地上。
5. 他對我們的國王說：「如果那國王贏了我們的軍隊，那你便要把你的城鎮和你所有的財產交給我了。」
6. 這婆羅門不知道所有神祇的名字；雖然如此，這些商人卻知道。
7. 不管神祇帶來甚麼東西，那總是在人們的世界中的。
8. 國王命令：「所有我的臣民都要把珠寶送給我。」
9. 讓那些想在我的王國中得到快樂的生活的人對我的戰士們說出各人所聽到的或所知道的吧。
10. 兩個剎帝利說：「國王呀，說吧，我們應該做甚麼呢？」
11. 詩人說：「天上的樹常帶有花與果。」
12. 你如想知道那書的大意，便到老師處問他吧。

## 第二十二課

1. 我聽到學生們在唸書。
2. 那戰士——國王的燃燒著憤怒的眼光落在他身上——恐懼地觸摸國王的雙腳。
3. 她憤怒地看到商人們在傷害諸馬匹，說：「如果我的主人在這裏的話，你們便不會這樣做了。」
4. 那人對妻子——她在問「這個來的女人是誰？」——說：「我的姊妹。」（keyam- 分解為 kā-iyam-；svasety- 分解為 svasā-iti-）
5. 商人對正在來的客人說：「請坐吧，這是水，這是食物。」
6. 戰士看見女孩在花園中玩，他想，她在做甚麼呢？
7. 這婆羅門雖然在閱讀吠陀，卻說：「不要到首陀（那邊）！」
8. 商人問：「這個手中有水的女人是誰？」
9. 這個國王，雖然把所有的財產給了那些婆羅門，卻得不到榮耀。
10. 詩人說：「那些人——不稱讚別人把財富給予其他的詩人們的人——的榮耀會增長。」（此中的 dadataḥ 是分詞，其前述詞是譯文中的「別人」；此「別人」在梵文中略去）
11. 戰士對國王——這國王在問：「在樹蔭下站著的人是誰？」——說：「我的兄弟。」（此中，tiṣṭhan 與 pṛcchantam 都是現在主動式分詞）
12. 即使是我們，亦要稱頌那神祇——其名字正為行過來的詩人所唸誦。

## 第二十三課

1. 那商人雖然獲得所有珠寶，但只得來煩惱而已。
2. 她是我的妻子，我怎能和另一女人在人工池中玩呢？
3. 雖然那個具有名聲的國王頒布了法令，但所有的人民都仍然痛苦。（api 以前，是屬格獨立結構，sarvāḥ 以後，是主語，其中 duḥkhinyaḥ 之格、數、性，皆與 prajāḥ 同）
4. 那些守法的人，不管是走著，站著，準備著食物，或是坐著，都讓他們時常記取其名字是毘瑟紐的神祇吧。
5. 那國王正在摧毀正法，你怎能坐在那裏，一事不做呢？（pīḍayati 是處格獨立結構的分詞）
6. 商人因恐懼而戰慄地說：「國王在（這裏），我們怎樣生活呢？」
7. 我能對國王的妻子——她說：當我沐浴時，你為甚麼到這裏來——說甚麼呢？（āgacchaḥ 是半過去主動式第二身單數形式）
8. 那戰士——他在國王面前不說話——無論如何都要死，因此他一言不發。
9. 首陀們之王說：「那剎帝利不要走近我！」
10. 主人死了，那高貴的婦人也走入火中。（satyapyagnim- 分為 sati-api-agnim-；satī 指高貴的人，陰性，即高貴的婦人；此字由 sant 而來）
11. 戰慄的敵人對頒布死亡的國王說：「我說出每一事！」
12. 善人們快樂地在具有正義的國王的王國中生活，但惡人們則只煩惱地生活。（dharmavadrājya 是一格限定複合詞，dharmavat 是所屬詞；santaḥ 是善人，asantaḥ 是惡人，參看第 10 題）

## 第二十四課

1. 「讓食物被給予我的客人們」為商人所說。（其意是，商人說：「把食物給予我的客人們。」此中 aucyata 分解為 a-ucya-ta，au 是 u 的三次母音；參考第十九課 II 節；√vac 是第二類動詞）
2. （它）怎能被沒有錢的人在這世上生活呢？（其意是，沒有錢的人怎能在這世上生活呢）
3. 老師說：「這本被我寫的書現在為所有學生閱讀。」
4. 在水池中——在此池中我和那女孩遊戲和生起我的性慾——現在為敵人的王的諸象所站著。（其意是，敵人的王的諸象現在正站在水池中——）
5. 那偉大的神祇為那個想有兒子的人所禮拜。
6. 「讓（它）為你們所來吧」為富有的首陀所說。（其意是，富有的首陀說：「請你們來吧！」）
7. 詩人說：「即使你被殺掉，但在戰爭中，仍會被你贏的。」
8. 她的丈夫拉麻去到哪裏，悉姐的眼光便落到那裏，但快樂並未被她所取得。（此中的 patī 原為 patiḥ，依連聲規則改。參看第五課 h 點）
9. 讓（它）為你所到那些路上有花的城市去吧（其意是，到那些路上有花的城市去吧），讓各種現存的快樂為你所得到吧，即使如此，仍不能說沒有人會在此生中受苦。（puṣpamārgeṣu 是所屬複合詞，其前述詞是 nagareṣu）
10. 「你已被我交給那戰士，讓（它）永遠不會被再回來這裏」為父親憤怒地說。（其意是，父親憤怒地說：「我已把你交給那戰士了，永遠不要再回來這裏。」）
11. 聲音為國王所聽見，又，「戰爭在那裏」為他所說。（其意是，國王聽到聲音，說：「戰爭在哪裏發生呢？」）
12. 武士想：父親或母親會被我所殺，即使如此，讓正義不要被遺棄。

## 第二十五課

1. 那敵人——那些戰士被他所殺掉——現在進入戰場。
2. 那先生使學生們讀正法的書，和使他們聽正法的故事。
3. 戰士們在戰爭中用武器殺死敵人們；那些武器是那國王役使首陀們做的。
4. 村女孩對戰士說：「把你的慾望顯示給我吧。」（ma iti 原為 me iti）
5. 獅子群緊抓著那些商人——他們使象群走出森林——，和殺死他們。
6. 國王以諸王之神的名義說（aucyata，被動式）：「讓那些要役使我的子民在這王國中犂田的人到我的跟前。」（āyantu 是 √e 的命令式第三身眾數形式；aucyata 是 √vac 的半過去被動式第三身單數形式）
7. 那戰士使首陀們帶來了弓和箭，殺了敵人們。
8. 那個役使敵人們之諸王拉車的國王，其名聲為子民所稱頌。
9. 聖者說：「所有生於這個世界中的人都要死，沒有人不會到死亡去。」
10. 國王對戰士說：「那個為使臣所役使去帶車馬來的商人現在進入市鎮了。」（mantriṇānāyyata 的後半部可為 anāyyata 或 ānāyyata；anāyyata 是被役使去率領之意，半過去式，其語根為 nī；ānāyyata 是被役使去帶之意，半過去式，其語根為 ā-nī；在這習題中，兩方面都可通）
11. 沒有人會跟被老師役使去看書的學生說任何話。
12. 詩人逗引國王和使臣們發笑，變得富有起來。

## 第二十六課

1. 國王聽到：「那戰士到那有蛇和鹿的森林去，在那裏他殺死很多蛇。」
2. 雖然那妻子從來未被家庭中的主人憤怒地打過，但每當聽到他來時，她都恐懼地不把自己表露出來。（na kadāpi 是「從來不」之意；darśitavatī 是過去主動式分詞役使形，此中不必有役使的意思）
3. 悉妲在這裏看到那滿布著樹的森林，她想：拉麻會在哪裏呢？（vṛkṣamayam 是所屬複合詞）
4. 國王問被自己的僕人所侍奉的詩人：「我還要給你甚麼東西呢？」（ta 原來是 te；dadāni 是命令式）
5. 那戰士雖然快死了，（還）問：「敵人們在哪裏？」
6. 當主人走後，僕人們即離開屋宇，在水池中玩。（gatamātre patau 是處格獨立結構）
7. 那獅子，雖然殺死了象，恐懼地逃離那些人。
8. 聖者說：「只有烏鴉住在那森林中。」那些商人即不再恐懼，進入其內。（nyuṣitāḥ 是過去被動式分詞，作動詞用；其語根是 ni-vas）
9. 你必須到國王們那邊去——珠寶即由他們所給——，和讚美他們。
10. 當詩人以那些說話對那國王說時，剎帝利即抓住那詩人。（tasminrājñi ...... ukte 為處格獨立結構）
11. 在諸樹影在增長的諸樹下，商人的妻子不見丈夫回來，悲傷起來。
12. 敵人們的那些國王被帶回來，說：「我們快完了。」

## 第二十七課

1. 你弄好食物，在花園中玩過，和呼喚了你的姊妹後，便到我們家來吧。
2. 那個戰士指出了敵人們和對國王說了「我要殺死所有手中持著武器而來的人」後，便進入戰鬥中。
3. 那商人役使僕人們沐浴後，（對他們）說：「現在到神祇那邊去吧。」（ita 是 √i 的第二身眾數命令式）
4. 那個國王征服了敵人們後，又再在他們自己的王國中安立他們。（sthāpayati 是 √sthā 的役使形，使之站立，即安立，建立之意。）
5. 運用武器的人，會因武器而死。
6. 若不進入戰鬥中，光榮將不會為任何人所獲得。
7. 當那商人接近國王時，詩人們想：我們如何能獲得他所給的東西呢？（tasminvaṇiji rājānamupagacchati 是處格獨立結構）
8. 國王帶來了使臣們，便頒布律例。
9. 國王殺了用弓與矢的敵人們，便在戰爭中贏了。（prayuñjāna 是 pra-√yuj 的現在中間式分詞）
10. 那個達瑪曳蒂離開了丈夫，走到森林裏，住在那裏，聽到走來的鹿的聲音。
11. 那戰士釋放了被敵人抓到的牛群，到國王跟前，說：「我要做甚麼其他的東西呢？」（arigṛhītadhenūs 是複合詞；karavāṇi 是命令式，參看第二十課 IV 節）
12. 達瑪曳蒂見到那些為欲望所煎熬的人，不知道神祇們是甚麼，和人們是甚麼。（āgatān 作名詞用，解為來的人；nājānāt 分為 na ajānāt，ajānāt 是 √jñā 的半過去式第三身單數形式，其意是知；iti 可表示所知的東西，參看第九課 II 節）

## 第二十八課

1. 國王進入市鎮，想著：「現在使臣們會呼喚我。」
2. 聖者對剎帝利說：「兩個孩子——將會在那從你而來的妻子中出生的——會殺掉你。」
3. 聖者說：「我希望役使大臣們去召喚人民。」
4. （它）被希望被哪一敵人來我的王國呢？（那一敵人希望來我的王國呢？）
5. 所有那些商人都能夠給出金錢。
6. 戰爭不能由我的敵人和我製造出來。
7. 貧困的子民對大臣說著「你不應這樣頒布（要人交錢）」，他們未有交出頒布要交的錢（給大臣）。
8. 即使是少量的憤怒，都能殺死一個人。
9. 敵人的國王被使臣（對他）說：「（它）會被國王帶同他的軍隊來到這裏。」（「國王和他的軍隊會來這裏。」）
10. 「善良的子民會常在這裏」為聖者所體察到。
11. 利用權力去壓制他人的人將會死亡。
12. 這個被說出來的故事會使每一痛苦消失。

## 第二十九課

1. 那個國王曾使人命令他的使臣，來到之後，使人呼喚那個婆羅門（brāhmaṇa = brāhmin）。
2. 這個世界只由梵天所造；又，它會再次被造。
3. 婆羅門以祭品犧牲（奉獻）與火（神）。
4. 這個有知識的人回家，見到兒子不讀書，便把書交給他，說：「讓（這書）為你所讀吧。」
5. 他——其知識的止境是沒有的——連梵天（的事）都知道。
6. 婆羅門和他的妻子觸摸國王的腳，說：「讓願望被你給予我們吧。」
7. 聖者以所有願望禮拜了梵天後，得到他所願欲要得的。
8. 那些人——他們的知識被知曉——的死不會去到他們身邊。（即他們不會死）
9. 「我的那個敵人會做甚麼呢？」為那國王所問——這國王帶來了使臣們。
10. 他——其軍隊是具有力量——在戰爭中看到死去的敵人。
11. 那個父親役使小孩們把朋友們帶來。
12. 那個沒有知識的國王讀了書本後，對大臣說：「沒有東西被我了解到。」

## 第三十課

1. 那水不會被你所得，而會被女僕人所得。
2. 那使者，雖然是敵人，也絕不應被殺掉。
3. 戰爭永遠不應被造來反對自然。
4. 大臣為國王所對他說：「優良的馬匹會被你帶引而來。」
5. 國王問婆羅門：「由你頌讀的《吠陀》說話怎麼不會被你的這位妻子聽到呢？」
6. 那個死去了妻子的商人發出很大的聲音：「在這個世界上，只有痛苦會被所有有生命的人看到。」
7. 你去到那個城鎮，那國王會被你見到，「他們何以不被釋放？」會被問及。
8. 大臣對國王說：「（它）會被你變作子民的快樂的原因。」（「你是子民的快樂的原因」）
9. 一切結果都是具有原因，沒有不具有原因的東西會被生起。
10. 這個戰士——他會殺死很多敵人——會被告訴：「這個花環會由你取得。」
11. 老師被問：「誰（陰性）把書籍展示給學生們？」和說：「我的妻子（展示）。」
12. 所有的僕人被召喚後，會被告訴：「犁田吧。」

# 習題分析

## 第一課

1. paśyāmi jayāmi ca.
   paśyāmi 是動詞語根√paś（見）的第一身單數形式，解作：我見。
   jayāmi 是動詞語根√ji（征服／勝利）的第一身單數形式，解作：我征服／勝利。
   ca 是連接詞，解作：和／與
   全句：我見到和勝利了。
2. kutra gacchasi?
   kutra 是疑問詞，解作：哪裏／何處。
   gacchasi 是動詞語根√gam（去）的第二身單數形式，解作：你去。
   全句：你往哪裏去？
3. smarataḥ.
   smarataḥ 是動詞語根√smṛ（記取）的第三身雙數形式，解作：他倆記取。
4. nayāmaḥ.
   nayāmaḥ 是動詞語根√nī（帶領／率領）的第一身眾數形式，解作：我們率領。
5. tiṣṭhatha pīḍayatha ca.
   tiṣṭhatha 是動詞語根√sthā（站立）的第二身眾數形式，解作：你們站立。
   pīḍayatha 是動詞語根√pīḍ（傷害）的第二身眾數形式，解作：你們傷害。
   ca 是連接詞，解作：和／與。
   全句：你們站立和傷害。
6. kutra tiṣṭhanti pṛcchanti ca?

kutra 是疑問詞，解作：哪裏。

tiṣṭhanti 是動詞語根√sthā（站立）的第三身眾數形式，解作：他們站立。

pṛcchanti 是動詞語根√pracch（詢問）的第三身眾數形式，解作：他們詢問。

ca 是連接詞，解作：和／與。

全句：他們站在哪裏？在哪裏詢問？

7. gacchati nayati ca.

gacchati 是動詞語根√gam（去）的第三身單數形式，解作：他去。

nayati 是動詞語根√nī（帶領／率領）的第三身單數形式，解作：他率領。

ca 是連接詞，解作：和／與。

全句：他去和率領。

8. jayathaḥ.

jayathaḥ 動詞語根√ji（征服／勝利）的第二身雙數形式，解作：你倆勝利。

9. smarāvaḥ.

smarāvaḥ 是動詞語根√smṛ（記取）的第一身雙數形式，解作：我倆記取。

10. pṛcchāmastiṣṭhanti ca.

pṛcchāmastiṣṭhanti 是由 pṛcchāmaḥ 與 tiṣṭhanti 依連聲規則連接而成。其中 pṛcchāmaḥ 字尾的 ḥ 轉成 s（參考第五課 f 節）。另外，pṛcchāmaḥ 原本是 pṛcchāmas，但由於這語句的最後字母是 s，故須變成送氣音 ḥ（稱為 visarga，見第一課 I.段。由於 visarga 的情況經常出現，以下不再重複說明，請讀者垂注。）因此，pṛcchāmaḥ 屬於第五課 f 節所述的-s 字尾的語句，而-s 或-r 在 t 之前則轉成-s。故此，pṛcchāmaḥ 轉成 pṛcchāmas 再接上 tiṣṭhanti 而成為 pṛcchāmastiṣṭhanti。

pṛcchāmaḥ 是動詞語根√pracch（詢問）的第一身眾數形式，解作：我們詢問。

tiṣṭhanti 是動詞語根√sthā（站立）的第三身眾數形式，解作：他們站立。

ca 是連接詞，解作：和／與。

全句：我們詢問，他們站立。

## 第二課

1. aśvānpīḍayati.

   aśvānpīḍayati 是由 aśvān 和 pīḍayati 連接而成。

   aśvān 是陽性名詞 aśva（馬）的對格眾數形式，解作：那些馬。

   pīḍayati 是動詞語根√pīḍ（傷害）的第三身單數形式，解作：他傷害。

   全句：他傷害那些馬。

2. gṛhaṃ gacchāmi.

   gṛhaṃ 原本是 gṛham（屋宇／家庭），依連聲規則，一字的最後字母若是 m，而後一字的最先字母若是子音，則 m 轉成 ṃ（稱為 anusvāra，見第二課 I.。由於 anusvāra 的情況經常出現，以下不再重複說明，請讀者垂注。）而成為 gṛhaṃ。

   gacchāmi 是動詞語根√gam（去）的第一身單數形式，解作：我去。

   全句：我到家裏去。

3. kākau kutra tiṣṭhataḥ?

   kākau 是陽性名詞 kāka（烏鴉）的主格／對格／呼格雙數形式。

   kutra 是疑問詞，解作：哪裏。

   tiṣṭhataḥ 是動詞語根√sthā（站立，亦可解作存在／在）的第三身雙數形式，解作：他倆在。

   在本句中，kākau 作主詞（主格），解作：那兩隻烏鴉。

   全句：那兩隻烏鴉在哪裏呢？

4. kṣatriyasya putraṃ paśyatha.

   kṣatriyasya 是陽性名詞 kṣatriya（剎帝利）的屬格單數形式，解作：剎帝利的。

   putraṃ 是陽性名詞 putra（兒子）的對格單數形式。

   paśyatha 是動詞語根√paś（見）的第二身眾數形式，解作：你們見。

   全句：你們見到剎帝利的兒子。

5. kṣatriyasya putrasya gajau nayāmaḥ.

kṣatriyasya 是陽性名詞 kṣatriya（剎帝利）的屬格單數形式，解作：剎帝利的。

putrasya 是陽性名詞 putra（兒子）的屬格單數形式，解作：兒子的。

gajau 是陽性名詞 gaja（象）的主格／對格／呼格的雙數形式。

nayāmaḥ 是動詞語根√nī（帶領／率領）的第一身眾數形式，解作：我們帶領。

在本句中，gajau 作受詞（對格），解作：兩隻象。

全句：我們帶領著剎帝利的兒子的兩隻象。

6. putrasya phale kutra tiṣṭhataḥ?

putrasya 是陽性名詞 putra（兒子）的屬格單數形式，解作：兒子的。

phale 是中性名詞 phalam（果實）的主格／對格／呼格雙數形式。

kutra 是疑問詞，解作：哪裏。

tiṣṭhataḥ 是動詞語根√sthā（站立／存在）的第三身雙數形式。

在本句中，phale 用作主詞（主格），解作：兩個果實。

全句：兒子的兩個果實在哪裏？

7. gṛhātpaśyati mitre.

gṛhātpaśyati 由 gṛhāt 和 paśyati 連接而成，前一字的最末字母-t 在無聲子音 p 之前無需變化，可直接連接（見第六課 II.）。

gṛhāt 是中性名詞 gṛham（屋宇／家庭）的奪格單數形式，解作：從屋中。

paśyati 是動詞語根√paś（見）的第三身單數形式，解作：他見。

mitre 是中性名詞 mitram（朋友）的主格／對格／呼格雙數形式，在本句中作受詞（對格），解作：兩個朋友。

全句：他從屋中見到兩個朋友。

8. jale gacchanti gajāḥ.

jale 是中性名詞 jalam（水）的主格／對格／呼格雙數形式，或處格單數形式。

gacchanti 是動詞語根√gam（去）的第三身眾數形式，解作：他們去。

gajāḥ 是陽性名詞 gaja（象）主格／呼格眾數形式。

在本句中，jale 應作處格，解作：有水之處；gajāḥ 作主詞（主格）。
全句：那些象去到有水之處。
　或：那些象在水中行走。

## 第三課

1. idānīṃ tatra gajamaśvaṃ ca paśyasi na vā?
   idānīṃ 解作：現在。
   tatra 解作：該處／那處。
   gajamaśvaṃ 是由 gajam + aśvaṃ 直接連接而成。
   gajam 是陽性名詞 gaja（象）的對格單數形式。
   aśvaṃ 是陽性名詞 aśva（馬）的對格單數形式。
   ca 解作：與／及。
   paśyasi 是動詞語根√paś（見）的第二身單數形式，解作：你見。
   na 解作：否。
   vā 解作：或。
   na vā 一同解作：是否。
   全句：你現在在那處是否見到一隻象和一匹馬呢？
2. gṛhe kutra vartete?
   gṛhe 是中性名詞 gṛham（屋）的處格單數或主格／對格／呼格雙數形式。
   kutra 是疑問詞，解作：哪裏。
   vartete 是動詞語根√vṛt（在／有／存在）的第三身雙數形式。
   按照動詞的意義，gṛhe 在本句中應作主詞，因此是主格雙數形式。
   全句：那兩間屋在哪裏？
3. kathaṃ jalaṃ labhase phalāt?
   kathaṃ 解作：如何。
   jalaṃ 是中性名詞 jalam（水）的主格／對格單數形式。
   labhase 是動詞語根√labh（獲得）的第二身單數形式，解作：你獲得。
   phalāt 是陰性名詞 phalam（果實）的奪格單數形式，解作：從果實中。
   全句：你如何從果實中獲得水呢？
4. jāyate putraḥ.
   jāyate 是動詞語根√jan（出生）的第三身單數形式，解作：他出生。

putraḥ 是陽性名詞 putra（兒子）的主格單數形式。

全句：一個兒子出生了。

5. putraṃ mitraṃ na manyase.

putraṃ 是陽性名詞 putra（兒子）的對格單數形式。

mitraṃ 是中性名詞 mitram（朋友）的主格／對格單數形式。

na 解作：否。

manyase 是動詞語根√man（思想）的第二身單數形式，解作：你思想。

在本句中，「你」是主詞，「兒子」、「朋友」均作受詞，因此 mitraṃ 是對格單數形式。

na 與 manyase 連起來，把 manyase 變成否定，解作：你不這樣思想。

全句：你不這樣想：兒子是朋友。

若以較暢順的中文表達，應寫作：你不把兒子視作朋友。

6. kṣatriyau phale labhete.

kṣatriyau 是陽性名詞 kṣatriya（剎帝利）的主格／對格／呼格雙數形式。

phale 是中性名詞 phalam（果實）的主格／對格／呼格雙數或處格單數形式。

labhete 是動詞語根√labh（獲得）的第三身雙數形式，解作：他倆獲得。

在本句中，kṣatriyau 應作主詞（主格），而 phale 則作受詞（對格）。

全句：那兩個剎帝利獲得兩個果實。

7. deva kutra gacchanti gajāḥ?

deva 是陽性名詞 deva（神衹）的呼格單數形式，解作：神啊！

kutra 是疑問詞，解作：哪裏。

gacchanti 是動詞語根√gam（去）的第三身眾數形式。

gajāḥ 是陽性名詞 gaja（象）的主格／呼格眾數形式，在本句中應作主詞（主格）。

全句：神啊！那些象到哪裏去了？

8. jalameva nayāmi gṛhāt.

jalameva 由 jalam 和 eva 連接而成，無需變化，直接連接。

jalam 是中性名詞 jalam（水）的主格／對格單數形式。

eva 解作：只是，安放在所形容的詞語之後（見第三課生字彙）。

nayāmi 是動詞語根√nī（帶領）的第一身單數形式，解作：我帶領。

gṛhāt 是中性名詞 gṛham（屋／家庭）的奪格單數形式，解作：從家裏。

在本句中，「我」應作主詞（主格），jalam 應作受詞（對格）。

全句：我從家裏只帶了水來。

## 第四課

**A、連聲習作：**

1. senā + āgacchati → senāgacchati（見第四課 a.）
2. nadī + api → nadyapi（見第四課 d.）
3. mahā + ṛṣiḥ → maharṣiḥ（見第四課 b.）
4. bhano + atra + ehi → bhano 'traihi（見第四課 e.及 c.）
5. kākau + iti → kakāviti（見第四課 g.）
6. vane + api → vane 'pi（見第四課 e.）
7. vane + āgaccha → vana āgaccha（見第四課 f.）
8. gacchati + iti → gacchatīti（見第四課 a.）

**B、翻譯句子：**

1. naiva paśyāmi devam.

   naiva 是由 na + eva 連聲組成（見第四課 c.）

   na 解作：否。

   eva 解作：只是。

   naiva 解作：從來沒有。

   paśyāmi 是動詞語根√paś（見）的第一身單數形式，解作：我見。

   devam 是陽性名詞 deva（神）的對格單數形式。

   全句：我從來沒有見過神。

2. vardhante 'śvāḥ.

   vardhante 'śvāḥ 是由 vardhante + aśvāḥ 連聲組成（見第四課 e.）

   vardhante 是動詞語根√vṛdh（生長）的第三身眾數形式，解作：他們生長。

   aśvāḥ 是陽性名詞 aśva（馬）的主格／呼格眾數形式，在本句中應作主詞（主格）。

   全句：那些馬成長了。

3. na kalpante phalānyaśvānāṃ bhojanāya.

na 解作：否。

kalpante 是動詞語根√kḷp（適合）的第三身單數形式，解作：他適合。

phalānyaśvānāṃ 是由 phalāni + aśvānām 連聲組成（四 d.）。

phalāni 是中性名詞 phalam（果實）的對格／呼格眾數形成，在本句中應作受詞（對格）。

aśvānām 是陽性名詞 aśva（馬）的屬格眾數形式，解作：那些馬的。

bhojanāya 是中性名詞 bhojanam（食物）的為格單數形式。

全句：這些果實不適合作為馬群的食物。

4. putrāstatra grāme 'pyaśvānpīḍayati manuṣyaḥ.

putrāstatra 是由 putrāḥ + tatra 連聲組成（見第五課 f.）。

putrāḥ 是陽性名詞 putra（兒子）的主格／呼格眾數形式。

tatra 解作：那處。

grāme 是陽性名詞 grāma（村）的處格單數形式。

'pyaśvānpīḍayati 是由 api + aśvān + pīḍayati 連聲組成。其中 api 的首字母 a 因前一字 grāme 的最末字母為 e，因此變成 '（見第四課 e.），而最末字母-i 因後一字 aśvān 的首字母為母音，因此變成-y（見第四課 d.）。

api 解作：即使／亦／雖則。

aśvān 是陽性名詞 aśva（馬）的對格眾數形式。

pīḍayati 是動詞語根√pīḍ（傷害）的第三身單數形式，解作：他傷害。

manuṣyaḥ 是陽性名詞 manuṣya（人）的主格單數形式。

由於 manuṣyaḥ 是主詞，因此 putrāḥ 應作呼格用。

全句：兒子們啊，那人亦在那條村中傷害那些馬。

5. bhayātkṣatriyasya mukhaṃ paśyati nṛpaḥ.

bhayātkṣatriyasya 是由 bhayāt + kṣatriyasya 直接連接組成。

bhayāt 是中性名詞 bhayam（恐懼）的奪格單數形式，在此作副詞用。

kṣatriyasya 是陽性名詞 kṣatriya（剎帝利）的屬格單數形式。

mukhaṃ 是中性名詞 mukham（顏面／口）的主格／對格單數形式。

paśyati 是動詞語根√paś（見）的第三身單數形式，解作：他見。

nṛpaḥ 是陽性名詞 nṛpa（國王）的主格單數形式。

在本句中，由於 nṛpaḥ 是主詞，因此，mukhaṃ 應作受詞（對格）。

全句：國王恐懼地看著剎帝利的顏面。

## 第五課

### A、連聲習作：

1. nṛpaḥ + vadati → nṛpo vadati（見第五課 a.）
2. nṛpāḥ + vadanti → nṛpā vadanti（見第五課 d.）
3. nṛpayoḥ + eva → nṛpayoreva（見第五課 g.）
4. nṛpāḥ + eva → nṛpā eva（見第五課 d.）
5. āgaccheḥ + iti + atra → āgaccherityatra（見第五課 g.及第四課 d.）
6. nṛpaḥ + ca → nṛpaśca（見第五課 f.）
7. kākaḥ + atra → kāko ’tra（見第五課 b.）
8. kākāḥ + atra → kākā atra（見第五課 d.）
9. kākau + atra + eva → kākāvatraiva（見第四課 g.及 c.）
10. manuṣyāḥ + smaranti → manuṣyāḥ smaranti（見第五課 e.）
11. vā + api → vāpi（見第四課 a.）
12. phale（雙數）+ atra → phale atra（見第四課 g.之後例外情況）
13. vardhate + api → vardhate ’pi（見第四課 e.）
14. punar + tiṣṭhataḥ → punastiṣṭhataḥ（見第五課 f.）
15. vadantu + api → vadantvapi（見第四課 d.）
16. devaiḥ + āgaccha → devairāgaccha（見第五課 g.）
17. tatra + eva + upaviśa → tatraivopaviśa（見第四課 c.及 b.）
18. tatra + ṛṣiḥ + vasati → tatrarṣirvasati（見第四課 b.及第五課 g.）

### B、翻譯句子：

1. kṣatriyasyāśvasya bhojanaṃ kutra?

   kṣatriyasyāśvasya 是由 kṣatriyasya + aśvasya 連聲組成（見第四課 a.）

   kṣatriyasya 是陽性名詞 kṣatriya（剎帝利）的屬格單數形式，解作：剎帝利的。

   aśvasya 是陽性名詞 aśva（馬）的屬格單數形式，解作：馬的。

   bhojanaṃ 是中性名詞 bhojanam（食物）的主格／對格單數形式。在本句中，bhojanaṃ 作主詞（主格）。

kutra 是疑問詞，解作：哪裏。

全句：剎帝利的馬的食物在哪裏？

2. atra kṣatriyā gṛhebhya āgacchanti.

atra 解作：這裏。

kṣatriyā 是陽性名詞 kṣatriya（剎帝利）的主格／呼格眾數形式 kṣatriyāḥ，其中-āḥ 因連聲而失去最末的 ḥ（原本是 s，見第一課 I.），在本句中作主詞（主格）。

gṛhebhya 是中性名詞 gṛham（屋）的為格／奪格眾數形式 gṛhebhyaḥ，其中-aḥ 因連聲而失去最末的 ḥ（原本是 s，見第一課 I.）。

āgacchanti 是動詞語根 ā-√gam（來）的第三身眾數形式，解作：他們來。

gṛhebhya 在本句中應作奪格，因為 atra（這裏）是來到的地方，故另一地（屋或家）應是離開的地方。

全句：那些剎帝利從家裏來到這裏。

3. kāko 'śvaśca tatra vane vartete.

kāko 原本是 kākaḥ，由於連聲關係-aḥ 變成 o，而後一字的首字母 a-則變成 '（見第五課 b.）

kākaḥ 是陽性名詞 kāka（烏鴉）的主格單數形式。

'śvaśca 是由 aśvaḥ + ca 連聲組成（見第五課 f.）

aśvaḥ 是陽性名詞 aśva（馬）的主格單數形式。

ca 解作：與／及。

tatra 解作：那處。

vane 是中性名詞 vanam（森林）的處格單數形式。

vartete 是動詞語根√vṛt（在／有）的第三身雙數形式。

全句：在那個森林裏，有一隻烏鴉和一匹馬。

4. kṣatriya idānīṃ grāmamāgacchati.

kṣatriya 是陽性名詞 kṣatriya（剎帝利）的呼格單數形式。

idānīṃ 原本是 idānīm，解作：現在。

grāmamāgacchati 是由 grāmam + āgacchati 連接組成。
grāmam 是陽性名詞 grāma（村）的對格單數形式。
āgacchati 是動詞語根 ā-√gam（來）的第三身單數形式。
全句：一個剎帝利現在到村中來。

5. gajasya mukhaṃ na paśyatyaśvaḥ.
gajasya 是陽性名詞 gaja（象）的屬格單數形式。
mukhaṃ 是中性名詞 mukham（顏面／口）的主格／對格單數形式，其中最末字母-m 因連聲變成-ṃ（anusvāra，這種情況經常出現，以下不另作註，請讀者垂注）。
na 解作：否。
paśyatyaśvaḥ 是由 paśyati + aśvaḥ 連聲組成（見第四課 f.）。
paśyati 是動詞語根√paś（見）的第三身單數形式。
aśvaḥ 是陽性名詞 aśva（馬）的主格單數形式。
在本句中，由於 aśvaḥ 是主詞，因此 mukhaṃ 應作受詞（對格）。
全句：那匹馬見不到象的顏面。

6. nṛpasya nagarebhya āgacchantyaśvāḥ.
nṛpasya 是陽性名詞 nṛpa（國王）的屬格單數形式。
nagarebhya 原本是 nagarebhyaḥ，因連聲關係，最末字母-ḥ 失去（見第五課 c.）。nagarebhyaḥ 是中性名詞 nagaram（城）的為格／奪格眾數形式。
āgacchantyaśvāḥ 由 āgacchanti + aśvāḥ 連聲組成（見第四課 f.）
āgacchanti 是動詞語根 ā-√gam（來）的第三身眾數形式。
aśvāḥ 是陽性名詞 aśva（馬）的主格眾數形式。
在本句中，由於 aśvāḥ 是主詞，nagarebhyaḥ 作奪格用較切合文意。
全句：那些馬從國王的城到來。

7. na labhate ’tra kṣatriyo jalam.
na 解作：否。
labhate ’tra 由 labhate + atra 連聲組成（見第四課 e.）

labhate 是動詞語根√labh（獲得）的第三身單數形式。

atra 解作：這裏。

kṣatriyo 原本是 kṣatriyaḥ，其中的-aḥ 因連聲關係變成-o（見第五課 a.）。

kṣatriyaḥ 是名詞 kṣatriya（剎帝利）的主格單數形式。

jalam 是中性名詞 jalam（水）的主格／對格單數形式。在本句中，由於 kṣatriyaḥ 是主詞，故 jalam 應作受詞（對格）。

全句：剎帝利在這裏得不到水。

8. punarapi nagaraṃ viśataḥ.

punarapi 由 punar + api 連接組成。

punar 解作：再次。

api 解作：即使／亦。

nagaraṃ 是中性名詞 nagaram（城鎮）的主格／對格單數形式。

viśataḥ 是動詞語根√viś（進入）的第三身雙數形式，解作：那二人進入。

全句：那二人又再次進入城鎮。

9. nṛpo mitrasya nagaraṃ kṣatriyaṃ pṛcchati.

nṛpo 原本是 nṛpaḥ，因連聲關係，-aḥ 變成-o（見第五課 a.）。

nṛpaḥ 是陽性名詞 nṛpa（國王）的主格單數形式。

mitrasya 是中性名詞 mitram（朋友）的屬格單數形式。

nagaraṃ 是中性名詞 nagaram（城鎮）的主格／對格單數形式。

kṣatriyaṃ 是陽性名詞 kṣatriya（剎帝利）的對格單數形式。

pṛcchati 是動詞語根√pracch（詢問）的第三身單數形式。

在本句中，nṛpaḥ 是主詞，kṣatriyaṃ 是受詞，nagaraṃ 亦應作受詞（對格）。

全句：國王向剎帝利詢問關於朋友的城鎮。

10. nagara āgacchato gajāvatra.

nagara 原本是 nagare，由於連聲，最末字母-e 由 a 取代（見第四課 f.）

nagare 是中性名詞 nagaram（城鎮）的主格／對格雙數，或處格單數形式。

āgacchato 原本是 āgacchataḥ，其中的-aḥ 因連聲轉成-o（見第五課 a.）。

āgacchataḥ 是動詞語根 ā-√gam（來）的第三身雙數形式，解作：他倆到來。

gajāvatra 由 gajau + atra 連聲組成（見第四課 g.）。

gajau 是陽性名詞 gaja（象）的主格／對格雙數形式。

atra 解作：這裏。

在本句中，gajau 應作主詞（主格），而 nagare 則作受詞（對格）用，意思較合理。

全句：那兩隻象來到城鎮這裏。

11. tatraiva gṛhe vartate ’śvasya bhojanam.

tatraiva 由 tatra + eva 連聲組成（見第四課 c.）。

tatra 解作：那處。

eva 解作：只是。

gṛhe 是中性名詞 grham（屋／家）的處格單數形式。

vartate ’śvasya 由 vartate + aśvasya 連聲組成（見第四課 e.）。

vartate 是動詞語根√vṛt（在／有）的第三身單數形式。

aśvasya 是陽性名詞 aśva（馬）的屬格單數形式。

bhojanam 是陰性名詞 bhojanam（食物）的主格／對格單數形式，在本句中應作受詞（對格）。

全句：只在那屋裏有馬的食物。

12. kṣatriyaiḥ sahāgacchati nṛpaḥ.

kṣatriyaiḥ 是陽性名詞 kṣatriya（剎帝利）的具格眾數形式。

sahāgacchati 由 saha + āgacchati 連聲組成（見第四課 a.）。

saha 解作：伴隨（用法見第五課生字彙）。

āgacchati 是動詞語根 ā-√gam（來）的第三身單數形式，解作：他來。

nṛpaḥ 是陽性名詞 nṛpa（國王）的主格單數形式。

全句：那些剎帝利隨著國王來到。

## 第六課

**A、連聲習作：**

1. krama 的具格單數形式：kramena 因內連聲，-n-變成-ṇ-，而成為 kramеṇa（見第六課 III.a.）。
2. śūdra 的屬格眾數形式：śūdrānām 因內連聲，-n-變成-ṇ-，而成為 śūdrāṇām（見第六課 III.a.）。
3. ratha 的屬格眾數形式：rathānām，雖然-n-前面有 r，但 r 與 n 之間有齒音 th 介入，故無須變成-ṇ-（見第六課 III.a.）。
4. putrayoḥ + rathaḥ → putrayo rathaḥ（見第五課 g.及 h.）。
5. nṛpān + ca → nṛpāṃś ca（見第六課 I.c.）。
6. nṛpān + tu → nṛpāṃs tu（見第六課 I.c.）。
7. vadan + loke → vadaṃl loke（見第六課 I.b.）。
8. devāt + lokaḥ + eva → devāl loka eva（見第六課 I.b.及第五課 c.）。
9. patiḥ + ratnam → patī ratnam（見第五課 h.）。
10. bhavet + api → bhaved api（見第六課 II.a.）。
11. ratnam 的屬格眾數形式：ratnānām。
12. manuṣya 的具格單數形式：manyṣyena 再因內連聲，-n-變成-ṇ-，而成為 manuṣyeṇa（見第六課 III.a.）。
13. kutaḥ + api → kuto 'pi（見第五課 b.）。
14. nayet + jalam → nayej jalam（見第六課 II.c.）。
15. gṛhāt + śūdraḥ → gṛhāc chūdraḥ（見第六課 II.e.）。
16. tat + jñātvā → taj jñātvā（見第六課 II.c.）。
17. phalāt + ca → phalāc ca（見第六課 II.e.）。
18. bhaveyuḥ + ratnāni → bhaveyū ratnāni（見第五課 h.）。
19. devān + jayati → devāñ jayati（見第六課 I.a.）。
20. mukhāt + hi → mukhād dhi（見第六課 II.a.）。

**B、翻譯句子：**

1. nṛpasya ratnāni śūdrasya gṛhe vartante.

   nṛpasya 是陽性名詞 nṛpa（國王）的屬格單數形式。

   ratnāni 是中性名詞 ratnam（寶石）的主格／對格／呼格眾數形式。

   śūdrasya 是陽性名詞 śūdra（首陀）的屬格單數形式。

   gṛhe 是中性名詞 gṛham（屋／家）的處格單數形式。

   vartante 是動詞語根√vṛt（在／有）的第三身眾數形式。

   在本句中，只有 ratnāni 能成為主詞，故應作主格眾數形式。

   全句：國王的寶石在首陀的家裏。

2. nṛpāṃstatraiva jayati.

   nṛpāṃstatraiva 由 nṛpān + tatra + eva 連聲組成（見第六課 I.c.，第四課 c.）。

   nṛpān 是陽性名詞 nṛpa（國王）的對格眾數形式。

   tatra 解作：那處。

   eva 解作：只是。

   jayati 是動詞語根√ji（征服）第三身單數形式，解作：他征服。

   全句：他確實在那裏征服了那些國王。

3. atrāgacchanti śūdrānāṃ rathāḥ.

   atrāgacchanti 由 atra + āgacchanti 連聲組成（見第四課 a.）。

   atra 解作：這裏。

   āgacchanti 是動詞語根 ā-√gam（來）的第三身眾數形式，解作：他們來。

   śūdrānāṃ 是陽性名詞 śūdra（首陀）的屬格眾數形式。

   rathāḥ 是陽性名詞 ratha（戰車）的主格／呼格眾數形式，在本句中應作主詞（主格）。

   全句：首陀們的戰車群來到這裏。

4. aśvāṃl labhete nṛpau.

   aśvāṃl 原本是 aśvān，由於連聲，最末字母-n 變成-ṃl（見第六課 I.b.）。

   aśvān 是陽性名詞 aśva（馬）的對格眾數形式。

   labhete 是動詞語根√labh（得到）第二身雙數形式，解作：他倆得到。

   nṛpau 是陽性名詞 nṛpa 國王的主格／對格／呼格雙數形式，在本句中應作主詞（主格）。

全句：那兩個國王得到那些馬。

5. kṣatriyāṃstatra paśyāmi devāṃstu na paśyāmi.

kṣatriyāṃstatra 由 kṣatriyān + tatra 連聲組成（見第六課 I.c.）。

kṣatriyān 是陽性名詞 kṣatriya（剎帝利）的對格眾數形式。

tatra 解作：那裏。

paśyāmi 是動詞語根√paś（見）第一身單數形式。

全句解作：我在那裏見到那些剎帝利，但見不到神祇們。

6. punā ratnāni labhante.

punā 原本是 punar，由於連聲，最末字母-r 消失，而-r 前的母音變成長音（見第五課 h.）。

punar 解作：再次。

ratnāni 是中性名詞 ratnam（珠寶）的主格／對格／呼格眾數形式。

labhante 是動詞語根√labh（獲得）的第三身眾數形式，解作：他們獲得。

在本句中，由於他們是主詞，故 ratnāni 應作受詞（對格）。

全句解作：他們又再次獲得珠寶了。

7. nṛpasya nagarājjalamatra nayāmaḥ.

nṛpasya 是陽性名詞 nṛpa（國王）的屬格單數形式。

nagarājjalamatra 由 nagarāt + jalam + atra 連聲組成（見第六課 II.c.）。

nagarāt 是中性名詞 nagaram（城鎮）的奪格單數形式。

jalam 是中性名詞 jalam（水）的主格／對格單數形式。

atra 解作：這裏。

nayāmaḥ 是動詞語根√nī（帶領）的第一身眾數形式，解作：我們帶領。

在本句中，由於我們是主詞，故 jalam 應作受詞（對格）。

全句：我們把水從國王的城鎮帶來這裏。

8. atra loke manuṣyāḥ kutra vartante?

atra 解作：這裏。

loke 是陽性名詞 loka（世界／人類）的處格單數形式。

manuṣyāḥ 是陽性名詞 manuṣya（人）的主格／呼格眾數形式，在本句中作主詞（主格）。

kutra 解作：何處。

vartante 是動詞語根√vṛt（存在／有）的第三身眾數形式。

全句：在這個世界中，人們在哪裏呢？

9. gajāñchūdrā ānayanti.

gajāñchūdrā 由 gajān + śūdrā 連聲組成（見第六課 I.a.）。

gajān 是陽性名詞 gaja（象）的對格眾數形式。

śūdrā 原本是 śūdrāḥ，由於連聲，最末字母-ḥ 失去，而與其後的字分開（見第五課 d.）。

śūdrāḥ 是陽性名詞 śūdra（首陀）的主格／呼格眾數形式。

ānayanti 是動詞語根 ā-√nī（攜帶）的第三身眾數形式。

在本句中，由於 gajān 是受詞，故 śūdrāḥ 應作主詞（主格）。

全句：首陀們率領象群。

10. grāma ānayati śūdro 'śvam.

grāma 原本是 grāme，由於連聲，最末字母-e 由 a 取代，而與其後的字分開（見第四課 f.）。

grāme 是陽性名詞 grāma（村）的處格單數形式。

ānayati 是動詞語根 ā-√nī（攜帶）的第三身單數形式。

śūdro 'śvam 由 śūdraḥ + aśvam 連聲組成（見第五課 b.）。

śūdraḥ 是陽性名詞 śūdra（首陀）的主格單數形式。

aśvam 是陽性名詞 aśva（馬）的對格單數形式。

全句：首陀把馬帶到村中。

11. tatra kākā eva, gajānaśvāṃśca na paśyāmaḥ.

tatra 解作：那裏。

kākā 原本是 kākāḥ，由於後一字的首字母為複合母音 e-，因而失去最後字母-ḥ，而且兩字分開（見第五課 d.）。

kākāḥ 是陽性名詞 kāka（烏鴉）的主格／呼格眾數形式。

eva 解作：只是。

gajānaśvāṃśca 由 gajān + aśvān + ca 連聲組成（見第六課 I.c.）。

gajān 是陽性名詞 gaja（象）的對格眾數形式。

aśvān 是陽性名詞 aśva（馬）的對格眾數形式。

ca 解作：與。

na 解作：否。

paśyāmaḥ 是動詞語根√paś（見）第一身眾數形式，解作：我們見。

在本句中，kākāḥ 應作主詞（主格）用較合理。

全句：只有一些烏鴉在那裏，我們見不到象群和馬群。

12. tiṣṭhanti ratheṣu kṣatriyā gajāñjayanti ca.

tiṣṭhanti 是動詞語根√stha（站立）的第三身眾數形式，解作：他們站立。

ratheṣu 是陽性名詞 ratha（戰車）的處格眾數形式。

kṣatriyā 原本是 kṣatriyāḥ，由於連聲而失去最末字母-ḥ（見第五課 d.）。

kṣatriyāḥ 是陽性名詞 kṣatriya（剎帝利）的主格／呼格眾數形式，在本句中應作主詞（主格）。

gajāñjayanti 由 gajān + jayanti 連聲組成（見第六課 I.a.）。

gajān 是陽性名詞 gaja（象）的對格眾數形式。

jayanti 是動詞語根√ji（征服）的第三身眾數形式。

ca 解作：及。

全句：那些剎帝利站在戰車上並且戰勝了象群。

## 第七課

1. tatra gajaiḥ sahāgacchati nṛpasya senā.

    tatra 解作：那裏。

    gajaiḥ 是陽性名詞 gaja（象）的具格眾數形式。

    sahāgacchati 由 saha + āgacchati 連聲組成（見第四課 a.）。

    saha 解作：伴隨。

    āgacchati 是動詞語根 ā-√gam（來）的第三身單數形式，解作：他來。

    nṛpasya 是陽性名詞 nṛpa（國王）的屬格單數形式。

    senā 是陰性名詞 senā（軍隊）的主格單數形式。

    全句：國王的軍隊聯同象群到那裏來了。

2. tatra cchāyāyāṃ tiṣṭhati brāhmaṇaḥ kathāṃ vadati ca.

    tatra 解作：那裏。

    cchāyāyāṃ 原本是 chāyāyām，由於在母音之後，ch-變成 cch-（見第六課 II.c.）。

    chāyāyām 是陰性名詞 chāyā（影）的處格單數形式。

    tiṣṭhati 是動詞語根√sthā（站立）的第三身單數形式，解作：他站立。

    brāhmaṇaḥ 是陽性名詞 brāhmaṇa（婆羅門）的主格單數。

    kathām 是陰性名詞 kathā（故事）的對格單數形式。

    vadati 是動詞語根√vad（說）的第三身單數形式，解作：他說。

    ca 解作：與。

    全句：婆羅門站在蔭影處說故事。

3. kīrtyaiva devānāṃ lokaṃ labhante kṣatriyāḥ.

    kīrtyaiva 由 kīrtyā + eva 連聲組成（見第四課 c.）。

    kīrtyā 是陰性名詞 kīrti（光榮／名聲）的具格單數形式，可解作：光榮地。

    eva 解作：只是（表示加強語氣之意）。

    devānāṃ 是陽性名詞 deva（神祇）的屬格眾數形式。

lokaṃ 是陽性名詞 loka（世界／人類）的對格單數形式。

labhante 是動詞語根√labh（獲得）的第三身眾數形式，解作：他們獲得。

kṣatriyāḥ 是陽性名詞 kṣatriya（剎帝利）的主格／呼格眾數形式，在本句中應作主詞（主格）。

全句：剎帝利們光榮地獲致神祇的世間。

4. grāmaṃ viśati kṣatriyo 'riṃ paśyati ca.

grāmaṃ 是陽性名詞 grāma（村）的對格單數形式。

viśati 是動詞語根√viś（進入）的第三身單數形式，解作：他進入。

kṣatriyo 'riṃ 由 kṣatriyaḥ + ariṃ 連聲組成（見第五課 b.）。

kṣatriyaḥ 是陽性名詞 kṣatriya（剎帝利）的主格單數形式。

ariṃ 是陽性名詞 ari（敵人）的對格單數。

paśyati 是動詞語根√paś（見）第三身單數形式。

ca 解作：與。

全句：剎帝利進入村中並看見敵人。

5. atredānīṃ phale labhete mitre.

atredānīṃ 由 atra + idānīṃ 連聲組成（見第四課 b.）。

atra 解作：這裏。

idānīṃ 解作：現在。

phale 是中性名詞 phalam（果實）的主格／對格／呼格雙數或處格單數形式。

labhete 是動詞語根√labh（獲得）的第三身雙數形式。

mitre 是中性名詞 mitram（朋友）的主格／對格／呼格雙數或處格單數形式。

在本句中，mitre 應作主詞（主格），phale 應作受詞（對格）用，意思較暢順。

全句：兩個朋友現時在這裏獲得兩個果實。

6. senayā kīrtyā ca saha nṛpo nagaraṃ viśati.

senayā 是陰性名詞 senā（軍隊）的具格單數形式。

kīrtyā 是陰性名詞 kīrti（光榮／名聲）的具格單數形式。
ca 解作：與。
saha 解作：伴隨。
nṛpo 原本是 nṛpaḥ，由於連聲，-aḥ（即-as）變成-o（見第五課 a.）。
nṛpaḥ 是陽性名詞 nṛpa（國王）的主格單數形式。
nagaraṃ 是中性名詞 nagaram（城鎮）的主格／對格單數形式。
viśati 是動詞語根√viś（進入）的第三身單數形式。
在本句中，nṛpaḥ 是主詞，nagaraṃ 應作受詞（對格）。
全句：國王帶著光榮，與軍隊進入村中。

7. atra kathāyāṃ kṣatriyo nṛpo vā bhūmiṃ jayati?
atra 解作：這裏。
kathāyāṃ 是陰性名詞 kathā（故事）的處格單數形式。
kṣatriyo 原本是 kṣatriyaḥ，由於連聲，-ah 變成-o（見第五課 a.）。
kṣatriyaḥ 是陽性名詞 kṣatriya（剎帝利）的主格單數形式。
nṛpo 原本是 nṛpaḥ，由於連聲，-aḥ 變成-o（見第五課 a.）。
nṛpaḥ 是陽性名詞 nṛpa（國王）的主格單數形式。
vā 解作：或。
bhūmiṃ 是陰性名詞 bhūmi（地）的對格單數形式。
jayati 是動詞語根√ji（征服）的第三身單數形式。
全句：在故事中，是剎帝利抑或是國王征服了這片土地呢？

8. na devā bhūmau tiṣṭhanti.
na 解作：否。
devā 原本是 devāḥ，由於連聲，最末字母-ḥ 失去（見第五課 d.）。
bhūmau 是陰性名詞 bhūmi（地）的處格單數形式。
tiṣṭhanti 是動詞語根√sthā（站立）的第三身眾數形式。
在本句中，devāḥ 應作主詞（主格）。
全句：神祇們不站立在地上。

9. punarapi rathe tiṣṭhataḥ kṣatriyāvarīñjayataśca.

punarapi 由 punar + api 連接而成。
punar 解作：再次。
api 解作：即使／亦。
rathe 是陽性名詞 ratha（戰車）的處格單數形式。
tiṣṭhataḥ 是動詞語根√sthā（站立）的第三身雙數形式。
kṣatriyāvarīñjayataśca 由 kṣatriyau + arīn + jayataḥ + ca 組成（分別見第四課 g.，第六課 I.a.，第五課 f.）。
kṣatriyau 是陽性名詞 kṣatriya（剎帝利）的主格／對格／呼格雙數形式。
arīn 是陽性名詞 ari（敵人）的對格眾數形式。
jayataḥ 是動詞語根√ji（征服）的第三身雙數形式。
ca 解作：與。
在本句中，由於 arīn 是受詞（對格），因此 kṣatriyau 應作主詞（主格）。
全句：兩個剎帝利又再次站在戰車上，戰勝敵人。

10. brāhmaṇo gṛhādvanaṃ gacchati.
brāhmaṇo 原本是 brāhmaṇaḥ，-aḥ 由於連聲變成-o（見第五課 a.）。
brāhmaṇaḥ 是陽性名詞 brāhmaṇa（婆羅門）的主格單數形式。
gṛhādvanaṃ 由 gṛhāt + vanaṃ 連聲組成（見第六課 II.a.）。
gṛhāt 是中性名詞 gṛham（屋）的奪格單數形式。
vanaṃ 是中性名詞 vanam（森林）的主格／對格單數形式。
gacchati 是動詞語根√gam（去）的第三身單數形式。
在本句中，由於 brāhmaṇaḥ 是主詞（主格），故 vanaṃ 應作受詞（對格）。
全句：婆羅門由家裏去森林。

11. vane 'pyatithayo jalaṃ bhojanaṃ ca labhante.
vane 'pyatithayo 由 vane + api + atithayaḥ 連聲組成（見第四課 e.,d.及第五課 a.）
vane 是中性名詞 vanam（森林）的處格單數或主格／對格／呼格雙數形式。
api 解作：即使。

atithayaḥ 由於連聲，-aḥ 轉成-o（見第五課 a.）。
atithayaḥ 是陽性名詞 atithi（客人）的主格眾數形式。
jalaṃ 是中性名詞 jalam（水）的主格／對格單數形式。
bhojanaṃ 是中性名詞 bhojanam（食物）的主格／對格單數形式。
ca 解作：與。
labhante 是動詞語根√labh（獲得）的第三身眾數形式。
本句中，vane 應作處格，jalaṃ 和 bhojanaṃ 都作受詞（對格）。
全句：客人們也在森林中獲得水和食物。

12. nṛpasyārīṇāṃ bhayānnagara eva tiṣṭhanti kavayaḥ.
nṛpasyārīṇāṃ 由 nṛpasya + arīṇāṃ 連聲組成（見第四課 a.）。
nṛpasya 是陽性名詞 nṛpa（國王）的屬格單數形式。
arīṇāṃ 原本是 arīnām，其中-n-由於內連聲舌音化變成-ṇ-（見第六課 III.a.）。
arīnām 是陽性名詞 ari（敵人）的屬格眾數形式。
bhayānnagara 由 bhayāt + nagara 連聲組成（見第六課 II.c.）。
bhayāt 是中性名詞 bhayam（恐懼）的奪格單數形式。
nagara 原本是 nagare，由於連聲，-e 變成-a（見第四課 f.）。
nagare 是中性名詞 nagaram（城鎮）的處格單數或主格／對格／呼格雙數形式，這裏作處格。
eva 解作：只是。
tiṣṭhanti 是動詞語根√sthā（站立）的第三身眾數形式。
kavayaḥ 是陽性名詞 kavi（詩人）的主格眾數形式。
全句：詩人們只懷著對國王的敵人的恐懼，站立在城鎮中。

## 第八課

1. na kutrāpi nyavasannarayo nṛpasya.

   kutrāpi 由 kutra + api 連聲組成（見第四課 a.）。

   na kutrāpi 解作：無處（見第八課 II.）。

   nyavasannarayo 由 nyavasan + arayaḥ 連聲組成（見第六課 I.d.）。

   nyavasan 是動詞語根 ni-√vas（居住）的第三身眾數半過去主動式。

   arayaḥ 是陽性名詞 ari（敵人）的主格眾數形式，其中-aḥ 由於連聲，變成-o（見第五課 a.）。

   nṛpasya 是陽性名詞 nṛpa（國王）的屬格單數形式。

   全句：國王的敵人已無處可居。

2. aribhyaḥ kṣatriyānamuñcannṛpaḥ.

   aribhyaḥ 是陽性名詞 ari（敵人）的奪格眾數形式。

   kṣatriyānamuñcannṛpaḥ 由 kṣatriyān + amuñcat + nṛpaḥ 連聲組成（見第六課 II.d.）。

   kṣatriyān 是陽性名詞 kṣatriya 的對格眾數形式。

   amuñcat 是動詞語根√muc（釋放）的第三身單數半過去主動式。

   nṛpaḥ 是陽性名詞 nṛpa（國王）的主格單數形式。

   全句：國王從敵人處救出剎帝利們。

3. mitre rathaṃ kutrāvahatam?

   mitre 是中性名詞 mitram（朋友）的主格／對格／呼格雙數或處格單數形式。

   rathaṃ 是陽性名詞 ratha（戰車）的對格單數形式。

   kutrāvahatam 由 kutra + avahatam 連聲組成（見第四課 a.）。

   kutra 是疑問詞，解作：哪裏。

   avahatam 是動詞語根√vah（拉）的第二身雙數半過去主動式。

   在本句中，由於 rathaṃ 是受詞（對格），mitre 應作主詞（主格雙數）。

   全句：兩位朋友把戰車拉到哪裏呢？

4. na kadā canāśaṃsannṛpasyārīnkaviḥ.

na 解作：否。

kadā 是疑問詞，解作：何時。

canāśaṃsannṛpasyārīnkaviḥ 由 cana + aśaṃsat + nṛpasya + arīn + kaviḥ 連聲組成（見第四課 a.，第六課 II.d.，第四課 a.）。

cana 與 api 意思相同，解作：即使／還／亦／雖然。

aśaṃsat 是動詞語根√śaṃs（稱讚）的第三身單數半過去主動式。

nṛpasya 是陽性名詞 nṛpa（國王）的屬格單數形式。

arīn 是陽性名詞 ari（敵人）的對格眾數形式。

kaviḥ 是陽性名詞 kavi（詩人）的主格單數形式。

全句：詩人從來沒有稱讚國王的敵人們。

5. kadā cidvane 'vasacchūdra idānīṃ tu nagare brāhmaṇaiḥ saha vasati.

kadā 是疑問詞，解作：何時。

cidvane 'vasacchūdra 由 cit + vane + avasat + śudraḥ 連聲組成（見第六課 II.a.，第四課 e.，第六課 II.e.，第五課 c.）。

cit 把疑問詞變成不定詞，kadā cit 解作：有時（見第八課 II.）。

vane 是中性名詞 vanam（森林）的處格單數形式。

avasat 是動詞語根√vas（居住）的第三身單數半過去主動式。

śudraḥ 是陽性名詞 śūdra（首陀）的主格單數形式。

idānīṃ 解作：現在。

tu 解作：但是。

nagare 是中性名詞 nagaram（城鎮）的主格／對格／呼格雙數或處格單數形式，在本句中應作處格。

brāhmaṇaiḥ 是陽性名詞 brāhmaṇa（婆羅門）的具格眾數形式。

saha 解作：伴隨。

vasati 是動詞語根√vas（居住）的第三身單數形式。

全句：首陀有時候住在森林裏，但是，他現在與眾婆羅門一起住在城鎮中。

6. kavīnāṃ kathāḥ kīrtaye kalpante.

kavīnāṃ 是陽性名詞 kavi（詩人）的屬格眾數形式。

kathāḥ 是陰性名詞 kahtā（故事）的主格／對格眾數形式，在本句中應作受詞（對格）。

kīrtaye 是陽性名詞 kīrti（光榮／名聲）的為格單數形式。

kalpante 是動詞語根√kḷp（適合）的第三身眾數形式。

全句：應當給讚賞予詩人們的故事。

7. bhayādupāviśannarayo ’śvāngajānrathāṃścāmuñcan.

bhayādupāviśannarayo ’śvāngajānrathāṃścāmuñcan 由 bhayāt + upāviśan + arayaḥ + aśvān + gajān + rathān + ca + amuñcan 組成（連聲規則順序見第六課 II.a.，第六課 I.d.，第五課 b.，第六課 I.c.，第四課 a.）。

bhayāt 是中性名詞 bhayam（恐懼）的奪格單數形式。

upāviśan 是動詞語根 upa-√viś（坐下）的第三身眾數半過去主動式。

arayaḥ 是陽性名詞 ari（敵人）的主格眾數形式。

aśvān 是陽性名詞 aśva（馬）的對格眾數形式。

gajān 是陽性名詞 gaja（象）的對格眾數形式。

rathān 是陽性名詞 ratha（戰車）的對格眾數形式。

ca 解作：及。

amuñcan 是動詞語根√muc（釋放）的第三身眾數半過去主動式。

全句：敵人們恐懼地坐下來，交出馬群、象群和眾多戰車。

8. vanasya cchāyāyāmatiṣṭhatkṣatriyo ’rīṇāṃ senāmapīḍayacca.

vanasya 是中性名詞 vanam（森林）的屬格單數形式。

cchāyāyāmatiṣṭhatkṣatriyo ’rīṇāṃ 由 chāyāyām + atiṣṭhat +kṣatriyaḥ + arīṇāṃ 組成（見第六課 III.c.，第五課 b.）。

chāyāyām 是陰性名詞 chāyā（影）的處格單數形式。

atiṣṭhat 是動詞語根√sthā（站立）的第三身單數半過去主動式。

kṣatriyaḥ 是陽性名詞 kṣatriya（剎帝利）的主格單數形式。

arīṇāṃ 是陽性名詞 ari（敵人）的屬格眾數形式。

senāmapīḍayacca 由 senām + apīḍayat + ca 組成（見第六課 II.c.）。
senām 是陰性名詞 senā（軍隊）的對格單數形式。
apīḍayat 是動詞語根√pīḍ（傷害）的第三身單數半過去主動式。
ca 解作：及。
全句：剎帝利站在森林的蔭影下並攻擊敵人的軍隊。

9. grāmādgṛhaṃ kavaye jalamānayadbrāhmaṇaḥ.
grāmādgṛhaṃ 由 grāmāt + gṛhaṃ 連聲組成（見第六課 II.a.）。
grāmāt 是陽性名詞 grāma（村）的奪格單數形式。
gṛhaṃ 是中性名詞 gṛham（屋）的主格／對格單數形式。
kavaye 是陽性名詞 kavi（詩人）的為格單數形式。
jalamānayadbrāhmaṇaḥ 由 jalam + ānayat + brāhmaṇaḥ 連聲組成（見第六課 II.a.）。
jalam 是中性名詞 jalam（水）的主格／對格單數形式。
ānayat 是動詞語根 ā-√nī（攜帶）的第三身單數半過去主動式。
brāhmaṇaḥ 是陽性名詞 brāhmaṇa（婆羅門）的主格單數形式。
在本句中，由於 brāhmaṇaḥ 是主詞，故 gṛhaṃ 和 jalam 應作受詞（對格）。
全句：婆羅門替詩人把水從村裏帶來家中。

10. nṛpo brāhmaṇebhyaḥ kavibhyaśca ratnāni yacchati.
nṛpo 原本是 nṛpaḥ，由於連聲，-aḥ 變成-o（見第五課 a.）。
nṛpaḥ 是陽性名詞 nṛpa（國王）的主格單數形式。
brāhmaṇebhyaḥ 是陽性名詞 brāhmaṇa（婆羅門）的為格／奪格眾數形式。
kavibhyaśca 由 kavibhyaḥ + ca 連聲組成（見第五課 f.）。
kavibhyaḥ 是陽性名詞 kavi（詩人）的為格／奪格眾數形式。
ca 解作：與。
ratnāni 是中性名詞 ratnam（珠寶）的主格／對格／呼格眾數形式。
yacchati 是動詞語根√yam（生產／給）的第三身單數形式。
在本句中，nṛpaḥ 是主詞，brāhmaṇebhyaḥ 和 kavibhyaḥ 應作為格，而 ratnāni 應作受詞（對格）。

全句：國王把珠寶送給眾婆羅門和詩人們。

11. na kadāpi manuṣyairvadanti devāḥ.

na 解作：否。

kadāpi 由 kadā + api 連聲組成（見第四課 a.）。

na kadāpi 解作：永不／從不（見第八課 II.）。

manuṣyairvadanti 由 manuṣyaiḥ + vadanti（見第五課 g.）。

manuṣyaiḥ 是陽性名詞 manuṣya（人）的具格眾數形式。

vadanti 是動詞語根√vad（說）的第三身眾數形式。

devāḥ 是陽性名詞 deva（神祇）的主格／呼格眾數形式，在本句中應作主詞（主格）。

全句：神祇們從不與人們交談。

12. kathaṃ cicchūdrayoraśvau rathaṃ nagaramavahatām.

kathaṃ 是疑問詞，解作：如何。

cicchūdrayoraśvau 由 cit + śūdrayoḥ + aśvau 連聲組成（見第六課 II.e.，第五課 g.）。

rathaṃ cit 解作：以某種方法（見第八課 II.）。

śūdrayoḥ 是陽性名詞 śūdra（首陀）的屬格／處格雙數形式。

aśvau 是陽性名詞 aśva（馬）的主格／對格／呼格雙數形式。

rathaṃ 是陽性名詞 ratha（戰車）的對格單數形式。

nagaramavahatām 由 nagaram + avahatām 連聲組成。

nagaram 是中性名詞 nagaram（城鎮）的主格／對格單數形式。

avahatām 是動詞語根√vah（拉）的第三身雙數半過去主動式。

在本句中，rathaṃ 是受詞，śūdrayoḥ 應作屬格，aśvau 則作主詞（主格），而 nagaram 作受詞（對格）。

全句：兩個首陀的兩匹馬以某種方法把戰車拉入城中。

## 第九課

1. śiṣyā hi sadācāryānsevanta iti brāhmaṇo 'vadat.
   śiṣyā 原本是 śiṣyāḥ，由於連聲而失去最後的 ḥ（見第五課 d.）。
   śiṣyāḥ 是陽性名詞 śiṣya（學生）的主格／呼格眾數形式。
   hi 是連接詞，解作：為了。
   sadācāryānsevanta 由 sadā + ācāryān + sevanta 連聲組成（見第四課 a.）。
   sadā 解作：時常。
   ācāryān 是陽性名詞 ācārya（老師）的對格眾數形式。
   sevanta 原本是 sevante，由於連聲，-e 由-a 取代（見第四課 f.）。
   sevante 是動詞語根√sev（服侍／讚美）的第三身眾數形式。
   iti 的用法見第九課 II.。
   brāhmaṇo 'vadat 由 brāhmaṇaḥ + avadat 連聲組成（見第五課 a.）。
   brāhmaṇaḥ 是陽性名詞 brāhmaṇa（婆羅門）的主格單數形式。
   avadat 是動詞語根√vad（說）的第三身單數半過去主動式。
   在本句中，ācāryān 是受詞，因此，śiṣyāḥ 應作主詞（主格）。
   全句：婆羅門說：「學生們時常服侍老師們。」
2. nṛpasya kavayaḥ kīrteḥ phalamalabhanta.
   nṛpasya 是陽性名詞 nṛpa（國王）的屬格單數形式。
   kavayaḥ 是陽性名詞 kavi（詩人）的主格眾數形式。
   kīrteḥ 是陰性名詞 kīrti（光榮／名聲）的奪格／屬格單數形式。
   phalamalabhanta 由 phalam + alabhanta 連接而成。
   phalam 是中性名詞 phalam（果實）的主格／對格單數形式。
   alabhanta 是動詞語根√labh（獲得）的第三身眾數半過中間式。
   在本句中，kavayaḥ 是主詞，phalam 應作受詞（對格），kīrteḥ 應作屬格。
   全句：國王的詩人們獲得光榮的成果。
3. devānāṃ loke vṛkṣeṣu phalāni sadā vartante manuṣyānāṃ loke tu kadā

cideva.

devānāṃ 是陽性名詞 deva（神祇）的屬格眾數形式。

loke 是陽性名詞 loka（世界／人類）的處格單數形式。

vṛkṣesu 是陽性名詞 vṛkṣa（樹）的處格單數形式。

phalāni 是中性名詞 phalam（果實）的主格眾數形式。

sadā 解作：時常。

vartante 是動詞語根√vṛt（在／有）的第三身眾數形式。

manuṣyānāṃ 是陽性名詞 manuṣya（人）的屬格眾數形式。

loke 是陽性名詞 loka（世界／人類）的處格單數形式。

tu 解作：但是。

kadā 解作：何時。

cideva 由 cit + eva 連聲組成（見第六課 II.a.）。

kadā cit 解作：有時（見第八課 II.）。

eva 解作：只是。

全句：在神祇的世界裏，樹上經常有果實，但是，在人們的世界裏，只是有時有果實。

4. yuddhe ’rī anaśyatām.

yuddhe ’rī 由 yuddhe + arī 連聲組成（見第四課 e.）。

yuddhe 是中性名詞 yuddham（戰爭）的主格／對格／呼格雙數或處格單數形式。

arī 是陽性名詞 ari（敵人）的主格／對格雙數。

anaśyatām 是動詞語根√naś（死／消失）的第三身雙數半過去中間式。

在本句中，yuddhe 應作處格，arī 應作主詞（主格）。

全句：兩個敵人在戰爭中死去。

5. vanāddhyāgacchadgajo nagaramaviśacca.

vanāddhyāgacchadgajo 由 vanāt + hi + āgacchat + gajaḥ 連聲組成（見第六課 II.a.，第四課 d.，第六課 II.a.，第五課 a.）。

vanāt 是中性名詞 vanam（森林）的奪格單數。

hi 是連接詞，解作：為了。

āgacchat 是動詞語根 ā-√gam（來）的第三身單數半過去主動式。

gajaḥ 是陽性名詞 gaja（象）的主格單數。

nagaramaviśacca 由 nagaram + aviśat + ca 連聲組成（見第六課 II.e.）。

nagaram 是中性名詞 nagaram（城鎮）的主格／對格單數形式。

aviśat 是動詞語根√viś（進入）的第三身單數半過去主動式。

ca 解作：與。

在本句中，gajaḥ 是主詞，nagaram 應作受詞（對格）。

全句：那隻象從森林出來，並進入了城鎮。

6. kutrārayo 'śvānrathāṃścālabhantetyapṛcchannṛpaḥ kṣatriyān.

kutrārayo 'śvānrathāṃścālabhantetyapṛcchannṛpaḥ 由 kutra + arayaḥ + aśvān + rathān + ca + alabhanta + iti + apṛcchat + nṛpaḥ 連聲組成（連聲規則順序見第四課 a.，第五課 b.，第六課 I.c.，第四課 a.，第四課 b.，第四課 d.，第六課 II.d.）。

kutra 解作：哪裏。

arayaḥ 是陽性名詞 ari（敵人）的主格眾數。

aśvān 是陽性名詞 aśva（馬）的對格眾數。

rathān 是陽性名詞 ratha（戰車）的對格眾數。

ca 解作：與。

alabhanta 是動詞語根√labh（獲得）的第三身眾數半過去主動式。

iti 的用法見第九課 II.。

apṛcchat 是動詞語根√pracch（詢問）的第三身單數半過去主動式。

nṛpaḥ 是陽性名詞 nṛpa（國王）的主格單數。

kṣatriyān 是陽性名詞 kṣatriya（剎帝利）的對格眾數。

全句：國王問剎帝利們：「敵人在哪裏獲得馬匹和戰車呢？」

7. vṛkṣasya cchāyāyāṃ mitre ācāryamapaśyatāṃ tatrā gacchatāṃ pustakānyalabhetāṃ ca.

vṛkṣasya 是陽性名詞 vṛkṣa（樹）的屬格單數。

cchāyāyāṃ 原本是 chāyāyām，由於在母音之後，ch-變成 cch-（見第六課 III.c.）。

chāyāyām 是陽性名詞 chāyā（影）的處格單數。

mitre 是中性名詞 mitram（朋友）的主格／對格／呼格雙數或處格單數。

ācāryamapaśyatāṃ 由 ācāryam + apaśyatām 連接組成。

ācāryam 是陽性名詞 ācārya（老師）的對格單數。

apaśyatām 是動詞語根√paś（見）的第三身雙數半過去主動式。

tatrā gacchatāṃ 由 tatra + agacchatāṃ 連聲組成（見第四課 a.）。

tatra 解作：那處。

agacchatāṃ 是動詞語根√gam（去）的第三身雙數半過去主動式。

pustakānyalabhetāṃ 由 pustakāni + alabhetāṃ 連聲組成（見第四課 d.）。

pustakāni 是中性名詞 pustakam（書）的主格／對格／呼格眾數。

alabhetāṃ 是動詞語根√labh（獲得）的第三身雙數半過去中間式。

ca 解作：與。

在本句中，由於 ācāryam 是受詞，故 mitre 應作主詞（主格），而 pustakāni 亦應作受詞（對格）。

全句：兩個朋友在樹蔭下看見老師，便行過去，並取得一些書本。

8. nṛpasya grāme ’jāyata śūdrairyuddham.

nṛpasya 是陽性名詞 nṛpa（國王）的屬格單數。

grāme ’jāyata 由 grāme + ajāyata 連聲組成（見第四課 e.）。

grāme 是陽性名詞 grāma（村）的處格單數。

ajāyata 是動詞語根√jan（出生）的第三身單數半過去中間式。

śūdrairyuddham 由 śūdraiḥ + yaddham 連聲組成（見第五課 g.）。

śūdraiḥ 是陽性名詞 śūdra（首陀）的具格眾數。

yaddham 是中性名詞 yuddham（戰爭）的主格／對格單數。在本句中應作受詞（對格）。

全句：爭鬥在國王的村莊裏因首陀們而生起。

9. śūdrātputro ’jāyatetyavadadbrāhmaṇaḥ.

śūdrātputro ’jāyatetyavadadbrāhmaṇaḥ 由 śūdrāt + putraḥ + ajāyata + iti + avadat + brāhmaṇaḥ 連聲組成（見第五課 b.，第四課 b.，第四課 d.，第六課 II.a.）。

śūdrāt 是陽性名詞 śūdra（首陀）的奪格單數。

putraḥ 是陽性名詞 putra（兒子）的主格單數。

ajāyata 是動詞語根√jan（出）的第三身單數半過去中間式。

iti 的用法見第九課 II.。

avadat 是動詞語根√vad（說）的第三身單數半過去主動式。

brāhmaṇaḥ 是陽性名詞 brāhmaṇa（婆羅門）的主格單數。

全句：婆羅門說：「兒子從首陀誕生。」若以較暢順的中文表達則成：婆羅門說：「首陀生了兒子。」

10. yuddhe kathaṃ jayāmīti nṛpa ācāryamapṛcchat.

yuddhe 是中性名詞 yuddham（戰爭）的處格單數。

kathaṃ 是疑問詞，解作：如何。

jayāmīti 由 jayāmi + iti 連聲組成（見第四課 a.）。

jayāmi 是動詞語根√ji（征服）的第一身單數。

iti 的用法見第九課 II.。

nṛpa 原本是 nṛpah，因在母音之前要失去-h（見第五課 c.）。

ācāryamapṛcchat 由 ācāryam + apṛcchat 連接而成。

ācāryam 是陽性名詞 ācārya（老師）的對格單數。

apṛcchat 是動詞語根√pracch（詢問）的第三身單數半過去主動式。

全句：國王問老師：「如何在戰爭中取勝呢？」

11. kavīnāṃ mukheṣvajāyanta nṛpasya kīrteḥ kathāḥ.

kavīnāṃ 是陽性名詞 kavi（詩人）的屬格眾數。

mukheṣvajāyanta 由 mukheṣu + ajāyanta 連聲組成（見第四課 d.）。

mukheṣu 是中性名詞 mukham（面／口）的處格眾數。

ajāyanta 是動詞語根√jan（出生）的第三身眾數半過去中間式。

nṛpasya 是陽性名詞 nṛpa（國王）的屬格單數。

kīrteḥ 是陰性名詞 kīrti（光榮）的屬格單數。

kathāḥ 是陰性名詞 kathā（故事）的主格／對格眾數，在本句中應作受詞（對格）。

全句：國王的光榮的故事出自詩人們的口中。

12. senayāpi nājayannṛpo ’rīnāṃ nagaramityavadacchiṣyānācāryaḥ.

senayāpi 由 senayā + api 連聲組成（見第四課 a.）。

senayā 是陰性名詞 senā（軍隊）的具格單數形式。

api 解作：即使。

nājayannṛpo ’rīnāṃ 由 na + ajayat + nṛpaḥ + arīnāṃ 連聲組成（見第四課 a.，第六課 II.d.，第五課 b.）。

na 解作：否。

ajayat 是動詞語根√ji（征服）的第三身單數半過去主動式。

nṛpaḥ 是陽性名詞 nṛpa（國王）的主格單數。

arīnāṃ 是陽性名詞 ari（敵人）的屬格眾數。

nagaramityavadacchiṣyānācāryaḥ 由 nagaram + iti + avadat + śiṣyan + ācāryaḥ 連聲組成（見第四課 d.，第六課 II.e.）。

nagaram 是中性名詞 nagaram（城鎮）的主格／對格單數，在本句中作受詞（對格）。

iti 的用法見第九課 II.。

avadat 是動詞語根√vad（說）的第三身單數半過去主動式。

śiṣyān 是陽性名詞 śiṣya（學生）的對格眾數。

ācāryaḥ 是陽性名詞 ācārya（老師）的主格單數。

全句：老師對學生們說：「國王即使動用軍隊，也未能征服敵人的城鎮。」

另一可能解釋：老師對學生們說：「國王即使不用軍隊，也征服了敵人的城鎮。」

## 第十課

1. vāpyā jalaṃ patnyai brāhmaṇa ānayati.
   vāpyā 原本是 vāpyāḥ，因連聲失去最後的-ḥ(-s)（見第五課 d.）。
   vāpyāḥ 是陰性名詞 vāpī（水槽）的奪格／屬格單數。
   jalaṃ 是中性名詞 jalam（水）的主格／對格單數。
   patnyai 是陰性名詞 patnī（妻子）的為格單數。
   brāhmaṇa 原本是 brāhmaṇaḥ，因連聲失去最後的-ḥ（見第五課 c.）。
   brāhmaṇaḥ 是陽性名詞 brāhmaṇa（婆羅門）的主格單數。
   ānayati 是動詞語根 ā-√ni（攜帶）的第三身單數。
   在本句中，由於 brāhmaṇaḥ 是主詞，jalaṃ 應作受詞（對格），vāpyāḥ 應作奪格。
   全句：婆羅門為妻子將水從水槽帶來。
2. devyā vācaṃ sadā manuṣyāḥ sevanta iti śiṣyo 'vadat.
   devyā 原本是 devyāḥ，因連聲失去最後的-ḥ（見第五課 d.）。
   devyāḥ 是陰性名詞 devī（女神祇）的奪格／屬格單數形式。
   vācaṃ 是陰性名詞 vāc（話語）的對格單數。
   sadā 解作：時常。
   manuṣyāḥ 是陽性名詞 manuṣya（人）的主格／呼格眾數。
   sevanta 是動詞語根√sev（服侍）的第三身眾數。
   iti 的用法見第九課 II.。
   śiṣyo 'vadat 由 śiṣyaḥ + avadat 連聲組成（見第五課 b.）。
   śiṣyaḥ 是陽性名詞 śiṣya（學生）的主格單數。
   avadat 是動詞語根√vad（說）的第三身單數半過去主動式。
   本句中，devyāḥ 應作屬格，而由於 vācaṃ 是受詞，故 manuṣyāḥ 應作主詞（主格）。
   全句：學生說：「人們時常服從女神祇的話語。」
3. yuddhe nṛpasya tvacamapi nāspṛśannarayaḥ.

yuddhe 是中性名詞 yuddham（戰爭）的主格／對格／呼格雙數或處格單數。

nṛpasya 是陽性名詞 nṛpa（國王）的屬格單數。

tvacamapi 由 tvacam + api 連接而成。

tvacam 是陰性名詞 tvac（皮）的對格單數。

api 解作：即使。

nāspṛśannarayaḥ 由 na + aspṛśan + arayaḥ 連聲組成（見第四課 a.，第六課 I.d.）。

na 解作：否。

aspṛśan 是動詞語根√spṛś（觸摸）的第三身眾數半過去主動式。

arayaḥ 是陽性名詞 ari（敵人）的主格眾數。

在本句中，yuddhe 應作處格。

全句：敵人們在戰爭中連國王的皮也摸不到。

4. vaṇigbhiḥ saha nṛpo ratnānyapaśyat.

vaṇigbhiḥ 是陽性名詞 vaṇij（商人）的具格眾數。

saha 解作：伴隨。

nṛpo 原本是 nṛpaḥ，因連聲，-aḥ 變成-o（見第五課 a.）。

nṛpaḥ 是陽性名詞 nṛpa（國王）的主格單數。

ratnānyapaśyat 由 ratnāni + apaśyat 連聲組成（見第四課 d.）。

ratnāni 是中性名詞 ratnam（珠寶）的主格／對格／呼格眾數，在本句中應作受詞（對格）。

apaśyat 是動詞語根√paś（見）的第三身單數半過去主動式。

全句：國王由商人陪伴著看那些珠寶。

5. devānāṃ loke gaṅgāyā jalaṃ devasya pādau spṛśatītyavadacchūdraṃ brāhmaṇaḥ.

devānāṃ 是陽性名詞 deva（神祇）的屬格眾數。

loke 是陽性名詞 loka（世界／人類）的處格單數。

gaṅgāyā 原本是 gaṅgāyāḥ，因連聲而失去-ḥ（見第五課 d.）。

gaṅgāyāḥ 是陰性專有名詞 gaṅgā（恆河）的奪格／屬格單數。
jalaṃ 是中性名詞 jalam（水）的主格／對格單數。
devasya 是陽性名詞 deva（神祇）的屬格單數。
pādau 是陽性名詞 pad（腳）的主格／對格雙數。
spṛśatītyavadacchūdraṃ 由 spṛśati + iti + avadat + śūdraṃ 連聲組成（見第四課 a.及 d.，第六課 II.e.）。
spṛśati 是動詞語根√spṛś（觸摸）的第三身單數。
iti 的用法見第九課 II.。
avadat 是動詞語根√vad（說）的第三身單數半過去主動式。
śūdraṃ 是陽性名詞 śūdra（首陀）的對格單數。
brāhmaṇaḥ 是陽性名詞 brāhmaṇa（婆羅門）的主格單數。
在本句中，由於 spṛśati 是單數，因此 jalaṃ 應作主詞（主格單數），而 pādau 應作受詞（對格雙數），gaṅgāyāḥ 則為屬格。
全句：婆羅門對首陀說：「在神祇的世界裏，恆河的水觸摸神祇的雙腳。」

6. na kadāpi śiṣya ācāryasya patnyā mukhamapaśyatpādāveva tu.
na kadāpi 解作：從不。
śiṣya 原本是 śiṣyaḥ，因連聲失去-ḥ（見第五課 c.）。
śiṣyaḥ 是陽性名詞 śiṣya（學生）的主格單數。
ācāryasya 是陽性名詞 ācārya（老師）的屬格單數。
patnyā 原本是 patnyāḥ，因連聲失去-ḥ（見第五課 d.）。
patnyāḥ 是陰性名詞 patnī（妻子）的奪格／屬格單數。
mukhamapaśyatpādāveva 由 mukham + apaśyat + pādau + eva 連聲組成（見第四課 g.）。
mukham 是中性名詞 mukham（面／口）的主格／對格單數。
apaśyat 是動詞語根√paś（見）的第三身單數半過去主動式。
pādau 是陽性名詞 pad（腳）的主格／對格雙數。
eva 解作：只是。
tu 解作：但是。

在本句中，由於 śiṣyaḥ 是主詞，故 mukham 應作受詞（對格），而 patnyāḥ 應作屬格。

全句：學生從來沒有見到老師的妻子的面，但只見到雙腳。

7. śivasya patnīmumeti vadanti.

śivasya 是陽性專有名詞 śiva（音譯：濕婆）的屬格形式。

patnīmumeti 由 patnīm + umā + iti 連聲組成（見第四課 b.）。

patnīm 是陰性名詞 patnī（妻子）的對格單數。

umā 是陰性專有名詞 umā（音譯：烏麻）的主格形式。

iti 的用法見第九課 II.。

vadanti 是動詞語根√vad（說）的第三身眾數。

全句：他們說：「濕婆的妻子是烏麻。」

8. na devānāṃ pādo bhūmiṃ kadāpi spṛśanti.

na 解作：否。

devānāṃ 是陽性名詞 deva（神祇）的屬格眾數。

pādo 原本是 pādaḥ，因連聲-aḥ 變成-o（見第五課 a.）。

pādaḥ 是陽性名詞 pad（腳）的主格眾數。

bhūmiṃ 是陰性名詞 bhūmi（地）的對格單數。

kadāpi 加上句首的 na，成 na kadāpi 解作：從不（見第八課 II.）。

spṛśanti 是動詞語根√spṛś（觸摸）的第三身眾數。

全句：神祇們的腳從不接觸大地。

9. atra vṛkṣānāṃ chāyāsu vaṇija upāviśanbrāhmaṇebhyaśca pustakānyayacchan.

atra 解作：這裏。

vṛkṣānāṃ 是陽性名詞 vṛkṣa（樹）的屬格眾數。

chāyāsu 是陰性名詞 chāyā（影）的處格眾數。

vaṇija 原本是 vaṇijaḥ 因連聲失去-ḥ（見第五課 c.）。

vaṇijaḥ 是陽性名詞 vaṇij（商人）的奪格／屬格單數或對格眾數。

upāviśanbrāhmaṇebhyaśca 由 upāviśan + brāhmaṇebhyaḥ + ca 連聲組成（見

第五課 f.）。

upāviśan 是動詞語根 upa-√viś（坐）的第三身眾數半過去主動式。

brāhmaṇebhyaḥ 是陽性名詞 brāhmaṇa（婆羅門）的為格／奪格眾數。

ca 解作：與。

pustakānyayacchan 由 pustakāni + ayacchan 連聲組成（見第四課 f.）。

pustakāni 是中性名詞 pustakam（書）的主格／對格／呼格眾數。

ayacchan 是動詞語根√yam（給）的第三身眾數半過去主動式。

在本句中，由於動詞 upāviśan 和 ayacchan 都是眾數，因此主詞必須是眾數，而 vaṇijaḥ 是奪格／屬格單數或對格眾數，不能成為本句的主詞，因此 brāhmaṇebhyaḥ 應作主詞，用作奪格眾數形式，而 vaṇijaḥ 應作受詞（對格眾數），而 pustakāni 應作對格眾數。

全句：婆羅門們坐在這些樹的蔭影下，並把書本給予那些商人。

10. sadaiva hi vandhante kavīnāṃ kīrtaya iti devīmavadacchivaḥ.

sadaiva 由 sadā + eva 連聲組成（見第四課 c.）。

sadā 解作：時常。

eva 解作：只是。

hi 是連接詞，解作：為了。

vandhante 是動詞語根√vṛdh（生長）的第三身眾數。

kavīnāṃ 是陽性名詞 kavi（詩人）的屬格眾數。

kīrtaya 原本是 kīrtayaḥ 因連聲失去-ḥ（見第五課 c.）。

kīrtayaḥ 是陰性名詞 kīrti（光榮）的主格眾數。

iti 的用法見第九課 II.。

devīmavadacchivaḥ 由 devīm + avadat + śivaḥ 連聲組成（見第六課 II.e.）。

devīm 是陰性名詞 devī（女神祇）的對格單數。

avadat 是動詞語根√vad（說）的身三身單數半過去主動式。

śivaḥ 是陽性專有名詞 śiva（濕婆）的主格單數。

全句：濕婆對女神祇說：「詩人們的名聲總是在增長。」

11. śiṣyaḥ pustakaṃ padāspṛśaditi śūdra ācāryamavadat.

śiṣyaḥ 是陽性名詞 śiṣya（學生）的主格單數。
pustakaṃ 是中性名詞 pustakam（書）的主格／對格單數。
padāspṛśaditi 由 padā + aspṛśat + iti 連聲組成（見第四課 a.，第六課 II.a.）。
padā 是陽性名詞 pad（腳）的具格單數。
aspṛśat 是動詞語根√spṛś（觸摸）的第三身單數半過去主動式。
iti 的用法見第九課 II.。
śūdra 原本是 śūdraḥ 因連聲失去-ḥ（見第五課 c.）。
śūdraḥ 是陽性名詞 śūdra（首陀）的主格單數。
ācāryamavadat 由 ācāryam + avadat 連接而成。
ācāryam 是陽性名詞 ācārya（老師）的對格單數。
avadat 是動詞語根√vad（說）的身三身單數半過去主動式。
在本句中，śiṣyaḥ 是主詞，故 pustakaṃ 應作受詞（對格）。
全句：首陀對老師說：「一個學生用腳觸摸書本。」

12. atra phalānyaśvānāṃ bhojanāyaive kalpanta ityamanyata vaṇik.
atra 解作：這裏。
phalānyaśvānāṃ 由 phalāni + aśvānāṃ 連聲組成（見第四課 d.）。
phalāni 是中性名詞 phalam（果實）的主格／對格／呼格眾數。
aśvānāṃ 是陽性名詞 aśva（馬）的屬格眾數。
bhojanāyaive 由 bhojanāya + eva 連聲組成（見第四課 f.）。
bhojanāya 是中性名詞 bhojanam（食物）的為格單數。
eva 解作：只是。
kalpanta 原本是 kalpante 因連聲，-e 變成-a（見第四課 f.）。
kalpante 是動詞語根√kḷp（適合）的第三身眾數。
ityamanyata 由 iti + amanyata 連聲組成（見第四課 d.）。
iti 的用法見第九課 II.。
amanyata 是動詞語根√man（想）的第三身單數半過去中間式。
vaṇik 是陽性名詞 vaṇij（商人）的主格單數。
在本句中，phalāni 應作主詞。
全句：商人想：「這裏的果實只適合作為馬群的食物。」

## 第十一課

1. rājñaḥ pitaraṃ rathe ’paśyankavayaḥ.

   rājñaḥ 是陽性名詞 rājan（國王）的屬格單數。

   pitaraṃ 是陽性名詞 pitṛ（父／父母）的對格單數。

   rathe ’paśyankavayaḥ 由 rathe + apaśyan + kavayaḥ 連聲組成（見第四課 e.）。

   rathe 是陽性名詞 ratha（戰車）的處格單數。

   apaśyan 是動詞語根√paś（見）的第三身眾數半過去主動式。

   kavayaḥ 是陽性名詞 kavi（詩人）的主格眾數。

   全句：詩人們見到國王的父親在戰車上。

2. aśvānāṃ dātṝṇāṃ nāmānyapṛcchadrājā.

   aśvānāṃ 是陽性名詞 aśva（馬）的屬格眾數。

   dātṝṇāṃ 是陽性名詞 dātṛ（施予者）的屬格眾數。

   nāmānyapṛcchadrājā 由 nāmāni + apṛcchat + rājā 連聲組成（見第四課 d.，第六課 II.a.）。

   nāmāni 是中性名詞 nāman（名稱）的主格／對格眾數。

   apṛcchat 是動詞語根√pracch（詢問）的第三身單數半過去主動式。

   rājā 是陽性名詞 rājan（國王）的主格單數。

   在本句中，由於 rājā 是主詞，故 nāmāni 應作受詞（對格）。

   全句：國王詢問馬群的施予者們的名稱。

3. vane rājāno mṛgānapīḍayanniti brāhmaṇā avadan.

   vane 是中性名詞 vanam（森林）的處格單數或主格／對格／呼格雙數。

   rājāno 要本是 rājānaḥ，因連聲，-aḥ 變成-o（見第五課 a.）。

   rājānaḥ 是陽性名詞 rājan（國王）的主格眾數。

   mṛgānapīḍayanniti 由 mṛgān + apīḍayan + iti 連聲組成（見第六課 I.d.）。

   mṛgān 是陽性名詞 mṛga（鹿／野獸）的對格眾數。

   apīḍayan 是動詞語根√pīḍ（傷害）的第三身眾數半過去主動式。

iti 的用法見第九課 II.。

brāhmaṇā 原本是 brāhmaṇāḥ 因連聲而失去-ḥ（見第五課 d.）。

brāhmaṇāḥ 是陽性名詞 brāhmaṇa（婆羅門）的主格／呼格眾數，在本句中應作主詞（主格）。

avadan 是動詞語根√vad（說）的第三身眾數半過去主動式。

在本句中，rājānaḥ 是主詞，mṛgān 是受詞，vane 應作處格。

全句：那些婆羅門說：「國王在森林中傷害那些鹿。」

4. idānīṃ bhrātrā patnyā ca saha vanaṃ viśāmītyavadadrāmaḥ.

idānīṃ 解作：現在。

bhrātrā 是陽性名詞 bhrātṛ（兄弟）的具格單數。

patnyā 是陰性名詞 patnī（妻子）的具格單數。

ca 解作：與。

saha 解作：伴隨。

vanaṃ 是中性名詞 vanam（森林）的主格／對格單數。

viśāmītyavadadrāmaḥ 由 viśāmi + iti + avadat + rāmaḥ 連聲組成（見第四課 a.，第四課 d.，第六課 II.a.）。

viśāmi 是動詞語根√viś（進入）的第一身單數，解作：我進入。

iti 的用法見第九課 II.。

avadat 是動詞語根√vad（說）的第三身單數半過去主動式。

rāmaḥ 是陽性專有名詞 rāma（拉麻）的主格單數。

在本句中，由於「我」是主詞，vanaṃ 應作受詞（對格）。

全句：拉麻說：「我現在由兄弟和妻子陪伴著進入森林。」

5. tatra bhrātroḥ putrāṇāṃ yuddhe dharmo 'pyanaśyat.

tatra 解作：那處。

bhrātroḥ 是陽性名詞 bhrātṛ（兄弟）的屬格／處格雙數，在本句中應作屬格。

putrāṇāṃ 是陽性名詞 putra（兒子）的屬格單數。

yuddhe 是陽性名詞 yuddham（戰爭）的處格單數。

dharmo ’pyanaśyat 由 dharmaḥ + api + anaśyat 連聲組成（見第五課 b.，第四課 d.）。

dharmaḥ 是陽性名詞 dharma（法／正義）的主格單數。

api 解作：即使。

anaśyat 是動詞語根√naś（死／消失）的第三身單數半過去主動式。

全句：在兩兄弟的兒子的戰爭之中，就連正義亦已消失。

6. dātṝnsadā sevante devā iti pustake brāhmaṇo ’paṭhat.

dātṝnsadā 由 dātṝn + sadā 連接而成。

dātṝn 是陽性名詞 dātṛ（施予者）的對格眾數。

sadā 解作：時常。

sevante 是動詞語根√sev（服侍／讚美）的第三身眾數。

devā 原本是 devāḥ，因連聲而失去-ḥ（見第五課 d.）。

devāḥ 是陽性名詞 deva（神祇）的主格／呼格眾數。

iti 的用法見第九課 II.。

pustake 是中性名詞 pustakam（書）的主格／對格／呼格雙數或處格單數。

brāhmaṇo ’paṭhat 由 brāhmaṇaḥ + apaṭhat 連聲組成（見第五課 b.）。

brāhmaṇaḥ 是陽性名詞 brāhmaṇa（婆羅門）的主格單數。

apaṭhat 是動詞語根√paṭh（讀）的第三身單數半過去主動式。

在本句中，pustake 應作處格，而 devā 應作主詞，因為 dātṝn 是對格（受詞）。

全句：婆羅門朗讀書中所說：「神祇們時常讚美施予者們。」

7. rājño bhrātuḥ putrā vṛkṣasya cchāyāyāmupāviśanmṛgasya kathāmapaṭhaṃśca.

rājño 原本是 rājñaḥ，因連聲，-aḥ 變成-o（見第五課 a.）。

rājñaḥ 是陽性名詞 rājan（國王）的奪格／屬格單數或對格眾數。

bhrātuḥ 是陽性名詞 bhrātṛ（兄弟）的奪格／屬格單數。

putrā 原本是 putrāḥ，因連聲而失去-ḥ（見第五課 d.）。

putrāḥ 是陽性名詞 putra（兒子）的主格／呼格眾數。

vṛkṣasya 是陽性名詞 vṛkṣa（樹）的屬格單數。

cchāyāyāmupāviśanmṛgasya 由 chāyāyām + upāviśan + mṛgasya 連聲組成（見第六課 III.c.）。

chāyāyām 是陰性名詞 chāyā（影）的處格單數。

upāviśan 是動詞語根 upa-√viś（坐）的第三身眾數半過去主動式。

mṛgasya 是陽性名詞 mṛga（鹿／野獸）的屬格單數。

kathāmapaṭhaṃśca 由 kathām + apaṭhan + ca 連聲組成（見第六課 I.c.）。

kathām 是陰性名詞 kathā（故事）的對格單數。

apaṭhan 是動詞語根√paṭh（讀）的第三身眾數半過去主動式。

ca 解作：與。

在本句中，rājñaḥ 應作屬格，bhrātuḥ 作屬格，putrāḥ 作主詞。

全句：國王的兄弟的兒子們坐在樹的陰影處，閱讀有關鹿的故事。

8. dharmasyārayo ’naśyanyuddha iti rājñaḥ kavayo ’vadan.

dharmasyārayo ’naśyanyuddha 由 dharmasya + arayaḥ + anaśyan + yuddhe 連聲組成（見第四課 a.，第五課 b.，第四課 f.）。

dharmasya 是陽性名詞 dharma（正義／法）的屬格單數。

arayaḥ 是陽性名詞 ari（敵人）的主格眾數。

anaśyan 是動詞語根√naś（死／消失）的第三身眾數半過去主動式。

yuddhe 是中性名詞 yuddham（戰爭）的處格單數或主格／對格／呼格雙數。

iti 的用法見第九課 II.。

rājñaḥ 是陽性名詞 rājan（國王）的奪格／屬格單數或對格眾數。

kavayo ’vadan 由 kavayaḥ + avadan 連聲組成（見第五課 b.）。

kavayaḥ 是陽性名詞 kavi（詩人）的主格眾數。

avadan 是動詞語根√vad（說）的第三身眾數半過去主動式。

在本句中，由於 kavayaḥ 是主格，rājñaḥ 應作受詞（對格），而 yuddhe 應作處格。

全句：詩人們對國王們說：「真理的敵人們在戰爭中死去。」

9. mātā putraṃ nagaramānayattatra ca nyavasat.

mātā 是陰性名詞 mātṛ（母）的主格單數。

putraṃ 是陽性名詞 putra 的對格單數。

nagaramānayattatra 由 nagaram + ānayat + tatra 連接組成。

nagaram 是中性名詞 nagaram（城鎮）的主格／對格單數，在本句中應作受詞（對格）。

ānayat 是動詞語根 ā-√nī（攜帶）的第三身單數半過去主動式。

tatra 解作：那處。

ca 解作：與。

nyavasat 是動詞語根 ni-√vas（居住）的第三身單數半過去主動式。

全句：母親把兒子帶到城鎮，並在那處居住下來。

10. kavīnāṃ pustakeṣu putrāḥ sadā pitarau sevante manuṣyāṇāṃ loke tu kadā cidevetyācāryaḥ śiṣyānavadat.

kavīnāṃ 是陽性名詞 kavi（詩人）的屬格眾數。

pustakeṣu 是中性名詞 pustakam（書）的處格眾數。

putrāḥ 是陽性名詞 putra（兒子）的主格／呼格眾數，在本句中應作主詞，因為 pitarau 是受詞。

sadā 解作：時常。

pitarau 是陽性名詞 pitṛ（父／父母）的對格雙數。

sevante 是動詞語根√sev（服侍／讚美）的第三身眾數。

manuṣyāṇāṃ 是陽性名詞 manuṣya（人）的屬格眾數，其中-n-因內連聲變成-ṇ-（見第六課 III.a.）。

loke 是陽性名詞 loka（世界／人類）的處格單數。

tu 解作：但是。

cidevetyācāryaḥ śiṣyānavadat 由 cit + eva + iti + ācāryaḥ 連聲組成（見第六課 II.a.，第四課 b.，第四課 f.）。

kadā cit 解作：有時（見第八課 II.）。

eva 解作：只是。

iti 的用法見第九課 II.。

ācāryaḥ 是陽性名詞 ācārya（老師）的主格單數。

śiṣyānavadat 由 śiṣyān + avadat 連接而成。

śiṣyān 是陽性名詞 śiṣya（學生）的對格眾數。

avadat 是動詞語根√vad（說）的第三身單數半過去主動式。

全句：老師對學生們說：「在詩人們的書中，兒子時常服侍父母，但在人類的世界中，只是有時而已。」

11. rājannaraya idānīmāgacchantītyavadadbrāhmaṇaḥ.

rājannaraya 由 rājan + arayaḥ 連聲組成（見第六課 I.d.，第五課 c.）。

rājan 是陽性名詞 rajan（國王）的呼格單數。

arayaḥ 是陽性名詞 ari（敵人）的主格眾數。

idānīmāgacchantītyavadadbrāhmaṇah 由 idānīm + āgacchanti + iti + avadat + brāhmaṇaḥ 連聲組成（見第四課 a.,d.，第六課 II.a.）。

idānīm 解作：現在。

āgacchanti 是動詞語根 ā-√gam（來）的第三身眾數。

iti 的用法見第九課 II.。

avadat 是動詞語根√vad（說）的第三身單數半過去主動式。

brāhmaṇaḥ 是陽性名詞 brāhmaṇa（婆羅門）的主格單數。

全句：婆羅門說：「國王啊！敵人們現在來了。」

12. lokasya pitarāvumā śivaśceti kālidāsasya pustake śiṣyo ’paṭhat.

lokasya 是陽性名詞 loka（世界／人類）的屬格單數。

pitarāvumā 由 pitarau + umā 連聲組成（見第四課 g.）。

pitarau 是陽性名詞 pitṛ（父／父母）的主格／對格雙數，本句中作主詞。

umā 是陰性專有名詞 umā（烏麻，濕婆的妻子）的主格形式。

śivaśceti 由 śivaḥ + ca + iti 連聲組成（見第五課 f.，第四課 b.）。

śivaḥ 是陽性專有名詞 śiva（濕婆）的主格單數。

ca 解作：與。

iti 的用法見第九課 II.。

kālidāsasya 是專有名詞 kālidāsa〔卡里達沙（人名）〕的屬格單數。

pustake 是中性名詞 pustakam（書）的處格單數或主格／對格／呼格雙數，在本句中作處格。

śiṣyo 'paṭhat 由 śiṣyaḥ + apaṭhat 連聲組成（見第五課 b.）。

śiṣyaḥ 是陽性名詞 śiṣya（學生）的主格單數。

apaṭhat 是動詞語根√paṭh（讀）的第三身單數半過去主動式。

全句：學生所讀的卡里達沙的書中說：「世界的父母是烏麻和濕婆。」

## 第十二課

1. sa rājārīnajayatte ca tasmādgirerapatannanaśyaṃśca.

   sa 原本是 saḥ，由於連聲，在子音前要失去-s/-ḥ（見十二課末段）。

   saḥ 是代名詞 sa（他）的陽性主格單數。

   rājārīnajayatte 由 rājā + arīn + ajayat + te 連聲組成（見第四課 a.）。

   rājā 是陽性名詞 rājan（國王）的主格單數。

   arīn 是陽性名詞 ari（敵人）的對格眾數。

   ajayat 是動詞語根√ji（征服）的第三身單數半過去主動式。

   te 有幾種可能意思，包括：tvam（你）的為格／屬格單數；sa（他）的陰性主格／對格雙數，陽性主格眾數，或中性主格／對格雙數。在本句中應作 arīn 的代名詞，應為眾數，故作 sa 的陽性主格眾數。

   ca 解作：與。

   tasmādgirerapatannanaśyaṃśca 由 tasmāt + gireḥ + apatan + anaśyan + ca 連聲組成（見第六課 II.a.，第五課 g.，第六課 I.d.，第六課 I.c.）。

   tasmāt 解作：所以。

   gireḥ 是陽性名詞 giri（山）的奪格／屬格單數，在本句中應作屬格。

   apatan 是動詞語根√pat（跌）的第三身眾數半過去主動式。

   anaśyan 是動詞語根√naś（死）的第三身眾數半過去主動式。

   ca 解作：與。

   全句：那國王戰勝了敵人們，他們從山上跌下死了。

2. sa manuṣyo gaṅgāyā jalamapibaddevānāṃ lokamalabhata ca.

   sa 原本是 saḥ，由於連聲，在子音前要失去-s/-ḥ（見十二課末段）。

   saḥ 是代名詞 sa（他）的陽性主格單數。

   manuṣyo 原本是 manuṣyaḥ，因連聲-aḥ 變成-o（見第五課 a.）。

   manuṣyaḥ 是陽性名詞 manuṣya（人）的主格單數。

   gaṅgāyā 原本是 gaṅgāyāḥ 因連聲而失去-ḥ（見第五課 ḍ.）。

   gaṅgāyāḥ 是陽性專有名詞 gaṅgāī（恆河）的奪格／屬格單數，在本句應作屬格。

jalamapibaddevānāṃ 由 jalam + apibat + devānāṃ 連聲組成（見第六課 II.a.）。

jalam 是中性名詞 jalam（水）的主格／對格單數，在本句應作對格。

apibat 是動詞語根√pā（飲）的第三身單數半過去主動式。

devānāṃ 是陽性名詞 deva（神祇）的屬格眾數。

Lokamalabhata 由 lokam + alabhata 連接而成。

lokam 是陽性名詞 loka（世界）的對格單數。

alabhata 是動詞語根√labh（獲得）的第三身單數半過去中間式。

ca 解作：與。

全句：那人飲了恆河的水，並達致了神祇的世界。

3. rājñaḥ sakāśādbrāhmaṇa āgacchatputrāya ca pustakānyayacchat.

rājñaḥ 是陽性名詞 rājan（國王）的奪格／屬格單數，在本句中應作屬格。

sakāśādbrāhmaṇa 由 sakāśāt + brāhmaṇaḥ 連聲組成（見第六課 II.a.，第五課 c.）。

sakāśāt 是陽性名詞 sakāśa（附近／周圍）的奪格單數。

brāhmaṇaḥ 是陽性名詞 brāhmaṇa（婆羅門）的主格單數。

āgacchatputrāya 由 āgacchat + putrāya 連接而成。

āgacchat 是動詞語根 ā-√gam（來）的第三身單數半過去主動式。

putrāya 是陽性名詞 putra（兒子）的為格單數。

ca 解作：與。

pustakānyayacchat 由 pustakāni + ayacchat 連聲組成（見第四課 d.）。

pustakāni 是中性名詞 pustakam（書）的主格／對格／呼格眾數，在本句中應作對格。

ayacchat 是動詞語根√yam（生產／給）的第三身單數半過去主動式。

全句：婆羅門由國王處來，把書本送給兒子。

4. ahaṃ hi rājā, mama sakāśe brāhmaṇā api tiṣṭhantītyavadattavāririti brāhmaṇo rājānamavadat.

ahaṃ 是代名詞 aham（我）的主格單數。

hi 是連接詞，解作：為了。

rājā 是陽性名詞 rājan（國王）的主格單數。

mama 是代名詞 aham（我）的屬格單數，解作：我的。

sakāśe 是陽性名詞 sakāśa（附近）的處格單數。

brāhmaṇā 原本是 brāhmaṇāḥ，因連聲而失去-ḥ（見第五課 ḍ.）。

api 解作：即使。

tiṣṭhantītyavadattavāririti 由 tiṣṭhanti + iti + avadat + tava + ariḥ + iti 連聲組成（見第四課 a.，第四課 d.，第四課 a.，第五課 g.）。

tiṣṭhanti 是動詞語根√sthā（站）的第三身眾數。

iti 的用法見第九課 II.。

avadat 是動詞語根√vad（說）的第三身單數半過去主動式。

tava 是代名詞 tvam（你）的屬格單數。

ariḥ 是陽性名詞 ari（敵人）的主格單數。

brāhmaṇo 原本是 brāhmaṇaḥ 因連聲-aḥ 變成-o（見第五課 a.）。

brāhmaṇaḥ 是陽性名詞 brāhmaṇa（婆羅門）的主格單數。

rājānamavadat 由 rājānam + avadat 連接而成。

rājānam 是陽性名詞 rājan（國王）的對格單數。

avadat 是動詞語根√vad（說）的第三身單數半過去主動式。

全句：婆羅門對國王說：「你的敵人說：『因為我是國王，就算婆羅門們也站在我的身邊。』」

5. nāham tava patnīti damayantī taṃ śūdraṃ bhayādavadat.

nāham 由 na + aham 連聲組成（見第四課 a.）。

na 解作：否。

aham 是代名詞 aham（我）的主格單數。

tava 是代名詞 tvam（你）的屬格單數。

patnīti 由 patnī + iti 連聲組成（見第四課 a.）。

patnī 是陰性名詞 patnī（妻子）的主格單數。（亦可能是呼格單數 patni，但在這裏意思不配合。）
iti 的用法見第九課 II.。
damayantī 是陰性專有名詞 damayantī（音譯：達瑪曳蒂）的主格單數。
taṃ 是代名詞 sa（他）的陽性對格單數。
śūdraṃ 是陽性名詞 śūdra（首陀）的對格單數。
bhayādavadat 由 bhayāt + avadat 連聲組成（見第六課 II.a.）。
bhayāt 是中性名詞 bhayam（恐懼）的奪格單數。
avadat 是動詞語根√vad（說）的第三身單數半過去主動式。
全句：達瑪曳蒂恐懼地對首陀說：「我不是你的妻子。」

6. tvadbhayānmanuṣyā yuddhe na naśyanti gṛheṣu tu tiṣṭhantyevetyapaṭhadrājñaḥ sakāśe kaviḥ.
tvadbhayānmanuṣyā 由 tvat + bhayān + manuṣyāḥ 連聲組成（見第六課 II.a.，第五課 d.）。
tvat 是代名詞 tvam（你）的屬格單數。
bhayān 是中性名詞 bhayam（恐懼）的對格眾數。
manuṣyāḥ 是陽性名詞 manuṣya（人）的主格／呼格眾數，在本句中應作主詞。
yuddhe 是中性名詞 yuddham（戰爭）的處格單數。
na 解作：否。
naśyanti 是動詞語根√naś（死／消失）的第三身眾數。
gṛheṣu 是中性名詞 gṛham（屋）的處格眾數。
tu 解作：但是。
tiṣṭhantyevetyapaṭhadrājñaḥ 由 tiṣṭhanti + eva + iti + apaṭhat + rājñaḥ 連聲組成（見第四課 d.，第四課 b.，第四課 d.，第六課 II.a.）。
tiṣṭhanti 是動詞語根√sthā（站）的第三身眾數。
eva 解作：只是。
iti 的用法見第九課 II.。
apaṭhat 是動詞語根√paṭh（讀）的第三身單數半過去主動式。

rājñaḥ 是陽性名詞 rājan（國王）的奪格／屬格單數，在本句應作屬格。

sakāśe 是陽性名詞 sakāśa（附近）的處格單數。

kaviḥ 是陽性名詞 kavi（詩人）的主格單數。

全句：詩人在國王面前朗讀：「在戰爭中，人們對你的恐懼沒有消失，總是留在家中。」

7. vṛkṣe pahlānīva tasya pituḥ putrā avardhanta.

vṛkṣe 是陽性名詞 vṛkṣa（樹）的處格單數。

pahlānīva 由 phalāni + iva 連聲組成（見第四課 a.）。

phalāni 是中性名詞 phalam（果實）的主格／對格／呼格眾數，在本句作主詞。

iva 解作：如同（用法見第十二課生字彙）。

tasya 是代名詞 sa（他）的陽性屬格單數。

pituḥ 是陽性名詞 pitr（父／父母）的奪格／屬格單數，在本句應作屬格。

putrā 原本是 putrāḥ，因連聲失去-ḥ（見第五課 d.）。

putrāḥ 是陽性名詞 putra（兒子）的主格／呼格眾數，在本句作主詞。

avardhanta 是動詞語根√vṛdh（生長）的第三身眾數半過去中間式。

全句：那個父親的兒子們成長了，如同樹上的果實。

8. rājñaḥ patnīva śūdrasya patnyapyagnāvanaśyat.

rājñaḥ 是陽性名詞 rājan（國王）的奪格／屬格單數，在本句中應作屬格。

patnīva 由 patnī（或 patni）+ iva 連聲組成（見第四課 a.）。

patnī 是陰性名詞 patnī（妻子）的主格單數（亦可能是 patni 呼格單數，但在本句中意思不配合）。

iva 解作：如同。

śūdrasya 是陽性名詞 śūdra（首陀）的屬格單數。

patnyapyagnāvanaśyat 由 patnī（或 patni）+ api + agnau + anaśyat 連聲組成（見第四課 d.，第四課 d.，第四課 g.）。

patnī 是陰性名詞 patnī（妻子）的主格單數（亦可能是 patni 呼格單數，但在本句中意思不配合）。

api 解作：即使。

agnau 是陽性名詞 agni（火）的處格單數。

anaśyat 是動詞語根√naś（死）的第三身單數半過去主動式。

全句：首陀的妻子在火災中死去了，就如同國王的妻子那樣。

9. mātuste sakāśādahaṃ tatphalamānayāmīti mama patnīmavadatsa kaviḥ.

mātuste 由 mātuḥ + te 連聲組成（見第五課 f.）。

mātuḥ 是陰性名詞 mātṛ（母）的奪格／屬格單數。

te 是代名詞 tvam（你）的為格／屬格單數，或是代名詞 sa（他）的陰性主格／對格雙數或中性主格／對格雙數，在本句應作屬格，解作：你的。

sakāśādahaṃ 由 sakāśāt + aham 連聲組成（見第六課 II.a.）。

sakāśāt 是陽性名詞 sakāśa（附近）的奪格單數。

aham 是代名詞 aham（我）的主格單數。

tatphalamānayāmīti 由 tat + phalam + ānayāmi + iti 連聲組成（見第四課 a.）。

tat 是代名詞 sa（他）的中性主格／對格單數，在這裏作受詞（對格）。

phalam 是中性名詞 phalam（果實）的主格／對格單數，有這裏作受詞（對格）。

ānayāmi 是動詞語根 ā-√nī（攜帶）的第一身單數。

iti 的用法見第九課 II.。

mama 是代名詞 aham（我）的屬格單數。

patnīmavadatsa 由 patnīm + avadat + sa 連接而成。

patnīm 是陰性名詞 patnī（妻子）的對格單數。

avadat 是動詞語根√vad（說）的第三身單數半過去主動式。

sa 原本是 saḥ，由於連聲，在子音前要失去-s/-ḥ（見十二課末段）。

saḥ 是代名詞 sa（他）的陽性主格單數。

kaviḥ 是陽性名詞 kavi（詩人）的主格單數。

全句：那詩人對我的妻子說：「我把這果實從你的母親處帶來了。」

10. tavārīṇāṃ kīrtayasteṣāṃ kavīnām mukheṣveva vartante.

tavārīṇāṃ 由 tava + arīṇāṃ 連聲組成（見第四課 a.）。

tava 是代名詞 tvam（你）的屬格單數。

arīṇāṃ 是陽性名詞 ari（敵人）的屬格眾數，其中的-n-因內連聲變成了-ṇ-（見第六課 III.a.）。

kīrtayasteṣāṃ 由 kīrtayaḥ + teṣāṃ 連聲組成（見第五課 f.）。

kīrtayaḥ 是陰性名詞 kīrtī（光榮）的主格眾數。

teṣāṃ 是代名詞 sa（他）的陽性屬格眾數。

kavīnām 是陽性名詞 kavi（詩人）的屬格眾數。

mukheṣveva 由 mukheṣu + eva 連聲組成（見第四課 d.）。

mukheṣu 是中性名詞 mukham（面／口）的處格眾數。

eva 解作：只是。

vartante 是動詞語根√vṛt（在／有）的第三身眾數。

全句：你的敵人們的光榮，只是在詩人們的口中。

11. gajasya cchāyāmapaśyadrājā giriḥ patatītyamanyata ca.

gajasya 是陽性名詞 gaja（象）的屬格單數。

cchāyāmapaśyadrājā 由 chāyām + apaśyat + rājā 連聲組成（見第六課 III.c.，第六課 II.a.）。

chāyām 是陰性名詞 chāyā（影）的對格單數。

apaśyat 是動詞語根√paś（見）的第三身單數半過去主動式。

rājā 是陽性名詞 rājan（國王）的主格單數。

giriḥ 是陽性名詞 giri（山）的主格單數。

patatītyamanyata 由 patati + iti + amanyata 連聲組成（見第四課 a.,d.）。

patati 是動詞語根√pat（跌）的第三身單數半過去中間式。

iti 的用法見第九課 II.。

amanyata 是動詞語根√man（想）的第三身單數半過去中間式。

ca 解作：與。

全句：國王看見象的影子，並這樣想：「山要倒下來。」

12. na kadāpi śūdrānāṃ sakāśe jalaṃ pibāmīti brāhmaṇastānvaṇijo ’vadat.

na kadāpi 解作：從不。

śūdrānāṃ 是陽性名詞 śūdra（首陀）的屬格眾數。

sakāśe 是陽性名詞 sakāśa（附近）的處格單數。

jalaṃ 是中性名詞 jalam（水）的主格／對格單數，這裏應作受詞（對格）。

pibāmīti 由 pibāmi + iti 連聲組成（見第四課 a.）。

pibāmi 是動詞語根√pā（飲）的第一身單數。

iti 的用法見第九課 II.。

brāhmaṇastānvaṇijo ’vadat 由 brāhmaṇaḥ + tān + vaṇijaḥ + avadat 連聲組成（第五課 f.,b.）。

brāhmaṇaḥ 是陽性名詞 brāhmaṇa（婆羅門）的主格單數。

tān 是代名詞 sa（他）的陽性對格眾數。

vaṇijaḥ 是陽性名詞 vaṇij（商人）的奪格／屬格單數，或對格眾數，這裏應作受詞（對格眾數）。

avadat 是動詞語根√vad（說）的第三身單數半過去主動式。

全句：婆羅門對那些商人說：「我從不在首陀面前飲水。」

## 第十三課

1. yo vaṇigvāpyā jalaṃ pibati sa mama pathnyābhrātā.
   yo 原本是 yaḥ 因連聲，-aḥ 變成-o（五 a.）。
   yaḥ 是關係代名詞 ya（該個）的陽性主格單數。
   vaṇigvāpyā 由 vaṇik + vāpyāḥ 連聲組成（十 III.在有聲音之前-k 變成-g，五 d.）。
   vaṇik 是陽性名詞 vaṇij（商人）的主格單數。
   vāpyāḥ 是陰性名詞 vāpī（水槽）的奪格／屬格單數，在本句，兩者皆通。
   jalaṃ 是中性名詞 jalam（水）的主格／對格單數，在本句作受詞（對格）。
   pibati 是動詞語根√pā（飲）的第三身單數。
   sa 原本是 saḥ，在子音前失去-s/-ḥ。
   saḥ 是對應於 ya 的相關關係代名詞 sa（那個）的陽性主格單數。
   mama 是代名詞 aham（我）的屬格單數。
   pathnyābhrātā 由 patnyāḥ + bhrātā 連聲組成（五 d.）。
   patnyāḥ 是陰性名詞 patnī（妻子）的奪格／屬格單數，在本句應作屬格。
   bhrātā 是陽性名詞 bhrātṛ（兄弟）的主格單數。
   全句：該個飲水槽的水的商人，他是我的妻子的兄弟。
   　　　或：該個從水槽飲水的商人，他是我的妻子的兄弟。
2. yānānayanrājño 'śvāstai rathairyuddhe 'jayankṣatriyāḥ.
   yānānayanrājño 'śvāstai 由 yān + ānayan + rājñaḥ + aśvāḥ + tai 連聲組成（五 b.，五 f.）。
   yān 是關係代名詞 ya（該個）的陽性對格眾數。
   ānayan 是動詞語根 ā-√nī（攜帶）的第三身眾數半過去主動式。
   rājñaḥ 是陽性名詞 rājan（國王）的奪格／屬格單數，在本句應作屬格。
   aśvāḥ 是陽性名詞 aśva（馬）的主格／呼格眾數，在本句作主詞。
   tai 原本是 taiḥ，-ḥ/-s 在有聲子音之前變成-r（五 g.），再由於與後一字的首字母 r-相接而消失（五 h.）。

taiḥ 是對應於 ya 的相關關係代名詞 sa（那人）的陽性具格眾數。

rathairyuddhe ’jayankṣatriyāḥ 由 rathaiḥ + yudde + ajayan + kṣatriyāḥ 連聲組成（五 g.，四 e.）。

rathaiḥ 是陽性名詞 ratha（戰車）的具格眾數。

yudde 是中性名詞 yuddam（戰爭）的處格單數。

ajayan 是動詞語根√ji（征服）的第三身眾數半過去主動式。

kṣatriyāḥ 是陽性名詞 kṣatriya（剎帝利）的主格／呼格眾數，在本句作主詞。

全句：剎帝利運用國王的馬群帶來的戰車群，在戰爭中獲勝。

3. yāni yāni devasya nāmāni tāni sarvāṇyapaṭhadbrāhmaṇaḥ.

yāni 是關係代名詞 ya（該人）的中性對格眾數。

yāni yāni 解作：無論何人。

devasya 是陽性名詞 deva（神祇）的屬格單數。

nāmāni 是中性名詞 nāman（名稱）的主格／對格眾數，在本句作受詞。

tāni 是對應於 ya 的相關關係代名詞 sa（那人）的中性主格／對格眾數，在本句作受詞。

sarvāṇyapaṭhadbrāhmaṇaḥ 由 sarvāni + apaṭhat + brāhmaṇaḥ 連聲組成（六 III.a.，四 d.，六 II.a.）。

sarvāni 是 sarva（每個／全部）的中性主格／對格眾數，在本句作受詞。

apaṭhat 是動詞語根√paṭh（讀）的第三身單數半過去主動式。

brāhmaṇaḥ 是陽性名詞 brāhmaṇa（婆羅門）的主格單數。

全句：凡是神祇的名稱，婆羅門都讀出來了。

4. yadyapi sarve kṣatriyā anaśyaṃstasminyuddhe tathāpyajayāmetyamanyata rājā.

yadyapi 是關係詞，解作：即使。〔梵文中的名詞（包括代名詞）與形容詞都有三性與八格之分，yadyapi 則不屬此類。〕

sarve 是 sarva（每個／全部）的陰性主格／對格雙數，陽性主格眾數，或中性主格／對格雙數。在本句應指 kṣatriyāḥ，故應作陽性主格眾數。

kṣatriyā 原本是 kṣatriyāḥ，因連聲失去-ḥ（五 d.）。
kṣatriyāḥ 是陽性名詞 kṣatriya（剎帝利）的主格／呼格眾數，在本句作主詞。
anaśyaṃstasminyuddhe 由 anaśyan + tasmin + yuddhe 連聲組成（六 d.）。
anaśyan 是動詞語根√naś（死）的第三身眾數半過去主動式。
tasmin 是代名詞 sa（他）的陽性處格單數。
yuddhe 是中性名詞 yuddham（戰爭）的處格單數。
tathāpyajayāmetyamanyata 由 tathāpi + ajayāma + iti + amanyata 連聲組成（四 d.，四 b.，四 d.）。
tathāpi 是相應於 yadyapi 的相關關係詞，解作：仍然。
ajayāma 是動詞語根√ji（征服）的第一身眾數半過去主動式。
iti 的用法見第九課 II.。
amanyata 是動詞語根√man（想）的第三身單數半過去中間式。
rājā 是陽性名詞 rājan（國王）的主格單數。
全句：國王這樣想：「即使全部剎帝利都在這戰爭中死去，我們仍然是勝利了。」

5. ye rājāno dharmaṃ na sevante te sarve ’sminyuddhe ’naśyanniti kaviravadat.
ye 是關係代名詞 ya（該人）的陰性主格／對格雙數，陽性主格眾數，或中性主格／對格雙數。在本句中指 rājānaḥ，故應作陽性主格眾數。
rājāno 原本是 rājānaḥ，因連聲-aḥ 變成-o（五 a.）。
dharmaṃ 是陽性名詞 dharma（正義／法）的對格單數。
na 解作：否。
sevante 是動詞語根√sev（服侍／讚美）的第三身眾數。
te 是相應於 ya 的相關關係代名詞 sa（那人）的陰性主格／對格雙數，陽性主格眾數，或中性主格／對格雙數。在本句應作陽性主格眾數。
sarve ’sminyuddhe ’naśyanniti 由 sarve + asmin + yuddhe + anaśyan + iti 連聲組成（四 e.，六 I.d.）。
sarve 是 sarva（每個／全部）的陰性主格／對格雙數，陽性主格眾數，或中性主格／對格雙數。在本句應作陽性主格眾數。

asmin 是代名詞 ayam（我）的處格單數。

yuddhe 是陰性名詞 yuddham（戰爭）的處格單數。

anaśyan 是動詞語根√naś（死）的第三身眾數半過去主動式。

iti 的用法見第九課 II.。

kaviravadat 由 kavih + avadat 連聲組成（五 g.）。

kavih 是陽性名詞 kavi（詩人）的主格單數。

avadat 是動詞語根√vad（說）的第三身單數半過去主動式。

全句：詩人說：「不順從正義的國王們都在這戰爭中死去了。」

6. ayaṃ me grāma idaṃ ca me gṛhamityavadadatithiṃ śūdraḥ.

ayaṃ 是關係代名詞 ayam（這個）的陽性主格單數。

me 是代名詞 aham（我）的屬格單數。

grāma 原本是 grāmaḥ，因連聲失去-ḥ（五 d.）。

grāmaḥ 是陽性名詞 grāma（村）的主格單數。

idaṃ 是關係代名詞 ayam（這個）的中性主格／對格單數，在本句作主詞。

ca 解作：與。

me 是代名詞 aham（我）的屬格單數。

gṛhamityavadadatithiṃ 由 gṛham + iti + avadat + aththiṃ 連聲組成（四 d.，六 II.a.）。

gṛham 是中性名詞 grham（屋／家）的主格／對格單數，在本句作主詞。

iti 的用法見第九課 II.。

avadat 是動詞語根√vad（說）的第三身單數半過去主動式。

aththiṃ 是陽性名詞 atithi（客人）的對格單數。

śūdraḥ 是陽性名詞 śūdra（首陀）的主格單數。

全句：首陀對客人說：「這是我的村，這是我的家。」

7. ye loke kīrtimalabhanta ye ca kavīnāṃ vākṣvaviśaṃste sarve ’naśyanna cāsmiṃl loka idānīṃ vartante.

ye 是關係代名詞 ya（該人）的陰性主格／對格雙數，陽性主格眾數，或中性主格／對格雙數。在本句中作主詞（主格眾數）。

loke 是陽性名詞 loka（世界／人類）的處格單數。

kīrtimalabhanta 由 kīrtim + alabhanta 連接而成。

kīrtim 是陰性名詞 kīrti（光榮）的對格單數。

alabhanta 是動詞語根√labh（獲得）的第三身眾數半過去中間式。

ye 是關係代名詞 ya（該人）的陰性主格／對格雙數，陽性主格眾數，或中性主格／對格雙數。在本句中作主詞（主格眾數）。

ca 解作：與。

kavīnāṃ 是陽性名詞 kavi（詩人）的屬格眾數。

vākṣvaviśaṃste 由 vākṣu + aviśan + te 連聲組成（四 d.，六 I.c.）。

vākṣu 其中的-s-舌音化成為-ṣ-。vākṣu 是陰性名詞 vāc（說話）的處格眾數。

aviśan 是動詞語根√viś（進入）的第三身眾數半過去主動式。

te 是相應於 ya 的相關關係詞 sa（那人）的陰性主格／對格雙數，陽性主格眾數，或中性主格／對格雙數。在本句中跟 ye 一樣作主格眾數。

sarve 'naśyanna 由 sarve + anaśyat + na 連聲組成（四 e.，六 II.d.）。

sarve 是 sarva（每個／全部）的陰性主格／對格雙數，陽性主格眾數，或中性主格／對格雙數。在本句作陽性主格眾數。

anaśyat 是動詞語根√naś（死）的第三身單數半過去主動式。

na 解作：否。

cāsmiṃl 由 ca + asmin 連聲組成（四 a.，六 II.b.）。

ca 解作：與。

asmin 是關係代名詞 ayam（這個）的陽性處格單數。

loka 原本是 lokaḥ，因連聲失去-ḥ（五 c.）。

lokaḥ 是陽性名詞 loka（世界／人類）的主格單數。

idānīṃ 解作：現在。

vartante 是動詞語根√vṛt（在／有）的第三身眾數。

全句：那些獲得榮耀並進入詩人的說話中的人們全部都死去了，現在在這個世界中不存在。

8. yebhyo yebhyo giribhyo nadyaḥ patanti tāṃstānmṛgāḥ sevante.

yebhyo yebhyo 原本是 yebhyaḥ yebhyaḥ，因連聲-aḥ 變成-o（五 a.）。

yebhyaḥ 是關係代名詞 ya（該人／個）的陽性為格／奪格眾數，重複則表示極不肯定，意思是：無論誰人／哪個。在本句中指的是 giri（山），應解作：無論哪個，作奪格用。

giribhyo 原本是 giribhyaḥ，因連聲-aḥ 變成-o（五 a.）。

giribhyaḥ 是陽性名詞 giri（山）的為格／奪格眾數，在本句應作奪格。

nadyaḥ 是陰性名詞 nadi（河）的主格眾數。

patanti 是動詞語根√pat（跌）的第三身眾數。

tāṃstānmṛgāḥ 由 tān + tān + mṛgāḥ 連聲組成（六 I.c.）。

tān 是跟 ya 對應的相關關係代名詞 sa（那人）的陽性對格眾數，重複則表示極不肯定，意思是：無論誰人。

mṛgāḥ 是陽性名詞 mṛga（鹿）的主格／呼格眾數，在本句作主詞。

sevante 是動詞語根√sev（服侍／讚美）的第三身眾數。

全句：無論哪座山，只要有河流下，鹿都在其中聚集起來。（sevante 本是供奉之意，此處直譯是對山供奉，即聚集之意。）

9. yadā yadācāryaḥ śiṣyāṇāṃ sakāśe tiṣṭhati tadā te 'pi tiṣṭhantītyapaśyadvaṇijaḥ putraḥ.

yadā 是關係詞，解作：即使／縱使。

yadācāryaḥ 由 yadā + ācāryaḥ 連聲組成（四 a.）。

yadā yadā 表示極不肯定之意，意思近於：無論如何。

ācāryaḥ 是陽性名詞 ācārya（老師）的主格單數。

śiṣyāṇāṃ 是陽性名詞 śiṣya（學生）的屬格眾數，其中-n-因內連聲而舌音化成為-ṇ-（六 III.a.）。

sakāśe 是陽性名詞 sakāśa（附近）的處格單數。

tiṣṭhati 是動詞語根√stha（站立）的第三身單數。

tadā 是相應於 yadā 的相關關係詞，解作：便。

te 'pi 由 te + api 連聲組成（四 e.）。

te 是代名詞 sa（他）的陰性主格／對格雙數，陽性主格眾數，或中性主格／對格雙數。在本句作陽性主格眾數。

api 解作：即使。

tiṣṭhantītyapaśyadvaṇijaḥ 由 tiṣṭhanti + iti + apaśyat + vaṇijaḥ 連聲組成（四 a.，四 d.，六 II.a.）。

tiṣṭhanti 是動詞語根√stha（站立）的第三身眾數。

iti 的用法見第九課 II.。

apaśyat 是動詞語根√paś（見）的第三身單數半過去主動式。

vaṇijaḥ 是陽性名詞 vaṇij（商人）的對格眾數或奪格／屬格單數，在本句應作屬格。

putraḥ 是陽性名詞 putra（兒子）的主格單數。

全句：商人的兒子曾見過，每當師站在學生們面前，學生們都站立起來。

10. yeṣāṃ manuṣyāṇāṃ putrā jāyante teṣāṃ dharmo 'pi vardhate.

yeṣāṃ 是關係代名詞 ya（該個）的屬格囚數。

manuṣyāṇāṃ 是陽性名詞 manuṣya（人）的屬格眾數，其中的-n-因內連聲變成-ṇ-（六 III.a.）。

putrā 原本是 putrāḥ，因連聲失去-ḥ（五 d.）。

putrāḥ 是陽性名詞 putra（兒子）的主格／呼格眾數，在本句中作主詞。

jāyante 是動詞語根√jan（出生）的第三身眾數。

teṣāṃ 是跟 ya 相應的相關關係代名詞 sa（他）的陽性屬格眾數，本解作：他們的。在這裏可解作：對於他們來說。

dharmo 'pi 由 dharmaḥ + api 連聲組成（五 b.）。

dharmaḥ 是陽性名詞 dharma（法／正義）的主格單數。

api 解作：即使。

vardhate 是動詞語根√vṛdh（生長）的第三身單數。

全句：那些人們的兒子出生，對於他們來說，正義也跟著生長。

11. yebhyaḥ kavibhyaḥ sa gajānaśvāṃśca yacchati te sarve taṃ rājānaṃ śaṃsanti.

yebhyaḥ 是關係代名詞 ya（該個）的陽性為格／奪格眾數，在本句作為格。

kavibhyaḥ 是陽性名詞 kavi（詩人）的為格／奪格眾數，在本句作為格。

sa 原本是 saḥ，在子音前失去-ḥ（十二末段）。

saḥ 是代名詞 sa（他）的陽性主格單數。

gajānaśvāṃśca 由 gajān + aśvān + ca 連聲組成（六 I.c.）。

gajān 是陽性名詞 gaja（象）的對格眾數。

aśvān 是陽性名詞 aśva（馬）的對格眾數。

ca 解作：與。

yacchati 是動詞語根√yam（生產／給）的第三身單數。

te 是代名詞 sa（他）的陰性主格／對格雙數，陽性主格眾數，或中性主格／對格雙數。在本句作陽性主格眾數。

sarve 是 sarva（每個／全部）的陰性主格／對格雙數，陽性主格眾數，或中性主格／對格雙數。在本句作陽性主格眾數。

taṃ 是跟 ya 相應的相關關係代名詞 sa（他）的陽性對格單數。

rājānaṃ 是陽性名詞 rājan（國王）的對格單數。

śaṃsanti 是動詞語根√śaṃs（稱讚）的第三身眾數。

全句：所有獲送贈象和馬匹的詩人，全都讚美國王。

12. yatra yatra rāmasya pādau bhūmimaspṛśatāṃ tatra tatredānīmamuṃ devaṃ sevante manuṣyāḥ.

yatra 是關係詞，解作：該處。yatra yatra 解作：無論何處。

rāmasya 是陽性專有名詞 rama（拉麻）的屬格單數。

pādau 是陽性名詞 pad（腳）的主格／對格雙數，在本句作主詞。

bhūmimaspṛśatāṃ 由 bhūmim + aspṛśatāṃ 連接而成。

bhūmim 是陰性名詞 bhūmi（地）的對格單數。

aspṛśatāṃ 是動詞語根√spṛś（觸摸）的第三身雙數半過去主動式。

tatra 是相應於 yatra 的相關關係詞，解作：那處。
tatredānīmamuṃ 由 tatra + idānīm + amuṃ 連聲組成（四 e.）。
相應於 yatra yatra，tatra 也重複成 tatra tatra。
idānīm 解作：現在。
amuṃ 是關係代名詞 asau（那個）的陽性對格單數。
devaṃ 是陽性名詞 deva（神祇）的對格單數。
sevante 是動詞語根√sev（服侍／讚美）的第三身眾數。
manuṣyāḥ 是陽性名詞 manuṣya（人）的主格／呼格眾數，在這裏作主詞。
全句：凡是拉麻雙腳接觸過的土地，人們現在都在那處供奉這位神祇。

## 第十四課

1. kopādṛṣirgrāmādagacchadasmingrāme sarve naśyeyurityavadacca.

   kopādṛṣirgrāmādagacchadasmingrāme 由 kopāt + ṛṣiḥ + grāmāt + agacchat + asmin + grāme（六 II.a.，五 h.）。

   kopāt 是陽性名詞 kopa（怒）的奪格單數。

   ṛṣiḥ 是陽性名詞 ṛṣi（聖者）的主格單數。

   grāmāt 是陽性名詞 grāma（村）的奪格單數。

   agacchat 是動詞語根√gam（去）的第三身單數半過去主動式。

   asmin 是關係代名詞 ayam（這個）的陽性處格單數。

   grāme 是陽性名詞 grāma（村）的處格單數。

   sarve 是 sarva（每個／全部）的陰性主格／對格雙數，陽性主格眾數，或中性主格／對格雙數。在本句作陽性主格眾數。

   naśyeyurityavadacca 由 naśyeyuḥ + iti + avadat + ca 連聲組成（五 g.，四 d.，六 II.e.）。

   naśyeyuḥ 是動詞語根√naś（死／消失）的第三身眾數願望主動式。

   iti 的用法見第九課 II.。

   avadat 是動詞語根√vad（說）的第三身單數半過去主動式。

   ca 解作：與。

   全句：聖者憤怒地從村落離去，並說：「讓一切都在這村中消滅吧！」

2. yadi devānāṃ madhu pibeyurmanuṣyāstadā te ’pi na naśyeyuḥ.

   yadi 是關係詞，解作：如果。

   devānāṃ 是陽性名詞 deva（神祇）的屬格眾數。

   madhu 是中性名詞 madhu（蜜）的主格／對格單數，在本句作受詞（對格）。

   pibeyurmanuṣyāstadā 由 pibeyuḥ + manuṣyāḥ + tadā 連聲組成（五 g.，五 f.）。

   pibeyuḥ 是動詞語根√pā（飲）的第三身眾數願望主動式。

manuṣyāḥ 是陽性名詞 manuṣya（人）的主格／呼格眾數，在本句中作主詞。

tadā 是相應於 yadi 的相關關係詞，解作：便。

te ’pi 由 te + api 連聲組成（四 e.）。

te 是代名詞 sa（他）的陰性主格／對格雙數，陽性主格眾數，或中性主格／對格雙數。在本句跟 naśyeyuḥ 同樣作眾數，故作陽性主格眾數。

api 解作：即使。

na 解作：否。

naśyeyuḥ 是動詞語根√naś（死／消失）的第三身眾數願望主動式。

全句：如果人們飲了神祇們的蜜糖，他們便不會死了。

3. ya ācāryasya sakāśa upaviśeyuste na kimapi vadeyuḥ.

ya 原本是 ye，因連聲，-e 變成-a（四 f.）。

ye 是關係代名詞 ya（該人）的陰性主格／對格雙數，陽性主格眾數，或中性主格／對格雙數。在本句作陽性主格眾數。

ācāryasya 是陽性名詞 acarya（老師）的屬格單數。

sakāśa 原本是 sakāśe，因連聲-e 變成-a（四 f.）。

sakāśe 是陽性名詞 sakāśa（附近）的處格單數。

upaviśeyuste 由 upaviśeyuḥ + te 連聲組成（五 f.）。

upaviśeyuḥ 是動詞語根 upa-√viś（坐）的第三身眾數願望主動式。

te 是與 ya 相應的相關關係代名詞 sa（他）的陰性主格／對格雙數，陽性主格眾數，或中性主格／對格雙數，在本句作陽性主格眾數。

na 解作：否。

kimapi 解作：任何東西。

vadeyuḥ 是動詞語根√vad（說）的第三身眾數願望主動式。

全句：那些希望坐在老師周圍的人，他們不應談論任何東西。

4. śatrūṇāṃ kopāddevā api yuddhe ’patan.

śatrūṇāṃ 是陽性名詞 śatru（敵人）的屬格眾數。

kopāddevā 由 kopāt + devāḥ 連聲組成（六 II.a.，五 d.）。

kopāt 是陽性名詞 kopa（怒）的奪格單數。

devāḥ 是陽性名詞 deva（神祇）的主格／呼格眾數，在本句作主詞。

api 解作：即使。

yuddhe ’patan 由 yuddhe + apatan 連聲組成（四 e.）。

yuddhe 是中性名詞 yuddham（戰爭）的處格單數或主格／對格／呼格雙數，在本句中作處格。

apatan 是動詞語根√pat（跌）的第三身眾數半過去主動式。

全句：即使神祇們，亦懷著對敵人的憤怒在戰爭中倒下了。

5. yadi mama dhanāni sarvāṇi śatravo labhante tadāhaṃ naśyeyamityavadannṛpaḥ.

yadi 是關係詞，解作：如果。

mama 是代名詞 aham（我）的屬格單數。

dhanāni 是陰性名詞 dhanam（錢）的主格／對格／呼格眾數，在本句作受詞。

sarvāṇi 是 sarva（每一／全部）的中性主格／對格眾數，在本句跟 dhanāni 同樣作對格眾數。

śatravo 原本是 śatravaḥ，因連聲-aḥ 變成-o（五 a.）。

śatravaḥ 是陽性名詞 śatru（敵人）的主格眾數。

labhante 是動詞語根√labh（得）的第三身眾數。

tadāhaṃ 由 tadā + ahaṃ（四 a.）。

tadā 是相應於 yadi 的相關關係詞，解作：便。

ahaṃ 是代名詞 aham（我）的主格單數。

naśyeyamityavadannṛpaḥ 由 naśyeyam + iti + avadat + nṛpaḥ 連聲組成（四 d.，六 II.d.）。

naśyeyam 是動詞語根√naś（死／消失）的第一身單數願望主動式。

iti 的用法見第九課 II.。

avadat 是動詞√vad（說）的第三身單數半過去主動式。

nṛpaḥ 是陽性名詞 nṛpa（國王）的主格單數。

全句：國王說：「倘若敵人們得到我全部的錢，我便要死了。」

6. yadyaddhi bhavenmanuṣyastadeva bhavati.

yadyaddhi 由 yat + yat + hi 連聲組成（六 II.a.）。

yat 是關係代名詞 ya（該人）的中性主格／對格單數，當重複而成 yat yat 表示極不肯定之意，解作：無論誰人。

bhavenmanuṣyastadeva 由 bhavet + manuṣyaḥ + tat + eva 連聲組成（六 II.d.，五 f.，六 II.a.）。

bhavet 是動詞語根√bhū（變化）的第三身單數願望主動式。

manuṣyaḥ 是陽性名詞 manuṣya（人）的主格單數。

tat 是相應於 ya 的相關關係代名詞 sa（那人）的中性主格／對格單數，在本句中作主詞。

eva 解作：只是。

bhavati 是動詞語根√bhū（變代）的第三身單數。

全句：人只會變成所希望變成的任何人。

7. yadā nadyāstīre dhenūrapaśyadvaṇiktadā kathaṃ tā grāmamānayeyamityamanyata saḥ.

yadā 是關係詞，解作：如果。

nadyāstīre 由 nadyāḥ + tīre 連聲組成（五 f.）。

nadyāḥ 是陰性名詞 nadī（河流）的奪格／屬格單數，在本句作屬格。

tīre 是中性名詞 tiram（岸邊）的處格單數。

dhenūrapaśyadvaṇiktadā 由 dhenūḥ + apaśyat + vaṇik + tadā 連聲組成（五 g.，六 II.a.）。

dhenūḥ 是陰性名詞 dhenu（母牛）的對格眾數。

apaśyat 是動詞語根√paś（見）的第三身單數半過去主動式。

vaṇik 是陽性名詞 vaṇij（商人）的主格單數。

tadā 是相應於 yadā 的相關關係詞，解作：便。

kathaṃ 是疑問詞，解作：如何。

tā 原本是 tāḥ，因連聲而失去-ḥ（五 d.）。

tāḥ 是代名詞 sa（他）的陰性主格／對格眾數，在本句作受詞。
grāmamānayeyamityamanyata 由 grāmam + ānayeyam + iti + amanyata 連聲組成（四 d.）。
grāmam 是陽性名詞 grāma（村）的對格單數。
ānayeyam 是動詞語根 ā-√nī（攜帶）的第一身單數願望主動式。
iti 的用法見第九課 II.。
amanyata 是動詞語根√man（想）的第三身單數半過去中間式。
saḥ 是代名詞 sa（他）的陽性主格單數
全句：當商人在河的岸邊見到母牛群，他便想：「我如何把牠們帶到村中去呢？」

8. yadi na kasminnapi manuṣye kopo viśettadāsmiṃl loke yuddhāni na bhaveyuḥ.
yadi 是關係詞，解作：如果。
na 解作：否。
kasminnapi 由 kasmin + api 連聲組成（六 II.d.）。
kasmin 是疑問詞 ka 的處格單數。
api 解作：即使。
manuṣye 是陽性名詞 manuṣya（人）的處格單數。
kopo 原本是 kopaḥ，因連聲-aḥ 變成-o（五 a.）。
kopaḥ 是陽性名詞 kopa（怒）的主格單數。
viśettadāsmiṃl 由 viśet + tadā + asmin 連聲組成（四 A.，六 I.b.）。
viśet 是動詞語根√viś（進入）的第三身單數願望主動式。
tadā 是相應於 yadi 的相關關係詞，解作：便。
asmin 是關係代名詞 ayam（這個）的處格單數。
loke 是陽性名詞 loka（世界）的處格單數。
yuddhāni 是中性名詞 yuddham（戰爭）的主格／對格／呼格眾數，在本句作對格。
na 解作：否。

bhaveyuḥ 是動詞語根√bhū（變）的第三身眾數願望主動式。

全句：如果憤怒沒有進入任何人之中，這個世界便會變成沒有戰爭。

9. ye 'tra brāhmaṇānām pustakāni paṭheyuste sarve mama nagaramāgaccheyurityavadannṛpaḥ.

ye 'tra 由 ye + atra 連聲組成（四 e.）。

ye 是關係代名詞 ya（該人）的陰性主格／對格雙數，陽性主格眾數，或中性主格／對格雙數，在本句跟 paṭheyuḥ 一樣為眾數，故作陽性主格眾數。

atra 解作：這裏。

brāhmaṇānām 是陽性名詞 brāhmaṇa（婆羅門）的屬格眾數。

pustakāni 是中性名詞 pustakam（書）的主格／對格／呼格眾數，在本句作受詞。

paṭheyuste 由 paṭheyuḥ + te 連聲組成（五 f.）。

paṭheyuḥ 是動詞語根√paṭh（讀）的第三身眾數願望主動式。

te 是相應於 ya 的相關關係代名詞 sa（那人）的陰性主格／對格雙數，陽性主格眾數，或中性主格／對格雙數，在本句跟 ye 相應，同作陽性主格眾數。

sarve 是 sarva（每一／全部）的處格單數。

mama 是代名詞 aham（我）的屬格單數。

nagaramāgaccheyurityavadannṛpaḥ 由 nagaram + āgaccheyuḥ + iti + avadat + nṛpaḥ 連聲組成（五 g.，四 d.，六 II.d.）。

nagaram 是中性名詞 nagaram（城鎮）的主格／對格單數，在這裏作對格。

āgaccheyuḥ 是動詞語根 ā-√gam（來）的第三身眾數願望主動式。

iti 的用法見第九課 II.。

avadat 是動詞語根√vad（說）的第三身單數半過去主動式。

nṛpaḥ 是陽性名詞 nṛpa（國王）的主格單數。

全句：國王說：「在這裏希望讀婆羅門的書本的所有人，都到我的城鎮來吧！」

10. yadā samudrasya tīre ’tiṣṭhajjalamapaśyacca tadā devānāṃ
loke ’viśamityamanyata vaṇik.
yadā 是關係詞，解作：如果。
samudrasya 是陽性名詞 samudra（海洋）的屬格單數。
tīre ’tiṣṭhajjalamapaśyacca 由 tīre + atiṣṭhat + jalam + apaśyat + ca 連聲組成（四 e.，六 II.c.，六 II.e.）。
tīre 是中性名詞 tīram（岸邊）的處格單數。
atiṣṭhat 是動詞語根√sthā（站立）的第三身單數半過去主動式。
jalam 是中性名詞 jalam（水）的主格／對格單數，在本句作受詞。
apaśyat 是動詞語根√paś（見）的第三身單數半過去主動式。
ca 解作：與。
tadā 是相應於 yadā 的相關關係詞，解作：便。
devānāṃ 是陽性名詞 deva（神祇）的屬格眾數。
loke ’viśamityamanyata 由 loke + aviśam + iti + amanyata 連聲組成（四 e.，四 d.）。
loke 是陽性名詞 loka（世界）的處格單數。
aviśam 是動詞語根√viś（進入）的第一身單數半過去主動式。
iti 的用法見第九課 II.。
amanyata 是動詞語根√man（想）的第三身單數半過去中間式。
vaṇik 是陽性名詞 vaṇij（商人）的主格單數。
全句：當商人站在海邊觀看海水，他想：「我進入了神祇們的世界。」

11. yadā brāhmaṇāḥ sūryādanyeṣāṃ devānāṃ
nāmānyapaṭhaṃstāndevānaśaṃsaṃśca tadā sūrya eko ’smākaṃ devo
ye ’nyeṣāṃ devānāṃ nāmāni paṭheyuste nāsminnagare
nivaseyurityavadadrājā.
yadā 是關係詞，解作：當／如果。
brāhmaṇāḥ 是陽性名詞 brāhmaṇa（婆羅門）的主格／呼格眾數，在本句作主詞。

sūryādanyeṣāṃ 由 sūryāt + anyeṣāṃ 連聲組成（六 II.a.）。

sūryāt 是陽性名詞 sūrya（太陽）的奪格單數。

anyeṣāṃ 是代名詞 anya（其他）的陽性屬格眾數。

devānāṃ 是陽性名詞 deva（神祇）的屬格眾數。

nāmānyapaṭhaṃstāndevānaśaṃsaṃśca 由 nāmāni + apaṭhan + tān + devān + aśaṃsan + ca 連聲組成（四 d.，六 I.c.）。

nāmāni 是中性名詞 naman（名）的主格／對格眾數，在本句作受詞。

apaṭhan 是動詞語根√paṭh（讀）的第三身眾數半過去主動式。

tān 是關係代名詞 sa（他）的陽性對格眾數。

devān 是陽性名詞 deva（神祇）的對格眾數。

aśaṃsan 是動詞語根√śaṃs（稱讚）的第三身眾數半過去主動式。

ca 解作：與。

tadā 是相應於 yadā 的相關關係詞，解作：便。

sūrya 原本是 sūryaḥ，因連聲失去-ḥ（五 c.）。

sūryaḥ 是陽性名詞 sūrya（太陽）的主格單數。

eko ’smākaṃ 由 ekaḥ + asmākaṃ 連聲組成（五 b.）。

ekaḥ 是 eka（一／獨一）的陽性主格單數。

asmākaṃ 是代名詞 aham（我）的屬格眾數。

devo 原本是 devaḥ，因連聲-aḥ 變成-o（五 a.）。

devaḥ 是陽性名詞 deva（神祇）的主格單數。

ye ’nyeṣāṃ 由 ye + anyeṣāṃ 連聲組成（四 e.）。

ye 是關係代名詞 ya（該個）的陰性主格／對格雙數，陽性主格眾數，或中性主格／對格雙數，在這裏作主詞（陽性主格眾數）。

anyeṣāṃ 是代名詞 anya（其他）的陽性屬格眾數。

devānāṃ 是陽性名詞 deva（神祇）的屬格眾數。

nāmāni 是中性名詞 nāman（名稱）的主格／對格眾數，在本句作對格。

paṭheyuste 由 paṭheyuḥ + te 連聲組成（五 f.）。

paṭheyuḥ 是動詞語根√paṭh（讀）的第三身眾數願望主動式。

te 是對應於 ya 的相關關係代名詞 sa（那個）的陰性主格／對格雙數，陽性主格眾數，或中性主格／對格雙數，在這裏作主詞（陽性主格眾數）。

nāsminnagare 由 na + asmin + nagare（四 a.）。

na 解作：否。

asmin 是代名詞 ayam（這個）的處格單數。

nagare 是中性名詞 nagaram（城鎮）的處格單數。

nivaseyurityavadadrājā 由 nivaseyuḥ + iti + avadat + rājā 連聲組成（五 g.，四 d.，六 II.a.）。

nivaseyuḥ 是動詞語根 ni-√vas（居住）的第三身眾數願望主動式。

iti 的用法見第九課 II.。

avadat 是動詞語根√vad（說）的第三身單數半過去主動式。

rājā 是陽性名詞 rājan（國王）的主格單數。

全句：國王說：「如果婆羅門們唱誦太陽以外其他神祇的名字，並讚美這些神祇，由於太陽是我們唯一的神祇，那些希望唱誦其他神祇的名字的人們，不會居住在這個城鎮裏。」

12. na punaḥ kadāpi sūryaṃ paśyetsa mama śatruriti kopādavadatkṣatriyaḥ.

na 解作：否。

punaḥ 原本是 punar，因連聲-r 變成-ḥ（五 e.）。

punar 解作：再次。

na kadāpi 合起來解作：永不（八 II.）。

sūryaṃ 是陽性名詞 sūrya（太陽）的對格單數。

paśyetsa 由 paśyet + sa 連接而成。

paśyet 是動詞語根√paś（見）的第三身單數願望主動式。

sa 原本是 saḥ，在子音前失去-ḥ。

saḥ 是代名詞 sa（他）的陽性主格單數。

mama 是代名詞 aham（我）的屬格單數。

śatruriti 由 śatruḥ + iti 連聲組成（五 g.）。
śatruḥ 是陽性名詞 śatru（敵人）的主格單數。
iti 的用法見第九課 II.。
kopādavadatkṣatriyaḥ 由 kopāt + avadat + kṣatriyaḥ 連聲組成（六 II.a.）。
kopāt 是陽性名詞 kopa（怒）的奪格單數。
avadat 是動詞語根√vad（說）的第三身單數半過去主動式。
kṣatriyaḥ 是陽性名詞 kṣatriya（剎帝利）的主格單數。
全句：剎帝利憤怒地說：「我的那個敵人今後不能再見到太陽了。」

## 第十五課

1. yasmāttvaṃ rathāngajāṃśca labhethāḥ sa rājedānīmatra tiṣṭhatīti kaviḥ kavimavadat.
   yasmāttvaṃ 由 yasmāt + tvaṃ 連接而成。
   yasmāt 是關係代名詞 ya（該人）的奪格單數。
   tvaṃ 是代名詞 tvam（你）的主格單數。
   rathāngajāṃśca 由 rathān + gajān + ca 連聲組成（六 II.c.）。
   rathān 是陽性名詞 ratha（戰車）的對格眾數。
   gajān 是陽性名詞 gaja（象）的對格眾數。
   ca 解作：與。
   labhethāḥ 是動詞語根√labh（獲得）的第二身單數願望主動式。
   sa 原本是 saḥ，在子音前失去-ḥ。
   saḥ 是相應於 ya 的相關關係代名詞 sa（那人）的主格單數。
   rājedānīmatra 由 rājā + idānīm + atra 連聲組成（四 b.）。
   rājā 是陽性名詞 rājan（國王）的主格單數。
   idānīm 解作：現在。
   atra 解作：這裏。
   tiṣṭhatīti 由 tiṣṭhati + iti 連聲組成（四 a.）。
   tiṣṭhati 是動詞語根√sthā（站立）的第三身單數。
   iti 的用法見第九課 II.。
   kaviḥ 是陽性名詞 kavi（詩人）的主格單數。
   kavimavadat 由 kavim + avadat 組成。
   kavim 是陽性名詞 kavi（詩人）的對格單數。
   avadat 是動詞語根√vad（說）的第三身單數半過去主動式。
   全句：詩人對另一位詩人說：「那位你希望從他獲得戰車和象的國王，現在站在這裏。」
2. ye rājāno na me prajā vardheranna ca dharmo vardheteti manyeraṃste sarva

idānīmeva naśyeyurityamanyata brāhmaṇaḥ.

ye 是關係代名詞 ya（該人）的陰性主格／對格雙數，陽性主格眾數，或中性主格／對格雙數，在這裏代表 rājānaḥ 作陽性主格眾數。

rājāno 原本是 rājānaḥ，因連聲-aḥ 變成-o（五 a.）。

rājānaḥ 是陽性名詞 rājan（國王）的主格眾數。

na 解作：否。

me 是代名詞 aham（我）的屬格單數。

prajā 原本是 prajāḥ 因連聲失去-ḥ（五 d.）。

prajāḥ 是陰性名詞 prajā（子民／子孫）的主格眾數。

vardheranna 由 vardheran + na 連接而成。

vardheran 是動詞語根√vṛdh（生長）的第三身眾數願望中間式。

na 解作：否。

ca 解作：與。

dharmo 原本是 dharmaḥ 因連聲-aḥ 變成-o（五 a.）。

dharmaḥ 是陽性名詞 dharma（正義／法）的主格單數。

vardheteti 由 vardheta + iti 連聲組成（四 b.）。

vardheta 是動詞語根√vṛdh（生長）的第三身單數願望中間式。

iti 的用法見第九課 II.。

manyeraṃste 由 manyeran + te 連聲組成（六 I.c.）。

manyeran 是動詞語根√man（想）的第三身眾數願望中間式。

te 是相應於 ya 的相關關係代名詞 sa（那人）的陰性主格／對格雙數，陽性主格眾數，或中性主格／對格雙數，在本句對應 ye 作陽性主格眾數。

sarva 原本是 sarvaḥ 因連聲失去-ḥ（五 c.）。

sarvaḥ 是 sarva（全部／每一）的陽性主格單數，在本句解作：每一。

idānīmeva 由 idānīm + eva 連接而成。

idānīm 解作：現在。

eva 解作：只是。

naśyeyurityamanyata 由 naśyeyuḥ + iti + amanyata（五 g.，四 d.）。
naśyeyuḥ 是動詞語根√naś（死／消失）的第三身眾數願望主動式。
iti 的用法見第九課 II.。
amanyata 是動詞語根√man（想）的第三身單數半過去中間式。
brāhmaṇaḥ 是陽性名詞 brahmaṇa（婆羅門）的主格單數。
全句：那婆羅門曾想：「那些不想我的子孫和正義增長的國王們，每個都現在死去吧！」

3. mama kanyā na kadāpi madanyānmanuṣyānapaśyannityavadannṛpaḥ.
mama 是代名詞 aham（我）的屬格單數。
kanyā 是陰性名詞 kanyā（女孩）的主格單數。
na kadāpi 解作：永不（八 II.）。
madanyānmanuṣyānapaśyannityavadannṛpaḥ 由 mat + anyān + manuṣyān + apaśyan + iti + avadat + nṛpaḥ 連聲組成（六 II.a.，六 I.d.，四 d.，六 II.d.）。
mat 是代名詞 aham（我）的奪格單數。
anyān 是代名詞 anya（其他）的對格眾數。
manuṣyān 是陽性名詞 manuṣya（人）的對格眾數。
apaśyan 是動詞語根√paś（見）的第三身眾數半過去主動式。
iti 的用法見第九課 II.。
avadat 是動詞語根√vad（說）的第三身單數半過去主動式。
nṛpaḥ 是陽性名詞 nṛpa（國王）的主格單數。
全句：國王說：「我的女兒除了我以外，從沒有見過其他人。」

4. yadā yadā devānāṃ cakṣūṃṣi damayantyāmapataṃstadā tadā tatraivātiṣṭhaṃstāni.
yadā 是關係詞，解作：當／如果。
yadā yadā 表示一般／普遍之意，解作：每當。
devānāṃ 是陽性名詞 deva（神祇）的屬格眾數。
cakṣūṃṣi 是中性名詞 caksus（眼）的主格／對格眾數，在本句作主詞。
damayantyāmapataṃstada 由 damayantyām + apatan + tadā 連聲組成（六

I.c.）。

damayantyām 是陰性專有名詞 damayantī〔音譯：達瑪曳蒂（人名）〕的處格單數。

apatan 是動詞語根√pat（跌／落）的第三身眾數半過去主動式。

tadā 是相應於 yadā 的相關關係詞，解作：便。

tadā tadā 解作：也都會。

tatraivātiṣṭhaṃstāni 由 tatra + eva + atiṣṭhan + tāni 連聲組成（四 c.，四 a. 六 I.c.）。

tatra 解作：那處。

eva 解作：只是。

atiṣṭhan 是動詞語根√sthā（站）的第三身眾數半過去主動式。

tāni 是代名詞 sa（他）的中性主格／對格眾數，在本句代表神祇們的眼，故作主格。

全句：神祇們的眼光每當落到達瑪曳蒂之處，也都會停留著。

5. ye dhanaṃ me corayeyuste sarve mama sakāśe gajānāṃ padbhirnaśyeyuriti rājāvadat.

ye 是關係代名詞 ya（該人）的陰性主格／對格雙數，陽性主格眾數，或中性主格／對格雙數，在這裏作陽性主格眾數。

dhanaṃ 是中性名詞 dhanam（錢財）的主格／對格單數，這裏作對格。

me 是代名詞 aham（我）的屬格單數。

corayeyuste 由 corayeyuḥ + te 連聲組成（五 f.）。

corayeyuḥ 是動詞語根√cur（盜取）的第三身眾數願望主動式。

te 是相應於 ya 的相關關係代名詞 sa（那人）的陰性主格／對格雙數，陽性主格眾數，或中性主格／對格雙數，在本句對應 ye 作陽性主格眾數。

sarve 是 sarva（全部／每一）的陰性主格／對格雙數，陽性主格眾數，或中性主格／對格雙數，在本句作陽性主格眾數。

mama 是代名詞 aham（我）的屬格單數。

sakāśe 是陽性名詞 sakāśa（附近）的處格單數。

gajānāṃ 是陽性名詞 gaja（象）的屬格眾數。

padbhirnaśyeyuriti 由 padbhiḥ + naśyeyuḥ + iti 連聲組成（五 g.）。

padbhiḥ 是陽性名詞 pad（腳）的具格眾數。

naśyeyuḥ 是動詞語根√naś（死／消失）的第三身眾數願望主動式。

iti 的用法見第九課 II.。

rājāvadat 由 rājā + avadat 連聲組成（四 a.）。

rājā 是陽性名詞 rājan（國王）的主格單數。

avadat 是動詞語根√vad（說）的第三身單數半過去主動式。

全句：國王說：「那些欲盜取我的錢財的人，全都將死在我跟前的象的腳下。」

6. yasmingirau sa rājā jale patnībhiḥ saha krīḍati tatra na ko ’pyāgacchet.

yasmingirau 由 yasmin + girau 連接而成。

yasmin 是關係代名詞 ya（該個）的陽性處格單數。

girau 是陽性名詞 giri（山）的處格單數。

sa 於本是 saḥ，在子音前要失去-ḥ（十三課末段）。

saḥ 是跟 ya 相應的相關關係代名詞 sa（該人）的主格單數。

rājā 是陽性名詞 rājan（國王）的主格單數。

jale 是中性名詞 jalam（水）的處格單數。

patnībhiḥ 是陰性名詞 patnī（妻子）的具格眾數。

saha 解作：伴隨。

krīḍati 是動詞語根√krīḍ（玩）的第三身單數。

tatra 解作：那處。

na 解作：否。

ko ’pyāgacchet 由 kaḥ + api + āgacchet 連聲組成（五 b.，四 d.）。

kaḥ 是疑問詞 ka（誰）的陽性主格單數。

api 解作：即使。

na ko ’pi 連起來解作：沒有任何人。

āgacchet 是動詞語根 ā-√gam（來）的第三身單數願望主動式。

全句：沒有任何人會來到國王與妻子們在山中戲水的地方。

7. vanaṃ dahatītyapaśyadbrāhmaṇo ye ca mṛgāstatra nyavasaṃstānsarvāṃstasmādvanādānayat.

vanaṃ 是中性名詞 vanam（森林）的主格／對格單數，在本句作受詞。

dahatītyapaśyadbrāhmaṇo 由 dahati + iti + apaśyat + brāhmaṇaḥ 連聲組成（四 a.，四 d.，六 II.a.，五 a.）。

dahati 是動詞語根√dah（燒／使痛）的第三身單數。

iti 的用法見第九課 II.。

apaśyat 是動詞語根√paś（見）的第三身單數半過去主動式。

brāhmaṇaḥ 是陽性名詞 brāhmaṇa（婆羅門）的主格單數。

ye 是關係代名詞 ya（該人）的陰性主格／對格雙數，陽性主格眾數，或中性主格／對格雙數，在這裏作陽性主格眾數。

ca 解作：與。

mṛgāstatra 由 mṛgāḥ + tatra 連聲組成（五 f.）。

mṛgāḥ 是陽性名詞 mṛga（鹿）的主格眾數。

tatra 解作：那處。

nyavasaṃstānsarvāṃstasmādvanādānayat 由 nyavasan + tān + sarvān + tasmāt + vanāt + ānayat 連聲組成（六 I.c.，六 II.a.）。

nyavasan 是動詞語根 ni-√vas（居住）的第三身眾數半過去主動式。

tān 是與 ya 相應的相關關係代名詞 sa（那個）的陽性對格眾數。

sarvān 是 sarva（全部／每一）的陽性對格眾數。

tasmāt：解作：所以。

vanāt 是中性名詞 vaman（森林）的奪格單數。

ānayat 是動詞語根 ā-√ni（攜帶）的第三身單數半過去主動式。

全句：那婆羅門見到森林被火燒，便將全部居住於該森林的鹿帶走。

8. asya pustakasyārthaḥ ka ityācāryaṃ śiṣyo ’pṛcchat.

asya 是關係代名詞 ayam（這個）的陽性屬格單數。

pustakasyārthaḥ 由 pustakasya + arthaḥ 連聲組成（四 a.）。
pustakasya 是中性名詞 pustakam（書）的屬格單數。
arthaḥ 是陽性名詞 artha（目標／意義）的主格單數。
ka 原本是 kaḥ，在母音前失去-ḥ（五 c.）。
kaḥ 是疑問詞 ka（誰）的主格單數。
ityācāryaṃ 由 iti + ācāryaṃ 連聲組成（四 d.）。
iti 的用法見第九課 II.。
ācāryaṃ 是陽性名詞 ācārya（老師）的對格單數。
śiṣyo 'pṛcchat 由 śiṣyaḥ + apṛcchat 連聲組成（五 b.）。
śiṣyaḥ 是陽性名詞 śiṣya（學生）的主格單數。
apṛcchat 是動詞語根√pracch（詢問）的第三身單數半過去主動式。
全句：學生問老師：「這本書的意義是甚麼呢？」

9. mama kanyā sadā madhunā saha payo 'pibadidānīm tu tena kṣatriyeṇaikā vane gacchati yajjalaṃ mṛgāstatra pibanti tajjalaṃ sāpi pibatīti mātāmanyata.
mama 是代名詞 aham（我）的屬格單數。
kanyā 是陰性名詞 kanyā（女孩）的主格單數。
sadā 解作：時常。
madhunā 是中性名詞 madhu（蜜）的具格單數。
saha 解作：伴隨。
payo 'pibadidānīm 由 payaḥ + apibat + idānīm 連聲組成（五 b.，六 II.a.）。
payaḥ 是中性名詞 payas（奶）的主格／對格單數，在本句作對格。
apibat 是動詞語根√pā（飲）的第三身單數半過去主動式。
idānīm 解作：現在。
tu 解作：但是。
tena 是代名詞 sa（他）的陽性具格單數。
kṣatriyeṇaikā 由 kṣatriyeṇa + ekā 連聲組成（四 c.）。
kṣatriyeṇa 是陽性名詞 kṣatriya（剎帝利）的具格單數。

ekā 是 eka（一／單獨）的陰性主格單數。
vane 是中性名詞 vanam（森林）的處格單數。
gacchati 是動詞語根√gam（去）的第三身單數。
yajjalaṃ 由 yat + jalaṃ 連聲組成（六 II.c.）。
yat 是關係代名詞 ya（該人）的中性主格／對格單數，在本句作主格。
jalaṃ 是中性名詞 jalam（水）的主格／對格單數，在本句作對格。
mṛgāstatra 由 mṛgāḥ + tatra 連聲組成（五 f.）。
mṛgāḥ 是陽性名詞 mṛga（鹿）的主格眾數。
tatra 解作：那處。
pibanti 是動詞語根√pā（飲）的第三身眾數。
tajjalaṃ 由 tat + jalaṃ 連聲組成（六 II.c.）。
tat 是與 ya 相應的相關關係代名詞 sa（那個）的中性主格／對格單數，這裏作對格。
jalaṃ 是中性名詞 jalam（水）的主格／對格單數，這裏作對格。
sāpi 由 sā + api 連聲組成（四 a.）。
sā 是代名詞 sa（他）的陰性主格單數。
api 解作：即使。
pibatīti 由 pibati + iti 連聲組成（四 a.）。
pibati 是動詞語根√pā（飲）的第三身單數。
iti 的用法見第九課 II.。
mātāmanyata 由 mātā + amanyata 連聲組成（四 a.）。
mātā 是陰性名詞 mātṛ（母）的主格單數。
amanyata 是動詞語根√man（想）的第三身單數半過去中間式。
全句：母親想：「我的女兒經常飲混和了蜜糖的奶，但是現在她獨自和那個剎帝利跑到森林去，也要飲鹿群所飲的水了。」

10. yadekaṃ mitraṃ tena dhanuṣaiva sahāsmākaṃ giriṃ sa āgacchatīti kanyāmanyata.

yadekaṃ 由 yat + ekaṃ 連聲組成（六 II.a.）。

yat 是關係代名詞 ya（該人）的中性主格／對格單數，在本句作主格。
ekaṃ 是 eka（一／單獨）的主格／對格單數，這裏作主格。
mitraṃ 是中性名詞 mitram（朋友）的主格／對格單數，在這裏作主格。
tena 是相應於 ya 的相關關係代名詞 sa（那人）的陽性具格單數。
dhanuṣaiva 由 dhanuṣā + eva 連聲組成（四 c.）。
dhanuṣā 是中性名詞 dhanus（弓）的具格單數。
eva 解作：只是。在本句表示特別重視。
sahāsmākaṃ 由 saha + asmākaṃ 連聲組成（四 a.）。
saha 解作：伴隨。
asmākaṃ 是代名詞 aham（我）的屬格眾數。
giriṃ 是陽性名詞 giri（山）的對格單數。
sa 原本是 saḥ，因連聲失去-ḥ（五 c.）。
saḥ 是代名詞 sa（他）的陽性主格單數。
āgacchatīti 由 āgacchati + iti 連聲組成（四 a.）。
āgacchati 是動詞語根 ā-√gam（來）的第三身單數。
iti 的用法見第九課 II.。
kanyāmanyata 由 kanyā + amanyata 連聲組成（四 a.）。
kanyā 是陰性名詞 kanyā（女孩）的主格單數。
amanyata 是動詞語根√man（想）的第三身單數半過去中間式。
全句：女孩想：「他帶著那張弓——他唯一的朋友——到我們的山來。」

11. yeṣāmarthe vaṇijo ’do vanamagacchaṃste gajā sarve ’gnāvanaśyan.
yeṣāmarthe 由 yeṣām + arthe 連聲組成。
yeṣām 是關係代名詞 ya（該人）的陽性屬格眾數。
arthe 是陽性名詞 artha（意義／目標）的處格單數。
vaṇijo ’do 由 vaṇijaḥ + adaḥ 連聲組成（五 b.，五 a.）。
vaṇijaḥ 是陽性名詞 vaṇij（商人）的主格／對格眾數或奪格／屬格單數，在本句應作主格眾數。
adaḥ 是關係代名詞 asau（那個）的中性主格／對格單數。

vanamagacchaṃste 由 vanam + agacchan + te 連聲組成（六 I.c.）。
vanam 是中性名詞 vanam（森林）的主格／對格單數，在本句作對格。
agacchan 是動詞語根√gam（去）的第三身眾數半過去主動式。
te 是相應於 ya 的相關關係代名詞 sa（他）的陰性主格／對格雙數，陽性主格眾數，或中性主格／對格雙數，在這裏作陽性主格眾數。
gajā 原本是 gajāḥ，因連聲失去-ḥ（五 d.）。
gajāḥ 是陽性名詞 gaja（象）的主格眾數。
sarve 'gnāvanaśyan 由 sarve + agnau + anaśyan 連聲組成（四 e.，四 g.）。
sarve 是 sarva（全部／每一）的陰性主格／對格雙數，陽性主格眾數，或中性主格／對格雙數，在這裏作陽性主格眾數。
agnau 是陽性名詞 agni（火）的處格單數。
anaśyan 是動詞語根√naś（死）的第三身眾數半過去主動式。
全句：那些象——商人們為了牠們前往森林——全部已在火中死去。

12. sā kanyāgniriva māṃ dahatītyavadanmitraṃ sa kṣatriyaḥ.
sā 是代名詞 sa（他）的陰性主格單數。
kanyāgniriva 由 kanyā + agniḥ + iva 連聲組成（四 a.，五 g.）。
kanyā 是陰性名詞 kanyā（女孩）的主格單數。
agniḥ 是陽性名詞 agni（火）的主格單數。
iva 解作：如同。
māṃ 是代名詞 aham（我）的對格單數。
dahatītyavadanmitraṃ 由 dahati + iti + avadan + mitraṃ 連聲組成（四 a.，四 d.）。
dahati 是動詞語根√dah（燒／使痛苦）的第三身單數。
iti 的用法見第九課 II.。
avadan 是動詞語根√vad（說）的第三身眾數半過去主動式。
mitraṃ 是中性名詞 mitram（朋友）的主格／對格單數，在本句作對格。
sa 原本是 saḥ，在子音前失去-ḥ。
saḥ 是代名詞 sa（他）的陽性主格單數。

kṣatriyaḥ 是陽性名詞 kṣatriya（剎帝利）的主格單數。
全句：那剎帝利對朋友說：「那女孩如同火一般使我痛苦。」

## 第十六課

1. na rājarājo ’pīdaṃ nagaraṃ jayet.

   na 解作：否。

   rājarājo ’pīdaṃ 由 rājarājaḥ + api + idaṃ 連聲組成（五 b.，四 a.）。

   rājarājaḥ 是同格限定複合詞，由陽性名詞 rājan（國王）的語幹 rāja，及 rājan 的主格單數 rājaḥ 結合成（由於 rājan 的結尾由-an 變成-a，故跟隨 deva 的語尾變化，參考十六 II.），解作：王中之王。

   api 解作：即使。

   idaṃ 是代名詞 ayam（這個）的中性主格／對格單數，在本句作對格。

   nagaraṃ 是中性名詞 nagaram（城鎮）的主格／對格單數，在本句作對格。

   jayet 是動詞語根√ji（征服）的第三身單數願望主動式。

   全世：即使王中之王也不能征服這個城鎮。

2. sa gacchatu, maddhṛdaye sadā tiṣṭhatyeva.

   sa 原本是 saḥ，在子音前失去-s/-ḥ。

   saḥ 是代名詞 sa（他）的陽性主格單數。

   gacchatu 是動詞語根√gam（去）的第三身單數命令主動式。

   maddhṛdaye 是由 mat + hṛdaye（六 II.a.）連結成的格限定複合詞。其中，mat 是代名詞 aham（我）的語幹，hṛdaye 是中性名詞 hṛdayam（心）的處格單數。解作：我的心中。

   sadā 解作：時常。

   tiṣṭhatyeva 由 tiṣṭhati + eva 連聲組成（四 d.）。

   tiṣṭhati 是動詞語根√stha（站）的第三身單數。

   eva 解作：只是。

   全句：讓他去吧，他時常在我心中。

3. ye ’nyarājyāni gaccheyustebhyaścārthānānayeyurna teṣāṃ patnyo mitrāṇi vetyavadatsā bālā.

ye 'nyarājyāni 由 ye + anyarājyāni 連聲組成（四 e.）。

ye 是關係代名詞 ya（該人）的陰性主格／對格雙數，陽性主格眾數，或中性主格／對格雙數，在這裏作陽性主格眾數。

anyarājyāni 是格限定複合詞，由代名詞語幹 anya（其他），及中性名詞 rājyam（王國）的對格眾數結合成，解作：其他王國。

gaccheyustebhyaścārthānānayeyurna 由 gaccheyuḥ + tebhyaḥ + ca + arthān + ānayeyuḥ + na 連聲組成（五 f.，四 a.，五 g.）。

gaccheyuḥ 是動詞語根√gam（去）的第三身眾數願望主動式。

tebhyaḥ 是與 ya 相應的相關關係代名詞 sa（那人）的陽性為格眾數。

ca 解作：與。

arthān 是陽性名詞 artha（財富）的對格眾數。

ānayeyuḥ 是動詞語根 ā-√nī（帶）的第三身眾數願望主動式。

na 解作：否。

teṣāṃ 是代名詞 sa（他）的陽性屬格眾數，解作：他們的。

patnyo mitrāṇi 由 patnyaḥ + mitrāṇi 連聲組成（五 a.）。

patnyaḥ 是陰性名詞 patnī（妻子）的主格眾數。

mitrāṇi 是中性名詞 mitram（朋友）的主格／對格／呼格眾數，在本句作主格。

vetyavadatsā 由 vā + iti + avadat + sā 連聲組成（四 b.，四 d.）。

vā 解作：或。

iti 的用法見第九課 II.。

avadat 是動詞語根√vad（說）的第三身單數半過去主動式。

sā 是代名詞 sa（他）的陰性主格單數。

bālā 是陰性名詞 bālā（女孩）的主格單數。

全句：那女孩說：「那些希望前往其他王國的人，他們的妻子或朋友們都不會替他們攜帶財富。」

4. jayāni bahūnāṃ caiteṣāṃ rājyānāmeko rājā bhavānītyavadadrājā.

jayāni 是動詞語根√ji（征服）的第一身單數命令主動式。

bahūnāṃ 是陰性名詞 bahu（多）的屬格眾數。
caiteṣāṃ 由 ca + eteṣām 連聲組成（四 c.）。
ca 解作：與。
eteṣām 是代名詞 eṣa（這個）的陽性屬格眾數。
rājyānāmeko rājā 由 rājyānām + ekaḥ + rājā 連聲組成（五 a.）。
rājyānām 是中性名詞 rājyam（王國）的屬格眾數。
ekaḥ 是量詞 eka（獨一）的陽性主格單數。
rājā 是陽性名詞 rājan（國王）的主格單數。
bhavānītyavadadrājā 由 bhavāni + iti + avadat + rājā 連聲組成（四 a.，四 d.，六 II.a.）。
bhavāni 是動詞語根√bhū（變）的第一身單數命令主動式。
iti 的用法見第九課 II.。
avadat 是動詞語根√vad（說）的第三身單數半過去主動式。
rājā 是陽性名詞 rājan（國王）的主格單數。
全句：國王這樣說：「讓我戰勝，變成這眾多國王的唯一的王吧！」

5. tvadarthe 'hamāgacchaṃ tvadarthe 'haṃ yuddhe 'jayamidānīṃ tu gacchetyeva vadasītyavadadvīro rājānam.

tvadarthe 'hamāgacchaṃ 由 tvat + arthe + aham + āgacchaṃ 連聲組成（六 II.a.，四 e.）。
tvat 是代名詞 tvam（你）的奪格單數。
arthe 解作：為了。
aham 是代名詞 aham（我）的主格單數。
āgacchaṃ 是動詞語根 ā-√gam（來）的第一身單數半過去主動式。
tvadarthe 'haṃ 由 tvat + arthe + ahaṃ 連聲組成（六 II.a.，四 e.）。
分析如上。
yuddhe 'jayamidānīṃ 由 yuddhe + ajayam + idānīṃ 連聲組成（四 e.）。
yuddhe 是中性名詞 yuddham（戰爭）的處格單數。
ajayam 是動詞語根√ji（征服）的第一身單數半過去主動式。

idānīṃ 解作：現在。

tu 解作：但是。

gacchetyeva 由 gaccha + iti + eva 連聲組成（四 b.，四 d.）。

gaccha 是動詞語根√gam（去）的第二身單數命令主動式。

iti 的用法見第九課 II.。

eva 解作：只是。

vadasītyavadadvīro rājānam 由 vadasi + iti + avadat + vīraḥ + rājānam 連聲組成（四 a.，四 d.，六 II.a.，五 a.）。

vadasi 是動詞語根√vad（說）的第二身單數。

iti 的用法見第九課 II.。

avadat 是動詞語根√vad（說）的第三身單數半過去主動式。

vīraḥ 是陽性名詞 vīra（戰士）的主格單數。

rājānam 是陽性名詞 rājan（國王）的對格單數。

全句：戰士對國王說：「我為了你而來，我為了你在戰爭中勝利了，但你現在只說『你走吧！』」

6. asminyuddhe mamārayo jayantu, mama vīrā naśyantu, yadbhavettatsarvaṃ bhavatu, tathāpi mama rājyādvanaṃ na gacchāmīti nṛpo 'vadat.

asminyuddhe 由 asmin + yuddhe 連接而成。

asmin 是代名詞 ayam（這個）的處格單數。

yuddhe 是中性名詞 yuddham（戰爭）的處格單數。

mamārayo jayantu 由 mama + arayaḥ + jayan + tu 連聲組成（四 a.，五 a.）。

mama 是代名詞 aham（我）的屬格單數。

arayaḥ 是陽性名詞 ari（敵人）的主格眾數。

jayan 是動詞語根√ji（征服）的第三身眾數半過去主動式。

tu 解作：但是。

mama 是代名詞 aham（我）的屬格單數。

vīrā 原本是 vīrāḥ，因連聲失去-ḥ（五 d.）。

vīrāḥ 是陽性名詞 vīra（戰士）的主格／呼格眾數，在這裏作主格。

naśyantu 由 naśyan + tu 連接成。
naśyan 是動詞語根√naś（死）的第三身眾數半過去主動式。
tu 解作：但是。
yadbhavettatsarvaṃ 由 yat + bhavet + tat + sarvaṃ 連聲組成（六 II.a.）。
yat 是關係代名詞 ya（該人）的中性主格／對格單數。這裏作主格。
bhavet 是動詞語根√bhū（變）的第三身單數願望主動式。
tat 是跟 ya 相應的相關關係代名詞 sa（那人）的中性主格／對格單數，這裏作主格。
sarvaṃ 是 sarva（全部／每一）的中性主格／對格單數，這裏作主格。
bhavatu 是動詞語根√bhū（變）的第三身單數命令主動式。
tathāpi 是相關關係詞，解作：仍然。
mama 是代名詞 aham（我）的屬格單數。
rājyādvanaṃ 由 rājyāt + vanaṃ 連聲組成（六 II.a.）。
rājyāt 是中性名詞 rājyam（王國）的奪格單數。
vanaṃ 是中性名詞 vanam（森林）的主格／對格單數，這裏作對格。
na 解作：否。
gacchāmīti 由 gacchāmi + iti 連聲組成（四 a.）。
gacchāmi 是動詞語根√gam（去）的第一身單數。
iti 的用法見第九課 II.。
nṛpo 'vadat 由 nṛpaḥ + avadat 連聲組成（五 b.）。
nṛpaḥ 是陽性名詞 nṛpa（國王）的主格單數。
avadat 是動詞語根√vad（說）的第三身單數半過去主動式。
全句：國王說：「在這處的戰爭中，就讓我的敵人們勝利吧！讓我的戰士們死去吧！讓每個人要變成怎樣就變成怎樣吧！但是，我仍然不會從我的王國跑到森林去的。」

7. vīrānāṃ cakṣūṃṣi corayateti kanyā mātāvadat.
vīrānāṃ 是陽性名詞 vīra（戰士）的屬格眾數。
cakṣūṃṣi 是中性名詞 cakṣus（眼）的主／對格眾數，在這裏作對格。

corayateti 由 corayata + iti 連聲組成（四 b.）。

corayata 是動詞語根√cur（盜取）的第二身眾數願望主動式。

iti 的用法見第九課 II.。

kanyā 原本是 kanyāḥ，因連聲失去-ḥ（五 d.）。

kanyāḥ 是陰性名詞 kanyā（女孩）的主／對格眾數，在這裏作對格。

mātāvadat 由 mātā + avadat 連聲組成（四 a.）。

mātā 是陰性名詞 mātṛ（母）的主格單數。

avadat 是動詞語根√vad（說）的第三身單數半過去主動式。

全句：母親對女兒們說：「去偷取戰士們的眼睛吧！」

8. yatra kutrāpi dhāvantvete vanagajāstathāpi kathamapi rājanagaramekamānayāmītyamanyata śūdraḥ.

yatra 是關係代名詞，解作：該處。

kutrāpi 解作：任何地方。

yatra kutrāpi 帶有極不確定的意思，解作：不論任何地方。（十三末段）

dhāvantvete 由 dhāvantu + ete 連聲組成（四 d.）。

dhāvantu 是動詞語根√dhāv（走）的第三身眾數命令主動式。

ete 是陽性代名詞 eṣa（這個）的主格眾數。

vanagajāstathāpi 由 vana + gajāḥ + tathapi 連聲組成（五 f.）。

vana 是中性名詞 vanam（森林）的呼格單數。

gajāḥ 是陽性名詞 gaja（象）的主／呼格眾數，這裏作主格。

tathapi 是相關關係詞，解作：仍然。

kathamapi 是疑問詞 katham（如何）加上 api 成為不定詞，解作：無論如何。

rājanagaramekamānayāmītyamanyata 是由 rājanagaram + ekam + ānayāmi + iti + amanyata 連聲組成（四 a.，四 d.）。

rājanagaram 是同格限定複合詞，由陽性名詞 rājan（國王）的語幹 rāja，及中性名詞 nagaram（城鎮）的主格單數結合成，解作：國王的城鎮。

ekam 是量詞 eka（一）的中性主／對格單數，這裏應作對格。

ānayāmi 是動詞語根 ā-√ni（攜帶）的第一身單數。
iti 的用法見第九課 II.。
amanyata 是動詞語根√man（想）的第三身單數半過去中間式。
śūdraḥ 是陽性名詞 śūdra（首陀）的主格單數。
全句：首陀想：「這森林啊！無論你讓象群跑到哪裏，我仍然會把牠們帶到一個國王的城鎮。」

9. yuddhabhūmāvapatadvīraḥ, tamapaśyadrājā devānāṃ lokaṃ gacchatviti cāvadat.

yuddhabhūmāvapatadvīraḥ 由 yuddhabhūmau + apatat + vīraḥ 連聲組成（四 g.，六 II.a.）。
yuddhabhūmau 是格限定複合詞，由中性名詞 yuddham（戰爭）的語幹 yuddha，及陰性名詞 bhūmi（地）的處格單數 bhūmau 結合成，解作：在戰爭的地方裏。
apatat 是動詞語根√pat（跌）的第三身單數半過去主動式。
vīraḥ 是陽性名詞 vīra（戰士）的主格單數。
tamapaśyadrājā 由 tam + apaśyat + rājā 連聲組成（六 II.a.）。
tam 是代名詞 sa（他）的陽性對格單數。
apaśyat 是動詞語根√paś（見）的第三身單數半過去主動式。
rājā 是陽性名詞 rājan（國王）的主格單數。
devānāṃ 是陽性名詞 deva（神祇）的屬格眾數。
lokaṃ 是陽性名詞 loka（世界／人類）的對格單數。
gacchatviti 由 gacchatu + iti 連聲組成（四 d.）。
gacchatu 是動詞語根√gam（去）的第三身單數命令主動式。
iti 的用法見第九課 II.。
cāvadat 由 ca + avadat 連聲組成（四 a.）。
ca 解作：與。
avadat 是動詞語根√vad（說）的第三身單數半過去主動式。
全句：戰士在戰爭的大地上倒下，國王看見他，便說：「讓他到神祇們的世界中去吧！」

10. nadījalasakāśe ’tiṣṭhaṃstā bālā akrīdaṃśca.

nadījalasakāśe ’tiṣṭhaṃstā 由 nadījalasakāśe + atiṣṭhan + tā 連聲組成（四 e.，六 I.c.）。

nadījalasakāśe 是格限定複合詞，由陰性名詞語幹 nadī（河流），中性名詞 jalam（水）的語幹 jala，以及陽性名詞 sakāśe（附近）的處格單數結合成，解作：河流附近之處。

atiṣṭhan 是動詞語根√sthā（站）的第三身眾數半過去主動式。

tā 原本是 tāḥ，因連聲而失去-ḥ（五 d.）。

tāḥ 是代名詞 sa（他）的陰性主／對格眾數，這裏作主詞。

bālā 原本是 bālāḥ，因連聲而失去-ḥ（五 d.）。

bālāḥ 是陰性名詞 bālā（女孩）的主格眾數。

akrīdaṃśca 由 akrīdan + ca 連聲組成（六 I.c.）。

akrīdan 是動詞語根√krīḍ（玩）的第三身眾數半過去主動式。

ca 解作：與。

全句：那些女孩站在河水附近玩耍。

11. asmākaṃ hṛdayeṣu sadā vasati sa rājetyavadaṃstasya patnyaḥ.

asmākaṃ 是代名詞 aham（我）的屬格眾數。

hṛdayeṣu 是中性名詞 hṛdayam（心）的處格眾數。

sadā 解作：時常。

vasati 是動詞語根√vas（居住）的第三身單數。

sa 原本是 saḥ，因連聲失去-ḥ。

saḥ 是代名詞 sa（他）的主格單數。

rājetyavadaṃstasya 由 rājā + iti + avadan + tasya 連聲組成（四 b.，四 d.，六 I.c.）。

rājā 是陽性名詞 rājan（國王）的主格單數。

iti 的用法見第九課 II.。

avadan 是動詞語根√vad（說）的第三身眾數半過去主動式。

tasya 是代名詞 sa（他）的陽性屬格單數。

patnyaḥ 是陰性名詞 patnī（妻子）的主格眾數。

全句：國王的妻子們說：「他時常活在我們的心中。」

12. śatrurājyanagareṣvidānīmagnimeva paśyāma iti kavayo ’vadan.

śatrurājyanagareṣvidānīmagnimeva 由 śatrurājyanagareṣu + idānīm + agnim + eva 連聲組成（四 d.）。

śatrurājyanagareṣu 是格限定複合詞，由陽性名詞語幹 śatru（敵人），中性名詞語幹 rājyam（王國），以及中性名詞 nagaram（城鎮）的處格眾數 nagareṣu 結合成，解作：敵人的王國的城鎮裏。

idānīm 解作：現在。

agnim 是陽性名詞 agni（火）的對格單數。

eva 解作：只是。

paśyāma 是動詞語根√paś（見）的第一身眾數命令主動式。

iti 的用法見第九課 II.。

kavayo ’vadan 由 kavayaḥ + avadan 連聲組成（五 b.）。

kavayaḥ 是陽性名詞 kavi（詩人）的主格眾數。

avadan 是動詞語根√vad（說）的第三身眾數半過去主動式。

全句：詩人們說：「現在讓我們在敵人王國的諸城鎮裏看見火吧。」

## 第十七課

1. ye rājāno manmitrāṇi teṣāṃ kīrtirvardhatāmityavadannṛpaḥ.
   ye 是關係代名詞 ya（該人）的陰性主格／對格雙數，陽性主格眾數，或中性主格／對格雙數，在這裏作陽性主格眾數。
   rājāno manmitrāṇi 由 rājānaḥ + manmitrāṇi 連聲組成（五 a.）。
   rājānaḥ 是陽性名詞 rājan（國王）的主格眾數。
   manmitrāṇi 是格限定複合詞，由代名詞 aham（我）的語幹 mat，及中性名詞 mitram（朋友）的主格眾數 mitrāṇi 結合成（mat 的-t，因連聲變成 -n，六 II.d.），解作：我的朋友。
   teṣāṃ 是與 ya 對應的相關關係代名詞 sa（那人）的陽性屬格眾數。
   kīrtirvardhatāmityavadannṛpaḥ 由 kīrtih + vardhatām + iti + avadat + nṛpaḥ 連聲組成（五 g.，四 d.，六 II.d.）。
   kīrtih 是陰性名詞 kīrti（光榮）的主格單數。
   vardhatām 是動詞語根√vṛdh（生長）的第三身單數命令中間式。
   iti 的用法見第九課 II.。
   avadat 是動詞語根√vad（說）的第三身單數半過去主動式。
   nṛpaḥ 是陽性名詞 nṛpa（國王）的主格單數。
   全句：國王說：「那些作為我的朋友的國王們，讓他們的榮耀增長吧！」
2. yatra yatra dhūmastatra tatrāgnirityavadacchiṣyamācāryaḥ.
   yatra 是關係詞，解作：該處。yatra yatra 解作：無論何處。
   dhūmastatra 由 dhūmaḥ + tatra 連聲組成（五 f.）。
   dhūmaḥ 是陽性名詞 dhūma（煙）的主格單數。
   tatra 是對應於 yatra 的相關關係詞，解作：那處。
   tatrāgnirityavadacchiṣyamācāryaḥ 由 tatra + agniḥ + iti + avadat + śiṣyam + ācāryaḥ 連聲組成（四 a.，五 g.，四 d.，六 II.e.）。
   tatra tatra 對應於 yatra yatra，解作：那處。
   agniḥ 是陽性名詞 agni（火）的主格單數。

iti 的用法見第九課 II.。

avadat 是動詞語根√vad（說）的第三身單數半過去主動式。

śiṣyam 是陽性名詞 śiṣya（學生）的對格單數。

ācāryaḥ 是陽性名詞 ācārya（老師）的主格單數。

全句：老師對學生說：「無論何處有煙，那處即有火。」

3. asminpayasi viṣaṃ bhavedityamanyata rājā na ca tadapibat.

asminpayasi 由 asmin + payasi 連接組成。

asmin 是關係代名詞 ayam（這個）的處格單數。

payasi 是中性名詞 payas（奶）的處格單數。

viṣaṃ 是中性名詞 viṣam（毒藥）的主／對格單數，這裏作對格。

bhavedityamanyata 由 bhavet + iti + amanyata 連聲組成（六 II.a.，四 d.）。

bhavet 是動詞語根√bhū（變）的第三身單數願望主動式。

iti 的用法見第九課 II.。

amanyata 是動詞語根√man（想）的第三身單數半過去中間式。

rājā 是陽性名詞 rājan（國王）的主格單數。

na 解作：否。

ca 解作：與。

tadapibat 由 tat + apibat 連聲組成（六 II.a.）。

tat 是與 ayam 相應的相關關係代名詞 sa（那個）的中性主／對格單數，這裏作主格。

apibat 是動詞語根√pā（飲）的第三身單數半過去主動式。

全句：國王想：「這奶中會有毒，因此不要飲。」

4. asminvane siṃhagajā vasantīti sa vaṇigamanyata bhayena ca tadaviśat.

asminvane 由 asmin + vane 組成。

asmin 是代名詞 ayam（這個）的處格單數。

vane 是中性名詞 vanam（森林）的處格單數或主／對／呼格雙數，這裏用作處格。

siṃhagajā 原本是 siṃhagajāḥ，因連聲失去-ḥ（五 d.）。

siṃhagajāḥ 是並列複合詞，由陽性名詞語幹 siṃha（獅子）和陽性名詞 gaja（象）的主格眾數 gajāḥ 結合成，解作：獅子和象。

vasantīti 由 vasanti + iti 連聲組成（四 a.）。

vasanti 是動詞語根√vas（居住）的第三身眾數。

iti 的用法見第九課 II.。

sa 原本是 saḥ，因在子音前而失去-ḥ（十二末段）。

vaṇigamanyata 由 vaṇik + amanyata（十末段）。

vaṇik 是陽性名詞 vaṇij（商人）的主格單數。

amanyata 是動詞語根√man（想）的第三身單數半過去中間式。

bhayena 是中性名詞 bhayam（恐懼）的具格單數。

ca 解作：與。

tadaviśat 由 tat + aviśat 連聲組成（六 II.a.）。

tat 是代名詞 sa（他）的中性主／對格單數，這裏作主格。

aviśat 是動詞語根√viś（進入）的第三身單數半過去主動式。

全句：那商人進去，並恐懼地想：「獅子和象都居住在這森林裏。」

5. nagarodyāneṣu rājabālā akrīḍannudyānavṛkṣānāṃ puṣpāṇi gṛhamānayaṃśca.

nagarodyāneṣu 是格限定複合詞，由中性名詞 nagaram（城鎮）的語幹 nagara，及中性名詞 udyānam（花園）的處格眾數 udyāneṣu 組成（四 b.），解作：在城鎮裏的花園中。

rājabālā 是並列複合詞，由陽性名詞 rājan（國王）的語幹 rāja，及陰性名詞 bāla（男孩）的主格眾數 bālāḥ（五 d.）組成，解作：國王和男孩們。

akrīḍannudyānavṛkṣānāṃ 由 akrīḍan + udyānavṛkṣānāṃ 連聲組成（六 I.d.）。

akrīḍan 是動詞語根√krīḍ（玩）的第三身眾數半過去主動式。

udyānavṛkṣānāṃ 是格限定複合詞，由中性名詞 udyānam（花園）的語幹 udyāna，及陽性名詞 vṛkṣa（樹）的屬格眾數 vṛkṣānām 組成，解作：花園的樹。

puṣpāṇi 是中性名詞 puṣpam（花）的主／對／呼格眾數，這裏作對格。
gṛhamānayaṃśca 由 gṛham + ānayan + ca 連聲組成（六 I.c.）。
gṛham 是中性名詞 gṛham（屋）的主／對格單數，這裏作對格。
ānayan 是動詞語根 ā-√nī（攜帶）的第三身眾數半過去主動式。
ca 解作：與。
全句：國王的兒子們在城鎮的各花園中玩耍，他們並把花園中的樹的花帶回家中。

6. tatra vane sūryo gajahastānapi pīḍayati, ye naśyeyusta eva tadviśeyuriti vaṇijamavadatpatnī.
tatra 解作：那處。
vane 是中性名詞 vanam（森林）的處格單數。
sūryo gajahastānapi 由 sūryaḥ + gajahastān + api 連聲組成（五 a.）。
sūryaḥ 是陽性名詞 sūrya（太陽）的主格單數。
gajahastān 是格限定複合詞，由陽性名詞語幹 gaja（象），及陽性名詞 hasta（象鼻）的對格眾數 hastān 組成，解作：眾象的鼻。
api 解作：即使。
pīḍayati 是動詞語根√pīḍ（傷害）的第三身眾數。
ye 是關係代名詞 ya（該人）的陰性主格／對格雙數，陽性主格眾數，或中性主格／對格雙數，在這裏作陽性主格眾數。
naśyeyusta 由 naśyeyuḥ + te 連聲組成（五 f.，四 f.）。
naśyeyuḥ 是動詞語根√naś（死／消失）的第三身眾數願望主動式。
te 是與 ya 相應的相關關係代名詞 sa（他）的陰性主格／對格雙數，陽性主格眾數，或中性主格／對格雙數，在這裏作陽性主格眾數。
eva 解作：只是。
tadviśeyuriti 由 tat + viśeyuḥ + iti 連聲組成（六 II.a.，五 g.）。
tat 是代名詞 sa（他）的中性主／對格單數，這裏作對格，代表：那森林。
viśeyuḥ 是動詞語根√viś（進入）的第三身眾數願望主動式。

iti 的用法見第九課 II.。

vaṇijamavadatpatnī 由 vaṇijam + avadat + patnī 連接而成。

vaṇijam 是陽性名詞 vaṇij（商人）的對格單數。

avadat 是動詞語根√vad（說）的第三身單數半過去主動式。

patnī 是陰性名詞 patnī（妻子）的主格單數。

全句：妻子對商人說：「在那森林中，即使眾象的鼻也被太陽傷害，只有那些想死的人才會進入那裏。」

7. ye svargaṃ gaccheyuste sarve ’smiṃl loke kīrtiṃ labhantām.

ye 是關係代名詞 ya（該人）的陰性主格／對格雙數，陽性主格眾數，或中性主格／對格雙數，在這裏作陽性主格眾數。

svargaṃ 是陽性名詞 svarga（天堂）的對格單數。

gaccheyuste 由 gaccheyuḥ + te 連聲組成（五 f.）。

gaccheyuḥ 是動詞語根√gam（去）的第三身眾數願望主動式。

te 是與 ya 相應的相關關係代名詞 sa（他）的陰性主格／對格雙數，陽性主格眾數，或中性主格／對格雙數，在這裏作陽性主格眾數。

sarve ’smiṃl 由 sarve + asmiṃl 連聲組成（四 e.）。

sarve 是 sarva（全部／每一）的陰性主／對格雙數，陽性主格眾數，或中性主格／對格雙數，在這裏作陽性主格眾數。

asmiṃl 原本是 asmin，因連聲-n 變成-ṃl（六 I.b.）。

asmin 是關係代名詞 ayam（這個）的處格單數。

loke 是陽性名詞 loka（世界）的處格單數。

kīrtiṃ 是陰性名詞 kīrti（光榮）的對格單數。

labhantām 是動詞語根√labh（獲得）的第三身眾數命令中間式。

全句：讓那些想往天堂去的人都獲得這個世界中的榮耀。

8. yeṣāṃ gajānāṃ hastaiḥ siṃhā anaśyaṃste sarve ’gnāvadhāvannanaśyaṃśca.

yeṣāṃ 是關係代名詞 ya（該人）的陽性屬格眾數。

gajānāṃ 是陽性名詞 gaja（象）的屬格眾數。

hastaiḥ 是陽性名詞 hasta（象鼻）的具格眾數。

siṃhā 原本是 siṃhāḥ，因連聲失去-ḥ（五 d.）。
siṃhāḥ 是陽性名詞 siṃha（獅子）的主格眾數。
anaśyaṃste 由 anaśyan + te 連聲組成（六 I.c.）。
anaśyan 是動詞語根√naś（死）的第三身眾數半過去主動式。
te 是與 ya 相應的相關關係代名詞 sa（他）的陰性主格／對格雙數，陽性主格眾數，或中性主格／對格雙數，在這裏作陽性主格眾數。
sarve 'gnāvadhāvannanaśyaṃśca 由 sarve + agnau + adhāvan + anaśyan + ca 連聲組成（四 e.，四 g.，六 I.d.，六 I.c.）。
sarve 是 sarva（全部）的陰性主格／對格雙數，陽性主格眾數，或中性主格／對格雙數，在這裏作陽性主格眾數。
agnau 是陽性名詞 agni（火）的處格單數。
adhāvan 是動詞語根√dhāv（走）的第三身眾數半過去主動式。
anaśyan 是動詞語根√naś（死）的第三身眾數半過去主動式。
全句：那些以象鼻殺死獅子的象，全都走到火中死去了。

9. yaḥ siṃho vanarājastena saha kākagajau nyavasatām.
yaḥ 是關係代名詞 ya（該人）的陽性主格單數。
siṃho vanarājastena 由 siṃhaḥ + vanarājaḥ + tena 連聲組成（五 a.，五 f.）。
siṃhaḥ 是陽性名詞 siṃha（獅子）的主格單數。
vanarājaḥ 是格限定複合詞，由中性名詞 vanam（森林）的語幹 vana，及陽性名詞 rājan（國王）的主格單數 rājaḥ 結合成（rājan 的語幹為 rāja，採取-a 結尾的陽性名詞，如 deva，的語尾變化）。解作：森林之王。
tena 是與 ya 相應的相關關係代名詞 sa（那人）的陽性具格單數。
saha 解作：伴隨。
kākagajau 是並列複合詞，由陽性名詞語幹 kāka（烏鴉）和 gaja（象）的主／對／呼格雙數 gajau 結合成，這裏作主格。解作：烏鴉和象。
nyavasatām 是動詞語根 ni-√vas（居住）的第三身雙數半過去主動式。
全句：烏鴉和象伴隨著森林之王獅子居住。

10. samudratīre 'paśyatkṣatriyo devalokavṛkṣapuṣpāṇi kimetadityamanyata ca.

samudratīre ’paśyatkṣatriyo devalokavṛkṣapuṣpāṇi 由 samudratīre + apaśyat + kṣatriyaḥ + devalokavṛkṣapuṣpāṇi 連聲組成（四 e.，五 a.）。

samudratīre 是格限定複合詞，由陽性名詞語幹 samudra（海洋），及中性名詞 tīram（岸邊）的處格單數合成，解作：海岸之處。

apaśyat 是動詞語根√paś（見）的第三身單數半過去主動式。

kṣatriyaḥ 是陽性名詞 kṣatriya（剎帝利）的主格單數。

devalokavṛkṣapuṣpāṇi 是格限定複合詞，由陽性名詞語幹 deva（神祇），loka（世界），vṛksa（樹），和中性名詞 puṣpam（花）的對格眾數 puṣpāṇi 結合成。解作：神祇世界的樹的花。

kimetadityamanyata 由 kim + etat + iti + amanyata 連聲組成（六 II.a.，四 d.）。

kim 是疑問詞 ka（甚麼）的中性主／對格單數，這裏作對格。

etat 是代名詞 eṣa（這個）的中性主／對格單數，這裏作主詞。

iti 的用法見第九課 II.。

amanyata 是動詞語根√man（想）的第三身單數半過去中間式。

ca 解作：與。

全句：剎帝利在海岸之處看見神祇世界的樹的花，他想：「這是甚麼呢？」

11. na bālo ’pi tathā manyeteti kopācchiṣyamavadadācāryaḥ.

na 解作：否。

bālo ’pi 由 bālaḥ + api 連聲組成（五 b.）。

bālaḥ 是陽性名詞 bāla（男孩）的主格單數。

api 解作：即使。

tathā 解作：如此。

manyeteti 由 manyeta + iti 連聲組成（四 b.）。

manyeta 是動詞語根√man（想）的第三身單數願望中間式。

kopācchiṣyamavadadācāryaḥ 由 kopāt + śiṣyam + avadat + ācāryaḥ 連聲組成（六 II.e.，六 II.a.）。

kopāt 是陽性名詞 kopa（怒）的奪格單數。

śiṣyam 是陽性名詞 śiṣya（學生）的對格單數。

avadat 是動詞語根√vad（說）的第三身單數半過去主動式。

全句：老師憤怒地對學生說：「即使小孩，也不會這樣想。」

12. sarvakāleṣu tava rājye puṣpāṇi vṛkṣeṣu vartantāmityavadadṛṣiḥ.

sarvakāleṣu 是格限定複合詞，由代名詞 sarva（全部）的語幹，及陽性名詞 kāla（時間）的處格眾數結合成，解作：在所有時間中。

tava 是代名詞 tvam（你）的屬格單數。

rājye 是中性名詞 rājyam（王國）的處格單數。

puṣpāṇi 是中性名詞 puṣpam（花）的主／對／呼格眾數，這裏作對格。

vṛkṣeṣu 是陽性名詞 vṛkṣa（樹）的處格眾數。

vartantāmityavadadṛṣiḥ 由 vartantām + iti + avadat + ṛṣiḥ 連聲組成（四 d.，六 II.a.）。

vartantām 是動詞語根√vṛt（在／有）的第三身眾數命令中間式。

iti 的用法見第九課 II.。

avadat 是動詞語根√vad（說）的第三身單數半過去主動式。

ṛṣiḥ 是陽性名詞 ṛṣi（聖者）的主格單數。

全句：聖者說：「讓你的王國的樹上常有花朵吧！」

## 第十八課

**A、翻譯下列複合詞**（先作格限定複合詞看，再作所屬複合詞看）：

1. madhuvāk 由中性名詞 madhu（蜜）的語幹，及陰性名詞 vāc（說話）的語幹結合成（-c 轉為-k，十 III.）。

   作同格限定複合詞，解作：甜蜜的說話。

   作所屬複合詞，解作：其說話是甜蜜的。

2. puṣpatīra 由陰性名詞 puṣpam（花）的語幹（其語尾-am 變成-a），及中性名詞 tīram（岸邊）的語幹結合成。

   作格限定複合詞，解作：有花朵的岸邊。

   作所屬複合詞，解作：其岸邊有花朵的。

3. jalahasta 由中性名詞 jalam（水）的語幹（-am 變成-a），及陽性名詞 hasta（手／象鼻）的語幹結合成。

   作格限定複合詞，解作：在水中的手／象鼻。

   作所屬複合詞，解作：其手／象鼻在水中。

4. sarvarājyanṛpa 由代名詞 sarva（全部／每一）的語幹，中性名詞 rājyam（王國）的語幹（-am 變成-a），及陽性名詞 nṛpa（國王）的語幹結合成。

   作格限定複合詞，解作：每一王國的國王啊。

   作所屬複合詞，解作：其王是一切王國之王。

5. adharma 由字首 a（沒有）和陽性名詞語幹 dharma（法／正義）結合成。

   作格限定複合詞，解作：非法／非正義。

   作所屬複合詞，解作：其為非法／非正義。

6. duṣkīrti 由字首 dus（壞的）和陰性名詞語幹 kīrti（名聲）結合成，其中-s-舌音化成為-ṣ-（六 III.b.）。

   作格限定複合詞，解作：壞的名聲。

   作所屬複合詞，解作：其名聲為壞的。

7. vīramitra 由陽性名詞語幹 vīra（戰士），及中性名詞 mitram（朋友）的語幹 mitra 結合成。

作格限定複合詞，解作：戰士的朋友（這是同格限定複合詞）。

作所屬複合詞，解作：其朋友是戰士。

8. dharmapatnīka 由陽性名詞語幹 dharma（法）和陰性名詞語幹 patnī（妻子）加上 ka 成為陽性所屬複合詞。

不能作格限定複合詞。

作所屬複合詞，解作：其妻子具有法。

9. kathākīrti 由陰性名詞語幹 kathā（故事），及陰性名詞語幹 kīrti（名聲／榮耀）結合成。

作格限定複合詞，解作：故事般的榮耀。

作所屬複合詞，解作：其榮耀是故事般的。

10. atithikīrti 由陽性名詞語幹 atithi（客人），及陰性名詞語幹 kīrti（名聲／榮耀）結合成。

作格限定複合詞，解作：客人的榮耀。

作所屬複合詞，解作：其榮耀是作為客人。

11. nadīmātṛka 由陰性名詞語幹 nadī（河），及陰性名詞語幹 mātṛ（母）加上 ka 而成為陽性所屬複合詞。

不能作格限定複合詞。

作所屬複合詞，解作：其母是河流。

12. sūryacakṣus 由陽性名詞語幹 sūrya（太陽），及中性名詞語幹 cakṣus（眼）結合成。

作格限定複合詞，解作：太陽的眼。

作所屬複合詞，解作：其眼是太陽。

13. sagajāśvanagara 由字首 sa（伴隨／擁有），陽性名詞語幹 gaja，陽性名詞語幹 aśva 和中性名詞 nagaram（城鎮）的語幹 nagara 結合成。

不能作格限定複合詞。

作所屬複合詞，解作：其城鎮有象和馬。

14. ratnadhana 由中性名詞 ratram（珠寶）的語幹 ratra，和中性名詞 dhanam

（錢）的語幹 dhana 結合成。

作格限定複合詞，解作：珠寶財富（同格限定複合詞）。

作所屬複合詞，解作：其財富就是珠寶。

15. sūryamitranāman 由陽性名詞語幹 sūrya（太陽），中性名詞 mitram（朋友）的語幹 mitra，和中性名詞語幹 nāman（名稱）結合成。

作格限定複合詞，解作：太陽的朋友的名稱。

作所屬複合詞，解作：其名稱為太陽的朋友。

16. pitṛācārya 由陽性名詞語幹 pitṛ（父／父母）和陽性名詞語幹 ācārya（老師）結合成。

作格限定複合詞，解作：如父親的老師（同格限定複合詞）。

作所屬複合詞，解作：其老師如父親一樣。

17. śatrukopa 由陽性名詞語幹 śatru（敵人）和陽性名詞語幹 kopa（怒）結合成。

作格限定複合詞，解作：敵人的憤怒。

作所屬複合詞，解作：其憤怒如同敵人。

18. śūdrācārya 由陽性名詞語幹 śūdra（首陀）和陽性名詞語幹 ācārya（老師）結合成。

作格限定複合詞，解作：首陀老師（同格限定複合詞）。

作所屬複合詞，解作：其老師是首陀。

**B、翻譯句子：**

1. dhanurhasto vīro rājasakāśamāgacchannirduḥkho bhavetyavadacca.

dhanurhasto 是同格限定複合詞，由中性名詞語幹 dhanus（弓）（五 g.）和陽性名詞 hasta（象鼻／手）（五 a.）的主格單數 hastaḥ 結合成。解作：弓手。

vīro 原本是 viraḥ，因連聲-aḥ 變成-o。

viraḥ 是陽性名詞 vīra（戰士）的主格單數。

rājasakāśamāgacchannirduḥkho 由 rājasakāśam + āgacchat + nirduḥkhaḥ 連聲組成（六 ii.d.，五 a.）。

rājasakāśam 是格限定複合詞，由陽性名詞 rājan（國王）的語幹 rāja 和陽性名詞 sakāśa（附近）的對格單數 sakāśam 結合成，解作：國王的身邊。

āgacchat 是動詞語根 ā-√gam（來）的第三身單數半過去主動式。

nirduḥkhaḥ 是所屬複合詞，由字首 nis（空卻／缺乏）和中性名詞 duhkham（苦惱）的語幹轉成 dhuhkha（隨 deva 的語尾變化）的主格單數結合成。解作：其苦惱去除。

bhavetyavadacca 由 bhava + iti + avadat + ca 連聲組成（四 b.，四 d.，六 ii.e.）。

bhava 是動詞語根√bhū（變）的第二身單數命令主動式。

iti 的用法見第九課 II.。

avadat 是動詞語根√vad（說）的第三身單數半過去主動式。

ca 解作：與。

全句：手中有弓的戰士來到國王身邊，說：「不要苦惱了。」

2. ye manuṣyā aputrāsteṣāṃ jīvitaṃ duḥkhameva.

ye 是關係代名詞 ya（該人）的陰性主格／對格雙數，陽性主格眾數，或中性主格／對格雙數，在這裏跟 manuṣyāḥ 作陽性主格眾數。

manuṣyā 原本是 manuṣyāḥ 因在母音之前失去-ḥ（五 d.）。

manuṣyāḥ 是陽性名詞 manuṣya（人）的主格眾數。

aputrāsteṣāṃ 由 aputrāḥ + teṣāṃ 連聲組成（五 f.）。

aputrāḥ 是所屬複合詞，由字首 a（否定／沒有）和陽性名詞 putra（兒子）的主格眾數結合成，解作：其為沒有兒子。

teṣāṃ 是與 ya 相應的相關關係詞 sa（他）的陽性屬格眾數。

jīvitaṃ 是中性名詞 jīvitam（生命）的主／對格單數，這裏作主格。

duḥkhameva 由 duḥkham + eva 連接而成。

duḥkham 是中性名詞 duḥkham（苦惱）的主／對格單數，這裏作對格。

eva 解作：只是。

全句：那些沒有兒子的人，他們的生命只有苦惱。

3. yasmāttvadrājye ’dharma eva vardhate tasmāttannirbrāhmaṇamiti brāhmaṇo ’vadat.（yasmāt – tasmāt 的結構是「由於－所以」之意）

yasmāttvadrājye ’dharma 由 yasmāt + tvat + rājye + adharmaḥ 連聲組成（六 II.a.，四 e.，五 c.）。

yasmāt 解作：由於。

tvat 是代名詞 tvam（你）的奪格單數。

rājye 是中性名詞 rājyam（王國）的處格單數。

adharmaḥ 是所屬複合詞，由字首 a（否定／沒有），及陽性名詞 dharma（法／真理）的主格單數 dharmaḥ 結合成，解作：沒有法／真理。

eva 解作：只有。

vardhate 是動詞語根√vṛdh（生長）的第三身單數現在式。

tasmāttannirbrāhmaṇamiti 由 tasmāt + tat + nirbrāhmaṇam + iti 連聲組成（六 II.d.）。

tasmāt 解作：所以。

tat 是代名詞 sa（他）的中性主／對格單數，這裏作主格。

nirbrāhmaṇam 是所屬複合詞，由字首 nis（空卻／缺乏）和陽性名詞 brāhmaṇa（婆羅門）的對格單數 brāhmaṇam 結合成，〔其中的 nis 因連聲轉成 nir（五 g.）〕。解作：其為沒有婆羅門。

iti 的用法見第九課 II.。

brāhmaṇo ’vadat 由 brāhmaṇaḥ + avadat 連聲組成（五 b.）。

brāhmaṇaḥ 是陽性名詞 brāhmaṇa（婆羅門）的主格單數。

avadat 是動詞語根√vad（說）的第三身單數半過去主動式。

全句：婆羅門說：「由於在你的王國中沒有真理增長，所以沒有婆羅門。」

4. kadā loko ’yaṃ niryuddho bhavedityamanyata sa vīraḥ.

kadā 是疑問詞，解作：何時。

loko ’yaṃ 由 lokaḥ + ayaṃ 連聲組成（五 b.）。

lokaḥ 是陽性名詞 loka（世界／人類）的主格單數。

ayaṃ 是關係代名詞 ayam（這個）的陽性主格單數。

niryuddho 原本是 niryuddhaḥ，因連聲-aḥ 變成-o（五 a.）。

niryuddhaḥ 是所屬複合詞，由字首 nis（空卻／缺乏，五 g.）和中性名詞 yuddham（戰爭）取其語幹 yuddha（隨 deva 的語尾變代）的主格單數結合成，解作：不具有戰爭。

bhavedityamanyata 由 bhavet + iti + amanyata 連聲組成（六 II.a.，四 d.）。

bhavet 是動詞語根√bhū（變）的第三身單數半過去中間式。

iti 的用法見第九課 II.。

amanyata 是動詞語根√man（想）的第三身單數半過去中間式。

sa 原本是 saḥ，在子音前失去-ḥ。

saḥ 是代名詞 sa（他）的陽性主格單數。

vīraḥ 是陽性名詞 vīra（戰士）的主格單數。

全句：那戰士想：「這世界何時會變成沒有戰爭呢？」

5. ayaṃ lokaḥ sarājyanagaragrāmo mamaiva bhavatvityavadadrājā.

ayaṃ 是代名詞 ayam（這個）的陽性主格單數。

lokaḥ 是陽性名詞 loka（世界／人類）的主格單數。

sarājyanagaragrāmo mamaiva 由 sarājyanagaragrāmaḥ + mama + eva 連聲組成（五 a.，四 c.）。

sarājyanagaragrāmaḥ 是所屬複合詞，由字首 sa（伴隨／擁有），中性名詞 rājyam（王國）的語幹 rājya，中性名詞 nagaram（城鎮）的語幹 nagara，和陽性名詞 grāma（村）的主格單數結合成，解作：其擁有王國中的城鎮的村莊。

mama 是代名詞 aham（我）的屬格單數。

eva 解作：只是。

bhavatvityavadadrājā 由 bhavatu + iti + avadat + rājā 連聲組成（四 d.，六 II.a.）。

bhavatu 是動詞語根√bhū（變）的第三身單數命令主動式。

iti 的用法見第九課 II.。

avadat 是動詞語根√vad（說）的第三身單數半過去主動式。

rājā 是陽性名詞 rājan（國王）的主格單數。

全句：國王說：「讓這個有著王國、城鎮、村莊的世界只屬於我。」

6. yadyasūryo bhavedayaṃ loko yadyapyabrāhmaṇo bhavelloko yadyapi vā nirjalā bhavedbhūmistathāpi tvamevāsya lokasya rājetyapaṭhatkaviḥ.

yadyasūryo bhavedayaṃ 由 yadi + asūryaḥ + bhavet + ayam 連聲組成（四 d.，五 a.，六 II.a.）。

yadi 是關係詞，解作：如果。

asūryaḥ 是所屬複合詞，由字首 a（沒有）和陽性名詞 sūrya（太陽）的主格單數結合成，解作：其沒有太陽。

bhavet 是動詞語根√bhū（變）的第三身單數願望主動式。

ayam 是關係代名詞 ayam（這個）的陽性主格單數。

loko yadyapyabrāhmaṇo bhavelloko yadyapi 由 lokaḥ + yadyapi + abrāhmaṇaḥ + bhavet + lokaḥ + yadyapi 連聲組成（五 a.，四 d.，五 a.，六 II.b.，五 a.）。

lokaḥ 是陽性名詞 loka（世界／人類）的主格單數。

yadyapi 是關係詞，解作：即使。

abrāhmaṇaḥ 是所屬複合詞，由字首 a（沒有），及陽性名詞 brāhmaṇa（婆羅門）的主格單數結合成，解作：其沒有婆羅門。

bhavet 是動詞語根√bhū（變）的第三身單數願望主動式。

lokaḥ 是陽性名詞 loka（世界／人類）的主格單數。

yadyapi 是關係詞，解作：即使。

vā 解作：或。

nirjalā 是所屬複合詞，由字首 nis（空卻／缺乏）和中性名詞 jalam（水）的語幹 jala 的主格眾數 jalāḥ 合成（jalāḥ 因連聲失去-ḥ，五 d.），解作：其缺乏水。

bhavedbhūmistathāpi 由 bhavet + bhūmiḥ + tathāpi 連聲組成（六 II.a.，五 f.）。

bhavet 是動詞語根√bhū（變）的第三身單數願望主動式。

bhūmiḥ 是陰性名詞 bhūmi（地）的主格單數。

tathāpi 是相應於 yadyapi 的相關關係詞，解作：仍然。

tvamevāsya 由 tvam + eva + asya 連聲組成（四 a.）。

tvam 是代名詞 tvam（你）的主格單數。

eva 解作：只是。

asya 是代名詞 ayam（這個）的陽性屬格單數。

lokasya 是陽性名詞 loka（世界）的屬格單數。

rājetyapaṭhatkaviḥ 由 rājā + iti + apaṭhat + kaviḥ 連聲組成（四 b.，四 d.）。

rājā 是陽性名詞 rājan（國王）的主格單數。

iti 的用法見第九課 II.。

apaṭhat 是動詞語根√paṭh（讀）的第三身單數半過去主動式。

kaviḥ 是陽性名詞 kavi（詩人）的主格單數。

全句：詩人這樣朗讀：「就算這世界變成沒有太陽，就算這世界變成沒有婆羅門，或者，即使大地變成沒有水，也仍然只有你是這世界的王。」

7. sapuṣpavṛkṣodyāneṣvakrīḍatsabhrātṛpatnīko rājarājanāma nṛpaḥ.

sapuṣpavṛkṣodyāneṣvakrīḍatsabhrātṛpatnīko 由 sapuṣpavṛkṣodyāneṣu + akrīḍat + sabhrātṛpatnīkaḥ 連聲組成（四 d.，五 a.）。

sapuṣpavṛkṣodyāneṣu 是所屬複合詞，由字首 sa（伴隨），中性名詞 puṣpam（花）的語幹 puṣpa，陽性名詞 vṛkṣa（樹）的語幹，和中性名詞 udyānam（花園）的處格眾數結合成，解作：生長著有花的樹的花園裏。

akrīḍat 是動詞語根√krīḍ（玩）的第三身單數半過去主動式。

sabhrātṛpatnīkaḥ 是所屬複合詞，由字首 sa（伴隨），陽性名詞 bhrātṛ（兄弟）的語幹，和陰性名詞 patnī（妻子）的語幹加上-ka 成為陽性的所屬複合詞，再隨 deva 的語尾變化成為 patnīkaḥ（主格單數）結合成，解作：其伴隨著兄弟妻子們。

rājarājanāma 是所屬複合詞，由陽性名詞 rājan（國王）的語幹 rāja 重複，加上中性名詞 nāman（名字）的主格單數結合成，解作：其名字為王中之王。

nṛpaḥ 是陽性名詞 nṛpa（國王）的主格單數。

全句：其名字為王中之王的國王陪伴著兄弟妻子們在長著有花的樹的花園裏遊玩。

8. na kutrāpi niragnibrāhmaṇagṛhaṃ mama rājye bhavedityamanyata rājā.

na kutrāpi 解作：無處／沒有任何地方。

niragnibrāhmaṇagṛhaṃ 是所屬複合詞，由字首 nis（空卻／缺乏），陽性名詞語幹 agni（聖火），陽性名詞語幹 brāhmaṇa，和中性名詞 gṛham（屋）的語幹 gṛha（跟 deva 的語尾變化）的對格單數結合成，解作：當中沒有聖火的婆羅門的屋。

mama 是代名詞 aham（我）的屬格單數。

rājye 是陰性名詞 rājyam（王國）的處格單數。

bhavedityamanyata 由 bhavet + iti + amanyata 連聲組成（六 II.a.，四 d.）。

bhavet 是動詞語根√bhu（變）的第三身單數願望主動式。

iti 的用法見第九課 II.。

amanyata 是動詞語根√man（想）的第三身單數半過去中間式。

rājā 是陽性名詞 rājan（國王）的主格單數。

全句：國王想：「但願我的王國裏，無論何處都不會有欠缺聖火的婆羅門家庭。」

9. nirdhūmamagnimapaśyacchiṣyaḥ kimetadityamanyata ca.

nirdhūmamagnimapaśyacchiṣyaḥ 由 nirdhūmam + agnim + apaśyat + śiṣyaḥ 連聲組成（六 II.e.）。

nirdhūmam 是所屬複合詞，由字首 nis（空卻／缺乏），和陽性名詞 dhūma（煙）的對格單數結合成，解作：其為沒有煙。

agnim 是陽性名詞 agni（火／聖火）的對格單數。

apaśyat 是動詞語根√paś（見）的第三身單數半過去主動式。

śiṣyaḥ 是陽性名詞 śiṣya（學生）的主格單數。

kimetadityamanyata 由 kim + etat + iti + amanyata 連聲組成（六 II.a.，四 d.）。

kim 是疑問詞，解作：甚麼。

etat 是中性代名詞 etat（這個）的主格單數。

iti 的用法見第九課 II.。

amanyata 是動詞語根√man（想）的第三身單數半過去中間式。

ca 解作：與。

全句：學生見到沒有煙的火，便想：「這是甚麼呢？」

10. sa vīro rājamitraḥ.

sa 原本是 saḥ，在子音前失去-ḥ/-s，成為 sa。

saḥ 是代名詞 sa（他）的陽性主格單數。

vīro 原本是 vīraḥ，因連聲-aḥ 變成-o。

vīraḥ 是陽性名詞 vīra（戰士）的主格單數。

rājamitraḥ 是所屬複合詞，由陽性名詞 rājan（國王）的語幹 rāja，以及中性名詞 mitram（朋友）的語幹 mitra，隨著它的前述詞 vīraḥ 作陽性，取 deva 的語尾變化而成為 mitraḥ（主格單數）。由於這個詞在性上跟隨前述詞，所以是所屬複合詞，而不作格限定複合詞（十九 D.），解作：其朋友是國王。

全句：他是一個「其朋友是國王」的戰士。

按一般中文文法，應解作：他是一個有著國王為朋友的戰士。

11. sa vīro rājamitram.

sa 原本是 saḥ，在子音前失去-ḥ/-s，成為 sa。

saḥ 是代名詞 sa（他）的陽性主格單數。

vīro 原本是 vīraḥ，因連聲-aḥ 變成-o。

vīraḥ 是陽性名詞 vīra（戰士）的主格單數。

rājamitram 是同格限定複合詞，由陽性名詞 rājan（國王）的語幹 rāja，以及中性名詞 mitram（朋友）的語幹 mitra，取 phalam 的語尾變化成為 mitram（主格單數），解作：國王的朋友。

全句：那戰士是國王的朋友。

## 第十九課

1. ahaṃ rājāsmi tvaṃ ca mama bandhurasi, tasmādyo yuddhe tvāṃ hanyātsa māmapi rājānaṃ hantītyavadadrājā.

   ahaṃ 是代名詞 aham（我）的主格單數。
   rājāsmi 由 rājā + asmi 連聲組成（四 a.）。
   rājā 是陽性名詞 rājan（國王）的主格單數。
   asmi 是二類動詞語根√as（存在／是）的第一身單數現在式。
   tvaṃ 是代名詞 tvam（你）的主格單數。
   ca 解作：與。
   mama 是代名詞 aham（我）的屬格單數。
   bandhurasi 由 bandhuḥ + asi 連聲組成（五 g.）。
   bandhuḥ 是中性名詞 bandhu（親友）的主格單數。
   asi 是二類動詞語根√as（存在／是）的第二身單數現在式。
   tasmādyo yuddhe 由 tasmāt + yaḥ + yuddhe 連聲組成（六 II.a.，五 a.）。
   tasmāt 是代名詞 sa（他）的陽性奪格單數。
   yaḥ 是關係詞 ya（該人）的陽性主格單數。
   yuddhe 是中性名詞 yuddham（戰爭）的處格單數。
   tvāṃ 是代名詞 tvam（你）的對格單數。
   hanyātsa 由 hanyāt + saḥ 連接而成。
   hanyāt 是二類動詞語根√han（殺／擊打）的第三身單數願望主動式。
   saḥ 是代名詞 sa（他）的陽性主格單數。
   māmapi 由 mām + api 連接而成。
   mām 是代名詞 aham（我）的對格單數。
   api 解作：即使。
   rājānaṃ 是陽性名詞 rājan（國王）的對格單數。
   hantītyavadadrājā 由 hanti + iti + avadat + rājā 連聲組成（四 a.，四 d.，六 II.a.）。

hanti 是二類動詞語根√han（殺／擊打）的第三身單數現在式。

iti 的用法見第九課 II.。

avadat 是動詞語根√vad（說）的第三身單數半過去主動式。

rājā 是陽性名詞 rājan（國王）的主格單數。

全句：國王說：「我是國王，你是我的親友，在戰爭中要殺你的人，也要殺我這個國王了。」

2. ye brāhmaṇamitrāstānrājño na ko 'pi hanyādityavadadbrāhmaṇaḥ.

ye 是關係代名詞 ya（該人）的陰性主格／對格雙數，陽性主格眾數，或中性主格／對格雙數，在這裏作陽性主格眾數。

brāhmaṇamitrāstānrājñona 由 brāhmaṇamitrāḥ + tān + rājñaḥ + na 連聲組成（五 f.，五 a.）。

brāhmaṇamitrāḥ 是所屬複合詞，由陽性名詞語幹 brāhmaṇa（婆羅門）和中性名詞 mitram（朋友）的主格眾數結合成，解作：其朋友是眾婆羅門。

tān 是相應於 ya 的相關關係代名詞 sa（他）的陽性對格眾數。

rājñaḥ 是陽性名詞 rājan（國王）的對格眾數或奪／屬格單數，這裏作對格眾數。

na 解作：否。

ko 'pi 由 kaḥ + api 連聲組成（五 b.）。

kaḥ 是疑問詞 ka（誰）的陽性主格單數。

api 解作：即使。

hanyādityavadadbrāhmaṇaḥ 由 hanyāt + iti + avadat + brāhmaṇaḥ 連聲組成（六 II.a.，四 d.，六 II.a.）。

iti 的用法見第九課 II.。

avadat 是動詞語根√vad（說）的第三身單數半過去主動式。

brāhmaṇaḥ 是陽性名詞 brāhmaṇa（婆羅門）的主格單數。

全句：婆羅門說：「沒有人會攻擊那些國王——其朋友是眾婆羅門。」

3. mama sakāśādihi, yāni tava mitrāṇīdānīṃ mṛgamaghnaṃstānyatrānayeti kopenāvadadṛṣiḥ.

mama 是代名詞 aham（我）的屬格單數。

sakāśādihi 由 sakāśāt + ihi 連聲組成（六 II.a.）。

sakāśāt 是陽性名詞 sakāśa（附近）的奪格單數。

ihi 是第二類動詞語根√i（去）的第二身單數命令主動式。

yāni 是關係代名詞 ya（該人）的中性主／對格眾數，這裏作對格。

tava 是代名詞 tvam（你）的屬格單數。

mitrāṇīdānīṃ 由 mitrāṇi + idānīṃ 連聲組成（四 a.）。

mitrāṇi 是中性名詞 mitram（朋友）的主／對／呼格眾數，其中-n-舌音化成為-ṇ-（六 III.a.）。這裏作對格眾數。

idānīṃ 解作：現在。

mṛgamaghnaṃstānyatrānayeti 由 mṛgam + aghnan + tān + yatra + ānaya + iti 連聲組成（六 I.c.，四 a.，四 b.）。

mṛgam 是陽性名詞 mṛga（鹿）的對格單數。

aghnan 是第二類動詞語根√han（殺）的第三身眾數半過去主動式。

tān 是相應於 ya 的相關關係代名詞 sa（他）的陽性對格眾數。

yatra 是關係代名詞，解作：該處。

ānaya 是動詞語根 ā-√nī（帶）的第二身單數命令主動式。

iti 的用法見第九課 II.。

kopenāvadadṛṣiḥ 由 kopena + avadat + ṛṣiḥ 連聲組成（四 a.，六 II.a.）。

kopena 是陽性名詞 kopa（怒）的具格單數。

avadat 是動詞語根√vad（說）的第三身單數半過去主動式。

ṛṣiḥ 是陽性名詞 ṛṣi（聖者）的主格單數。

全句：聖者憤怒地說「從我的身邊離去，立刻把你的朋友，即那些殺了鹿的人帶來。」

4. na dharmaṃ hantu manuṣyaḥ, yadyapi pitaraṃ hanyānmātaraṃ vā na dharmaṃ hantviti paraśurāmo ’manyata.

na 解作：否。

dharmaṃ 是陽性名詞 dharma（正義／法）的對格單數。

hantu 是第二類動詞語根√han（殺）的第三身眾數命令主動式。
manuṣyaḥ 是陽性名詞 manuṣya（人）的主格單數。
yadyapi 是關係詞，解作：即使。
pitaraṃ 是陽性名詞 pitṛ（父／父母）的對格單數。
hanyānmātaraṃ 由 hanyā + mātaraṃ 連聲組成（六 II.d.）。
hanyā 是第二類動詞語根√han（殺）的第三身單數願望主動式。
mātaraṃ 是陰性名詞 mātṛ（母）的對格單數。
vā 解作：或。
na 解作：否。
dharmaṃ 是陽性名詞 dharma（正義／法）的對格單數。
hantviti 由 hantu + iti 連聲組成（四 d.）。
hantu 是第二類動詞語根√han（殺）的第三身眾數命令主動式。
iti 的用法見第九課 II.。
paraśurāmo ’manyata 由 paraśurāmaḥ + amanyata（五 b.）。
paraśurāmaḥ 是專有名詞 paraśurāma（音譯：巴勒蘇拉麻）的主格單數。
amanyata 是動詞語根√man（想）的第三身單數半過去中間式。
全句：巴勒蘇拉麻想：「不可傷害真理，即使會傷害父親或母親，也不可傷害真理。」

5. asminrājya āsīdrājā kadā citsa ca sahavīro ’rīnahanyuddhe sadā ca kavibhyo dhanamayacchaccetyavadankavayaḥ.
asminrājya 由 asmin + rājye 連聲組成（四 f.）。
asmin 是關係代名詞 ayam（這個）的陽性處格單數。
rājye 是中性名詞 rājyam（王國）的處格單數。
āsīdrājā 由 āsīt + rājā 連聲組成（六 II.a.）。
āsīt 是第二類動詞語根√as（是／存在）的第三身單數半過去主動式。
rājā 是陽性名詞 rājan（國王）的主格單數。
kadā citsa 由 kadā cit + sa 組成。
kadā cit 解作：在某時。

sa 是代名詞 sa（他）的陽性主格單數 saḥ，在子音前失去-s/-ḥ。
ca 解作：與。
sahavīro ’rīnahanyuddhe 由 sahavīraḥ + arīn + ahan + yuddhe 連聲組成（五 b.）。
sahavīraḥ 是所屬複合詞，由字首 saha（伴隨）和陽性名詞 vīra（戰士）的主格單數 vīraḥ 結合而成，解作：其擁有戰士。
arīn 是陽性名詞 ari（敵人）的對格眾數。
ahan 是二類動詞語根√han（殺／擊打）的第二／三身單數半過去主動式，這裏作第三身。
yuddhe 是中性名詞 yuddham（戰爭）的處格單數。
sadā 解作：時常。
ca 解作：與。
kavibhyo dhanamayacchaccetyavadankavayaḥ 由 kavibhyaḥ + dhanam + ayacchat + ca + iti + avadan + kavayaḥ 連聲組成（五 a.，六 II.e.，四 b.，四 d.）。
kavibhyaḥ 是陽性名詞 kavi（詩人）的為／奪格眾數，這裏作為格。
dhanam 是中性名詞 dhanam（錢）的主／對格單數，這裏作對格。
ayacchat 是動詞語根√yam（生產／給）的第三身單數半過去主動式。
ca 解作：與。
iti 的用法見第九課 II.。
avadan 是動詞語根√vad（說）的第三身眾數半過去主動式。
kavayaḥ 是陽性名詞 kavi（詩人）的主格眾數。
全句：詩人們說：「在某時期，這個王國裏的國王與戰士在戰爭中殺了敵人後，時常會將錢財送給詩人們。」

6. anena mārgeṇāyaṃste devā dharmārīnhanma ityavadaṃśca.
anena 是關係代名詞 ayam（這個）的具格單數。
mārgeṇāyaṃste 由 mārgena + āyan + te 連聲組成（六 III.a.，六 I.c.）。
mārgena 是陽性名詞 mārga（路）的具格單數。

āyan 是第二類動詞語根√i（去）的第三身眾數半過去主動式。

te 是代名詞 sa（他）的陰性主格／對格雙數，陽性主格眾數，或中性主格／對格雙數，在這裏作陽性主格眾數。

devā 原本是 devāḥ，因連聲失去-ḥ（五 d.）。

devāḥ 是陽性名詞 deva（神祇）的主格／呼格眾數，這裏作主格。

dharmārīnhanma 由 dharmārīn + hanmaḥ 連聲組成（五 d.）。

dharmārīn 是格限定複合詞，由陽性名詞語幹 dharma（法／真理）和陽性名詞 ari（敵人）的對格眾數結合成，解作：真理的敵人們。

hanmaḥ 是第二類動詞語根√han（殺）的第一身眾數。

ityavadaṃśca 由 iti + avadan + ca 連聲組成（四 d.，六 I.c.）。

iti 的用法見第九課 II.。

avadan 是動詞語根√vad（說）的第三身眾數半過去主動式。

ca 解作：與。

全句：那些神祇從這條路去，並說：「我們要殺掉那些真理的敵人們。」

7. amārge vane 'tiṣṭhatsa kutredānīmemītyamanyata ca.

amārge 是所屬複合詞，由字首 a（否定／沒有）和陽性名詞 mārga（路）的處格單數結合成，解作：無路之處。

vane 'tiṣṭhatsa 由 vane + atiṣṭhat + saḥ 連聲組成（四 e.）。

vane 是中性名詞 vanam（森林）的處格單數。

atiṣṭhat 是動詞語根√sthā（站）的第三身單數半過去主動式。

saḥ 是代名詞 sa（他）的陽性主格單數，在子音前失去-ḥ。

kutredānīmemītyamanyata 由 kutra + idānīm + emi + iti + amanyata 連聲組成（四 b.，四 a.，四 d.）。

kutra 是疑問詞，解作：何處。

idānīm 解作：現在。

emi 是第二類動詞語根√i（去）的第一身單數現在式。

iti 的用法見第九課 II.。

amanyata 是動詞語根√man（想）的第三身單數半過去中間式。

ca 解作：與。

全句：他站在沒有路的森林中，並想：「我現在往何處去呢？」

8. sa gajamukho devo ’traidye māṃ sevante tebhyo ’haṃ kīrtiṃ yacchāmītyavadacca.

sa 原本是 saḥ，在子音前失去-ḥ。

saḥ 是代名詞 sa（他）的陽性主格單數。

gajamukho devo ’traidye 由 gajamukhaḥ + devaḥ + atra + ait + ye 連聲組成（五 a.，五 b.，四 c.，六 II.a.）。

gajamukhaḥ 是所屬複合詞，由陽性名詞語幹 gaja（象）和中性名詞 mukham（面）的主格單數結合成，解作：其面是象。

devaḥ 是陽性名詞 deva（神祇）的主格單數。

atra 解作：這裏。

ait 是第二類動詞語根√i（去）的第三身單數半過去主動式。

ye 是代名詞 ya（該人）的陰性主格／對格雙數，陽性主格眾數，或中性主格／對格雙數，在這裏作陽性主格眾數。

māṃ 是代名詞 aham（我）的對格單數。

sevante 是動詞語根√sev（服侍／讚）的第三身眾數現在式。

tebhyo ’haṃ 由 tebhyaḥ + ahaṃ 連聲組成（五 b.）。

tebhyaḥ 是與 ya 相應的相關關係代名詞 sa（他）的陽性為格／奪格眾數，這裏作為格。

ahaṃ 是代名詞 aham（我）的主格單數。

kīrtiṃ 是陰性名詞 kīrti（光榮）的對格單數。

yacchāmītyavadacca 由 yacchāmi + iti + avadat + ca 連聲組成（四 a.，四 d.，六 II.e.）。

yacchāmi 是動詞語根√yam（生產／給）的第一身單數現在式。

iti 的用法見第九課 II.。

avadat 是動詞語根√vad（說）的第三身單數半過去主動式。

ca 解作：與。

全句：那個具有象的容貌的神祇到這裏來，說：「我要將榮耀給予那些供奉我的人。」

9. yadāhaṃ gṛha āsaṃ tvaṃ kutrāsīrityapṛcchatsabhayāṃ patnīṃ vīraḥ.

yadāhaṃ 由 yadā + ahaṃ 連聲組成（四 a.）。

yadā 解作：當／由於。

ahaṃ 是代名詞 aham（我）的主格單數。

gṛha 原本是 gṛhe，因連聲-e 變成-a，兩字分開（四 f.）。

gṛhe 是中性名詞 gṛham（屋）的處格單數。

āsaṃ 是第二類動詞語根√as（是／存在）的第一身單數半過去主動式。

tvaṃ 是代名詞 tvam（你）的主格單數。

kutrāsīrityapṛcchatsabhayāṃ 由 kutra + āsīḥ + iti + apṛcchat + sa + bhayāṃ 連聲組成（四 a.，五 g.，四 d.）。

kutra 是疑問詞，解作：何處。

āsīḥ 是第二類動詞語根√as（是／存在）的第二身單數半過去主動式。

iti 的用法見第九課 II.。

apṛcchat 是動詞語根√pracch（問）的第三身單數半過去主動式。

sa 原本是 saḥ，因連聲失去-ḥ。

saḥ 是代名詞 sa（他）的陽性主格單數。

bhayāt 是中性名詞 bhayam（恐懼）的奪格單數。

patnīṃ 是陰性名詞 patnī（妻子）的對格單數。

vīraḥ 是陽性名詞 vīra（戰士）的主格單數。

全句：戰士質問恐懼的妻子：「我在家裏的時候，你在何處？」

10. āsta sa rājārisakāśe yūyaṃ kasmādatraitetyapṛcchacca.

āsta 是第二類動詞語根√ās（坐）的第三身單數半過去中間式。

sa 原本是 saḥ，因連聲失去-ḥ。

saḥ 是代名詞 sa（他）的陽性主格單數。

rājārisakāśe 是格限定複合詞，由陽性名詞 rājan（國王）的語幹 rāja，陽性名詞語幹 ari（敵人），及陽性名詞 sakāśa（附近）的處格單數結合成，解作：國王的敵人身邊。

yūyaṃ 是代名詞 tvam（你）的主格眾數。

kasmādatraitetyapṛcchacca 由 kasmāt + atra + aita + iti + apṛcchat + ca 連聲組成（六 II.a.，四 c.，四 b.，四 d.，六 II.e.）。

kasmāt 是疑問詞，解作：為甚麼。

atra 解作：這裏。

aita 是第二類動詞語根√e（來）的第三身眾數半過去主動式。（√e 由 ā-√i 連聲而得，√i（去）的第二身眾數半過去主動式是 aita，前面加上 ā，即是 ā + aita 連聲，成為 aita，四 c.）。

iti 的用法見第九課 II.。

apṛcchat 是動詞語根√pracch（問）的第三身單數半過去主動式。

ca 解作：與。

全句：他坐在國王的敵人身邊，問道：「你們為甚麼到這裏來？」

11. mannagare vanagajā āyantu krīḍantu ca vāpītīra āsatāṃ cetyavadadrājā.

mannagare 是格限定複合詞，由代名詞 aham（我）的語幹 mat 和中性名詞 nagaram（城鎮）的處格單數結合成，解作：在我的城鎮裏。

vanagajā 是格限定複合詞，由中性名詞 vanam（森林）的語幹 vana，和陽性名詞 gaja（象）的主格眾數 gajāḥ（因連聲失去-ḥ，五 d.）結合成，解作：森林的象群。

āyantu 是第二類動詞語根√e（來）的第三身眾數命令主動式。〔由√i（去）的第三身眾數命令主動式 yantu 前面加上 ā 而成。〕

krīḍantu 是動詞語根√krīḍ（玩）的第三身眾數命令主動式。

ca 解作：與。

vāpītīra 原本是 vāpītīraḥ，因連聲失去-ḥ（五 c.）。

vāpītīraḥ 是同格限定複合詞，由陰性名詞 vāpī（水池）的語幹，和中性名詞 tīram（岸邊）的語幹 tīra（隨 deva 的語尾變化）的主格單數結合成。解作：水池岸邊。

āsatāṃ 是第二類動詞語根√ās（坐）的第三身眾數命令中間式。

cetyavadadrājā 由 ca + iti + avadat + rājā 連聲組成（四 b.，四 d.，六 II.a.）。

ca 解作：與。

iti 的用法見第九課 II.。

avadat 是動詞語根√vad（說）的第三身單數半過去主動式。

rājā 是陽性名詞 rājan（國王）的主格單數。

全句：國王說：「讓森林的象群來到我的城鎮裏玩耍，並坐在水池岸邊。」

12. ye svargalokamiyuste na kimapi hanyuḥ.

ye 是關係代名詞 ya（該人）的的陰性主格／對格雙數，陽性主格眾數，或中性主格／對格雙數，在這裏作陽性主格眾數。

svargalokamiyuste 由 svargalokam + iyuḥ + te 連聲組成（五 f.）。

svargalokam 是格限定複合詞，由陽性名詞 svarga（天堂）的語幹，和陽性名詞 loka（世界）的對格單數結合成，解作：天堂的世界。

iyuḥ 是第二類動詞語根√i（去）的第三身眾數願望主動式。

te 是相應於 ya 的相關關係代名詞 sa（他）的陰性主格／對格雙數，陽性主格眾數，或中性主格／對格雙數，在這裏作陽性主格眾數。

na kimapi 解作：永不（八 II.）。

hanyuḥ 是第二類動詞語根√han（殺）的第三身眾數願望主動式。

全句：那些希望前往天堂的世界的人，都從來不會殺生。

## 第二十課

1. yaḥ svargamāpnuyātsa kathamāsita kiṃ vadetkiṃ śṛnuyātkiṃ kuryācca?
yaḥ 是關係代名詞 ya（該人）的陽性主格單數。
svargamāpnuyātsa 由 svargam + āpnuyāt + sa 連接而成。
svargam 是陽性名詞 svarga（天堂）的對格單數。
āpnuyāt 是第五類動詞語根√āp（獲得）的第三身單數願望主動式。
sa 原本是 saḥ，在子音前失去-ḥ。
saḥ 是相應於 ya 的相關關係代名詞 sa（那人）的陽性主格單數。
kathamāsita 由 katham + āsīta 連接而成。
katham 是疑問詞，解作：如何。
āsīta 是第二類動詞語根√ās（坐／居留）的第三身單數願望中間式。
kiṃ 解作：甚麼。
vadetkiṃ 由 vadet + kiṃ 連接而成。
vadet 是動詞語根√vad（說）的第三身單數願望主動式。
śṛnuyātkiṃ 由 śṛnuyāt + kiṃ 連接而成。
śṛnuyāt 是第五類動詞語根√śru（聽）的第三身單數願望主動式。
kuryācca 由 kuryāt + ca 連聲組成（六 II.e.）。
kuryāt 是第八類動詞語根√kṛ（做）的第三身單數願望主動式。
ca 解作：與。
全句：希望獲致天堂境界的人要怎樣生活，說甚麼，聽甚麼，做甚麼呢？

2. yo vaṇiganyarājye pustakānyakrīṇātsa idānīṃ tānyeva pustakānyasmadrājye vikrīṇāti.
yo 原本是 yaḥ，在有聲子音前-aḥ 轉成-o（五 a.）。
yaḥ 是關係代名詞 ya（該人）的陽性主格單數。
vaṇiganyarājye 由 vaṇik + anya + rājye 連聲組成（十 III.）。
vaṇik 是陽性名詞 vaṇij（商人）的主格單數。
anya 是代名詞 anya（其他）的主格單數。

rājye 是中性名詞 rājyam（王國）的處格單數。

pustakānyakrīṇātsa 由 pustakāni + akrīṇāt + saḥ 連聲組成（四 d.）。

pustakāni 是中性名詞 pustakam（書）的主／對格眾數，這裏作對格。

akrīṇāt 是第九類動詞語根√krī（買）的第三身單數半過去主動式。

saḥ 是相應於 ya 的相關關係代名詞 sa（他）的陽性主格單數。

idānīṃ 解作：現在。

tānyeva 由 tani + eva 連聲組成（四 d.）。

tani 是代名詞 sa（他）的中性主／對格眾數，這裏跟 pustakāni 同樣作對格。

eva 解作：只是。

pustakānyasmadrājye 由 pustakāni + asmat + rājye 連聲組成（四 d.，六 II.a.）。

pustakāni 是中性名詞 pustakam（書）的主／對格眾數，這裏作對格。

asmat 是代名詞 aham（我）的奪格眾數。

rājye 是中性名詞 rājyam（王國）的處格單數。

vikrīṇāti 是第九類動詞語根 vi-√krī（賣）的第三身單數現在式。

全句：那個在其他王國買書的商人，現在在我們的王國中賣那些書。

3. yasmādeva tvaṃ mama bandhurasi tasmādevaitanmadhu tubhyaṃ vikrīṇāmi.

yasmādeva 由 yasmāt + eva 連聲組成（六 II.a.）。

yasmāt 是關係代名詞 ya（該人）的陽性奪格單數。

eva 解作：只是。

tvaṃ 是代名詞 tvam（你）的主格單數。

mama 是代名詞 aham（我）的屬格單數。

bandhurasi 由 bandhuḥ + asi（五 g.）。

bandhuḥ 是陽性名詞 bandhu（親友）的主格單數。

asi 是第二類動詞語根√as（是／存在）的第二身單數現在式。

tasmādevaitanmadhu 由 tasmāt + eva + etat + madhu 連聲組成（六 II.a.，

四 c.，六 II.d.）。

tasmāt 是對應於 ya 的相關關係代名詞 sa（他）的陽性奪格單數。

eva 解作：只是。

etat 是代名詞 eṣa（這個）的中性對格單數。

madhu 是中性名詞 madhu（蜜）的主／對格單數，這裏作對格。

tubhyaṃ 是代名詞 tvam（你）的為格單數。

vikrīṇāmi 是第二類動詞語根 vi-√krī（賣）的第一身單數現在式。

全句：由於你是我的親友，所以我把這蜜糖賣給你。

4. ya ācāryavācaḥ śṛṇvanti te sadāsmiṃl loke sukhamevāpnuvanti.

ya 原本是 yaḥ，因連聲失去-ḥ（五 d.）。

yaḥ 是關係代名詞 ya（該人）的主格單數。

ācāryavācaḥ 是格限定複合詞，由陽性名詞語幹 ācārya（老師）和陰性名詞 vāc（說話）的奪／屬格單數結合成，這裏作奪格。解作：老師的說話。

śṛṇvanti 是第二類動詞語根√śru（聽）的第三身眾數現在式。

te 是相應於 ya 的相關關係代名詞 sa（他）的陰性主／對格雙數，陽性主格眾數，或中性主／對格雙數，這裏作陽性主格眾數。

sadāsmiṃl 由 sadā + asmin 連聲組成（六 I.b.）。

sadā 解作：時常。

asmin 是代名詞 ayam（這個）的處格單數。

loke 是陽性名詞 loka（世界）的處格單數。

sukhamevāpnuvanti 由 sukham + eva + āpnuvanti 連聲組成（四 a.）。

sukham 是中性名詞 sukham（快樂）的主／對格單數，這裏作對格。

eva 解作：只是。

āpnuvanti 是第二類動詞語根√āp（獲得）的第三身眾數現在式。

全句：那些聽到老師的說話的人，時常在這世界上得到快樂。

5. ye yuddhavīrā dhanurhastā matsakāśamadhāvaṃstaiḥ saha yuddhamakaravaṃ tānajayaṃ cetyavadadvīraḥ.

ye 是關係代名詞 ya（該人）的陰性主格／對格雙數，陽性主格眾數，或中性主格／對格雙數。這裏跟 vīrāḥ 一樣作陽性主格眾數，是隨後的所屬複合詞的前述詞。

yuddhavīrā 是所屬複合詞，由中性名詞 yuddham（戰爭）的語幹 yuddha，及陽性名詞 vīra（戰士）的主格眾數 vīrāḥ（-āḥ 在有聲子音前失去-ḥ，五 d.）結合成，解作：戰爭中的戰士們。

dhanurhastā 是所屬複合詞，由中性名詞語幹 dhanus（弓）（-s 變成-r，五 g.），及陽性名詞 hasta（手）的主格眾數 hastāḥ（-āḥ 在有聲子音前失去-ḥ，五 d.）結合成，解作：其手有弓的，即是弓手。

matsakāśamadhāvaṃstaiḥ 由 mat + sakāśam + adhāvan + taiḥ 連聲組成（六 I.c.）。

mat 是代名詞 aham（我）的奪格單數。

sakāśam 是陽性名詞 sakāśa（附近）的對格單數。

adhāvan 是動詞語根√dhāv（走）的第三身眾數半過去主動式。

taiḥ 是代名詞 sa（他）的陽性具格眾數。

saha 解作：伴隨。置於所形容的詞語 sa 之後，後者取具格，解作：與他們一起。

yuddhamakaravaṃ 由 yuddham + akaravaṃ 連接而成。

yuddham 是中性名詞 yuddham（戰爭）的主／對格單數，這裏作對格。

akaravaṃ 是第八類動詞語根√kṛ（做）的第一身單數半過去主動式。

tānajayaṃ 由 tān + ajayaṃ 連接而成。

tān 是相應於 ya 的相關關係代名詞 sa（他）的陽性對格眾數。

ajayaṃ 是動詞語根√ji（征服）的第一身單數半過去主動式。

cetyavadadvīraḥ 由 ca + iti + avadat + vīraḥ 連聲組成（四 b.，四 d.，六 II.a.）。

ca 解作：與。

iti 的用法見第九課 II.。

avadat 是動詞語根√vad（說）的第三身單數半過去主動式。

vīraḥ 是陽性名詞 vīra（戰士）的主格單數。

全句：戰士說：「我與那些戰場上的戰士們——他們手持弓矢走近我——作戰，我戰勝了他們。」

6. tava gṛhaṃ vikrīṇīhi mayā saha vanamehi ceti rājānamṛṣiravadat.
tava 是代名詞 tvam（你）的屬格單數。
gṛhaṃ 是中性名詞 gṛham（屋）的主／對格單數，這裏作對格。
vikrīṇīhi 是第二類動詞語根 vi-√krī（賣）的第二身單數命令主動式。
mayā 是代名詞 aham（我）的具格單數。
saha 解作：伴隨。置於所形容的詞語 mayā 之後，後者取具格，解作：與我一起。
vanamehi 由 vanam + ehi 連接而成。
vanam 是中性名詞 vanam（森林）的主／對格單數，在此作對格。
ehi 是第二類動詞語根√e（來）的第二身單數命令主動式。
ceti 由 ca + iti 連聲組成（四 b.）。
ca 解作：與。
iti 的用法見第九課 II.。
rājānamṛṣiravadat 由 rājānam + ṛṣiḥ + avadat 連聲組成（五 g.）。
rājānam 是陽性名詞 rājan（國王）的對格單數。
ṛṣiḥ 是陽性名詞 ṛṣi（聖者）的主格單數。
avadat 是動詞語根√vad（說）的第三身單數半過去主動式。
全句：聖者對國王說：「賣掉你的屋，並和我一起來森林吧！」

7. idaṃ pustakaṃ gṛhāṇetyavadacchiṣyamācāryaḥ.
idaṃ 是關係代名詞 ayam（這個）的中性主／對格單數，這裏作對格。
pustakaṃ 是中性名詞 pustakam（書）的主／對格單數，這裏作對格。
gṛhāṇetyavadacchiṣyamācāryaḥ 由 gṛhāṇa + iti + avadat + śiṣyam + ācāryaḥ 連聲組成（四 b.，四 d.，六 II.e.）。
gṛhāṇa 是第二類動詞語根√grah（握著）的第二身單數命令主動式。
iti 的用法見第九課 II.。
avadat 是動詞語根√vad（說）的第三身單數半過去主動式。

śiṣyam 是陽性名詞 śiṣya（學生）的對格單數。

ācāryaḥ 是陽性名詞 ācārya（老師）的主格單數。

全句：老師對學生說：「拿著這本書吧！」

8. sūryo māṃ dahatu mama śatravaḥ sarve maddhanaṃ gṛhṇantvanyarājānaḥ atrāsatām, ahamidaṃ rājyaṃ na tyajāmīti rājāvadat.

sūryo 原本是 sūryaḥ，因連聲，-aḥ 變成-o（五 a.）。

sūryaḥ 是陽性名詞 sūrya（太陽）的主格單數。

māṃ 是代名詞 aham（我）的對格單數。

dahatu 是動詞語根√dah（燒）的第三身單數命令主動式。

mama 是代名詞 aham（我）的屬格單數。

śatravaḥ 是陽性名詞 śatru（敵人）的主格眾數。

sarve 是 sarva（每一／全部）的陰性主／對格雙數，陽性主格眾數，或中性主／對格雙數。這裏作陽性主格眾數。

maddhanaṃ 由 mat + dhanaṃ 連聲組成（六 II.a.）。

mat 是代名詞 aham（我）的奪格單數。

dhanaṃ 是中性名詞 dhanam（錢）的主／對格單數。這裏作對格。

gṛhṇantvanyarājānaḥ 由 gṛhṇantu + anya + rājānaḥ 連聲組成（四 d.）。

gṛhṇantu 是第九類動詞語根√grah（握著）的第三身眾數命令主動式。

anya 解作：其他。

rājānaḥ 是陽性名詞 rājan（國王）的主格眾數。

atrāsatām 由 atra + āsatām 連聲組成（四 a.）。

atra 解作：這裏。

āsatām 是第二類動詞語根√ās（坐）的第三身眾數命令中間式。

ahamidaṃ 由 aham + idaṃ 連接而成。

aham 是代名詞 aham（我）的主格單數。

idaṃ 是代名詞 ayam（這個）的中性主／對格單數，這裏作對格。

rājyaṃ 是中性名詞 rājyam（王國）的主／對格單數。

na 解作：否。

tyajāmīti 由 tyajāmi + iti 連聲組成（四 a.）。

tyajāmi 是動詞語根√tyaj（放棄）的第一身單數現在式。

iti 的用法見第九課 II.。

rājāvadat 由 rājā + avadat 連聲組成（四 a.）。

rājā 是陽性名詞 rājan（國王）的主格單數。

avadat 是動詞語根√vad（說）的第三身單數半過去主動式。

全句：國王說：「讓太陽燒我吧！讓所有我的敵人拿取我的財富吧！讓別的國王們坐這裏吧！我不會放棄我的王國的。」

9. yadā tasminnagara āsaṃ tadā tvadrājyaṃ senāmānayettannagararāja ityaśṛṇavam.

yadā 解作：當／由於。

tasminnagara 由 tasmin + nagare 連聲組成（四 f.）。

tasmin 是代名詞 sa（他）的陽性處格單數。

nagare 是中性名詞 nagaram（城鎮）的處格單數。

āsaṃ 是第二類動詞語根√as（是）的第一身單數半過去主動式。

tadā 由 tvat + rājyaṃ 連聲組成（六 II.a.）。

tvat 是代名詞 tvam（你）的奪格單數。

rājyaṃ 是中性名詞 rājyam（王國）的主／對格單數，這裏作對格。

senāmānayettannagararāja 由 senām + ānayet + tat + nagararājaḥ 連聲組成（五 c.）。

senām 是陰性名詞 senā（軍隊）的對格單數。

ānayet 是動詞語根 ā-√nī（帶領）的第三身單數願望主動式。

tat 是代名詞 sa（他）的主／對格單數，這裏作主格。

nagararājaḥ 是同格限定複合詞，由中性名詞 nagaram（城鎮）的語幹 nagara，加上陽性名詞 rājan（國王）的主格單數 rājaḥ 結合成（由於 rājan 的語幹 rāja 以-a 結尾，故跟隨 deva 的語尾變化，十六 II.）。解作：城鎮的王。

ityaśṛṇavam 由 iti + aśṛṇavam 連聲組成（四 d.）。

iti 的用法見第九課 II.。

aśṛṇavam 是第二類動詞語根√śru（聽）的第一身單數半過去主動式。

全句：由於我當時在那城鎮，這樣便聽到：「該城鎮的王預備把軍隊帶到你的王國來。」

10. yā yuddhakāle puṣpāṇi vyakrīṇāttayā saha girinadyāmakrīḍadvaṇik.

yā 原本是 yāḥ，因連聲失去-ḥ（五 d.）。

yāḥ 是關係代名詞 ya（該人）的陽性主格單數。

yuddhakāle 是格限定複合詞，由中性名詞 yuddham（戰爭）的語幹 yuddha，及陽性名詞 kāla（時間）的處格單數結合成，解作：戰爭的時期中。

puṣpāṇi 是中性名詞 puṣpam（花）的主／對／呼格眾數，這裏作對格。

vyakrīṇāttayā 由 vyakrīṇāt + tayā 連聲組成。

vyakrīṇāt 是第二類動詞語根 vi-√krī（賣）的第三身單數半過去主動式。

tayā 是對應於 ya 的相關關係代名詞 sa（它）的陽性具格單數。

saha 解作：伴隨。

girinadyāmakrīḍadvaṇik 由 girinadyām + akrīḍat + vaṇik 連聲組成（六 II.a.）。

girinadyām 是格限定複合詞，由陽性名詞語幹 giri（山），及陰性名詞 nadī（河）的處格單數 nadyām 結合成，解作：山中的河流處。

akrīḍat 是動詞語根√krīḍ（玩）的第三身單數半過去主動式。

vaṇik 是陽性名詞 vaṇij（商人）的主格單數。

全句：商人陪伴著那個在戰爭時賣花的人，在山中的河流處遊玩。

11. na śūdraḥ ko ’pi madvācaḥ śṛṇotvityavadadbrāhmaṇaḥ.

na 解作：否。

śūdraḥ 是陽性名詞 śūdra（首陀）的主格單數。

ko ’pi 由 kaḥ + api 連聲組成（五 b.）。

kaḥ 是疑問詞 ka（誰）的主格單數。kaḥ api 一起解作：任何人。

madvācaḥ 由 mat + vācaḥ 連聲組成（六 II.c.）。

mat 是代名詞 aham（我）的奪格單數。

vācaḥ 是陰性名詞 vāc（言說）的奪／屬格單數或對格眾數，這裏作對格眾數。

śṛṇotvityavadadbrāhmaṇaḥ 由 śṛṇotu + iti + avadat + brāhmaṇaḥ 連聲組成（四 d.，六 II.a.）。

śṛṇotu 是第二類動詞語根√śru（聽）的第三身單數命令主動式。

iti 的用法見第九課 II.。

avadat 是動詞語根√vad（說）的第三身單數半過去主動式。

brāhmaṇaḥ 是陽性名詞 brāhmaṇa（婆羅門）的主格單數。

全句：婆羅門說：「不要讓任何首陀聽到我的說話。」

12. ayaṃ loko brāhmaṇamukho rājacakṣuścetyavadadṛṣiḥ.

ayaṃ 是代名詞 ayam（這個）的陽性主格單數。

loko 原本是 lokaḥ，由於連聲，-aḥ 變成-o（五 a.）。

lokaḥ 是陽性名詞 loka（世界／人類）的主格單數。

brāhmaṇamukho 原本是 brāhmaṇamukhaḥ，因連聲-aḥ 變成-o（五 a.）。

brāhmaṇamukhaḥ 是所屬複合詞，由陽性名詞語幹 brāhmaṇa（婆羅門），及中性名詞 mukham（面／口）的主格單數 mukhaḥ 結合成（由於 mukham 的語幹 mukha 以-a 結尾，故跟隨 deva 的語尾變化，十六 II.）。解作：其口是婆羅門。

rājacakṣuścetyavadadṛṣiḥ 由 rājacakṣuḥ + ca + iti + avadat + ṛṣiḥ 連聲組成（五 f.，四 b.，四 d.，六 II.a.）。

rājacakṣuḥ 是所屬複合詞，由陽性名詞 rājan（國王）的語幹 rāja，及中性名詞 cakṣus（眼）的主格單數結合成，解作：其眼是國王。

ca 解作：與。

iti 的用法見第九課 II.。

avadat 是動詞語根√vad（說）的第三身單數半過去主動式。

ṛṣiḥ 是陽性名詞 ṛṣi（聖者）的主格單數。

全句：聖者說：「這是一個以婆羅門為口，以國王為眼的世界。」

## 第二十一課

1. rājakopātsarve kṣatriyāḥ sapatnīkā nagaramajahuḥ.

   rājakopātsarve 由 rājakopāt + sarve 連接而成。

   rājakopāt 是格限定複合詞，由陽性名詞 rājan（國王）的語幹 rāja，及陽性名詞 kopa（怒）的奪格單數結合成，解作：從國王的憤怒。

   sarve 是 sarva（全部／每一）的陰性主／對格雙數，陽性主格眾數，或中性主／對格雙數，這裏作陽性主格眾數。

   kṣatriyāḥ 是陽性名詞 kṣatriya（剎帝利）的主格眾數。

   sapatnīkā 原本是 sapatnīkāḥ，因連聲失去-ḥ（五 d.）。

   sapatnīkāḥ 是所屬複合詞，由字首 sa（伴隨），及陰性名詞語幹 patnī（妻子），加上語尾-kā 結合成，語尾變化隨 senā 變成-kāḥ，成為陰性主格眾數。

   nagaramajahuḥ 由 nagaram + ajahuḥ 連接而成。

   nagaram 是中性名詞 nagaram（城鎮）的主／對格單數，這裏作對格。

   ajahuḥ 是第二類動詞語根√hā（離開）的第三身眾數半過去主動式。

   全句：所有剎帝利在妻子們的伴隨下，在國王的憤怒中離開城鎮。

2. yebhyo vīrebhyastvaṃ gajānaśvāṃśca nādadāste kathaṃ yuddhaṃ kuryuḥ?

   yebhyo vīrebhyastvaṃ 由 yebhyaḥ + vīrebhyaḥ + tvaṃ 連聲組成（五 a.，五 f.）。

   yebhyaḥ 是代名詞 sa（他）的陽性奪格眾數。

   vīrebhyaḥ 是陽性名詞 vīra（戰士）的奪格眾數。

   tvaṃ 是代名詞 tvam（你）的主格單數。

   gajānaśvāṃśca 由 gajān + aśvān + ca 連聲組成（六 I.c.）。

   gajān 是陽性名詞 gaja（象）的對格眾數。

   aśvān 是陽性名詞 aśva（馬）的對格眾數。

   ca 解作：與。

   nādadāste 由 na + adadāḥ + te 連聲組成（四 a.，五 f.）。

na 解作：否。

adadāḥ 是第三類動詞語根√dā（給予）的第二身單數半過去主動式。

te 是關係代名詞 sa（他）的陰性主／對格雙數，陽性主格眾數，或中性主／對格雙數，這裏作陽性主格眾數。

kathaṃ 解作：如何。

yuddhaṃ 是中性名詞 yuddham（戰爭）的主／對格單數，這裏作對格。

kuryuḥ 是第八類動詞語根√kṛ（做）的第三身眾數願望主動式。

全句：那些你沒有賜予象群和馬群的戰士們，他們會如何發動戰爭呢？

3. māṃ jahīhi, na hi kadāpi macchatravo matsakāśa āsīran.

māṃ 是代名詞 aham（我）的對格單數。

jahīhi 是第二類動詞語根√hā（離開）的第二身單數命令主動式。

hi 是連接詞，解作：為了。

na kadapi 解作：永不。

macchatravo matsakāśa 由 mat + śatravaḥ + mat + sakāśe 連聲組成（六 II.e.，五 f.）。

mat 是代名詞 aham（我）的奪格單數。

śatravaḥ 是陽性名詞 śatru（敵人）的主格眾數。

sakāśe 是陽性名詞 sakāśa（附近）的處格單數。

āsīran 是第二類動詞語根√ās（留）的第三身眾數願望中間式。

全句：你離開我吧！我的敵人從不會留在我身邊。

4. yajjalamasau kanyā hastayorabibhastadbhūmāvapatat.

yajjalamasau 由 yat + jalam + asau 連聲組成（六 II.c.）。

yat 是關係代名詞 ya（該人）的中性主／對格單數，這裏作主格。

jalam 是中性名詞 jalam（水）的主／對格單數，這裏作主格。

asau 是關係詞 asau（那個）的陽性或陰性主格單數，這裏指該女孩，故作陰性。

kanyā 原本是 kanyāḥ，因連聲失去-ḥ（五 d. ）。

kanyāḥ 是陰性名詞 kanyā（女孩）的主／對格眾數，這裏作主格。

hastayorabibhastadbhūmāvapatat 由 hastayoḥ + abibhar + tat + bhūmau + apatat 連聲組成（五 g.，五 f.，六 II.a.，四 g.）。

hastayoḥ 是陽性名詞 hasta（象鼻／手）的屬／處格雙數，這裏作處格。

abibhar 是第二類動詞語根√bhṛ（擁有）的第三身單數半過去主動式。

tat 是相應於 ya 的相關關係代名詞 sa（他）的中性主／對格單數，這裏作對格。

bhūmau 是陰性名詞 bhūmi（地）的處格單數。

apatat 是動詞語根√pat（跌）的第三身單數半過去主動式。

全句：那些水——那女孩手中盛著的——掉到地上了。

5. yadā sa nṛpo 'smatsenāmajayattadā tava nagaraṃ tava dhanāni sarvāṇi ca dehi ma ityabravīdasmadrājānam.

yadā 是關係詞，解作：如果。

sa 原本是 saḥ，在子音前失去-ḥ。

nṛpo 'smatsenāmajayattadā 由 nṛpaḥ + asmat + senām + ajayat + tadā 連聲組成（五 b.）。

nṛpaḥ 是陽性名詞 nṛpa（國王）的主格單數。

asmat 是代名詞 aham（我）的奪格眾數。

senām 是陰名詞 senā（軍隊）的對格單數。

ajayat 是動詞語根√ji（征服）的第三身單數半過去主動式。

tadā 是相應於 yadā 的相關關係詞，解作：便。

tava 是代名詞 tvam（你）的屬格單數。

nagaraṃ 是中性名詞 nagaram（城鎮）的主／對格單數，這裏作對格。

dhanāni 是中性名詞 dhanam（錢）的主／對／呼格眾數，這裏作對格。

sarvāṇi 是 sarva（全部）的中性主／對格眾數，這裏作對格。

ca 解作：與。

dehi 是第二類動詞語根√dā（給予）的第二身單數命令主動式。

ma 原本是 me，因連聲-e 變成-a（四 f.）。

me 是代名詞 aham（我）的為格單數。

ityabravidasmadrājānam 由 iti + abravīt + asmat + rājānam 連聲組成（四 d.，六 II.a.）。

iti 的用法見第九課 II.。

abravīt 是第二類動詞語根√brū（說）的第三身單數半過去主動式。

asmat 是代名詞 aham（我）的奪格眾數。

rājānam 是陽性名詞 rājan（國王）的對格單數。

全句：他對我們的國王說：「如果那國王戰勝了我們的軍隊，你便要把你的城鎮和全部財富交給我了。」

6. sa brāhmaṇaḥ sarvadevanāmāni na jānāti kiṃ tu jānantīme vaṇijaḥ.

sa 原本是 saḥ，因連聲失去-ḥ。

brāhmaṇaḥ 是陽性名詞 brāhmaṇa（婆羅門）的主格單數。

sarvadevanāmāni 是格限定複合詞，由 sarva（每一／全部）的語幹，陽性名詞 deva（神祇）的語幹，及中性名詞 nāman（名稱）的主／對格眾數結合成，這裏作對格。解作：全部神祇的名稱。

na 解作：否。

jānāti 是第二類動詞語根√jñā（知）的第三身單數現在式。

kiṃ tu 解作：無論如何。

jānantīme 由 jananti + ime 連聲組成（四 a.）。

jananti 是第二類動詞語根√jñā（知）的第三身眾數現在式。

ime 是關係代名詞 ayam（這個）的陰性主／對格雙數，陽性主格眾數，或中性主／對格雙數，這裏跟 vaṇijaḥ 一樣，作陽性主格。

vaṇijaḥ 是陽性名詞 vaṇij（商人）的主／對格眾數，這裏作主格。

全句：那婆羅門不知道全部神祇的名稱，但無論如何，這些商人卻知道。

7. yadyadvidadhāti devastattanmanuṣyāṇāṃ loke bhavati.

yadyadvidadhāti 由 yat + yat + vidadhāti 連聲組成（六 II.a.）。

yat 是關係代名詞 ya（該人）的中性主／對格單數，這裏作對格。重複成 yat yat 解作：無論哪些（十三 II.末段）。

vidadhāti 是第二類動詞語根 vi-√dhā（任命／規定）的第三身單數現在

式。

devastattanmanuṣyāṇāṃ 由 devaḥ + tat + tat + manuṣyāṇāṃ 連聲組成（五 f.，六 II.d.）。

devaḥ 是陽性名詞 deva（神祇）的主格單數。

tat 是相應於 ya 的相關關係代名詞 sa（他／那個）的中性主／對格單數，這裏相應於 ya 作對格，並重複成 tat tat。

manuṣyāṇāṃ 是陽性名詞 manyṣya（人）的屬格眾數，其中的-n-因內連聲而舌音化成為-ṇ-（六 III.a.）。

loke 是陽性名詞 loka（世界）的處格單數。

bhavati 是動詞語根√bhū（變）的第三身單數現在式。

全句：無論神祇造出了哪些東西，它們都總是在人類的世界中。

8. sarve matprajā ratnāni me dadatviti vyadhatta rājā.

sarve 是 sarva（全部／每一）的陰性主／對格雙數，陽性主格眾數，或中性主／對格雙數，這裏作陽性主格眾數。

matprajā 是格限定複合詞，由代名詞 aham（我）的語幹 mat，及陰性名詞 prajā（子民／孩子）的主格眾數 prajāḥ（因連聲失去-ḥ，五 d.）結合成，解作：我的子民。

ratnāni 是中性名詞 ratnam（珠寶）的主／對／呼格眾數，這裏作對格。

me 是代名詞 aham（我）的屬／為格單數，這裏作為格。

dadatviti 由 dadatu + iti 連聲組成（四 d.）。

dadatu 是第二類動詞語根√dā（給予）的第三身眾數命令主動式。

iti 的用法見第九課 II.。

vyadhatta 是第二類動詞語根 vi-√dhā（任命／規定）的第三身單數半過去中間式。

rājā 是陽性名詞 rājan（國王）的主格單數。

全句：國王命令：「所有我的子民都要把珠寶送給我。」

9. ye madrājye sukhajīvitamāpnuyuste yadyadaśṛṇvanyadyadvā jānanti tatsarvaṃ mama vīrānbruvantu.

ye 是關係代名詞 ya（該人）的陰性主格／對格雙數，陽性主格眾數，或中性主格／對格雙數。在本句中作主詞（主格眾數）。

madrājye 由 mat + rājye 連聲組成（六 II.a.）。

mat 是代名詞 aham（我）的奪格單數。

rājye 是中性名詞 rājyam（王國）的處格單數。

sukhajīvitamāpnuyuste，由 sukhajīvitam + āpnuyuḥ + te 連聲組成（五 f.）。

sukhajīvitam 是格限定複合詞，由中性名詞 sukham（快樂／舒適）的語幹 sukha，及中性名詞 jīvitam（生命）的主／對格單數結合成，解作：舒適的生活。

āpnuyuḥ 是第五類動詞語根√āp（獲得）的第三身眾數願望主動式。

te 是相應於 ya 的相關關係代名詞 sa（那人）的陰性主格／對格雙數，陽性主格眾數，或中性主格／對格雙數。在本句應作陽性主格眾數。

yadyadaśṛṇvanyadyadvā 由 yat + yat + aśṛṇvan + yat + yat + vā 連聲組成（六 II.a.）。

yat 是關係代名詞 ya（該人）的中性主／對格單數，這裏作主格。

yat yat 解作：無論誰人。

aśṛṇvan 是第五類動詞語根√śru（聽）的第三身眾數半過去主動式。

vā 解作：或。

jānanti 是第九類動詞語根√jñā（知）的第三身眾數現在式。

tatsarvaṃ 由 tat + sarvaṃ 連接而成。

tat 是與 ya 相應的相關關係代名詞 sa（他）的中性主／對格單數，這裏作主格。

sarvaṃ 是 sarva（全部／每一）的陽性對格眾數。

mama 是代名詞 aham（我）的屬格單數。

vīrānbruvantu 由 viran + bruvantu 連接而成。

viran 是陽性名詞 vira（戰士）的對格眾數。

bruvantu 是第二類動詞語根√brū（說）的第三身眾數命令主動式。

全句：無論誰人希望在我的王國裏得到舒適的生活，他們都要向我的戰士們說出各人所聽到的或所知道的（事情）。

10. brūhi rājan, kiṃ kuryāvāvāmityabrūtāṃ kṣatriyau.

brūhi 是第二類動詞語根√brū（說）的第二身單數命令主動式。

rājan 是陽性名詞 rājan（國王）的呼格單數。

kiṃ 是疑問詞，解作：甚麼。

kuryāvāvāmityabrūtāṃ 由 kuryāva + āvām + iti + abrūtāṃ

kuryāva 是第八類動詞語根√kṛ（做）的第一身雙數願望主動式。

āvām 是代名詞 aham（我）的主／對格雙數，這裏作主格。

iti 的用法見第九課 II.。

abrūtāṃ 是第二類動詞語根√brū（說）的第三身雙數半過去主動式。

kṣatriyau 是陽性名詞 kṣatriya（剎帝利）的主／對格雙數，這裏作主格。

全句：兩個剎帝利說：「國王呀，說吧，我們應該做甚麼呢？」

11. svarge sadā vṛkṣāḥ puṣpaphalāni bibhratītyabravītkaviḥ.

svarge 是陽性名詞 svarga（天堂）的處格單數。

sadā 解作：時常。

vṛkṣāḥ 是陽性名詞 vṛkṣa（樹）的主格眾數。

puṣpaphalāni 是並列複合詞，由陰性名詞 puṣpam（花）的語幹 puṣpa，及中性名詞 phalam（果）的主／對／呼格眾數 phalāni 結合成，這裏作對格。解作：花與果實。

bibhratītyabravītkaviḥ 由 bibhrati + iti + abravīt + kaviḥ

bibhrati 是第三類動詞語根√bhṛ（擁有）的第三身眾數現在式。

iti 的用法見第九課 II.。

abravīt 是第二類動詞語根√brū（說）的第三身單數半過去主動式。

kaviḥ 是陽性名詞 kavi（詩人）的主格單數。

全句：詩人說：「在天堂裏的樹時常有花與果實。」

12. yadyetatpustakasyārthaṃ jānīyāstadācāryasakāśamihi taṃ pṛccha ca.

yadyetatpustakasyārthaṃ 由 yadi + etat + pustakasya + arthaṃ 連聲組成（四 d.）。

yadi 是關係詞，解作：如果。

etat 是中性代名詞 etat（這個）的主／對格單數，這裏作對格。

pustakasya 是中性名詞 pustakam（書）的屬格單數。

arthaṃ 是陽性名詞 āṛṭḥā（意義）的對格單數。

jānīyāstadācāryasakāśamihi 由 jānīyāḥ + tadā + ācāryasakāśam + ihi 連聲組成（五 f.，四 a.）。

jānīyāḥ 是第九類動詞語根√jñā（知）的第二身單數願望主動式。

tadā 是相應於 yadi 的相關關係詞，解作：便。

ācāryasakāśam 是格限定複合詞，由陽性名詞語幹 ācārya（老師），及陽性名詞 sakāśa（附近）的對格單數結合成，解作：老師的身邊。

ihi 是第二類動詞語根√i（去）的第二身單數命令主動式。

taṃ 是代名詞 sa（他）的陽性對格單數。

pṛccha 是動詞語根√pracch（詢問）的第二身單數命令主動式。

ca 解作：與。

全句：你如果想知道這本書的意思，便到老師處問他吧。

## 第二十二課

1. pustakaṃ paṭhataḥ śiṣyānaśṛṇavam.
   pustakaṃ 是中性名詞 pustakam（書）的主／對格單數，這裏作對格。
   paṭhataḥ 是動詞語根√paṭh（讀）的現在主動式分詞的陽性對格眾數。
   śiṣyānaśṛnavam 由 śiṣyān + aśṛnavam 連接而成。
   śiṣyān 是陽性名詞 śiṣya（學生）的對格眾數。
   aśṛnavam 是第五類動詞語根√śru（聽）的第一身單數半過去主動式。
   全句：我聽到學生們在讀書。
2. yasminvīre kopena dahato rājñaścakṣuṣī apatatāṃ sa bhayāttasya nṛpasya pādāvaspṛśat.
   yasminvīre 由 yasmin + vīre 連接而成。
   yasmin 是關係代名詞 ya（該個）的陽性處格單數。
   vīre 是陽性名詞 vīra（戰士）的處格單數。
   kopena 是陽性名詞 kopa（怒）的具格單數。
   dahato rājñaścakṣuṣī 由 dahataḥ + rājñaḥ + cakṣuṣī 連聲組成（五 a.，五 f.）。
   dahataḥ 是動詞語根√dah（燒）的現在主動式分詞的陽性對格眾數或奪／屬格單數，這裏作屬格。
   rājñaḥ 是陽性名詞 rājan（國王）的奪／屬格單數，這裏作屬格。
   cakṣuṣī 是中性名詞 cakṣus（眼）的主／對格雙數，這裏作主格。
   apatatāṃ 是動詞語根√pat（跌）的第三身雙數半過去主動式。
   sa 原本是 saḥ 在子音前失去-ḥ。
   saḥ 是相應於 ya 的相關關係代名詞 sa（那個）的陽性主格單數。
   bhayāttasya 由 bhayāt + tasya 連接而成。
   bhayāt 是中性名詞 bhayam（恐懼）的奪格單數。
   tasya 是代名詞 sa（他）的陽性屬格單數。
   nṛpasya 是陽性名詞 nṛpa（國王）的屬格單數。
   pādāvaspṛśat 由 pādau + aspṛśat 連聲組成（四 g.）。

pādau 是陽性名詞 pad（腳）的主／對格雙數。

aspṛśat 是動詞語根√spṛś（觸摸）的第三身單數半過去主動式。

全句：那戰士——國王的燃燒著憤怒的雙眼落在他身上——恐懼地觸摸國王的雙腳。

3. sāśvānpīḍayato vaṇijaḥ kopenāpaśyadyadi mama patiratra syāttadā bhavanto na tathā kuryurityabravīcca.

sāśvānpīḍayato vaṇijaḥ 由 sā + aśvān + pīḍayataḥ + vaṇijaḥ 連聲組成（四 a.，五 a.）。

sā 是代名詞 sa（他）的陰性主格單數。

aśvān 是陽性名詞 aśva（馬）的對格眾數。

pīḍayataḥ 是動詞語根√pīḍ（傷害）的現在主動式分詞的對格眾數。

vaṇijaḥ 是陽性名詞 vaṇij（商人）的奪／屬格單數，或主／對格眾數，這裏作主格眾數。

kopenāpaśyadyadi 由 kopena + apaśyat + yadi 連聲組成（六 II.a.）。

kopena 是陽性名詞 kopa（想）的具格單數。

apaśyat 是動詞語根√paś（見）的第三身單數半過去主動式。

yadi 是關係詞，解作：如果。

mama 是代名詞 aham（我）的屬格單數。

patiratra 由 patiḥ + atra 連聲組成（五 g.）。

patiḥ 是陽性名詞 pati（主人／丈夫）的主格單數。

atra 解作：這裏。

syāttadā 由 syāt + tadā 連接而成。

syāt 是第二類動詞語根√as（存在）的第三身單數願望主動式。

tadā 是相應於 yadi 的相關關係詞，解作：便。

bhavanto na 由 bhavantaḥ + na 連聲組成（五 a.）。

bhavantaḥ 是動詞語根√bhū（變）的現在主動式分詞的主格眾數。

na 解作：否。

tathā 解作：這樣。

kuryurityabravīcca 由 kuryuḥ + iti + abravīt + ca 連聲組成（五 g.，四 d.，六 II.e.）。

kuryuḥ 是第八類動詞語根√kṛ（做）的第三身眾數願望主動式。

iti 的用法見第九課 II.。

abravīt 是第二類動詞語根√brū（說）的第三身單數半過去主動式。

ca 解作：與。

全句：她憤怒地看著那些馬被商人們傷害，並說：「如果我的主人在這裏，你們便不會這樣做了。」

4. keyamāgacchantīti pṛcchantīṃ patnīṃ mama svasetyavadatsa manuṣyaḥ.

keyamāgacchantīti 由 kā + iyam + āgacchanti + iti 連聲組成（四 b.，四 a.）。

kā 是疑問詞 ka（誰）的陰性主格單數。

iyam 是代名詞 ayam（這個）的陰性主格單數。

āgacchanti 是動詞語根 ā-√gam（來）的第三身眾數。

iti 的用法見第九課 II.。

pṛcchantīṃ 是動詞語根√pracch（詢問）的現在主動式分詞的對格單數。

patnīṃ 是陰性名詞 patnī（妻子）的對格單數。

mama 是代名詞 aham（我）的屬格單數。

svasetyavadatsa 由 svasā + iti + avadat + sa 連聲組成（四 b.，四 d.）。

svasā 是陰性名詞 svasṛ（姊妹）的主格單數。

iti 的用法見第九課 II.。

avadat 是動詞語根√vad（說）的第三身單數半過去主動式。

sa 原本是 saḥ 因連聲失去-ḥ。

saḥ 是代名詞 sa（他）的主格單數。

manuṣyaḥ 是陽性名詞 manuṣya（人）的主格單數。

全句：當妻子正在問：「來的這個女人是誰？」那人對她說：「我的姊妹。」

5. upaviśatu bhavān, idaṃ jalamidaṃ bhojanaṃ cetyabravīdāgacchantamatithiṃ vaṇik.

upaviśatu 是動詞語根 upa-√viś（坐）的第三身單數命令主動式。
bhavān 是代名詞 bhavant（你）的陽性主格單數。
idaṃ 是代名詞 ayam（這個）的中性主／對格單數，這裏作對格。
jalamidaṃ 由 jalam + idaṃ 連接而成。
jalam 是中性名詞 jalam（水）的主／對格單數，這裏作對格。
idaṃ 是代名詞 ayam（這個）的中性主／對格單數，這裏作對格。
bhojanaṃ 是中性名詞 bhojanam（食物）的主／對格單數，這裏作對格。
cetyabravīdāgacchantamatithiṃ 由 ca + iti + abravīt + āgacchantam + atithiṃ 連聲組成（四 b.，四 d.，六 II.a.）。
ca 解作：否。
iti 的用法見第九課 II.。
abravīt 是第二類動詞語根√brū（說）的第三身單數半過去主動式。
āgacchantam 是動詞語根 ā-√gam（來）的現在主動式分詞的對格單數。
atithiṃ 是陽性名詞 atithi（客人）的對格單數。
vaṇik 是陽性名詞 vaṇij（商人）的主格單數。
全句：商人對正在走來的客人說：「請坐下吧！這是水，這是食物。」

6. udyāne krīḍantīṃ bālāmapaśyadvīraḥ kiṃ karoti setyamanyata ca.
udyāne 是中性名詞 udyānam（花園）的處格單數。
krīḍantīṃ 是動詞語根√krid（玩）的現在主動式分詞的陰性對格單數。
bālāmapaśyadvīraḥ 由 bālām + apaśyat + vīraḥ 連聲組成（六 II.a.）。
bālām 是陰性名詞 bālā（女孩）的對格單數。
apaśyat 是動詞語根√paś（見）的第三身單數半過去主動式。
vīraḥ 是陽性名詞 vīra（戰士）的主格單數。
kiṃ 是疑問詞，解作：甚麼。
karoti 是第八類動詞語根√kṛ（做）的第三身單數現在式。
setyamanyata 由 sā + iti + amanyata 連聲組成（四 b.，四 d.）。
sā 是代名詞 sa（他）的陰性主格單數。
iti 的用法見第九課 II.。

amanyata 是動詞語根√man（想）的第二身眾數半過去主動式。

ca 解作：與。

全句：戰士看見女孩在花園中玩，他想：「她在做甚麼呢？」

7. ayaṃ brāhmaṇo vedaṃ paṭhannapi na śūdraṃ gaccheti vadati.

ayaṃ 是關係代名詞 ayam（這個）的陽性主格單數。

brāhmaṇo vedaṃ 由 brāhmaṇaḥ + vedaṃ 連聲組成（五 a.）。

brāhmaṇaḥ 是陽性名詞 brāhmaṇa（婆羅門）的主格單數。

vedaṃ 是陽性專有名詞 veda（吠陀）的對格單數。

paṭhannapi 由 paṭhan + api 連聲組成（六 I.d.）。

paṭhan 是動詞語根√paṭh（讀）的現在主動式分詞的陽性主格單數。

api 解作：即使。

na 解作：否。

śūdraṃ 是陽性名詞 śūdra（首陀）的對格單數。

gaccheti 由 gaccha + iti 連聲組成（四 b.）。

gaccha 是動詞語根√gam（去）的第二身單數命令主動式。

iti 的用法見第九課 II.。

vadati 是動詞語根√vad（說）的第三身單數現在式。

全句：這個婆羅門雖然閱讀著《吠陀》，卻說：「你不要去首陀（那邊）！」

8. keyaṃ jalaṃ haste bibhratītyapṛcchadvaṇik.

keyaṃ 由 kā + iyaṃ 連聲組成（四 b.）。

kā 是疑問詞 ka（誰）的陰性主格單數。

iyaṃ 是關係代名詞 ayam（這個）的陰性主格單數。

jalaṃ 是中性名詞 jalam（水）的主／對格單數，這裏作對格。

haste 是陽性名詞 hasta（手／象鼻）的處格單數。

bibhratītyapṛcchadvaṇik 由 bibhratī + iti + apṛcchat + vaṇik 連聲組成（四 a.，四 d.，六 II.a.）。

bibhratī 是第三類動詞語根√bhṛ（擁有）的現在主動式分詞的陰性主格單數。

iti 的用法見第九課 II.。

apṛcchat 是動詞語根√pracch（詢問）的第三身單數半過去主動式。

vaṇik 是陽性名詞 vaṇij（商人）的主格單數。

全句：商人問：「這個手中有水的女人是誰？」

9. ayaṃ rājā sarvaṃ dhanaṃ brāhmaṇebhyo dadadapi na kīrtiṃ labhate.

ayaṃ 是關係代名詞 ayam（這個）的陽性主格單數。

rājā 是陽性名詞 rājan（國王）的主格單數。

sarvaṃ 是 sarva（每一／全部）的陽性對格單數。

dhanaṃ 是中性名詞 dhanam（錢）的主／對格單數，這裏作對格。

brāhmaṇebhyo dadadapi na 由 brāhmaṇebhyaḥ + dadat + api + na 連聲組成（六 I.a.，六 II.a.）。

brāhmaṇebhyaḥ 是陽性名詞 brāhmaṇa（婆羅門）的為／奪格眾數，這裏作為格。

dadat 是第三類動詞語根√dā（給）的現在主動式分詞的中性主／對格單數。

api 解作：即使。

na 解作：否。

kīrtiṃ 是陰性名詞 kīrti（光榮）的對格單數。

labhate 是動詞語根√labh（得）的第三身單數現在式。

全句：這個國王即使將全部財富都給予那些婆羅門，仍然得不到榮耀。

10. ye kavibhyo 'nyebhyo dhanaṃ dadataḥ śaṃsanti na teṣāṃ kīrtirvardhata iti kavirabravīt.

ye 是關係代名詞 ya（該人）的陰性主格／對格雙數，陽性主格眾數，或中性主格／對格雙數，在這裏作陽性主格眾數。

kavibhyo 'nyebhyo dhanaṃ 由 kavibhyaḥ + anyebhyaḥ + dhanaṃ 連聲組成（五 b.，五 a.）。

kavibhyaḥ 是陽性名詞 kavi（詩人）的為／奪格眾數，這裏作為格。

anyebhyaḥ 是代名詞 anya（其他）的陽性為／奪格眾數，這裏作為格。

dhanaṃ 是中性名詞 dhanam（錢）的主／對格單數，這裏作對格。
dadataḥ 是第三類動詞語根√dā（給）的現在主動式分詞的陽性主／對格眾數，這裏作主格，用作名詞，解作：供給者（二十二 III.）。
śaṃsanti 是動詞語根√śaṃs（稱讚）的第三身眾數現在式。
na 解作：否。
teṣāṃ 是對應於 ya 的相關關係代名詞 sa（那人）的陽性屬格眾數。
kīrtirvardhata 由 kīrtih + vardhate 連聲組成（五 g.，四 f.）。
kīrtih 是陰性名詞 kīrti（光榮）的主格單數。
vardhate 是動詞語根√vṛdh（生長）的第三身單數現在式。
iti 的用法見第九課 II.。
kavirabravīt 由 kaviḥ + abravīt（五 g.）。
kaviḥ 是陽性名詞 kavi（詩人）的主格單數。
abravīt 是第二類動詞語根√brū（說）的第三身單數半過去主動式。
全句：詩人說：「那些不去稱讚『其他詩人的財富供給者』的人，他們的榮耀會增長。」

11. ko 'yaṃ vṛkṣacchāyāyāṃ tiṣṭhanniti pṛcchantaṃ rājānaṃ mama bhrātetyavadadvīraḥ.
ko 'yaṃ 由 kaḥ + ayaṃ（五 b.）。
kaḥ 是疑問詞 ka（誰）的陽性主格單數。
ayaṃ 是關係代名詞 ayam（這個）的陽性主格單數。
vṛkṣacchāyāyāṃ 是格限定複合詞，由陽性名詞語幹 vṛkṣa（樹），及陰性名詞 chāyā（影）的處格單數 chāyāyām 結合成〔其中 ch 在母音之後變成 cch（六 III.c.）〕，解作：樹影。
tiṣṭhanniti 由 tiṣṭhan + iti 連聲組成（六 I.d.）。
tiṣṭhan 是動詞語根√sthā（站）的現在主動式分詞的陽性主格單數。
iti 的用法見第九課 II.。
pṛcchantaṃ 是動詞語根√pracch(問)的現在主動式分詞的陽性對格單數。
rājānaṃ 是陽性名詞 rājan（國王）的對格單數。

mama 是代名詞 aham（我）的屬格單數。

bhrātetyavadadvīraḥ 由 bhrātā + iti + avadat + vīraḥ 連聲組成（四 b.，四 d.，六 II.a.）。

bhrātā 是陽性名詞 bhrātṛ（兄弟）的主格單數。

iti 的用法見第九課 II.。

avadat 是動詞語根√vad（說）的第三身單數半過去主動式。

vīraḥ 是陽性名詞 vīra（戰士）的主格單數。

全句：當國王正詢問：「這個正站在樹蔭的人是誰？」戰士對國王說：「是我的兄弟。」

12. yasya devasya nāma paṭhankavirāgacchattaṃ vayamapi śaṃsema.

yasya 是關係代名詞 ya（該人）的陽性屬格單數。

devasya 是陽性名詞 deva（神祇）的屬格單數。

nāma 是中性名詞 nāman（名稱）的主／對格單數，這裏作對格。

paṭhankavirāgacchattaṃ 由 paṭhan + kaviḥ + āgacchat + taṃ 連聲組成（五 g.）。

paṭhan 是動詞語根√paṭh（讀）的現在主動式分詞的陽性主格單數。

kaviḥ 是陽性名詞 kavi（詩人）的主格單數。

āgacchat 是動詞語根 ā-√gam（來）的第三身單數半過去主動式。

taṃ 是對應於 ya 的相關關係代名詞 sa（他）的陽性對格單數。

vayamapi 由 vayam + api 連接而成。

vayam 是代名詞 aham（我）的主格眾數。

api 解作：即使。

śaṃsema 是動詞語根√śaṃs（稱讚）的第一身眾數願望主動式。

全句：那神祇的名稱正為到來的詩人所念誦，即使是我們也應稱頌。

## 第二十三課

1. sarvaratnāni labhamāno ’pi sa vaṇigduḥkhamevāpnoti.

   sarvaratnāni 是格限定複合詞，由語幹 sarva（全部／每一），及中性名詞 ratnam（珠寶）的主／對／呼格眾數結合成，這裏作對格。解作：全部的珠寶。

   labhamāno ’pi 由 labhamānaḥ + api 連聲組成（五 b.）。

   labhamānaḥ 是動詞語根√labh 的現在中間式分詞的陽性主格單數。

   api 解作：即使。

   sa 原本是 saḥ，因在子音前，失去-ḥ。

   saḥ 是代名詞 sa（他）的陽性主格單數。

   vaṇigduḥkhamevāpnoti 由 vaṇik + duḥkham + eva + āpnoti 連聲組成（六 II.a.，四 a.）。

   vaṇik 是陽性名詞 vaṇij（商人）〔其中-j 變成-k（十 III.），而-k 之後為有聲音，故轉為-g（六 II.a.）〕的主格單數。

   duḥkham 是中性名詞 duhkham（苦惱）的主／對格單數，這裏作對格。

   eva 解作：只是。

   āpnoti 是第五類動詞語根√āp（獲得）的第三身單數現在式。

   全句：那商人即使獲得全部珠寶，也只得來苦惱。

2. tasyāṃ mama patnyāṃ satyāmahaṃ kathamanyayā saha vāpyāṃ krīḍeyam?

   tasyāṃ 是代名詞 sa（他）的陰性處格單數。

   mama 是代名詞 aham（我）的屬格單數。

   patnyāṃ 是陰性名詞 patnī（妻子）的處格單數。

   satyāmahaṃ 由 satyām + ahaṃ 連接而成。

   satyām 是第二類動詞語根√as（存在）的現在主動式分詞的陰性處格單數。

   ahaṃ 是代名詞 aham（我）的主格單數。

   kathamanyayā 由 katham + anyayā 連接而成。

katham 是疑問詞，解作：如何。

anyayā 是代名詞 anya（其他）的陰性具格單數。

saha 解作：伴隨。

vāpyāṃ 是陰性名詞 vāpī（水池）的處格單數。

krīḍeyam 是動詞語根√krīḍ（玩）的第一身單數願望主動式。

全句：他是我的妻子，我怎能夠與其他女人在水池中玩呢？

3. tasya kīrtimato rājño dharmaṃ vidadhānasyāpi sarvāḥ prajā duḥkhinya evābhavan.

tasya 是代名詞 sa（他）的陽性屬格單數。

kīrtimato rājño dharmaṃ 由 kīrtimataḥ + rājñaḥ + dharmaṃ 連聲組成（五 a.）。

kīrtimataḥ 是由陰性名詞語幹 kīrti（名聲）加上-mant 而成的所屬詞的對格眾數或奪／屬格單數，這裏作屬格。解作：具有名聲的。

rājñaḥ 是陽性名詞 rājan（國王）的屬格單數。

dharmaṃ 是陽性名詞 dharma（法）的對格單數。

vidadhānasyāpi 由 vidadhānsaya + api 連聲組成（四 a.）。

vidadhānsaya 是第三類動詞語根 vi-√dhā（任命／規定）的現在中間式分詞的陽性屬格單數。

api 解作：即使。

tasya kīrtimato rājño dharmaṃ vidadhānasyāpi 這段文字是屬格獨立結構，解作：即使那位具有名聲的國王頒布了法令。

sarvāḥ 是 sarva（每一／全部）的陰性主／對格眾數，這裏作主格。

prajā 原本是 prajāḥ，因連聲失去-ḥ（五 d.）。

prajāḥ 是陰性名詞 prajā（子民）的主／對格眾數，這裏作主格。

duḥkhinya evābhavan 由 duḥkhinyaḥ + eva + abhavan 連聲組成（五 c.，四 a.）。

duḥkhinyaḥ 是由中性名詞 duhkham（苦惱）減去-am，加上-in 而成的所屬詞的陰性主格眾數，解作：具有苦惱的。

eva 解作：只是。

abhavan 是動詞語根√bhū（變）的第三身眾數半過去主動式。

全句：即使那位具有名聲的國王頒布了法令，所有子民都仍是帶著苦惱。

4. gacchantastiṣṭhanto bhojanaṃ kurvanta āsīnā vā sadā viṣṇunāmānaṃ devaṃ smarantu dharmavanto manuṣyāḥ.

gacchantastiṣṭhanto 由 gacchantaḥ + tiṣṭhantaḥ + bhojanaṃ 連聲組成（五 f.，五 a.）。

gacchantaḥ 是動詞語根√gam（去）的現在主動式分詞的陽性主格眾數。

tiṣṭhantaḥ 是動詞語根√sthā（站）的現在主動式分詞的陽性主格眾數。

bhojanaṃ 是中性名詞 bhojanam（食物）的主／對格單數，這裏作對格。

kurvanta 原本是 kurvantaḥ 因連聲失去-ḥ（五 c.）。

kurvantaḥ 是第八類動詞語根√kṛ（做）的現在主動式分詞的陽性主格眾數。

āsīnā 原本是 āsīnāḥ 因連聲失去-ḥ（五 d.）。

āsīnāḥ 是第二類動詞語根√ās（坐／居留）的現在中間式分詞的陽性主格眾數（二十三 I.）。

vā 解作：或。

sadā 解作：時常。

viṣṇunāmānaṃ 是所屬複合詞，由專有名詞語幹 viṣṇu（毗塞紐），及中性名詞 nāman（名稱）結合成 viṣṇunāman，由於其前述詞 devaṃ 是陽性對格單數，因此這所屬複合詞亦隨之為陽性對格單數，而跟隨 rājan 的語尾變化成為 viṣṇunāmānaṃ（十八 II.D.f.），解作：其名字是毗塞紐。

devaṃ 是陽性名詞 deva（神祇）的對格單數。

smarantu 是動詞語根√smṛ（記）的第三身單數命令主動式。

dharmavanto 原本是 dharmavantaḥ 因連聲-aḥ 轉成-o（五 a.）。

dharmavantaḥ 是所屬詞，由陽性名詞 dharma（法／真理）加上接尾詞 vant 而成，再取其陽性主格眾數，解作：持守真理的。

manuṣyāḥ 是陽性名詞 manuṣya（人）的主格眾數。

全句：持守真理的人們，無論在行著、站著、預備著食物，或是坐著，都要時常記著稱為毗塞紐的神祇。

5. tasminrājñi dharmaṃ pīḍayati bhavānkathaṃ tatraivāsīno na kimapi karoti?

tasminrājñi 由 tasmin + rājñi 連接而成。

tasmin 是代名詞 sa（他）的陽性處格單數。

rājñi 是陽性名詞 rājan（國王）的處格單數。

dharmaṃ 是陽性名詞 dharma（法）的對格單數。

pīḍayati 是動詞語根√pīḍ（傷害）的第三身單數現在式，亦可以是其現在主動式分詞的陽性處格單數，這裏用作分詞。

bhavānkathaṃ 由 bhavān + kathaṃ 連接而成。

bhavān 是動詞語根√bhū（變）的現在主動式分詞的陽性主格單數。

kathaṃ 是疑問詞，解作：如何／怎麼。

tatraivāsīno na 由 tatra + eva + āsīnaḥ + na 連聲組成（四 c.，四 a.，五 a.）。

tatra 解作：那處。

eva 解作：只是。

āsīnaḥ 是第二類動詞語根√ās（坐）的現在中間式分詞的陽性主格單數（二十三 I.）。

kim 解作：甚麼。

na kimapi 解作：甚麼都不（八 II.）。

karoti 是第八類動詞語根√kṛ（做）的第三身單數現在式。

tasminrājñi dharmaṃ pīḍayati 是處格獨立結構，解作：正當那國王在摧毀正法。

全句：正當那國王在摧毀正法，你怎麼只是坐在那裏，甚麼都不做？

6. bhavati rājñi vayaṃ kathaṃ jīvemeti bhayātkampamāno vaṇigavadat.

bhavati 是代名詞 bhavant〔你（敬稱）〕的陽性處格單數。

rājñi 是陽性名詞 rājan（國王）的處格單數。

vayaṃ 是代名詞 aham（我）的主格眾數。

kathaṃ 是疑問詞，解作：如何。

jīvemeti 由 jīvema + iti 連聲組成（四 b.）。

jīvema 是動詞語根√jīv（生活）的第一身眾數願望主動式。

iti 的用法見第九課 II.。

bhayātkampamāno vaṇigavadat 由 bhayāt + kampamānaḥ + vaṇik + avadat 連聲組成（五 a.，十 III. ）。

bhayāt 是中性名詞 bhayam（恐懼）的奪格單數。

kampamānaḥ 是動詞語根√kamp（戰慄）的現在中間式分間的陽性主格單數。

vaṇik 是陽性名詞 vaṇij（商人）的主格單數。

avadat 是動詞語根√vad（說）的第三身單數半過去主動式。

bhavati rājñi 是處格獨立結構，解作：當國王閣下在這裏。

全句：商人因恐懼而戰慄地說：「當國王閣下在這裏，我們怎樣生活呢？」

7. mayi snānaṃ kurvatyāṃ tvaṃ kasmādatrāgaccha iti bruvāṇāṃ rājapatnīmahaṃ kiṃ vadeyam?

mayi 是代名詞 aham（我）的處格單數。

snānaṃ 是中性名詞 snānam（沐浴）的主／對格單數，這裏作對格。

kurvatyāṃ 是第八類動詞語根√kṛ（做）的現在主動式分詞的陰性處格單數。

tvaṃ 是代名詞 tvam（你）的主格單數。

kasmādatrāgaccha iti 由 kasmāt + atra + āgacchaḥ + iti 連聲組成（六 II.a.，四 a.，五 c.）。

kasmāt 是疑問詞，解作：為甚麼。

atra 解作：這裏。

āgacchaḥ 是動詞語根 ā-√gam（來）的第二身單數半過去主動式。

iti 的用法見第九課 II.。

bruvāṇāṃ 是動詞語根√bhū（變）的現在主動式分詞的陰性屬格眾數。

rājapatnīmahaṃ 由 rājapatīm + ahaṃ 連接而成。

rājapatīm 是格限定複合詞，由陽性名詞 rājan（國王）的語幹 rāja，及陰性名詞 patnī（妻子）的對格單數結合成，解作：國王的妻子。

ahaṃ 是代名詞 aham（我）的主格單數。

kiṃ 解作：甚麼。

vadeyam 是動詞語根√vad（說）的第一身單數願望主動式。

mayi snānaṃ kurvatyāṃ 是處格獨立結構，解作：當我正在沐浴時。

全句：國王的妻子說：「當我正在沐浴時，你為甚麼來這裏？」我可以說甚麼呢？

8. yadyapi rājasakāśe 'bruvansa mṛtyumāpnuyāttathāpi na kimapi vadati sa vīraḥ.

yadyapi 解作：無論如何。

rājasakāśe 'bruvansa 由 rājasakāśe + abruvan + saḥ 連聲組成（四 e.）。

rājasakāśe 是格限定複合詞，由陽性名詞 rājan（國王）的語幹 rāja，及陽性名詞 sakāśa（附近）的處格單數結合成，解作：國王的身邊。

abruvan 是第二類動詞語根√brū（說）的第三身單數半過去主動式。

saḥ 是代名詞 sa（他）的陽性主格單數。

mṛtyumāpnuyāttathāpi 由 mṛtyum + āpnuyāt + tathāpi 連接而成。

mṛtyum 是陽性名詞 mṛtyu（死）的對格單數。

āpnuyāt 是第五類動詞語根√āp（得）的第三身單數願望主動式。

tathāpi 解作：縱使。

na kimapi 解作：甚麼都不。

vadati 是動詞語根√vad（說）的第三身單數現在式。

sa 原本是 saḥ，是代名詞 sa（他）的陽性主格單數。

vīraḥ 是陽性名詞 vīra（戰士）的主格單數。

全句：那個戰士在國王面前，無論如何甚麼都不說，縱使他會得到死亡。

9. matsakāśe mā sa kṣatriya aitvityavadacchūdrarājaḥ.

matsakāśe 由 mat + sakāśe 連接組成。

mat 是代名詞 aham（我）的奪格單數。

sakāśe 是陽性名詞 sakāśa（附近）的處格單數。

mā 解作：否（與命令式同用。na 不能用在命令式前面，但可用在願望式前面，以形成一否定的命令式。但這不如 mā 與命令式同用有力。二十三課生字彙）。

sa 原本是 saḥ，因連聲失去-h。

saḥ 是代名詞 sa（他）的陽性主格單數。

kṣatriya 原本是 kṣatriyaḥ，因連聲失去-ḥ（五 c.）。

kṣatriyaḥ 是陽性名詞 kṣatriya（剎帝利）的主格單數。

aitvityavadacchūdrarājaḥ 由 aitu + iti + avadat + śūdrarājaḥ 連聲組成（四 d.，六 II.e.）。

aitu 是第二類動詞語根√e（來）的第三身單數命令主動式。〔√e 是由 a + i 連聲而得（四 b.），而√i（去）的第三身單數命令主動式是 etu，ā + etu 則成為 aitu（四 c.）〕

iti 的用法見第九課 II.。

avadat 是動詞語根√vad（說）的第三身單數半過去主動式。

śūdrarājaḥ 是同格限定複合詞，由陽性名詞語幹 sūdra（首陀），及陽性名詞 rājan（國王）的語幹 rāja（隨 deva 的語尾變化）的主格單數結合成，解作：首陀的王。

全句：首陀的王說：「不要讓那剎帝利走近我！」

10. patau mṛtyuṃ labhamāne sā satyapyagnimaviśat.

patau 是陽性名詞 pati（丈夫）的處格單數。

mṛtyuṃ 是陽性名詞 mṛtyu（死亡）的對格單數。

labhamāne 是動詞語根√labh（獲得）的現在中間式分詞的陽性／中性處格單數，這裏隨 patau 作陽性。

sā 是代名詞 sa（他）的陰性主格單數。

satyapyagnimaviśat 由 satī + api + agnim + aviśat 連聲組成（四 d.）。

satī 是形容詞 sant（善的）的陰性主格單數。

api 解作：亦／即使。

agnim 是陽性名詞 agni（火）的對格單數。

aviśat 是動詞語根√viś（入）的第三身單數半過去主動式。

patau mṛtyuṃ labhamāne 是處格獨立結構，解作：當丈夫得到死亡時。

全句：當丈夫死亡時，那良善的女人亦進入火中。

11. mṛtyuṃ vidadhānaṃ nṛpaṃ śatruḥ kampamānaḥ sarvaṃ vadāmītyavadat.

mṛtyuṃ 是陽性名詞 mṛtyu（死亡）的對格單數。

vidadhānaṃ 是第二類動詞語根 vi-√dhā（規定／頒令）的現在中間式分詞的陽性對格單數或中性主／對格單數，這裏作陽性對格單數。

nṛpaṃ 是陽性名詞 nṛpa（國王）的對格單數。

śatruḥ 是陽性名詞 śatru（敵人）的主格單數。

kampamānaḥ 是動詞語根√kamp（戰慄）的現在中間式分詞的陽性主格單數。

sarvaṃ 是代名詞 sarva（全部／每一）的陽性對格單數。

vadāmītyavadat 由 vadāmi + iti + avadat 連聲組成（四 a.，四 d.）。

vadāmi 是動詞語根√vad（說）的第一身單數現在式。

iti 的用法見第九課 II.。

avadat 是動詞語根√vad（說）的第三身單數半過去主動式。

全句：敵人戰慄著對正在頒令死亡的國王說：「我說出一切事。」

12. dharmavadrājarājye santaḥ sukhena jīvantyasantastu duḥkhenaiva.

dharmavadrājarājye 由 dharmavat + rājarājye 連聲組成（六 II.a.）。

dharmavat 是陽性名詞 dharma（法／真理）的所屬詞的主／對格單數，這裏作主格。

rājarājye 是格限定複合詞，由陽性名詞 rājan（國王）的語幹 rāja 及中性名詞 rājyam（王國）的處格單數結合成，解作：國王的王國裏。

santaḥ 是第二類動詞語根√as（存在）的現在主動式分詞的陽性主格眾數，可解作：善良的人們（二十三課生字彙）。

sukhena 是中性名詞 sukham（快樂）的具格單數。

jīvantyasantastu 由 jīvanti + asantaḥ + tu 連聲組成（四 d.，五 f.）。

jīvanti 是動詞語根√jīv（生活）的現在主動式分詞的中性主／對格眾數，

這裏作主詞。

asantaḥ 是所屬複合詞，由字首 a（非／不），及 santaḥ 結合成，解作：不善良的人們。

tu 解作：但是。

duḥkhenaiva 由 duḥkhena + eva 連聲組成（四 c.）。

duḥkhena 是中性名詞 duḥkham（苦惱）的具格單數。

eva 解作：只有。

全句：善良的人們在具有真理的國王的王國裏快樂地生活著，但是，惡人們只痛苦地生活。

## 第二十四課

1. bhojanaṃ dīyatāṃ mamātithibhya ityaucyata vaṇijā.
   bhojanaṃ 是中性名詞 bhojanam（食物）的主／對格單數，這裏作對格。
   dīyatāṃ 是第三類動詞語根√dā（給予）的命令被動式的第三身單數。
   mamātithibhya 由 mama + atithibhyaḥ 連聲組成（四 a.，五 c.）。
   mama 是代名詞 aham（我）的屬格單數。
   atithibhyaḥ 是陽性名詞 atithi（客人）的為／奪格眾數，這裏作為格。
   ityaucyata 由 iti + aucyata 連聲組成（四 d.）。
   iti 的用法見第九課 II.。
   aucyata 是第二類動詞語根√vac（說）的半過去被動式第三身單數。
   vaṇijā 是陽性名詞 vaṇij（商人）的具格單數。
   全句：「讓食物被給予我的客人們」這句話為商人所說。
2. yasya dhanaṃ na vidyate tena kathamasmiṃl loke jīvyate?
   yasya 是關係代名詞 ya（該人）的屬格單數。
   dhanaṃ 是中性名詞 dhanam（錢）的主／對格單數，這裏作對格。
   na 解作：否。
   vidyate 是動詞語根√vid（有／存在）的現在式第三身單數。
   tena 是相應於 ya 的相關關係代名詞 sa（他）的具格單數。
   kathamasmiṃl 由 katham + asmin 連聲組成（六 I.b.）。
   katham 是疑問詞，解作：如何。
   asmin 是關係代名詞 ayam（這個）的陽性處格單數。
   loke 是陽性名詞 loka（世界）的處格單數。
   jīvyate 是動詞語根√jīv（生活）的現在被動式第三身單數。
   全句：沒有他的錢，怎能被他在這世界上生活呢？
   按中文文法應解作：沒有錢，他怎能在這世界上生活呢？
3. yanmayālikhyata tatpustakamidānīṃ sarvaśiṣyairadhīyata ityabravīdācāryaḥ.

yanmayālikhyata 由 yat + mayā + alikhyata 連聲組成（六 II.d.，四 a.）。
yat 是關係代名詞 ya（該個）的中性主／對格單數，這裏作主格。
mayā 是代名詞 aham（我）的具格單數。
alikhyata 是動詞語根√likh（寫）的半過去被動式第三身單數。
tatpustakamidānīṃ 由 tat + pustakam + idānīṃ 連接組成。
tat 是與 ya 相應的相關關係代名詞 sa（它）的中性主／對格單數，這裏作對格。
pustakam 是中性名詞 pustakam（書）的主／對格單數，這裏作對格。
idānīṃ 解作：現在。
sarvaśiṣyairadhīyata 由 sarvaśiṣyaiḥ + adhīyate 連聲組成（五 g.，四 f.）。
sarvaśiṣyaiḥ 是格限定複合詞，由語幹 sarva（全部），及陽性名詞 śiṣya（學生）的具格眾數結合成，解作：全部學生。
adhīyate 是動詞語根 adhi-√i（讀）的現在被動式第三身單數。
ityabravīdācāryaḥ 由 iti + abravīt + ācāryaḥ 連聲組成（四 d.，六 II.a.）。
iti 的用法見第九課 II.。
abravīt 是第二類動詞語根√bru（說）的第三身單數半過去主動式。
ācāryaḥ 是陽性名詞 ācārya（老師）的主格單數。
全句：老師說：「該部為我所寫的書，現在被所有學生閱讀。」

4. yasyāṃ vāpyāmahaṃ tayā bālayākrīḍaṃ yasyāṃ vāpyāṃ ca mama kāmo ’vardhata tasyāmidānīmarirājagajaiḥ sthīyate.
yasyāṃ 是關係代名詞 ya（該個）的陰性處格單數。
vāpyāmahaṃ 由 vāpyām + ahaṃ 連接組成。
vāpyām 是陰性名詞 vāpī（水池）的處格單數。
ahaṃ 是代名詞 aham（我）的主格單數。
tayā 是與 ya 相應的相關關係代名詞 sa（它）的陰性具格單數。
bālayākrīḍaṃ 由 bālayā + akrīḍaṃ 連聲組成（四 a.）。
bālayā 是陰性名詞 bālā（女孩）的具格單數。
akrīḍaṃ 是動詞語根√krīḍ（玩）的第一身單數半過去主動式。

yasyāṃ 是關係代名詞 ya（該個）的陰性處格單數。
vāpyāṃ 是陰性名詞 vāpī（水池）的處格單數。
ca 解作：與。
mama 是代名詞 aham（我）的屬格單數。
kāmo 'vardhata 由 kāmaḥ + avardhata 連聲組成（五 b.）。
kāmaḥ 是陽性名詞 kāma（欲望）的主格單數。
avardhata 是動詞語根√vṛdh（生長）的第三身單數半過去中間式。
tasyāmidānīmarirājagajaiḥ 由 tasyām + idānīm + arirājagajaiḥ 連接組成。
tasyām 是相應於 ya 的相關關係代名詞 sa（他）的陰性處格單數。
idānīm 解作：現在。
arirājagajaiḥ 是格限定複合詞，由陽性名詞語幹 ari（敵人），陽性名詞 rājan（國王）的語幹 rāja，及陽性名詞 gaja（象）的具格眾數結合成，解作：作為敵人的國王的象群。
sthīyate 是動詞語根√sthā（站）的現在被動式第三身單數。
全句：那個水池——在這水池中我曾跟女孩遊戲，令我生起欲望——現在被敵方國王的象群踏著。

5. tena putrakāmena mahādevo 'sevyata.
tena 是代名詞 sa（他）的陽性具格單數，是隨後的所屬複合詞的前述詞。
putrakāmena 是所屬複合詞，由陽性名詞 putra（兒子）的語幹，及陽性名詞 kāma（欲望）的具格單數結合成，解作：其願望是兒子。
mahādevo 'sevyata 由 mahādevaḥ + asevyata 連聲組成（五 b.）。
mahādevaḥ 是同格限定複合詞，由形容詞 mahā（偉大），及陽性名詞 deva（神祇）的主格單數結合成，解作：偉大的神祇。
asevyata 是動詞語根√sev（服侍）的第三身單數半過去被動式。
全句：那偉大的神祇只接受盼望兒子的人的敬拜。

6. āgamyatāṃ bhavadbhiriti dhanavatā śūdreṇocyate.
āgamyatāṃ 是動詞語根 ā-√gam（來）的第三身單數被動命令中間式。
bhavadbhiriti 由 bhavadbhiḥ + iti 連聲組成（五 g.）。

bhavadbhiḥ 是動詞語根√bhū（變）的現在主動式分詞的陽性具格眾數。

iti 的用法見第九課 II.。

dhanavatā 是陰性名詞 dhanam（錢）的所屬詞的具格單數。

śūdreṇocyate 由 śūdreṇa + ucyate 連聲組成（六 III.a.，四 b.）。

śūdreṇa 是陽性名詞 śūdra（首陀）的具格單數。

ucyate 是第二類動詞語根√vac（說）的現在被動式第三身單數。

全句：「讓（這）為他所來吧！」（這話）為富有的首陀所說。

意思即是：富有的首陀說：「讓他來吧！」

7. yadyapyahanyathāstathāpi tvayaivājīyata yuddha iti kavirabravīt.

yadyapyahanyathāstathāpi 由 yadi + api + ahanyathāḥ + tathā + api 連聲組成（四 d.，五 f.，四 a.）。

yadi + api 連聲成 yadyapi，解作：無論如何。

ahanyathāḥ 是第二類動詞語根√han（殺）的第二身單數半過去被動式。

tathā + api 連聲成 tathāpi，解作：如此／這樣。

tvayaivājīyata 由 tvayā + eva + ajīyata 連聲組成（四 c.，四 a.）。

tvayā 是代名詞 tvam（你）的具格單數。

eva 解作：只是。

ajīyata 是動詞語根√ji（征服）的第三身單數半過去被動式。

yuddha 原本是 yuddhe（四 f.）。

yuddhe 是中性名詞 yuddham（戰爭）的處格單數。

iti 的用法見第九課 II.。

kavirabravīt 由 kaviḥ + abravīt 連聲組成（五 g.）。

kaviḥ 是陽性名詞 kavi（詩人）的主格單數。

abravīt 是第二類動詞語根√brū（說）的第三身單數半過去主動式。

全句：詩人說：「即使你被殺掉，在戰爭中，仍是被你戰勝的。」

8. yatra yatra patī rāmo vidyeta tatra tatra sītāyāścakṣusī apatatāṃ na tu tayā sukhamalabhyata.

yatra yatra 是相關關係詞的重疊，解作：無論何處。

patī rāmo vidyeta 由 patih + rāmaḥ + vidyeta 連聲組成（五 h.，五 a.）。
patih 是陽性名詞 pati（主人／丈夫）的主格單數。
rāmaḥ 是陽性專有名詞 rāma（拉麻）的主格單數。
vidyeta 是動詞語根√vid（有／存在）的第三身單數願望中間式。
tatra tatra 是對應於 yatra 的相關關係詞 tatra 的重疊，解作：那處。
sītāyāścakṣusī 由 sītāyāḥ + cakṣusī 連聲組成（五 f.）。
sītāyāḥ 是陰性專有名詞 sītā（音譯：悉妲）的奪／屬格單數，這裏作屬格。
cakṣusī 是中性名詞 cakṣus（眼）的主／對格雙數，這裏作主格。
apatatāṃ 是動詞語根√pat（跌落）的第三身雙數半過去主動式。
na 解作：否。
tu 是連接詞，解作：但是。
tayā 是代名詞 sa（他）的陰性具格單數。
sukhamalabhyata 由 sukham + alabhyata 連接而成。
sukham 是中性名詞 sukham（快樂）的主／對格單數，這裏作主格。
alabhyata 是動詞語根√labh（獲得）的第三身單數半過去中間被動式。
全句：無論丈夫拉麻在哪裏，悉妲的雙眼都落在他身上，但快樂並沒有讓她得到。

9. puṣpamārgeṣu nagareṣu gamyatāṃ tvayā, yāni yāni sukhāni vidyante tāni sarvāṇi labhyantāṃ tvayā, tathāpyasmiñjīvite na ko ’pi duḥkhaṃ nāpnoti.
puṣpamārgeṣu 是所屬複合詞，由中性名詞 puṣpam（花）的語幹 puṣpa，及陽性名詞 mārga（路）的處格眾數結合成，解作：其路上有花。
nagareṣu 是中性名詞 nagaram（城鎮）的處格眾數，是上述所屬複合詞的前述詞。
gamyatāṃ 是動詞語根√gam（去）的第三身單數命令被動式。
tvayā 是代名詞 tvam（你）的具格單數。
yāni 是關係代名詞 ya（該人）的中性主／對格眾數，這裏作主格。
yāni yāni 解作：無論何人。

sukhāni 是中性名詞 sukham（快樂）的主／對格眾數，這裏作對格。

vidyante 是動詞語根√vid（有／存在）的第三身眾數現在式。

tāni 是相應於 ya 的相關關係代名詞 sa（他）的中性主／對格眾數，這裏作主格。

sarvāṇi 是 sarva（每一／全部）的中性主／對格眾數，這裏作主格。

labhyantāṃ 是動詞語根√labh（獲得）的第三身眾數命令被動式。

tvayā 是代名詞 tvam（你）的具格單數。

tathāpyasmiñjīvite 由 tathāpi + asmin + jīvite 連聲組成（四 d.，六 I.a.）。

tathāpi 解作：縱然。

asmin 是代名詞 ayam（這個）的陽性處格單數。

jīvite 是中性名詞 jīvitam（生命）的處單數。

ko 'pi 是 kaḥ + api 連聲組成（五 b.）。

kaḥ 是疑問詞 ka（誰）的主格單數。

na kaḥ api 解作：並非任何人都。

duḥkhaṃ 是中性名詞 duḥkham（苦惱）的主／對格單數，這裏作對格。

nāpnoti 由 na + āpnoti 連聲組成（四 a.）。

na 解作：否。

āpnoti 是第五類動詞語根√āp（獲得）的第三身單數現在式。

全句：讓路上有花的城鎮為你所到，讓一切快樂為你所得，縱然如此，仍然並非任何人在生活上都沒有苦惱。

10. tvamadīyathāstasmai vīrāya mayā, na kadāpi punarāgamyatāmatretyucyate sakopena pitrā.

tvamadīyathāstasmai 由 tvam + adīyathāḥ + tasmai 連聲組成（五 f.）。

tvam 是代名詞 tvam（你）的主格單數。

adīyathāḥ 是第三類動詞語根√dā（給）的第二身單數半過去被動式。

tasmai 是代名詞 sa（他）的陽性為格單數。

vīrāya 是陽性名詞 vīra（戰士）的為格單數。

mayā 是代名詞 aham（我）的具格單數。

na kadāpi 解作：從不（八 II.）。

punarāgamyatāmatretyucyate 由 punar + āgamyatām + atra + iti + ucyate 連聲組成（四 b.，四 d.）。

punar 解作：再次。

āgamyatām 是動詞語根 ā-√gam（來）的第三身單數命令被動式。

atra 解作：這裏。

iti 的用法見第九課 II.。

ucyate 是第二類動詞語根√vac（說）的第三身單數現在被動式。

sakopena 是所屬複合詞，由字首 sa（伴隨）和陽性名詞 kopa（怒）的具格單數結合成，解作：其帶著憤怒。

pitrā 是陽性名詞 pitṛ（父）的具格單數。

全句：「你已被我交給了那戰士，永遠不會再被喚來這裏。」這句話為父親憤怒地說。

11. śabdaḥ śrūyate rajñā yuddhaṃ kutreti tenocyate ca.

śabdaḥ 是陽性名詞 śabda（聲音／字）的主格單數。

śrūyate 是第五類動詞語根√śru（聽）的第三身單數現在被動式。

rajñā 是陽性名詞 rājan（國王）的具格單數。

yuddhaṃ 是中性名詞 yuddham（戰爭）的主／對格單數，這裏作主格。

kutreti 由 kutra + iti 連聲組成（四 b.）。

kutra 是疑問詞，解作：何處。

iti 的用法見第九課 II.。

tenocyate 由 tena + ucyate 連聲組成（四 b.）。

tena 是代名詞 sa（他）的陽性主格單數。

ucyate 是第二類動詞語根√vac（說）的第三身單數現在被動式。

ca 解作：與。

全句：聲音被國王聽到，「戰爭在哪裏？」這說話為他所說。

12. pitā mātā vā hanyeta mayā tathāpi mā dharmo hīyatāmityamanyata vīraḥ.

pitā 是陽性名詞 pitṛ（父）的主格單數。

mātā 是陰性名詞 matṛ（母）的主格單數。
vā 解作：或。
hanyeta 是第二類動詞語根√han（殺）的第三身單數願望被動式。
mayā 是代名詞 aham（我）的具格單數。
tathāpi 解作：縱然。
mā 解作：否（與命令式同用）。
dharmo hīyatāmityamanyata 由 dharmaḥ + hīyatām + iti + amanyata 連聲組成（五 a.，四 d.）。
dharmaḥ 是陽性名詞 dharma（法／真理）的主格單數。
hīyatām 是第三類動詞語根√hā（離棄）的第三身單數命令被動式。
iti 的用法見第九課 II.。
amanyata 是第三類動詞語根√man（想）的第三身單數半過去中間式。
vīraḥ 是陽性名詞 vīra（戰士）的主格單數。
全句：戰士想：「縱使父親或母親會被我所殺，真理也不可被離棄。」

## 第二十五課

1. yena śatruṇāmāryanta te vīrāḥ sa idānīṃ yuddhabhūmiṃ viśati.
   yena 是關係代名詞 ya（該人）的陽性具格單數。
   śatruṇāmāryanta 由 śatruṇā + amāryanta 連聲組成（四 a.）。
   śatruṇā 是陽性名詞 śatru（敵人）的具格單數。
   amāryanta 是動詞語根√mṛ（死）的第三身眾數役使形被動半過去式。
   te 是代名詞 sa（他）的陰性主／對格雙數，陽性主格眾數，或中性主／對格雙數，這裏作陽性主格眾數。
   vīrāḥ 是陽性名詞 vīra（戰士）的主格眾數。
   sa 原本是 saḥ，因連聲失去-ḥ。
   saḥ 是相應於 ya 的相關關係代名詞 sa（他）的陽性主格單數。
   idānīṃ 解作：現在。
   yuddhabhūmiṃ 是格限定複合詞，由中性名詞 yuddham（戰爭）的語幹 yuddha，及陽性名詞 bhūmi（地）的對格單數結合成，解作：戰爭之地。
   viśati 是動詞語根√viś（進入）的第三身單數現在式。
   全句：那個商人——那些戰士們被他所殺掉——現在進入戰地。
2. sa ācāryaḥ śiṣyāndharmapustakānyādhyāpayaddharmakathāstānaśrāvayacca.
   sa 原本是 saḥ，因連聲失去-ḥ。
   saḥ 是代名詞 sa（他）的陽性主格單數。
   ācāryaḥ 是陽性名詞 ācārya（老師）的主格單數。
   śiṣyāndharmapustakānyādhyāpayaddharmakathāstānaśrāvayacca 由 śiṣyān + dharmapustakāni + ādhyāpayat + dharmakathāḥ + tān + aśrāvayat + ca 連聲組成（四 d.，六 II.a.）。
   śiṣyān 是陽性名詞 śiṣya（學生）的對格眾數。
   dharmapustakāni 是格限定複合詞，由陽性名詞 dharma（真理／法）的語幹，及中性名詞 pustakam（書）的對格眾數結合成，解作：真理的書。
   ādhyāpayat 是動詞語根√adhī（讀）的役使形第三身單數半過去主動式。

dharmakathāḥ 是格限定複合詞，由陽性名詞 dharma（真理／法）的語幹，及陰性名詞 kathā（故事）的主／對格眾數結合成，這裏作對格，解作：真理的故事。

tān 是代名詞 sa（他）的陽性對格眾數。

aśrāvayat 是第五類動詞語根√śru（聽）的役使形第三身單數半過去主動式。

ca 解作：與。

全句：那位老師使學生們讀真理的書和聽真理的故事。

3. yāni śastrāṇi sa rājā śūdrairakārayattairvīrā yuddhe 'mārayañchatrūn.

yāni 是關係代名詞 ya（該人）的中性主／對格眾數，這裏作對格。

śastrāṇi 是中性名詞 śastram（武器）的主／對格眾數，這裏作對格。

sa 原本是 saḥ，因連聲失去-ḥ。

saḥ 是代名詞 sa（他）的陽性主格單數。

rājā 是陽性名詞 rājan（國王）的主格單數。

śūdrairakārayattairvīrā 由 śūdraiḥ + akārayat + taih + vīrāḥ 連聲組成（五 g.，五 d.）。

śūdraiḥ 是陽性名詞 śūdra（首陀）的具格眾數。

akārayat 是第八類動詞語根√kṛ（做）的役使形第三身單數半過去主動式。

taih 是相應於 ya 的相關關係代名詞 sa（他）的陽性具格眾數。

vīrāḥ 是陽性名詞 vīra（戰士）的主格眾數。

yuddhe 'mārayañchatrūn 由 yuddhe + amārayan + śatrūn 連聲組成（四 e.，六 I.a.）。

yuddhe 是中性名詞 yuddham（戰爭）的處格單數。

amārayan 是動詞語根√mṛ（死）的役使形第三身眾數半過去主動式。

śatrūn 是陽性名詞 śatru（敵人）的對格眾數。

全句：戰士們在戰爭中殺掉眾敵人，那些武器是那國王役使首陀們製造的。

4. tava kāmaṃ darśaya ma iti grāmabālābravīdvīram.

tava 是代名詞 tvam（你）的屬格單數。

kāmaṃ 是陽性名詞 kāma（欲望）的對格單數。

darśaya 是動詞語根√dṛś（顯示）的役使形第二身單數命令主動式。

ma 原本是 me，因連聲-e 由-a 取代，兩字分開（四 f.）。

me 是代名詞 aham（我）的為格單數。

iti 的用法見第九課 II.。

grāmabālābravīdvīram 由 grāmabālā + abravīt + vīram 連聲組成（四 a.，六 II.a.）。

grāmabālā 是同格限定複合詞，由陽性名詞 grāma（村），及陰性名詞 bālā（女孩）的主格單數結合成，解作：村女。

abravīt 是第二類動詞語根√brū（說）的第三身單數半過去主動式。

vīram 是陽性名詞 vīra（戰士）的對格單數。

全句：村女對戰士說：「把你的慾望顯示給我吧！」

5. ye gajānvanādagamayaṃstānvaṇijaḥ siṃhā agṛhṇannamārayaṃśca.

ye 是關係代名詞 ya（該人）的陰性主格／對格雙數，陽性主格眾數，或中性主格／對格雙數，在這裏作陽性主格眾數。

gajānvanādagamayaṃstānvaṇijaḥ 由 gajān + vanāt + agamayan + tān + vaṇijaḥ 連聲組成（六 II.a.，六 I.c.）。

gajān 是陽性名詞 gaja（象）的對格眾數。

vanāt 是中性名詞 vanam（森林）的奪格單數。

agamayan 是動詞語根√gam（去）的役使形第三身眾數半過去主動式。

tān 是代名詞 sa（他）的陽性對格眾數。

vaṇijaḥ 是陽性名詞 vaṇij（商人）的對格眾數或奪／屬格單數，這裏作對格。

siṃhā 原本是 siṃhāḥ，因連聲失去-ḥ，兩字分開（五 d.）。

siṃhāḥ 是陽性名詞 siṃha（獅子）的主格眾數。

agṛhṇannamārayaṃśca 由 agṛhṇan + amārayan + ca 連聲組成（六 I.d.，六 I.c.）。

agṛhṇan 是第九類動詞語根√grah（抓著）的第三身眾數半過去主動式。
amārayan 是動詞語根√mṛ（死）的役使形第三身眾數半過去主動式。
ca 解作：與。
全句：獅子群抓住那些商人——他們使象群走出森林——並殺死他們。

6. ye 'sminrājye mama prajābhiḥ kṣetrāṇi karṣayeyuste mama sakāśa āyantvityaucyata rājadevanāmnā nṛpeṇa.

ye 'sminrājye 由 ye + asmin + rājye 連聲組成（四 e.）。
ye 是關係代名詞 ya（該人）的陰性主格／對格雙數，陽性主格眾數，或中性主格／對格雙數，在這裏作陽性主格眾數。
asmin 是關係代名詞 ayam（這個）的陽性處格單數。
rājye 是中性名詞 rājyam（王國）的處格單數。
mama 是代名詞 aham（我）的屬格單數。
prajābhiḥ 是陰性名詞 prajā（子民）的具格眾數。
kṣetrāṇi 是中性名詞 kṣetram（田）的主／對格眾數，這裏作對格。
karṣayeyuste 由 karṣayeyuḥ + te 連聲組成（五 f.）。
karṣayeyuḥ 是動詞語根√kṛṣ（犁田）的役使形第三身眾數願望主動式。
te 是相應於 ya 的相關關係代名詞 sa（他）的陰性主格／對格雙數，陽性主格眾數，或中性主格／對格雙數，在這裏作陽性主格眾數。
mama 是代名詞 aham（我）的屬格單數。
sakāśa 原本是 sakāśe 因連聲，e 由 a 取代，兩字分開（四 f.）。
sakāśe 是陽性名詞 sakāśa（附近）的處格單數。
āyantvityaucyata 由 āyantu + iti + aucyata 連聲組成（四 d.）。
āyantu 是第二類動詞語根√e（來）的第三身眾數命令主動式。
iti 的用法見第九課 II.。
aucyata 是第二類動詞語根√vac（說）的第三身單數半過去被動式。
rājadevanāmnā 是格限定複合詞，由陽性名詞 rājan（國王）的語幹 rāja，陽性名詞 deva（神祇）的語幹，及中性名詞 nāman（名稱）的具格單數結合成，解作：諸王的神祇之名稱。

nṛpeṇa 是陽性名詞 nṛpa（國王）的具格單數，其中-n-舌音化成為-ṇ-（六 III.a.）。

全句：「讓那些在這王國中要役使我的子民犁田的人來到我跟前。」這句話被國王以諸王之神的名義說。

7. sa vīraḥ śūdrairdhanurbāṇāvānāyayadarīnahaṃśca.

sa 原本是 saḥ，因連聲失去-ḥ。

saḥ 是代名詞 sa（他）的陽性主格單數。

vīraḥ 是陽性名詞 vīra（戰士）的主格單數。

śūdrairdhanurbāṇāvānāyayadarīnahaṃśca 由 śūdraiḥ + dhanuḥ + bāṇau + ānāyayat + arīn + ahan + ca 連聲組成（五 g.，四 g.，六 II.a.，六 I.c.）。

śūdraiḥ 是陽性名詞 śūdra（首陀）的具格眾數。

dhanuḥ 是中性名詞 dhanus（弓）的主格單數。

bāṇau 是陽性名詞 bāṇa（箭）的主／對／呼格雙數，這裏作主格。

ānāyayat 是動詞語根 ā-√nī（帶）的役使形第三身單數半過去主動式。

arīn 是陽性名詞 ari（敵人）的對格眾數。

ahan 是第二類動詞語根√han（殺）的第二／三身單數半過去主動式，這裏作第三身，指那戰士。

ca 解作：與。

全句：那戰士指使首陀們帶來了弓和兩枝箭，他並擊殺敵人們。

8. arirājabhī rathānkarṣayato rājñaḥ kīrtiraśasyata prajābhiḥ.

arirājabhī 原本是 arirājabhiḥ，因連聲-ḥ 消失，-i-變長音（五 h.）。

arirājabhiḥ 是格限定複合詞，由陽性名詞語幹 ari（敵人），及陽性名詞 rājan（國王）的具格眾數結合成，解作：敵人的王。

rathānkarṣayato 由 rathān + karṣayataḥ 連聲組成（五 a.）。

rathān 是陽性名詞 ratha（戰車）的對格眾數。

karṣayataḥ 是動詞語根√kṛṣ（拉／犁田）的役使形現在主動式分詞的對格眾數，解作：正在役使（他人）拉／犁田。

rājñaḥ 是陽性名詞 rājan（國王）的對格眾數或奪／屬格單數，這裏作屬格。

kīrtiraśasyata 由 kīrtiḥ + aśasyata 連聲組成（五 g.）。

kīrtiḥ 是陰性名詞 kīrti（光榮）的對格眾數。

aśasyata 是動詞語根√śaṃs（稱讚）的第三身單數半過去被動式。

prajābhih 是陰性名詞 prajā（子民／孩子）的具格眾數。

全句：那個役使敵人的諸王拉車的國王，其榮耀為人民所稱頌。

9. ye manuṣyā asmiṃl loke jāyante te sarve mriyante, na ko 'pi jīvanmṛtyuṃ na gacchatītyabravīdṛṣiḥ.

ye 是關係代名詞 ya（該人）的陰性主格／對格雙數，陽性主格眾數，或中性主格／對格雙數，在這裏作陽性主格眾數。

manuṣyā 原本是 manuṣyāḥ，因連聲失去-ḥ（五 d.）。

manuṣyāḥ 是陽性名詞 manuṣya（人）的主格眾數。

asmiṃl loke 由 asmin + loke 連聲組成（六 I.b.）。

asmin 是代名詞 ayam（這個）的處格單數。

loke 是陽性名詞 loka（世界）的處格單數。

jāyante 是動詞語根√jan（出生）的第三身眾數現在式。

te 是相應於 ya 的相關關係代名詞 sa（他）的陰性主格／對格雙數，陽性主格眾數，或中性主格／對格雙數，在這裏作陽性主格眾數。

sarve 是 sarva（每一／全部）的陰性主／對格雙數，陽性主格眾數，或中性主格／對格雙數，在這裏作陽性主格眾數。

mriyante 是動詞語根√mṛ（死）的第三身眾數現在式。

ko 'pi 由 kaḥ + api 連聲組成（五 b.）。

kaḥ 是疑問詞 ka（誰）的主格單數。

na ko 'pi 結合解作：沒有任何人。

jīvanmṛtyuṃ 由 jīvan + mṛtyuṃ 連接組成。

jīvan 是動詞語根√jiv（生活）的現在主動式分詞的陽性主格單數。

mṛtyuṃ 是陽性名詞 mṛtyu（死亡）的對格單數。

na 解作：否。

gacchatītyabravīdṛṣiḥ 由 gacchati + iti + abravīt + ṛṣiḥ 連聲組成（四 a.，四 d.，六 II.a.）。

gacchati 是動詞語根√gam（去）的第三身單數現在式。

iti 的用法見第九課 II.。

abravīt 是第二類動詞語根√brū（說）的第三身單數半過去主動式。

ṛṣiḥ 是陽性名詞 ṛṣi（聖者）的主格單數。

全句：聖者說：「所有生於這個世界的人都會死，沒有任何活著的人不步向死亡。」

10. yo vaṇigrathānaśvāṃśca mantriṇānāyyata sa idānīṃ nagaraṃ viśatītyavadadvīraṃ rājā.

yo 原本是 yaḥ，因連聲-aḥ，變成-o（五 a.）。

yaḥ 是關係代名詞 ya（該人）的陽性主格單數。

vaṇigrathānaśvāṃśca 由 vaṇik + rathān + aśvān + ca 連聲組成（十 III.，六 I.c.）。

vaṇik 是陽性名詞 vaṇij（商人）的主格單數。

rathān 是陽性名詞 ratha（戰車）的對格眾數。

aśvān 是陽性名詞 aśva（馬）的對格眾數。

ca 解作：與。

mantriṇānāyyata 由 mantriṇā + anāyyata/ānāyyata（兩種可能情況）連聲組成（四 a.）。

mantriṇā 是陽性名詞 mantrin（使臣）的具格單數（二十二 B.當中-n-舌音化成為-ṇ-，六 II.a.）。

anāyyata 是動詞語根√nī（帶領）的役使形第三身單數半過去被動式。

ānāyyata 是動詞語根 ā-√nī（攜帶）的役使形第三身單數半過去被動式。

在本句中，動作的對象是戰車和馬，應以√nī（帶領）的意思較適合。

sa idānīṃ 由 saḥ + idānīṃ 連聲組成（五 c.）。

saḥ 是相應於 ya 的相關關係代名詞 sa（他）的陽性主格單數。

idānīṃ 解作：現在。

nagaraṃ 是中性名詞 nagaram（城鎮）的主／對格單數，這裏作對格。

viśatītyavadadvīraṃ 由 viśati + iti + avadat + vīraṃ 連聲組成（四 a.，四 d.，六 II.a.）。

viśati 是動詞語根√viś（進入）的第三身單數現在式。

iti 的用法見第九課 II.。

avadat 是動詞語根√vad（說）的第三身單數半過去主動式。

vīraṃ 是陽性名詞 vīra（戰士）的對格單數。

rājā 是陽性名詞 rājan（國王）的主格單數。

全句：國王對戰士說：「那個被使臣役使去帶領戰車和馬的商人，現在進入城鎮了。」

11. ācāryeṇa pustakaṃ pāṭhyamānaṃ śiṣyaṃ na ko 'pi kimapi brūyāt.

ācāryeṇa 是陽性名詞 ācārya（老師）的具格單數，當中-n-舌音化成為-ṇ-（六 III.a.）。

pustakaṃ 是中性名詞 pustakam（書）的主／對格單數，這裏作對格。

pāṭhyamānaṃ 是動詞語根√paṭh（讀）的役使形被動現在式分詞的對格單數。

śiṣyaṃ 是陽性名詞 śiṣya（學生）的對格單數。

ko 'pi 由 kaḥ + api 連聲組成（五 b.）。

kaḥ 是疑問詞，解作：誰。

na ko 'pi 解作：沒有任何人。

kimapi 由 kim + api 連接而成。

kim 解作：甚麼。

kimapi 解作：無論甚麼。

brūyāt 是第二類動詞語根√brū（說）的第三身單數願望主動式。

全句：沒有人會跟正在被老師役使讀書的學生說任何話。

12. rājānaṃ mantriṇaśca hāsayankavirdhanavānabhavat.

rājānaṃ 是陽性名詞 rājan（國王）的對格單數。

mantriṇaśca 由 mantriṇaḥ + ca 連聲組成（五 f.）。

mantriṇaḥ 是名詞 mantrin（使臣）的主／對格眾數，這裏作對格。當中 -n-舌音化成為-ṇ-（六 III.a.）。

ca 解作：與。

hāsayankavirdhanavānabhavat 由 hāsayan + kaviḥ + dhanavān + abhavat 連聲組成（五 g.）。

hāsayan 是動詞語根√has（笑）的役使形現在主動式分詞的陽性主格單數。

kaviḥ 是陽性名詞 kavi（詩人）的主格單數。

dhanavān 是所屬詞，由中性名詞 dhanam（錢）的語幹 dhana，加上-vant，再進行語尾變化成陽性主格單數，解作：有錢的，或有錢的人。

abhavat 是動詞語根√bhū（變）的第三身單數半過去主動式。

全句：詩人令到國王和使臣們發笑，因而變得富有。

## 第二十六課

1. sa vīraḥ sasarpamṛgaṃ vanaṃ gatastatra ca bahūnsarpānhatavānityaśṛṇodrājā.

   sa 原本是 saḥ，因連聲失去-ḥ。

   saḥ 是代名詞 sa（他）的陽性主格單數。

   vīraḥ 是陽性名詞 vīra（戰士）的主格單數。

   sasarpamṛgaṃ 是所屬複合詞，由字首 sa（伴隨），陽性名詞語幹 sarpa（蛇），和陽性名詞 mṛga（鹿／野獸）的對格單數結合成，解作：其伴隨蛇和野獸。

   vanaṃ 是中性名詞 vanam（森林）的主／對格單數，這裏作對格，是 sasarpamṛgaṃ 的前述詞。

   gatastatra 由 gataḥ + tatra 連聲組成（五 f.）。

   gataḥ 是動詞語根√gam（去）的過去被動式分詞的主格單數。

   tatra 解作：那處。

   ca 解作：與。

   bahūnsarpānhatavānityaśṛṇodrājā 由 bahūn + sarpān + hatavān + iti + aśṛṇot + rājā 連聲組成（四 d.，六 II.a.）。

   bahūn 是陽性形容詞 bahu（多）的對格眾數。

   sarpān 是陽性名詞 sarpa（蛇）的對格眾數。

   hatavān 是動詞語根√han（殺）的過去主動式分詞的主格單數，作動詞用。

   iti 的用法見第九課 II.。

   aśṛṇot 是第五類動詞語根√śru（聽）的第三身單數半過去主動式。

   rājā 是陽性名詞 rājan（國王）的主格單數。

   全句：國王聽到：「那戰士到那有著蛇和野獸的森林去，並在那處殺了很多蛇。」

2. yadyapi na sā patnī kadāpi kuṭumbapatinā kopena hatā tathāpi sā yadā

tamāgacchantamaśṛṇodbhayānnatmānaṃ darśitavatī.

yadyapi 是關係詞，解作：即使／縱使。

na 解作：否；連結後面的 kadāpi，成 na kadāpi，解作：永不／從不。

sā 是代名詞 sa（他）的陰性主格單數。

patnī 是陰性名詞 patnī（妻子）的主格單數。

kuṭumbapatinā 是格限定複合詞，由陽性名詞語幹 kuṭumba（家庭），及陽性名詞 pati（主人）的具格單數結合成，解作：家庭的主人。

kopena 是陽性名詞 kopa（怒）的具格單數。

hatā 是第二類動詞語根√han（殺／擊打）的過去被動式分詞 hata，隨主詞 patnī 轉成陰性主格單數（陰性的語尾變化隨 senā）變成 hatā。

tathāpi 是相應於 yadyapi 的相關關係詞，解作：仍然。

sā 是代名詞 sa（他）的陰性主格單數。

yadā 解作：當／由於。

tamāgacchantamaśṛṇodbhayānnatmānaṃ 由 tam + āgacchantam + aśṛṇot + bhayāt + na + ātmānaṃ 連聲組成（六 II.a.，六 II.d.，四 a.）。

tam 是代名詞 sa（他）的陽性對格單數。

āgacchantam 是動詞語根 ā-√gam（來）的現在主動式分詞的對格單數。

aśṛṇot 是第五類動詞語根√śru（聽）的第三身單數半過去主動式。

bhayāt 是中性名詞 bhayam（恐懼）的奪格單數。

na 解作：否。

ātmānaṃ 是陽性名詞 ātman（我／自己）的對格單數。

darśitavatī 是動詞語根√paś（見）的過去主動式分詞役使形的中性主／對格雙數，或陰性主格單數（二十二 I.A.），這裏作陰性。

全句：雖然那妻子從來未被家中主人憤怒地打過，她仍然每當聽到他來時，都恐懼地不把自己表露出來。

3. sītayā vṛkṣamayaṃ vanaṃ dṛṣṭamatra rāmaḥ kutra syāditi mataṃ ca.

sītayā 是專有名詞 sītā（悉妲）的具格單數。

vṛkṣamayaṃ 是所屬複合詞，由陽性名詞語幹 vṛkṣa（樹），及字尾-maya

（充滿）結合，再轉成對格單數，解作：其充滿著樹。

vanaṃ 是中性名詞 vanam（森林）的主／對格單數，這裏作主格，是 vṛkṣamayaṃ 的前述詞。

dṛṣṭamatra 由 dṛṣṭam + atra 連接而成。

dṛṣṭam 是動詞語根√dṛś（見）的過去被動式分詞的對格單數。

atra 解作：這裏。

rāmaḥ 是專有名詞 rāma（拉麻）的主格單數。

kutra 是疑問詞，解作：哪裏。

syāditi 由 syāt + iti 連聲組成（六 II.a.）。

syāt 是第二類動詞語根√as（存在）的第三身單數願望主動式。

iti 的用法見第九課 II.。

mataṃ 是動詞語根√man（想）的過去被動式分詞的對格單數。

ca 解作：與。

全句：那滿布著樹的森林為悉妲在這裏見到，「拉麻會在哪裏？」這句話為她所想。

4. svabhṛtyasevitaḥ kaviḥ kimanyaddadāni ta ityukto rājñā.

svabhṛtyasevitaḥ 是所屬複合詞，由反身所屬代名詞 sva（其自己的），陽性名詞 bhṛtya（僕人）的語幹，及動詞語根√sev（服侍）的過去被動式分詞的主格單數結合成，解作：為其自己的僕人所服侍（二十六 III. 末段）。

kaviḥ 是陽性名詞 kavi（詩人）的主格單數。

kimanyaddadāni 由 kim + anyat + dadāni 連聲組成（六 II.a.）。

kim 解作：甚麼。

anyat 是代名詞 anya（其他）的中性主／對格單數，這裏作對格。

dadāni 是第三類動詞語根√dā（給予）的第一身單數命令主動式。

ta 原本是 te，因連聲-e 變成-a，兩字分開（四 f.）。

te 是代名詞 sa（他）的陰性主／對格雙數，陽性主格眾數，或中性主／對格雙數，又可以是代名詞 tvam（你）的為／屬格單數，按上文下理，這裏應作 tvam 的為格單數。

ityukto rājñā 由 iti + uktaḥ + rājñā 連聲組成（四 d.，五 a.）。

iti 的用法見第九課 II.。

uktaḥ 是動詞語根√vac（說）的過去被動式分詞的主格單數。

rājñā 是陽性名詞 rājā（國王）的具格單數。

全句：那個為（國王）自己的僕人所服侍的詩人被國王問：「我還要給你其他甚麼東西呢？」

5. sa vīro mṛtaprāyo 'pi śatravaḥ kutreti pṛṣṭavān.

sa 原本是 saḥ，因連聲失去-ḥ。

saḥ 是代名詞 sa（他）的陽性主格單數。

vīro mṛtaprāyo 'pi 由 vīraḥ + mṛtaprāyaḥ + api 連聲組成（五 a.，五 b.）。

vīraḥ 是陽性名詞 vīra（戰士）的主格單數，是接著的所屬複合詞的前述詞。

mṛtaprāyaḥ 是所屬複合詞，由動詞語根√mṛ（死）的過去被動式分詞 mṛta，及字尾 prāya（幾乎）取主格單數 prāyaḥ 結合成，解作：其幾乎要死了。

api 解作：即使。

śatravaḥ 是陽性名詞 śatru（敵人）的主格眾數。

kutreti 由 kutra + iti 連聲組成（四 b.）。

kutra 解作：哪裏。

iti 的用法見第九課 II.。

pṛṣṭavān 是動詞語根√pracch（問）的過去主動式分詞的主格單數。

全句：那個戰士即使幾乎要死了，仍問：「敵人們在哪裏？」

6. gatamātre patau bhṛtyā gṛhaṃ tyaktavanto vāpyāṃ krīḍitavantaśca.

gatamātre 是所屬複合詞，由動詞語根√gam（去）的過去被動式分詞，及 mātra（正當）的處格單數結合成。

patau 是陽性名詞 pati（主人／丈夫）的處格單數。

gatamātre patau 組成處格獨立結構，解作：當主人離去後。

bhṛtyā 原本是 bhṛtyāḥ，因連聲失去-ḥ（五 d.）。

bhṛtyāḥ 是陽性名詞 bhṛtya（僕人）的主／呼格眾數，這裏作主格。

gṛhaṃ 是中性名詞 gṛham（屋）的主／對格單數，這裏作對格。

tyaktavanto vāpyāṃ 由 tyaktavantaḥ + vāpyāṃ 連聲組成（五 a.）。

tyaktavantaḥ 是動詞語根√tyaj（放棄）的過去主動式分詞的陽性主格眾數。

vāpyāṃ 是陰性名詞 vāpī（水池）的處格單數。

krīḍitavantaśca 由 krīḍitavantaḥ + ca 連聲組成（五 f.）。

krīḍitavantaḥ 是動詞語根√krid（玩）的過去主動式分詞的陽性主格眾數。

ca 解作：與。

全句：當主人離去後，僕人們就離開屋子，在水池中玩。

7. sa siṃho māritagajo 'pi sabhayo manuṣyasakāśāddhāvitaḥ.

sa 原本是 saḥ，因連聲失去-ḥ。

saḥ 是代名詞 sa（他）的陽性主格單數。

siṃho māritagajo 'pi 由 siṃhaḥ + māritagajaḥ + api 連聲組成（五 a.）。

siṃhaḥ 是陽性名詞 siṃha（獅子）的主格單數。

māritagajaḥ 是所屬複合詞，由動詞語根√mṛ（死）的役使形過去被動式分詞的語幹 mārita，及陽性名詞 gaja（象）的主格單數結合而成，解作象為其所殺死。

api 解作：即使。

sabhayo manuṣyasakāśāddhāvitaḥ 由 sabhayaḥ + manuṣyasakāśāt + dhāvitaḥ 連聲組成（五 a.，六 II.a.）。

sabhayaḥ 是所屬複合詞，由字首 sa（伴隨），及中性名詞 bhayam（恐懼）的語幹 bhaya（跟隨 deva 的語尾變化）的主格單數結合而成，解作：其帶著恐懼。

manuṣyasakāśāt 是格限定複合詞，由陽性名詞 manuṣya（人）的語幹，及陽性名詞 sakāśa（附近）的處格單數結合成，解作：人的身邊。

dhāvitaḥ 是動詞語根√dhav（走）的過去被動式分詞或役使形過去被動

式分詞的陽性主格單數。

全句：那隻獅子——即使象為牠所殺——帶著恐懼逃離人的身邊。

8. asminvane kākamātrā nyuṣitā ityuktavatyṛṣau te vaṇijo bhayaṃ tyaktavantastadviṣṭāśca.

asminvane 由 asmin + vane 連接而成。

asmin 是關係代名詞 ayam（這個）的陽性處格單數。

vane 是中性名詞 vanam（森林）的處格單數。

kākamātrā 原本是 kākamātrāḥ，因連聲失去-ḥ（五 d.）。

kākamātrāḥ 是所屬複合詞，由陽性名詞語幹 kāka（烏鴉）加上字尾 mātra（只有）的主格眾數結合成，解作：其只有烏鴉。

nyuṣitā 原本是 nyuṣitāḥ，因連聲失去-ḥ（五 d.）。

nyuṣitāḥ 是動詞語根 ni-√vas（居住）的過去被動式分詞的陽性主格眾數。

ityuktavatyṛṣau 由 iti + uktavati + ṛṣau 連聲組成（四 d.）。

iti 的用法見第九課 II.。

uktavati 是動詞語根√vac（說）的過去主動式分詞的陽性處格單數。

ṛṣau 是陽性名詞 ṛṣi（聖者）的處格單數。

uktavati + ṛṣau 合成處格獨立結構，解作：當聖者說。

te 是代名詞 sa（他）的陰性主／對格雙數，陽性主格眾數，或中性主／對格雙數，這裏作陽性主格眾數。

vaṇijo bhayaṃ 由 vaṇijaḥ + bhayaṃ 連聲組成（五 a.）。

vaṇijaḥ 是陽性名詞 vaṇij（商人）的主／對格眾數，或奪／屬格單數，這裏作主格眾數。

bhayaṃ 是中性名詞 bhayam（恐懼）的主／對格單數，這裏作主格。

tyaktavantastadviṣṭāśca 由 tyaktavantaḥ + tat + viṣṭāḥ + ca 連聲組成（五 f.）。

tyaktavantaḥ 是動詞語根√tyaj（放棄）的過去主動式分詞的陽性主格眾數。

tat 是代名詞 sa（他）的中性主／對格單數，這裏作對格。

viṣṭāḥ 是動詞語根√viś（進入）的過去被動式分詞的陽性主格眾數。

ca 解作：與。

全句：當聖者說：「這個森林裏只為烏鴉所居住。」那些商人即放下恐懼，並進入當中。

9. ye rājāno dattaratnāsteṣāṃ sakāśe yūyaṃ gacchata tāñchaṃsata ca.

ye 是關係代名詞 ya（該人）的陰性主格／對格雙數，陽性主格眾數，或中性主格／對格雙數，在這裏作陽性主格眾數。

rājāno dattaratnāsteṣāṃ 由 rājānaḥ + dattaratnāḥ + teṣāṃ 連聲組成（五 a.，五 f.）。

rājānaḥ 是陽性名詞 rājan（國王）的主格眾數。

dattaratnāḥ 是所屬複合詞，由動詞語根√dā（給予）的過去被動式分詞的語幹，及中性名詞 ratnam（珠寶）的語幹 ratna（隨 deva 的語尾變化）的主格眾數結合成，解作：珠寶為其所給予。

teṣāṃ 是與 ya 相應的相關關係代名詞 sa（他）的陽性屬格眾數。

sakāśe 是陽性名詞 sakāśa（附近）的處格單數。

yūyaṃ 是代名詞 tvam（你）的主格眾數。

gacchata 是動詞語根√gam（去）的第二身眾數命令主動式。

tāñchaṃsata 由 tān + śaṃsata 連聲組成（六 I.a.）。

tān 是代名詞 sa（他）的陽性對格眾數。

śaṃsata 是動詞語根√śaṃs（讚美）的第二身眾數命令主動式。

ca 解作：與。

全句：你們要到國王們的身邊——珠寶為他們所給予——並要讚美他們。

10. tasminrājñi tā vāca ukte kavinā kṣatriyāstaṃ kaviṃ gṛhītavantaḥ.

tasminrājñi 由 tasmin + rājñi 連接而成。

tasmin 是代名詞 sa（他）的陽性處格單數。

rājñi 是陽性名詞 rājan（國王）的處格單數。

tā 原本是 tāḥ，因連聲失去-ḥ（五 d.）。

tāḥ 是代名詞 sa（他）的陰性主／對格眾數，這裏作主格。

vāca 原本是 vācaḥ，因連聲失去-ḥ（五 c.）。
vācaḥ 是陰性名詞 vāc（言說）的奪／屬格單數，這裏作奪格。
ukte 是動詞語根√vac（說）的過去被動式分詞的陽性處格單數。
tasminrājñi 和 ukte 合成處格獨立結構，解作：那國王說著。
kavinā 是陽性名詞 kavi（詩人）的具格單數。
kṣatriyāstaṃ 由 kṣatriyāḥ + taṃ 連聲組成（五 f.）。
kṣatriyāḥ 是陽性名詞 kṣatriya（剎帝利）的主格眾數。
taṃ 是代名詞 sa（他）的陽性對格單數。
kaviṃ 是陽性名詞 kavi（詩人）的對格單數。
gṛhītavantaḥ 是動詞語根√grah（抓）的過去主動式分詞的陽性主格眾數。
全句：當那國王與詩人說著那些話時，眾剎帝利即抓著那詩人。

11. vṛddhacchāyeṣu vṛkṣeṣu sā vaṇikpatnī patimāgacchantaṃ na dṛṣṭavatī duḥkhaṃ gatā ca.

vṛddhacchāyeṣu 是所屬複合詞，由動詞語根√vṛdh（生長）的過去被動式分詞 vṛddha，及陰性名詞 chāyā（影）的處格眾數〔隨著其主詞 vṛkṣa（樹）作陽性，跟從 deva 的語尾變化成為 chāyeṣu，而 ch 在母音後變成 cch（六 III.c.）〕結合而成。
vṛkṣeṣu 是陽性名詞 vṛkṣa（樹）的處格眾數。
vṛddhacchāyeṣu vṛkṣeṣu 形成處格獨立結構，解作：諸樹的樹影在增長時。
sā 是代名詞 sa（他）的陰性主格單數。
vaṇikpatnī 是格限定複合詞，由陽性名詞 vaṇij（商人）（-j 轉成-k，十 III.），及陰性名詞 patnī（妻子）的主格單數結合成，解作：商人的妻子。
patimāgacchantaṃ 由 patim + āgacchantaṃ 連接而成。
patim 是陽性名詞 pati（丈夫）的對格單數。
āgacchantaṃ 是動詞語根 ā-√gam（來）的現在主動式分詞的陽性對格單數。
na 解作：否。

dṛṣṭavatī 是動詞語根√dṛś（表露）的過去主動式分詞的陰性主格單數。

duḥkhaṃ 是中性名詞 duḥkham（苦惱）的主／對格單數，這裏作主格。

gatā 是動詞語根√gam（去）的過去被動式分詞的陰性主格單數（隨 senā 的語尾變化）。

ca 解作：與。

全句：當樹叢的樹影在增長，商人的妻子不見丈夫回來，顯得悲傷起來。

12. te 'rirājā ānīyamānā naṣṭaprāyā vayamityavadan.

te 'rirājā 由 te + arirājāḥ 連聲組成（四 e.，五 d.）。

te 是代名詞 sa（他）的陰性主／對格雙數，陽性主格眾數，或中性主／對格雙數，這裏作陽性主格眾數。

arirājāḥ 是同格限定複合詞，由陽性名詞語幹 ari（敵人），及陽性名詞 rājan（國王）的語幹 rāja（隨 deva 的語尾變化）的主格眾數結合成，解作：敵方的國王們。

ānīyamānā 原本是 ānīyamānāḥ，因連聲失去-ḥ（五 d.）。

ānīyamānāḥ 是動詞語根 ā-√nī（帶）的現在被動式分詞的陽性主格眾數。

naṣṭaprāyā 是所屬複合詞，由動詞語根√naś（死）的過去被動式分詞，及字尾 prāya（差不多）的陽性主格單數 prāyaḥ 結合成，解作：快要死了。

vayamityavadan 由 vayam + iti + avadan 連聲組成（四 d.）。

vayam 是代名詞 aham（我）的主格眾數。

iti 的用法見第九課 II.。

avadan 是動詞語根√vad（說）的第三身眾數半過去主動式。

全句：那些敵方的國王們被帶回來，並說：「我們快要死了。」

# 第二十七課

1. bhojanaṃ kṛtvodyāne krīḍitvā svasāramāhūyāsmadgṛhamehi.

 bhojanaṃ 是中性名詞 bhojanam（食物）的主／對格單數，這裏作對格。

 kṛtvodyāne 由 kṛtvā + udyāne 連聲組成（四 b.）。

 udyāne 是中性名詞 udyānam（花園）處格單數。

 krīḍitvā 是動詞語根√krīḍ（玩）的接續式。

 svasāramāhūyāsmadgṛhamehi 由 svasāram + āhūya + asmat + gṛham + ehi 連聲組成（四 a.，六 II.a.）。

 svasāram 是陰性名詞 svasṛ（姊妹）的對格單數。

 āhūya 是動詞語根 ā-√hve（叫喚）的有動詞字首接續式。

 asmat 是代名詞 aham（我）的奪格眾數。

 gṛham 是中性名詞 gṛham（屋）的主／對格單數。

 ehi 是第二類動詞語根√e（來）的第二身單數命令主動式。

 全句：你做好了食物，在花園中玩過，叫喚了姊妹後，就來我們的家中。

2. sa vīro 'rīnnirdiśya ye ye śastrahastā āgacchanti tānsarvānhanmīti rājānamuktvā yuddhaṃ viṣṭaḥ.

 sa 原本是 saḥ，由於連聲，在子音前要失去-s/-ḥ（見十二課末段）。

 saḥ 是代名詞 sa（他）的陽性主格單數。

 vīro 'rīnnirdiśya 由 vīraḥ + arīn + nirdiśya 連聲組成（五 b.）。

 vīraḥ 是陽性名詞 vīra（戰士）的主格單數。

 arīn 是陽性名詞 ari（敵人）的對格眾數。

 nirdiśya 是動詞語根 nir-√diś（指出）的接續式。

 ye 是關係代名詞 ya（該人）的陰性主格／對格雙數，陽性主格眾數，或中性主格／對格雙數，這裏作陽性主格眾數。

 ye ye 解作：任何人。

 śastrahastā 是格限定複合詞，由陰性名詞 śastram（武器）的語幹 śastra，及陽性名詞 hasta（手）的主格眾數 hastāḥ（因連聲失去-ḥ，五 d.）結合成，解作：武器手，即手持武器的人們。

āgacchanti 是動詞語根 ā-√gam（來）的第三身眾數現在式。

tānsarvānhanmīti 由 tān + sarvān + hanmi + iti 連聲組成（四 a.）。

tān 是相應於 ya 的相關關係代名詞 sa（他）的陽性對格眾數。

sarvān 是 sarva（全部）的陽性對格眾數。

hanmi 是第二類動詞語根√han（殺）的第一身單數現在式。

iti 的用法見第九課 II.。

rājānamuktvā 由 rājānam + uktvā 連接組成。

rājānam 是陽性名詞 rājan（國王）的對格單數。

uktvā 是動詞語根√vac（說）的接續式。

yuddhaṃ 是中性名詞 yuddham（戰爭）的主／對格單數，這裏作對格。

viṣṭaḥ 是動詞語根√viś（進入）的過去被動式分詞的陽性主格單數。

全句：那個戰士指出了敵人們，並對國王說了「我要殺死所有手持武器而來的人」之後，便進入戰爭中。

3. sa vaṇigbhṛtyaiḥ snānaṃ kārayitvā devasakāśa idānīmitetyabravīt.

sa 原本是 saḥ，由於連聲，在子音前要失去-s/-ḥ（見十二課末段）。

saḥ 是代名詞 sa（他）的陽性主格單數。

vaṇigbhṛtyaiḥ 由 vaṇik + bhṛtyaiḥ 連聲組成（十 III.）。

vaṇik 是陽性名詞 vaṇij（商人）的主格單數。

bhṛtyaiḥ 是陽性名詞 bhṛtya（僕人）的具格眾數。

snānaṃ 是中性名詞 snānam（沐浴）的主／對格單數，這裏作對格。

kārayitvā 是動詞語根√kṛ（做）的接續式役使形。

devasakāśa 是格限定複合詞，由陽性名詞 deva（神祇），及陽性名詞 sakāśa（附近）的主格單數 sakāśaḥ（因連聲失去-ḥ，五 c.）結合成，解作：神祇的身邊。

idānīmitetyabravīt 由 idānīm + ita + iti + abravīt 連聲組成（四 b.，四 d.）。

idānīm 解作：現在。

ita 是第二類動詞語根√i（去）的過去被動式分詞或第二身眾數命令主動

式，這裏作第二身眾數命令主動式。

iti 的用法見第九課 II.。

abravīt 是第二類動詞語根√brū（說）的第三身單數半過去主動式。

全句：那商人役使僕人們沐浴後，說「現在到神祇的身邊去吧！」

4. sa rājārīnnigṛhya punastānsvarājyeṣvasthāpayat.

sa 原本是 saḥ，由於連聲，在子音前要失去-s/-ḥ（見十二課末段）。

saḥ 是代名詞 sa（他）的陽性主格單數。

rājārīnnigṛhya 由 rājā + arīn + nigṛhya 連聲組成（四 a.）。

rājā 是陽性名詞 rājan（國王）的主格單數。

arīn 是陽性名詞 ari（敵人）的對格眾數。

nigṛhya 是第九類動詞語根 ni-√grah（征服）的接續式。

punastānsvarājyeṣvasthāpayat 由 punar + tān + svarājyeṣu + asthāpayat 連聲組成（五 f.，四 d.）。

punar 解作：再次。

tān 是代名詞 sa（他）的陽性對格眾數。

svarājyeṣu 是格限定複合詞，由反身所屬代名詞 sva（他自己），及中性名詞 rājyam（王國）的處格眾數結合成，解作：自己的王國中。

asthāpayat 是動詞語根√sthā（站）的役使形第三身單數半過去主動式。

全句：那國王征服了敵人們後，又再在他們各自的王國中安立他們。

5. yaḥ śastrāṇi prayuṅkte sa śastraireva mriyate.

yaḥ 是關係代名詞 ya（該人）的陽性主格單數。

śastrāṇi 是中性名詞 śastram（武器）的主／對／呼格眾數，這裏作對格。

prayuṅkte 是第七類動詞語根 pra-√yuj（運用）的第三身單數現在中間式。

sa 原本是 saḥ，由於連聲，在子音前要失去-s/-ḥ（見十二課末段）。

saḥ 是相應於 ya 的相關關係代名詞 sa（他）的陽性主格單數。

śastraireva 由 śastraih + eva 連聲組成（五 g.）。

śastraih 是中性名詞 śastram（武器）的具格眾數。

eva 解作：只是。

mriyate 是動詞語根√mṛ（死）的第三身單數現在式。

全句：那運用武器的人，只會死於武器之下。

6. na yuddhamagatvā kenāpi kīrtirlabhyeta.

na 解作：否。

yuddhamagatvā 由 yuddham + agatvā 連接而成。

yuddham 是中性名詞 yuddham（戰爭）的主／對格單數，這裏作對格。

agatvā 是所屬複合詞，由字首 a（不／非），及動詞語根√gam（去）的接續式 gatvā 結合成，解作：不前往。

kenāpi 由 kena + api 連聲組成（四 a.）。

kena 是疑問詞 ka（誰）的陽性具格單數。

api 解作：即使。

na kenāpi 解作：即使任何人也不。

kīrtirlabhyeta 由 kīrtih + labhyeta（五 g.）。

kīrtih 是陰性名詞 kīrti（榮耀）的主格單數。

labhyeta 是動詞語根√labh（獲得）的第三身單數願望被動式。

全句：若不前往戰爭中，榮耀不會讓任何人得到。

7. tasminvaṇiji rājānamupagacchati kavayo yaddadāti sa tatkathaṃ vayamāpnuyāmetyamanyanta.

tasminvaṇiji 由 tasmin + vaṇiji 連接而成。

tasmin 是代名詞 sa（他）的陽性處格單數。

vaṇiji 是陽性名詞 vaṇij（商人）的處格單數。

rājānamupagacchati 由 rājānam + upagacchati 連接而成。

rājānam 是陽性名詞 rājan（國王）的對格單數。

upagacchati 是動詞語根 upa-√gam（向著去）的第三身單數現在式。

tasminvaṇiji rājānamupagacchati 是處格獨立結構，解作：當那商人向著國王行去。

kavayo yaddadāti 由 kavayaḥ + yat + dadāti 連聲組成（五 a.，六 II.a.）。

kavayaḥ 是陽性名詞 kavi（詩人）的主格眾數。

yat 是關係代名詞 ya（該人）的中性主／對格單數，這裏作主格。

dadāti 是第三類動詞語根√dā（給予）的第三身單數現在式。

sa 原本是 saḥ，由於連聲，在子音前要失去-s/-ḥ（見十二課末段）。

saḥ 是代名詞 sa（他）的陽性主格單數。

tatkathaṃ 由 tat + kathaṃ 連接組成。

tat 是相應於 ya 的相關關係代名詞 sa（他）的中性主／對格單數，這裏作主格。

kathaṃ 是疑問詞，解作：如何。

vayamāpnuyāmetyamanyanta 由 vayam + āpnuyāma + iti + amanyanta 連聲組成（四 b.，四 d.）。

vayam 是代名詞 aham（我）我主格眾數。

āpnuyāma 是第五類動詞語根√āp（獲得）的第一身眾數願望主動式。

iti 的用法見第九課 II.。

amanyanta 是動詞語根√man（想）的第三身眾數半過去中間式。

全句：當那商人向著國王行去，詩人們想：「我們如何可獲得他所給予的那東西呢？」

8. mantriṇa ānīya rājñā dharmo vidhīyate.

mantriṇa ānīya 由 mantriṇaḥ + ānīya 連聲組成（五 c.）。

mantriṇaḥ 是陽性名詞 mantrin（使臣）的對格眾數（當中的-n-，舌音化成為-ṇ-，六 III.a.）。

ānīya 是動詞語根 ā-√nī（攜帶）的接續式。

rājñā 是陽性名詞 rājan（國王）的具格單數。

dharmo vidhīyate 由 dharmaḥ + vidhīyate 連聲組成（五 a.）。

dharmaḥ 是陽性名詞 dharma（法／真理）的主格單數。

vidhīyate 是動詞語根 vi-√dhā（任命／規定）的第三身單數現在被動式。

全句：（國王）帶著使臣們，法例為國王所頒布。

9. bāṇadhanūṃṣi prayuñjānānarīnghātayitvā rājñājīyata yuddhe.

bāṇadhanūṃṣi 是並列複合詞，由陽性名詞 bāṇa（箭）的語幹，及中性名詞 dhanus（弓）的主／對格眾數結合成，這裏作對格。解作：箭和弓。

prayuñjānānarīnghātayitvā 由 prayuñjānān + arīn + ghātayitvā 連接組成。

prayuñjānān 是第七類動詞語根 pra-√yuj（運用）的現在中間式分詞（prayuñjāna，隨 deva 的語尾變化）的對格眾數。

arīn 是陽性名詞 ari（敵人）的對格眾數。

ghātayitvā 是第二類動詞語根√han（殺）的接續式。

rājñājīyata 由 rājñā + ajīyata 連聲組成（四 a.）。

rājñā 是陽性名詞 rājan（國王）的具格單數。

ajīyata 是動詞語根√ji（勝利）的第三身單數半過去被動式。

yuddhe 是中性名詞 yuddham（戰爭）的處格單數。

全句：殺死了運用箭和弓的敵人們後，在這戰爭中，被國王勝利了。

10. tayā damayantyā patiṃ tyaktvā vanaṃ gatvā tatroṣitvāgacchato mṛgasya śabdo 'śrūyata.

tayā 是代名詞 sa（他）的陰性具格單數。

damayantyā 是陰性專有名詞 damayantī（人名，音譯：達瑪曳蒂）的具格單數。

patiṃ 是陽性名詞 pati（丈夫）的對格單數。

tyaktvā 是動詞語根√tyaj（離開）的接續式。

vanaṃ 是中性名詞 vanam（森林）的主／對格單數，這裏作對格。

gatvā 是動詞語根√gam（去）的接續式。

tatroṣitvāgacchato 由 tatra + uṣitvā + āgacchataḥ 連聲組成（四 b.，四 a.，五 a.）。

tatra 解作：那處。

uṣitvā 是動詞語根√vas（居住）的接續式。

āgacchataḥ 是動詞語根 ā-√gam（來）的現在主動式分詞的主格眾數。

mṛgasya 是陽性名詞 mṛga（野獸）的屬格單數。

śabdo 'śrūyata 由 śabdaḥ + aśrūyata 連聲組成（五 b.）。

śabdaḥ 是陽性名詞 śabda（聲音）的主格單數。

aśrūyata 是第五類動詞語根√śru（聽）的第三身單數半過去被動式。

全句：那個達瑪曳蒂離開了丈夫，去到森林，居住在那裏，正在前來的野獸的聲音被她聽到。

11. arigṛhītadhenūrmuktvā sa vīro rājasakāśa āgataḥ kimanyatkaravāṇītyuktavāṃśca.

arigṛhītadhenūrmuktvā 由 arigṛhītadhenūḥ + muktvā 連聲組成（五 g.）。

arigṛhītadhenūḥ 是格限定複合詞，由陽性名詞語幹 ari（敵人），動詞語根√grah（抓）的過去被動式分詞，及陰性名詞 dhenu（母牛）的對格眾數（十四 II.）結合成，解作：被敵人抓著的母牛群。

muktvā 是動詞語根√muc（放）的接續式。

sa 原本是 saḥ，由於連聲，在子音前要失去-s/-ḥ（見十二課末段）。

saḥ 是代名詞 sa（他）的陽性主格單數。

vīro rājasakāśa āgata 由 vīraḥ + rājasakāśaḥ + āgataḥ 連聲組成（五 a.，五 c.）。

vīraḥ 是陽性名詞 vīra（戰士）的主格單數。

rājasakāśaḥ 是同格限定複合詞，由陽性名詞 rājan（國王）的語幹 rāja，及陽性名詞 sakāśa（附近）的主格單數結合成，解作：國王的面前。

āgataḥ 是動詞語根 ā-√gam（來）的過去被動式分詞的陽性主格單數。

kimanyatkaravāṇītyuktavāṃśca 由 kim + anyat + karavāṇi + iti + uktavān + ca 連聲組成（四 a.，四 d.，六 I.c.）。

kim 是疑問詞，解作：甚麼。

anyat 是代名詞 anya（其他）的中性主／對格單數，這裏作對格。

karavāṇi 是第八類動詞語根√kṛ（做）的第一身單數命令主動式。

iti 的用法見第九課 II.。

uktavān 是動詞語根√vac（說）的過去主動式分詞的陽性主格單數。

ca 解作：與。

全句：那戰士釋放了被敵人抓著的母牛群後，來到國王面前，說：「我還要做甚麼其他事呢？」

12. kāmena dahyamānānāgatāndṛṣṭvā ke devāḥ ke ca manuṣyā iti damayantī nājānāt.

kāmena 是陽性名詞 kama（欲望）的具格單數。

dahyamānānāgatāndṛṣṭvā 由 dahyamānān + āgatān + dṛṣṭvā 連接組成。

dahyamānān 是動詞語根√dah（燒）的過去被動式分詞的陽性對格眾數。

āgatān 是動詞語根 ā-√gam（來）的過去被動式分詞的陽性對格眾數。

dṛṣṭvā 是動詞語根√paś（見）的接續式。

ke 是疑問詞 ka（誰）的陰性主／對格雙數，陽性主格眾數，或中性主／對格雙數，這裏作陽性主格眾數。

devāḥ 是陽性名詞 deva（神祇）的主格眾數。

ke 同上。

ca 解作：與。

manuṣyā 原本是 manuṣyāḥ，因連聲失去-ḥ。

manuṣyāḥ 是陽性名詞 manuṣya（人）的主格眾數。

iti 的用法見第九課 II.。

damayantī 是專有名詞，人名，音譯：達瑪曳蒂，的主格單數。

nājānāt 由 na + ajānāt 連聲組成（四 a.）。

na 解作：否。

ajānāt 是動詞語根√jñā（知）的第三身單數半過去主動式。

全句：達瑪曳蒂見了那些被欲望燃燒而來的，她不知道哪些是神祇，哪些是人。

## 第二十八課

1. idānīṃ te dūtā māmāhvayiṣyantīti manyamāno rājā nagaramaviśat.

   idānīṃ 解作：現在。

   te 是代名詞 sa（他）的陰性主／對格雙數，陽性主格眾數，或中性主／對格雙數，這裏作陽性主格眾數。

   dūtā 原本是 dūtāḥ，因連聲失去-ḥ（五 d.）。

   dūtāḥ 是陽性名詞 dūta（使者）的主格眾數。

   māmāhvayiṣyantīti 由 mām + āhvayiṣyanti + iti 連聲組成（四 a.）。

   mām 是代名詞 aham（我）的對格單數。

   āhvayiṣyanti 是動詞語根 ā-√hve（叫喚）的簡單未來式的第三身眾數。

   iti 的用法見第九課 II.。

   manyamāno rājā 由 manyamānaḥ + rājā 連聲組成（五 a.）。

   manyamānaḥ 是動詞語根√man（想）的現在被動式分詞或現在中間式分詞的陽性主格單數，這裏作現在中間式分詞。

   rājā 是陽性名詞 rājan（國王）的主格單數。

   nagaramaviśat 由 nagaram + aviśat 連接組成。

   nagaram 是中性名詞 nagaram（城鎮）的主／對格單數，這裏作對格。

   aviśat 是動詞語根√viś（進入）的第三身單數半過去主動式。

   全句：國王進入了城鎮，便想：「現在那些使者們會呼喚我。」

2. tvadasyāṃ patnyāṃ janiṣyamānaḥ putrastvām hanteti kṣatriyamṛṣiravadat.

   tvadasyāṃ 由 tvat + asyāṃ 連聲組成（六 II.a.）。

   tvat 是代名詞 tvam（你）的奪格單數。

   asyāṃ 是代名詞 ayam（這個）的陰性處格單數。

   patnyāṃ 是陰性名詞 patnī（妻子）的處格單數。

   janiṣyamānaḥ 是動詞語根√jan（出生）的未來被動中間式分詞的陽性主格單數。

   putrastvām 由 putraḥ + tvām 連聲組成（五 f.）。

putraḥ 是陽性名詞 putra（兒子）的主格單數。

tvām 是代名詞 tvam（你）的對格單數。

hanteti 由 hantā + iti 連聲組成（四 b.）。

hantā 是動詞語根√han（殺），或動詞語根√vadh（殺）的未來式。（參考 Monier Monier William, *A Sanskrit-English Dictionary*, Delhi: Motilal Banarsidass, 1993, p.916 and p.1287.）

iti 的用法見第九課 II.。

kṣatriyamṛṣiravadat 由 kṣatriyam + ṛṣiḥ + avadat 連聲組成（五 g.）。

kṣatriyam 是陽性名詞 kṣatriya（剎帝利）的對格單數。

ṛṣiḥ 是陽性名詞 ṛṣi（聖者）的主格單數。

avadat 是動詞語根√vad（說）的第三身單數半過去主動式。

全句：聖者對剎帝利說：「那個將從你這個妻子出生的兒子，將會殺掉你。」

3. mantribhirjanānāhvāpayitumicchāmītyṛṣirabravīt.

mantribhirjanānāhvāpayitumicchāmītyṛṣirabravīt 由 mantribhiḥ + janān + āhvāpayitum + icchāmi + iti + ṛṣiḥ + abravīt 連聲組成（五 g.，四 a.）。

mantribhiḥ 是陽性詞 mantrin（使臣）的具格眾數。

janān 是陽性名詞 jana（人民）的對格眾數。

āhvāpayitum 是動詞語根 ā-√hve（叫喚）的役使形不定式。

icchāmi 是動詞語根√iṣ（願望）的第一身單數現在式。

iti 的用法見第九課 II.。

ṛṣiḥ 是陽性名詞 ṛṣi（聖者）的主格單數。

abravīt 是第二類動詞語根√brū（說）的第三身單數半過去主動式。

全句：聖者說：「我希望役使大臣們去呼召人民。」

4. kena śatruṇā madrājya āgantumiṣyate.

kena 是疑問詞 ka（誰）的陽性具格單數。

śatruṇā 是陽性名詞 śatru（敵人）的具格單數。

madrājya 由 mat + rājye 連聲組成（六 II.a.）。

mat 是代名詞 aham（我）的奪格單數。

rājye 是中性名詞 rājyam（王國）的處格單數。

āgantumiṣyate 由 āgantum + iṣyate 連接而成。

āgantum 是動詞語根 ā-√gam（來）的不定式。

iṣyate 是動詞語根√iṣ（願望）的現在被動式的第三身單數。

全句：他被期望哪一個敵人來到我的王國呢？

若按照中文文法，應寫成：哪一個敵人期望來我的王國呢？

5. sarva ime vaṇijo dhanaṃ dātumśaknuvanti.

sarva 原本是 sarve，因連聲，e 由 a 取代（四 f.）。

sarve 是 sarva（全部／每一）的陰性主／對格雙數，陽性主格眾數或中性主／對格雙數，這裏作主格眾數。

ime 是代名詞 ayam（這個）的中性主／對格雙數，這裏作主格。

vaṇijo 原本是 vaṇijaḥ，因連聲，-aḥ 轉成-o（五 a.）。

vaṇijaḥ 是陽性名詞 vaṇij（商人）的奪／屬格單數，這裏作奪格。

dhanaṃ 是中性名詞 dhanam（錢財）的主／對格單數，這裏作對格。

dātumśaknuvanti 由 dātum + śaknuvanti 連接組成。

dātum 是動詞語根√dā（給予）的不定式。

śaknuvanti 是動詞語根√śak（能夠）的第三身眾數現在式。

全句：所有這些商人都能夠給出錢財。

6. na macchatrubhirmayā saha yuddhaṃ kartuṃ śakyate.

na 解作：否。

macchatrubhirmayā 由 mat + śatrubhiḥ + mayā 連聲組成（六 II.e.，五 g.）。

mat 是代名詞 aham（我）的奪格單數。

śatrubhiḥ 是陽性名詞 śatru（敵人）的具格眾數。

mayā 是代名詞 aham（我）的具格單數。

saha 解作：伴隨。

yuddhaṃ 是中性名詞 yuddham（戰爭）的主／對格單數，這裏作對格。

kartuṃ 是第八類動詞語根√kṛ（做）的不定式。

śakyate 是動詞語根√śak（能夠）的現在被動式第三身單數。

全句：戰爭不能夠由我的敵人和我做出來。

7. na tathā vidhātumarhati bhavāniti mantriṇamuktvā daridrāḥ prajā nādadanvihitaṃ dhanam.

na 解作：否。

tathā 解作：如此／這樣。

vidhātumarhati 由 vidhātum + arhati 連接而成。

vidhātum 是動詞語根 vi-√dhā（任命／規定）的不定式。

arhati 是動詞語根√arh（應該）的現在式第三身單數。

bhavāniti 由 bhavān + iti 連接而成。

bhavān 是代名詞 bhavant 〔你（敬稱）〕的陽性主格單數。

iti 的用法見第九課 II.。

mantriṇamuktvā 由 mantriṇam + uktvā 連聲組成。

mantriṇam 是陽性名詞 mantrin（大臣）的對格單數，其中-n-，舌音化為 -ṇ-（六 III.a.）。

uktvā 是第二類動詞語根√vac（說）的接續式。

daridrāḥ 是陽性形容詞 daridra（貧窮）的主格眾數。

prajā 原本是 prajāḥ，因連聲，失去-ḥ（五 d.）。

prajāḥ 是陰性名詞 prajā（子民）的主格眾數。

nādadanvihitaṃ 由 na + adadan + vihitaṃ 連聲組成（四 a.）。

na 解作：否。

adadan 是第三類動詞語根√dā（給予）的第三身眾數半過去主動式。

vihitaṃ 是動詞語根 vi-√dha（規定）的過去被動式分詞的對格單數。

dhanam 是中性名詞 dhanam（錢）的主／對格單數，這裏作對格。

全句：貧窮的人民對大臣說：「你（閣下）不應這樣規定，人民不能給出規定要交的錢。」

8. svalpamapi kopasya manuṣyaṃ hantuṃ śaknoti.

svalpamapi 由 svalpam + api 連接而成。

svalpam 是形容詞 svalpa（少量）的對格單數。
api 解作：即使。
kopasya 是陽性名詞 kopa（怒）的屬格單數。
manuṣyaṃ 是陽性名詞 manuṣya（人）的對格單數。
hantuṃ 是動詞語根√han（殺）的不定式。
śaknoti 解作：能夠。
全句：即使是憤怒中的少量，都能殺死一個人。

9. tena rājñātra senayā saha gamiṣyata iti dūtenārirāja uktaḥ.
tena 是代名詞 sa（他）的陽性具格單數。
rājñātra 由 rājñā + atra 連聲組成（四 a.）。
rājñā 是陽性名詞 rājan（國王）的具格單數。
atra 解作：這裏。
senayā 是陰性名詞 senā（軍隊）的具格單數。
saha 解作：伴隨。
gamiṣyata 原本是 gamiṣyate，因連聲，e 由 a 取代，兩字分開（四 f.）。
gamiṣyate 是動詞語根√gam（去）的未來被動式第三身單數。
iti 的用法見第九課 II.。
dūtenārirāja 由 dūtena + arirājaḥ 連聲組成（五 c.）。
dūtena 是陽性名詞 dūta（使者）的具格單數。
arirājaḥ 是同格限定複合詞，由陽性名詞 ari（敵人）的語幹，及陽性名詞 rājan（國王）的語幹 rāja 的主格單數 rājaḥ（隨 deva 的語尾變化，十六 II.）結合成，解作：敵人的國王。
uktaḥ 是動詞語根√vac（說）的過去被動式分詞的主格單數。
全句：敵人的國王被使者告訴：「（它）被國王——由軍隊伴隨著——前往這這裏。」（國王將帶同軍隊來到這裏。）

10. atra sadā dharmavatyaḥ prajā bhavitāra iti dṛṣṭamṛṣiṇā.
atra 解作：這裏。
sadā 解作：時常。

dharmavatyaḥ 是陽性名詞 dharma(法／真理)的所屬詞的陰性主格眾數。

prajā 原本是 prajāḥ，因連聲失去-ḥ（五 d.）。

prajāḥ 是陰性名詞 prajā（子民）的主格眾數。

bhavitāra 是紆說（曲說）式，意為現前。參看下面第二十九課。

iti 的用法見第九課 II.。

dṛṣṭamṛṣiṇā 由 dṛṣṭam + ṛṣiṇā 連接組成。

dṛṣṭam 是動詞語根√paś（見）的過去被動式分詞的對格單數。

ṛṣiṇā 是陽性名詞 ṛṣi（聖者）的具格單數。

全句：「具有真理的子民時常在這裏」，這為聖者體察到。

11. anyānnigrahītuṃ balaṃ prayuñjānā namkṣyanti.

anyānnigrahītuṃ 由 anyāt + nigrahītuṃ 連聲組成（六 II.d.）。

anyāt 是代名詞 anya（其他）的陽性奪格單數。

nigrahītuṃ 是動詞語根 ni-√grah（征服）的不定式第三身單數。

balaṃ 是中性名詞 balam（力量）的主／對格單數。

prayuñjānā 原本是 prayuñjānāḥ 因連聲失去-ḥ（五 d.）。

prayuñjānāḥ 是第七類動詞語根 pra-√yuj（運用）的現在中間式分詞的陽性主格眾數。

namkṣyanti 是動詞語根√naś（死）的簡單未來式第三身眾數。

全句：運用力量去征服其他人的人們將會死去。

12. iyaṃ kathocyamānā sarvaṃ duḥkhaṃ nāśayiṣyati.

iyaṃ 是代名詞 ayam（這個）的陽性主格單數。

kathocyamānā 由 kathā + ucyamānā 連聲組成（四 b.）。

kathā 是陰性名詞 kathā（故事）的主格單數。

ucyamānā 是動詞語根√vac（說）的現在被動式分詞的陰性主格單數。

sarvaṃ 是 sarva（全部／每一）的陽性對格單數。

duḥkhaṃ 是中性名詞 duḥkham（苦惱）的主／對格單數，這裏作對格。其中-h-因內連聲舌音化成為-ḥ-（六 III.b.）。

nāśayiṣyati 是動詞語根√naś（死／消失）的役使形簡單未來式第三身單

數。

全句：這個故事被說著，全部苦惱會被令致消失。

## 第二十九課

1. yaṃ mantriṇaṃ rājājñāpayāmāsa sa evāgatyāmuṃ brāhmaṇamāhvāpayāṃ cakāra.

   yaṃ 是關係代名詞 ya（該人）的陽性對格單數。

   mantriṇaṃ 是陽性名詞 mantrin（使臣）的對格單數，其中的-n-因內連聲舌音化成為-ṇ-（六 III.a.）。

   rājājñāpayāmāsa 由 rājā + jñāpayāmāsa 連接組成。

   rājā 是陽性名詞 rājan（國王）的主格單數。

   jñāpayāmāsa 是第九類動詞語根√jñā（知）的第三身單數役使形完成式。

   sa 原本是 saḥ，因連聲失去-ḥ（五 c.）。

   saḥ 是與 ya 相應的相關關係代名詞 sa（他）的陽性主格單數。

   evāgatyāmuṃ 由 eva + āgatya + amuṃ 連聲組成（四 a.）。

   eva 解作：只是。

   āgatya 是動詞語根 ā-√gam（來）的接續式。

   amuṃ 是代名詞 asau（那個）的陽性對格單數。

   brāhmaṇamāhvāpayāṃcakāra 由 brāhmaṇam + āhvāpayāṃcakāra 連接組成。

   brāhmaṇam 是陽性名詞 brāhmaṇa（婆羅門）的對格單數。

   āhvāpayāṃ cakāra 是動詞語根 ā-√hve（叫喚）的第三身單數役使形紆說完成式。

   全句：那個國王曾使人告知那使臣，在來到之後叫喚那婆羅門。

2. brahmṇaivāyaṃ lokaścakre punaśca kariṣyate.

   brahmṇaivāyaṃ 由 brahmṇā + eva + ayam 連聲組成（四 c.，四 a.）。

   brahmṇā 是名詞 brahman（梵天）的中性具格單數，其中-n-因內連聲舌音化成為-ṇ-（六 III.a.）。

   eva 解作：只是。

   ayam 是代名詞 ayam（這個）的陽性主格單數。

lokaścakre 由 lokaḥ + cakre 連聲組成（五 f.）。
lokaḥ 是陽性名詞 loka（世界）的主格單數。
cakre 是動詞語根√kṛ（做）的被動完成式第三身單數。
punaśca 由 punar + ca 連聲組成（五 f.）。
punar 解作：再次。
ca 解作：與。
kariṣyate 是動詞語根√kṛ（做）的未來被動式第三身單數。
全句：這個世界只為梵天所造，將來亦會再次被造。

3. sa brāhmano ’gnimīje haviṣā.
sa 原本是 saḥ，因連聲失去-ḥ。
saḥ 是代名詞 sa（他）的陽性主格單數。
brāhmano ’gnimīje 由 brāhmanaḥ + agnim + īje 連聲組成（五 b.）。
brāhmanaḥ 是陽性名 agni（火）的對格單數。
īje 是動詞語根√yaj（犧牲）的第三身單數完成式。
haviṣā 是中性名詞 havis（祭品）的具格單數。
全句：那婆羅門以祭品犧牲獻給火。

4. ayaṃ vidvāngṛhamāgatyāpaṭhantaṃ putraṃ dṛṣṭvā tasmai pustakaṃ dadau paṭhyatāṃ tvayetyuvāca ca.
ayaṃ 是代名詞 ayam（這個）的陽性主格單數。
vidvāngṛhamāgatyāpaṭhantaṃ 由 vidvān + gṛham + āgatya + apaṭhantaṃ 連聲組成（四 a.）。
vidvān 是動詞語根√vid（知道）的完成主動式分詞（作名詞用）的陽性主格單數。
gṛham 是中性名詞 gṛham（屋）的主／對格單數，這裏作對格。
āgatya 是動詞語根 ā-√gam（來）的接續式。
apaṭhantaṃ 是動詞語根√paṭh（讀）的現在主動式分詞的陽性對格單數，加上字首 a-表示否定。
putraṃ 是陽性名詞 putra（兒子）的對格單數。

dṛṣṭvā 是動詞語根√paś（看見）的接續式。

tasmai 是代名詞 sa（他）的陽性為格單數。

pustakaṃ 是中性名詞 pustakam（書）的主／對格單數，這裏作對格。

dadau 是第三類動詞語根√dā（給予）的第三身單數完成式。

paṭhyatāṃ 是動詞語根√paṭh（讀）的現在被動命令式第三身單數。

tvayetyuvāca 由 tvayā + iti + uvāca 組成，依連聲而成。

tvayā 是代名詞 tvam（你）的具格單數。

iti 的用法見第九課 II.。

uvāca 是動詞語根√vac（說）的第三身單數完成式。

ca 解作：與。

全句：這個有知識的人回到家中，見到兒子不讀書，便把書交給他，說：「讓這書為你所讀。」

5. yasya jñānasya nānto vidyate sa eva brahma veda.

yasya 是關係代名詞 ya（該人）的陽性屬格單數。

jñānasya 是中性名詞 jñānam（知識）的屬格單數。

nānto vidyate 由 na + antaḥ + vidyate 連聲組成（四 a.，五 a.）。

na 解作：否定。

antaḥ 是陽性名詞 anta（結尾）的主格單數。

vidyate 是動詞語根√vid（有／存在）的第三身單數現在式。

sa 原本是 saḥ，因連聲失去-ḥ（五 c.）。

saḥ 是相應於 ya 的相關關係代名詞 sa（他）的陽性主格單數。

eva 解作：只是。

brahma 是名詞 brahman（梵天）的中性主／對格單數，這裏作對格。

veda 是動詞語根√vid（知道）的第三身單數完成式。

全句：那人——其知識沒有窮盡——連梵天的事情也知道。

6. brāhmaṇaḥ patnī ca nṛpasya pādau paspṛśaturāvayoriṣṭaṃ dīyatāṃ bhavatetyūcatuśca.

brāhmaṇaḥ 是陽性名詞 brāhmaṇa（婆羅門）的主格單數。

patnī 是陰性名詞 patnī（妻子）的主格單數。

ca 解作：與。

nṛpasya 是陽性名詞 nṛpa（國王）的屬格單數。

pādau 是陽性名詞 pad（腳）的主／對格雙數，這裏作對格。

paspṛśaturāvayoriṣṭaṃ 由 paspṛśatuḥ + āvayoḥ + iṣṭaṃ 連聲組成（五 g.）。

paspṛśatuḥ 是動詞語根√spṛś（觸摸）的第三身雙數完成式。

āvayoḥ 是代名詞 aham（我）的屬／處格雙數，這裏作處格。

iṣṭaṃ 是動詞語根√iṣ（願望）的過去被動式分詞作中性抽象名詞用的主／對格單數，這裏作對格。

dīyatāṃ 是動詞語根√da（給）的被動命令式第三身單數。

bhavatetyūcatuśca 由 bhavatā + iti + ūcatuḥ + ca 連聲組成（四 b.，四 d.，五 f.）。

bhavatā 是代名詞 bhavant〔你（敬稱）〕的具格單數。

iti 的用法見第九課 II.。

ūcatuḥ 是第二類動詞語根√vac（說）的第三身雙數完成式。

ca 解作：與。

全句：婆羅門和妻子觸摸國王的雙腳，然後說：「讓願望被你給予我們吧！」

7. brahmāṇamiṣṭvā sarvakāmaiḥ sa ṛṣiryadyadiyeṣa tattadāpa.

brahmāṇamiṣṭvā 由 brahmāṇam + iṣṭvā 連接組成。

brahmāṇam 是名詞 brahman（梵）的陽性對格單數。

iṣṭvā 是第二類動詞語根√iṣ（願望）的接續式。

sarvakāmaiḥ 是格限定複合詞，由 sarva（全部），及陽性名詞 kāma（欲望）的具格眾數結合成，解作：全部欲望。

sa 原本是 saḥ，因連聲失去-ḥ（五 c.）。

saḥ 是代名詞 sa（他）的陽性主格單數。

ṛṣiryadyadiyeṣa 由 ṛṣiḥ + yat + yat + iyeṣa 連聲組成（五 g.，六 II.a.）。

ṛṣiḥ 是陽性名詞 ṛṣi（聖者）的主格單數。

yat yat 解作：無論甚麼。

iyeṣa 是第二類動詞語根√iṣ（願望）的第三身單數完成式。

tattadāpa 由 tat + tat + āpa 連聲組成（六 II.a.）。

tat 是與 ya 相應的相關關係代名詞 sa（他）的中性主／對格單數，這裏作對格。

tat tat 與 yat yat 相應，解作：都是。

āpa 是第五類動詞語根√āp（獲得）的第三身單數完成式。

全句：聖者向梵天祈求一切欲望，無論他祈求了甚麼，都獲得了。

8. yeṣāṃ viduṣāṃ jñānaṃ vidyate teṣāṃ mṛtyurnaitsakāśam.

yeṣāṃ 是關係代名詞 ya（該人）的陽性屬格眾數。

viduṣāṃ 是動詞語根√vid（知道）的完成主動式分詞 vidvāṃs 的陽性或中性的屬格眾數，解作具有知識的人（智者）。

jñānaṃ 是中性名詞 jñānam（知識）的主／對格單數，這裏作對格。

vidyate 是動詞語根√vid（知道）的第三身單數現在被動式（這詞亦是動詞語根√vid（有）的第三身單數現在式，但這裏應作被動式，而√vid（有）沒有被動式）。

teṣāṃ 是與 ya 相應的相關關係代名詞 sa（他）的陽性屬格眾數。

mṛtyurnaitsakāśam 由 mṛtyuḥ + na + ait + sakāśam 連聲組成（五 g.，四 c.）。

mṛtyuḥ 是陽性名詞 mṛtyu（死亡）的主格單數。

na 解作：否。

ait 是第二類動詞語根√i（去）的第三身單數半過去主動式。

sakāśam 是陽性名詞 sakāśa（附近）的對格單數。

全句：那些智者——他們的知識為人所知，死亡不會去到他們面前。

9. tena rājñā svamantriṇa ānītya kiṃ sa mama śatruḥ kuryāditi pṛṣṭam.

tena 是代名詞 sa（他）的陽性具格單數。

rājñā 是陽性名詞 rājan（國王）的具格單數。

svamantriṇa 原本是 svamantriṇaḥ，因連聲失去-ḥ（五 c.）。

svamantriṇaḥ 是同格限定複合詞，由所屬代名詞 sva（自己），及陽性名詞 mantrin（使臣）的主格眾數結合成，解作：自己的眾使臣。
ānītya 是動詞語根√āni（帶來／引致）的有動詞字首接續式。
kiṃ 解作：甚麼。
sa 原本是 saḥ，因連聲失去-ḥ（五 c.）。
saḥ 是代名詞 sa（他）的陽性主格單數。
mama 是代名詞 aham（我）的屬格單數。
śatruḥ 是陽性名詞 śatru（敵人）的主格單數。
kuryāditi 由 kuryāt + iti 連聲組成（六 II.a.）。
kuryāt 是第八類動詞語根√kṛ（做）的第三身單數願望主動式（二十 IV.）。
iti 的用法見第九課 II.。
pṛṣṭam 是動詞語根√pracch（詢問）的過去被動式分詞的陽性對格單數。
全句：那國王帶來了自己的眾使臣，「我的那個敵人會做甚麼呢？」這話為國王所問。

10. yasya senā balavatyāsa sa eva mṛtamariṃ yuddhe dadarśa.
yasya 是關係代名詞 ya（該人）的陽性屬格單數。
senā 是陰性名詞 senā（軍隊）的主格單數。
balavatyāsa 由 balavatī + āsa 連聲組成（四 d.）。
balavatī 是所屬詞，由中性名詞 balam（力量）的語幹 bala，加上-vant，經語尾變化成為主／對格雙數，這裏作主格，解作：具有力量。
āsa 是動詞語根√as（是／存在）的第三身單數完成式。
sa 原本是 saḥ，因連聲失去-ḥ（五 c.）。
saḥ 是與 ya 相應的相關關係代名詞 sa（他）的陽性主格單數。
eva 解作：只是。
mṛtamariṃ 由 mṛtam + ariṃ 連接組成。
mṛtam 是動詞語根√mṛ（死）的過去被動式分詞的對格單數。
ariṃ 是陽性名詞 ari（敵人）的對格單數。
yuddhe 是中性名詞 yuddham（戰爭）的處格單數。
dadarśa 是動詞語根√paś（見）的第三身單數完成式。

全句：那人——其軍隊具有力量——在戰爭中只見到被殺死了的敵人。

11. sa pitā bālairmitrāṇyānāyayāmāsa.

sa 原本是 saḥ，因連聲失去-ḥ。

saḥ 是代名詞 sa（他）的陽性主格單數。

pitā 是陽性名詞 pitṛ（父／父母）的主格單數。

bālairmitrāṇyānāyayāmāsa 由 bālaiḥ + mitrāṇi + ānāyayāmāsa 連聲組成（五 g.，四 d.）。

bālaiḥ 是陽性名詞 bāla（男孩）的具格眾數。

mitrāṇi 是中性名詞 mitram（朋友）的主／對／呼格眾數，這裏作對格。

ānāyayāmāsa 是動詞語根√ānī（帶來）的第三身單數役使形完成式。

全句：那父親役使男孩們把朋友們帶來。

12. so 'jñānī nṛpaḥ pustakaṃ paṭhitvā na mayā kiṃ canāvagatamiti mantriṇamuvāca.

so 'jñānī 由 saḥ + ajñānī 連聲組成（五 b.）。

saḥ 是代名詞 sa（他）的陽性主格單數。

ajñānī 是所屬詞，由中性名詞 jñānam（知識）加上字首 a（否定），再轉成所屬詞（移去-am，加上-in）的主格單數，解作：不具有知識的。

nṛpaḥ 是陽性名詞 nṛpa（國王）的主格單數。

pustakaṃ 是中性名詞 pustakam（書）的主／對格單數，這裏作對格。

paṭhitvā 是動詞語根√paṭh（讀）的接續式。

na 解作：否。

mayā 是代名詞 aham（我）的具格單數。

kiṃ 解作：甚麼。

canāvagatamiti 由 cana + avagatam + iti 連聲組成（四 a.）。

na kiṃ cana 解作：沒有甚麼。

avagatam 是動詞語根 ava-√gam（理解）的過去被動式分詞的對格單數。

iti 的用法見第九課 II.。

mantriṇamuvāca 由 mantriṇam + uvāca 連接組成。

mantriṇam 是陽性名詞 mantrin（使臣）的對格單數（其中的-n-，舌音化成為-ṇ-，六 III.a.）。

uvāca 是第二類動詞語根√vac（說）的第三身單數完成式。

全句：那個沒有知識的國王，讀了一本書後，對大臣說：「沒有東西被我了解到。」

## 第三十課

1. na tvayā jalaṃ labdhavyam, tayā bhṛtyayā labhiṣyate.

   na 解作：否。

   tvayā 是代名詞 tvam（你）的具格單數。

   jalaṃ 是中性名詞 jalam（水）的主／對格單數，這裏作對格。

   labdhavyam 是動詞語根√labh（獲得）的動名詞形的中性主／對格單數，這裏作對格。

   tayā 是代名詞 sa（他）的陰性具格單數。

   bhṛtyayā 是動詞語根√bhṛ（擁有）的動名詞形 bhṛtya（解作：僕人）的陰性具格單數。

   labhisyate 是動詞語根√labh（獲得）的簡單未來中間式的第三身單數。

   全句：那些水不會被你獲得，而是被那女僕人獲得。

2. na kadāpyariḥ sannapi dūto hantavyaḥ.

   na 解作：否。

   kadāpyariḥ 由 kada + api + ariḥ 連聲組成（四 a.，四 d.）。

   na kada api 解作：從不。

   ariḥ 是陽性名詞 ari（敵人）的主格單數。

   sannapi 由 san + api 連聲組成（六 I.d.）。

   san 是動詞語根√as（有／存在）的現在主動式分詞的陽性主格單數。

   api 解作：即使。

   dūto hantavyaḥ 由 dūtaḥ + hantavyaḥ 連聲組成（五 a.）。

   dūtaḥ 是陽性名詞 dūta（使者）的主格單數。

   hantavyaḥ 是動詞語根√han（殺）的動名詞形的陽性主格單數。

   全句：使者，即使是敵人，也從不會被殺。

3. na kadā cana svabhāvena saha yuddhaṃ kartuṃ śakyam.

   na kadā cana 解作：從不。

   svabhāvena 陽性名詞 svabhāva（自然／自性）的具格單數。

saha 解作：伴隨。

yuddhaṃ 是中性名詞 yuddham（戰爭）的主／對格單數，這裏作主格。

kartuṃ 是第八類動詞語根√kṛ（做）的不定式。

śakyam 是動詞語根√śak（能夠）的動名詞形的陽性對格單數。

全句：戰爭永不能被做到順應於自然。

4. tvayā sādhavo 'śvā ānāyayitavyā iti mantrī rājñoktaḥ.

   tvayā 是代名詞 tvam（你）的具格單數。

   sādhavo 'śvā ānāyayitavyā 由 sādhavaḥ + aśvāḥ + ānāyayitavyāḥ 連聲組成（五 b.，五 d.）。

   sādhavaḥ 是陽性名詞 sādhu（優秀）的主格眾數。

   aśvāḥ 是陽性名詞 aśva（馬）的主格眾數。

   ānāyayitavyāḥ 是動詞語根√ānī（帶來）的役使形動名詞形的陽性主格眾數。

   iti 的用法見第九課 II.。

   mantrī 是陽性名詞 mantrin（使臣）的主格單數。

   rājñoktaḥ 由 rājñā + uktaḥ 連聲組成（四 b.）。

   rājñā 是陽性名詞 rājan（國王）的具格單數。

   uktaḥ 是動詞語根√vac（說）的過去被動式分詞的主格單數。

   全句：使臣被國王告訴：「優良的馬會被你帶來。」

5. kathamanayā tava bhāryayā na śrutā bhaveyustvatpaṭhitā vedavāca iti brāhmaṇamapṛcchadrājā.

   kathamanayā 由 katham + anayā 連接而成。

   katham 是疑問詞，解作：如何。

   anayā 是代名詞 ayam（這個）的陰性具格單數。

   tava 是代名詞 tvam（你）的屬格單數。

   bhāryayā 是動詞語根√bhṛ 的動名詞形 bhāryā（可作陰性名詞，解作：妻子）的具格單數。

   na 解作：否。

śrutā 原本是 śrutāḥ，因連聲失去-ḥ（五 d.）。
śrutāḥ 是第五類動詞語根√śru（聽）的過去被動式分詞的陽性主格眾數。
bhaveyustvatpathitā vedavāca 由 bhaveyuḥ + tvat + pathitāḥ + vedavāca 連聲組成（五 f.，五 d.）。
bhaveyuḥ 是動詞語根√bhū（變）的第三身眾數願望主動式。
tvat 是代名詞 tvam（你）的奪格單數。
pathitāḥ 是動詞語根√paṭh（讀）的過去被動式分詞的陽性主格眾數。
vedavāca 原本是 vedavācaḥ，因連聲失去-ḥ（五 c.）。
vedavācaḥ 是同格限定複合詞，由陽性名詞語幹 veda（吠陀），及陰性名詞 vāc（說話）的主格眾數結合成，解作：吠陀的說話。
iti 的用法見第九課 II.。
brāhmaṇamapṛcchadrājā 由 brāhmaṇam + apṛcchat + rājā 連聲組成（六 II.a.）。
brāhmaṇam 是中性名詞 brāhmaṇa（婆羅門）的對格單數。
apṛcchat 是動詞語根√pracch（詢問）的第三身單數半過去主動式。
rājā 是陽性名詞 rājan（國王）的主格單數。
全句：國王詢問婆羅門：「由你誦讀的吠陀的說話，怎麼不會被你的妻子聽到呢？」

6. asmiml loke duḥkhameva draṣṭavyaṃ sarvābhirjīvantībhiḥ prajābhiriti mahāntaṃ śabdamakaronmṛtapatnīko vaṇik.
asmiml loke 由 asmin + loke 連聲組成（六 I.b.）。
asmin 是代名詞 ayam（這個）的處格單數。
loke 是陽性名詞 loka（世界／人類）的處格單數。
duḥkhameva 由 duḥkham + eva 連接組成。
duḥkham 是中性名詞 duḥkham（苦惱）的主／對格單數，這裏作對格。
eva 解作：只是。
draṣṭavyaṃ 是動詞語根√paś（見）的動名詞形的陽性對格單數。
sarvābhirjīvantībhiḥ 由 sarvābhih + jīvantībhiḥ 連聲組成（五 g.）。

sarvābhih 是 sarva（全部）的陰性具格眾數。

jīvantībhiḥ 是動詞語根√jīv（生活）的現在主動式分詞的陰性具格眾數。

prajābhiriti 由 prajābhiḥ + iti 連聲組成（五 g.）。

prajābhiḥ 是陰性名詞 prajā（子民）的具格眾數。

iti 的用法見第九課 II.。

mahāntaṃ 是形容詞 mahant（大）的陽性對格單數。

śabdamakaronmṛtapatnīko 由 śabdam + akarot + mṛtapatnīkaḥ 連聲組成（六 II.d.，五 a.）。

śabdam 是陽性名詞 śabda（聲音／字）的對格單數。

akarot 是動詞語根√kṛ（做）的第三身單數半過去主動式。

mṛtapatnīkaḥ 是所屬複合詞，由是動詞語根√mṛ（死）的過去被動式分詞，及陰性名詞 patnī（妻子）的語幹，加上-ka（十八 III.C.g.）成為 mṛtapatnīka，再轉為陽性主格單數，解作：其妻子死去。

vaṇik 是陽性名詞 vaṇij（商人）的主格單數，是以上所屬複合詞的前述詞。

全句：那商人——其妻子死去——發出很大的聲音：「在這世上，只有苦惱會被一切活著的人看見。」

7. tannagaraṃ gatvā bhavatā sa rājā draṣṭavyaḥ kasmādete na muktā iti praṣṭavyaśca.

tannagaraṃ 由 tat + nagaraṃ 連聲組成（六 II.d.）。

tat 是代名詞 sa（他）的中性主／對格單數，這裏作對格。

nagaraṃ 是中性名詞 nagaram（城鎮）的主／對格單數，這裏作對格。

gatvā 是動詞語根√gam（去）的接續式。

bhavatā 是代名詞 bhavant〔你（敬稱）〕的具格單數。

sa 原本是 saḥ，因連聲失去-ḥ（五 c.）。

saḥ 是代名詞 sa（他）的陽性主格單數。

rājā 是陽性名詞 rājan（國王）的主格單數。

draṣṭavyaḥ 是動詞語根√paś（見）的動名詞形的陽性主格單數。

kasmādete 由 kasmāt + ete 連聲組成（六 II.a.）。

kasmāt 是疑問詞，解作：為甚麼。

ete 是代名詞 eṣa（這）的陰性主／對格雙數，陽性主格眾數，或中性主／對格雙數，這裏作陽性主格眾數。

na 解作：否。

muktā 原本是 muktāḥ，因連聲失去-ḥ（五 d.）。

muktāḥ 是動詞語根√muc（釋放）的過去被動式分詞的陽性主格眾數。

iti 的用法見第九課 II.。

praṣṭavyaśca 由 praṣṭavyaḥ + ca 連聲組成（五 f.）。

praṣṭavyaḥ 是動詞語根√pracch（詢問）的動名詞形的陽性主格單數。

ca 解作：與。

全句：你去到那城鎮，那國王會被你見到，並會被你問及：「這些人為甚麼不被釋放？」

8. tvayaiva prajānāṃ sukhasya kāraṇena bhavitavyamityavadadrājānaṃ mantrī.

tvayaiva 由 tvayā + eva 連聲組成（四 c.）。

tvayā 是代名詞 tvam（你）的具格單數。

eva 解作：只是。

prajānāṃ 是陰性名詞 prajā（子民／孩子）的屬格眾數。

sukhasya 是中性名詞 sukham（快樂）的屬格單數。

kāraṇena 是中性名詞 kāraṇam（原因）的具格單數。

bhavitavyamityavadadrājānaṃ 由 bhavitavyam + iti + avadat + rājānaṃ 連聲組成（四 d.，六 II.a.）。

bhavitavyam 是動詞語根√bhū（變）的動名詞形的中性主／對格單數。

iti 的用法見第九課 II.。

avadat 是動詞語根√vad（說）的第三身單數半過去主動式。

rājānaṃ 是陽性名詞 rājan（國王）的對格單數。

mantrī 是陽性名詞 mantrin（使臣）的主格單數。

全句：使臣對國王說：「你會被變成人民快樂的原因。」

9. sarvāṇi kāryāṇi kāraṇavanti na ca kiṃ cidakāraṇakaṃ jāyate.

sarvāṇi 是 sarva（每一／全部）的中性主／對格眾數，當中-n-舌音化成為-ṇ-（六 III.a.）。

kāryāṇi 是動詞語根√kṛ（做）的動名詞形 kāryam（作中性名詞用，解作：結果／事情）的主／對／呼格眾數，這裏作主格。

kāraṇavanti 是中性名詞 kāraṇam（原因／理由）的所屬詞的主／對格眾數，這裏作對格。

na 解作：否。

ca 解作：與。

kiṃ 解作：甚麼。

cidakāraṇakaṃ 由 cit + akāraṇakaṃ 連聲組成（六 II.a.）。

na kiṃ cit 是不定詞，解作：沒有甚麼。

akāraṇakaṃ 是所屬複合詞，由字首 a（沒有），中性名詞 kāraṇaṃ（原因）的語幹 kāraṇa，加上-kam 結合成（十八 III.D.g.），解作：其沒有原因。

jāyate 是動詞語根√jan（出生）的第三身單數現在式。

全句：一切事情都有原因，沒有任何不具原因的事情生起。

10. iyaṃ mālā tvayā grahaṇīyeti yo vīro bahūnarīnhanyātsa vaktavyaḥ.

iyaṃ 是代名詞 ayam（這個）的陰性主格單數。

mālā 是陰性名詞 mālā（花環）的主格單數。

tvayā 是代名詞 tvam（你）的具格單數。

grahaṇīyeti 由 grahaṇīyā + iti 連聲組成（四 b.）。

grahaṇīyā 是動詞語根√grah（抓著）的動名詞形的陰性主格單數。

iti 的用法見第九課 II.。

yo vīro bahūnarīnhanyātsa 由 yaḥ + vīraḥ + bahūn + arīn + hanyāt + saḥ 連聲組成（五 a.）。

yaḥ 是關係代名詞 ya（該人）的陽性主格單數。

vīraḥ 是陽性名詞 vīra（戰士）的主格單數。

bahūn 是陽性形容詞 bahu（多）的對格眾數。

arīn 是陽性名詞 ari（敵人）的對格眾數。

hanyāt 是動詞語根√han（殺）的第三身單數願望主動式。

saḥ 是相應於 ya 的相關關係代名詞 sa（他）的陽性主格單數。

vaktavyaḥ 是動詞語根√vac（說）的動名詞形的陽性主格單數。

全句：那個戰士——他會殺死很多敵人——會被告知：「這個花環將被你取得。」

11. keyaṃ śiṣyebhyaḥ pustakāni darśitavatīti pṛṣṭa ācāryo mama bhāryetyabravīt.

keyaṃ 由 kā + iyam 連聲組成（四 b.）。

kā 是疑問詞 ka（誰）的陰性主格單數。

iyam 是代名詞 ayam（這個）的陰性主格單數。

śiṣyebhyaḥ 是陽性名詞 śiṣya（學生）的為／奪格眾數，這裏作為格。

pustakāni 是中性名詞 pustakam（書）的主／對／呼格眾數，這裏作對格。

darśitavatīti 由 darśitavatī + iti 連聲組成（四 a.）。

darśitavatī 是動詞語根√paś（見）的過去主動式分詞役使形的中性主／對格雙數，或陰性主格單數，這裏作陰性主格單數。

iti 的用法見第九課 II.。

pṛṣṭa ācāryo 由 pṛṣṭaḥ + ācāryaḥ 連聲組成（五 c.，五 a.）。

pṛṣṭaḥ 是動詞語根√pracch（問）的過去被動式分詞的陽性主格單數。

ācāryaḥ 是陽性名詞 ācārya（老師）的主格單數。

mama 是代名詞 aham（我）的屬格單數。

bhāryetyabravīt 由 bhāryā + iti + abravīt 連聲組成（四 b.，四 d.）。

bhāryā 是動詞語根√bhṛ（擁有）的動名詞形，作名詞用，的陰性主格單數，解作：妻子。

iti 的用法見第九課 II.。

abravīt 是第二類動詞語根√brū（說）的第三身單數半過去主動式。

全句：當老師被問：「誰把書籍給學生們看？」他說：「我的妻子。」

12. sarvabhṛtyā āhūya kṣetraṃ karṣayateti vaktavyāḥ.

sarvabhṛtyā 原本是 sarvabhṛtyāḥ，因連聲失去-ḥ（五 d.）。

sarvabhṛtyāḥ 是所屬複合詞，由語幹 sarva（全部／每一），及動詞語根 √bhṛ（擁有）的動名詞形（作名詞用解作：僕人）的陽性主格眾數結合成，解作：所有僕人。

āhūya 是動詞語根 ā-√hve（叫喚）的接續式，這裏作被動式。

kṣetraṃ 是中性名詞 kṣetram（田）的主／對格單數，這裏作對格。

karṣayateti 由 karṣayata + iti 連聲組成（四 b.）。

karṣayata 是動詞語根√kṛṣ（犁田／拉）的第二身眾數役使形主動現在式。

iti 的用法見第九課 II.。

vaktavyāḥ 是動詞語根√vac（說）的動名詞形的陽性主／呼格眾數，這裏作主格。

全句：所有僕人被叫喚後，會被告訴：「你們去犁田吧！」

國家圖書館出版品預行編目資料

| |
|---|
| 梵文入門與習題分析 |
| 吳汝鈞講析. – 初版. – 臺北市：臺灣學生，2017.12<br>面；公分 |
| ISBN 978-957-15-1749-0 (平裝) |
| 1. 梵文 |
| 803.4091　　　　　　　　　　106021323 |

梵文入門與習題分析

| | |
|---|---|
| 講析者 | 吳汝鈞 |
| 記錄者 | 陳森田 |
| 出版者 | 臺灣學生書局有限公司 |
| 發行人 | 楊雲龍 |
| 發行所 | 臺灣學生書局有限公司 |
| 地址 | 臺北市和平東路一段 75 巷 11 號 |
| 劃撥帳號 | 00024668 |
| 電話 | (02)23928185 |
| 傳眞 | (02)23928105 |
| E-mail | student.book@msa.hinet.net |
| 網址 | www.studentbook.com.tw |
| 登記證字號 | 行政院新聞局局版北市業字第玖捌壹號 |
| 定價 | 新臺幣六五〇元 |
| 出版日期 | 二〇一七年十二月初版 |
| ISBN | 978-957-15-1749-0 |

80302